AF288524

Peter Horndasch

BRANDUNGS WELLEN

Impressum:
© 2025 Peter Horndasch: Brandungswellen
Layout, Umbruch und Titel: anke-fischer.de
Titelbild: Achim Haupt auf Pixabay
Verlag:
BoD · Books on Demand GmbH,
Überseering 33, 22297 Hamburg, bod@bod.de
Druck:
Libri Plureos GmbH,
Friedensallee 273, 22763 Hamburg
ISBN: 978-3-8192-4407-0

Für meine Familie

I.

Prolog

Sie hatte zu viel getrunken. Es war warm an diesem Abend. Sie war durstig gewesen; und dann die scharfen Häppchen. Wahrscheinlich steckt in allen etwas Chili. In ihr drehte sich alles.

Die Gäste waren fort, bis auf ein Paar und Jens.

Sie gab Michael ein Zeichen, zeigte auf sich und das Schlafzimmer. Er hob seine Bierflasche ein wenig an und nickte mit dem Kopf.

Es konnte nicht mehr lange dauern. Das Paar zog sich ihre Mäntel an. Aber Michaels Freund Jens hatte sich eine neue Flasche Bier aus dem Kühlschrank geholt.

Wie immer! Keine Feier war lang genug für Jens.

Sie ging ins Bad, zog sich aus und streifte ihr Nachthemd über. Er hatte es ihr gekauft, ohne jeden Anlass, fast durchsichtige milchig-weiße Seide. Sie schaute in den Spiegel. Für ihre 31 Jahre ging das.

„Gut siehst du aus!"

Sie drehte sich erschrocken zur Seite. Fast wäre sie hingefallen. „Was machst du hier, Jens?"

„Nun hab dich nicht so, ist doch mein Freund." Die Stimme ihres Mannes klang undeutlich im Hintergrund.

Sie drehte sich wieder zum Spiegel, um klar zu machen, dass sie an einem weiteren Gespräch nicht interessiert war. Doch Jens kam langsam näher, stellte sich hinter sie und presste sein Becken an ihr Hinterteil.

Er schob ihr Nachthemd hoch.

„Lass das! Spinnst du?" Mehr kam nicht aus ihr heraus. Plötzlich schoben vier Hände die Seide hin und her, fassten um ihre Brüste, ihren Bauch.

„Komm ins Bett", hörte sie.

„Nein ... Nein ... seid ihr ... Lasst mich!"

Sie stolperte aus dem Bad, hielt sich am Türrahmen fest. „Nein!"

Jemand zog ihr das Nachthemd über den Kopf. Mit einem Ruck wurde es weggerissen.

„Sieht sie nicht gut aus, Jens? Schau sie dir an!"

Jens fasste an ihre Brust.

„Arschloch!" Sie holte aus und schlug nach ihm. Er hielt ihre Hand fest und drehte sie auf den Rücken.

„Komm, für einen Dreier ist es nie zu spät."

„Nein, ich will das nicht ... Scheißkerle!", konnte sie gerade noch herausbringen. Da lag sie schon auf dem Bett. Ihre Arme wurden festgehalten.

„Hab dich nicht so."

Später erinnerte sie sich nur schemenhaft an das, was dann geschah, die Schmerzen, das Stöhnen. Irgendwann lag ihr Mann neben ihr und schnarchte leise.

Die beiden keuchenden Stimmen an ihren Ohren würde sie noch Jahre später hören, das wusste sie.

II.

6 Jahre später
Montag, 17. Februar

Julia

Michael schaute von seiner Zeitung auf. „Wir müssen den Sommerurlaub planen."

Julia stellte die Kaffeetasse zurück, sah ihn an, zog die Augenbrauen hoch und schüttelte den Kopf.

Michael beugte sich nach vorn. „Was?"

Sie schaute zu den beiden Kindern. Lasse war damit beschäftigt, sein Marmeladenbrot gleichmäßig von allen Seiten anzubeißen. Sina tippte etwas in ihr Handy. Hat Michael gestern Abend aus seinem Gedächtnis gestrichen?

Sie sah zu ihrem Mann. „Du willst doch nicht ernsthaft."

„Was will ich nicht ernsthaft?" Er hob seine Stimme, lehnte sich zurück und riss die Augen auf.

„Urlaub?" Sie schüttelte heftig den Kopf.

„Kannst du mich um halb eins von der Schule abholen, Papa?" Sina tippte weiter in ihr Handy.

Michael legte die Hände auf den Tisch und nahm seinen Blick nicht von Julia.

„Papa!"

„Das klären wir später. Ich denke, schon."

Sina widmete sich wieder ihrem Handy.

Michael faltete sorgfältig die Zeitung zusammen und legte sie auf den Tisch und sah sie an.

Julia schaute zu Sina, um die Situation zu entspannen.

„Du hast überhaupt nichts gegessen, Sina."

Ihr Herz klopfte, sie versuchte zu lächeln.

„Du willst doch mit zwölf keine Diät machen."

Sina tippte auf ihr Handy.

„Schwachsinn, ich kaufe mir in der Schule was."

Julia hörte auf zu lächeln. „Sina, Schwachsinn zu seinen Eltern zu sagen ist nicht respektvoll. Lass so etwas."

„Sina hat das gar nicht so gemeint." Michael wurde lauter. „Und das ist doch Schwachsinn! Diät!" Er zeigte mit dem Frühstücksmesser auf seine Tochter. „Schau sie dir an. Ist total hübsch." Er führte das Messer nach oben und unten. „Alles, wie es sein soll."

Was für ein Widerling. Julia hatte Mühe, nichts dazu zu sagen. Bald vorbei, beruhigte sie sich.

Sina stand auf und gab ihrem Vater einen Kuss auf die Wange. „Ich packe meine Sachen zusammen, Papa."

Ohne ihre Mutter anzusehen, ging sie nach oben in ihr Zimmer.

Julia schaute Lasse an. Er sollte sich fertigmachen. Ich bringe ihn in die Kita, wenn die beiden weg sind. Sie streichelte Lasse über den Kopf.

Michael sah seinen Sohn an. „Lasse, du kannst aufstehen."

Lasse lief nach oben. Julia stand auf und räumte Wurst und Käse in den Kühlschrank, stapelte die Teller aufeinander.

Michael stellte sich neben sie. „Was meinst du mit Urlaub und deinem Kopfschütteln?"

Julia hob den Stapel Teller an. Michael fasste sie fest am Arm. „Kannst du mal den Mund aufmachen?"

„Vorsicht, die Teller."

Michael ließ sie los. Julia stellte das Geschirr zurück auf den Tisch. „Wir reden heute Abend." Sie schaute auf die Teller. „Lass uns darüber in Ruhe..." Sie brach mitten im Satz ab, sah ihn an, schwieg.

„Können wir, Papa?" Sina kam die Treppe herunter.

Lasse folgte ihr. „Ich bin fertig, Mama. Nur die Jacke anziehen."

Michael drehte sich um. Seine Körperhaltung veränderte sich. „Ja, mein Schatz, alles klar."

Er zog den Mantel an und ging durch den Flur zur Garage.

Sie hielt Lasse fest, als er an ihr vorbeigehen wollte. „Warte, Lasse. Wir fahren zur Kita, wenn die beiden weg sind."

Michael drehte sich um. „Wenn du im Herbst zur Schule kommst, bringe ich dich auch hin."

Lasse nickte nur.

Das wirst du nicht tun, Michael, dachte sie, ganz bestimmt nicht.

Sina stieg zu Michael in den Wagen, ohne sich nach ihrer Mutter umzusehen.

„Tschüss Sina," rief sie, war aber nicht sicher, ob sie das gehört hatte. Sie blieb mit Lasse im Türeingang stehen.

Michael hupte kurz, als er losfuhr. Sein Abschiedsgruß. Und jetzt erwartet er, dass ich winke.

Lasse hob seine Hand. Julia atmete die frische Luft ein. Ich nicht, dachte sie. Nie mehr!

Michael

Was hat sie für einen Grund, so furchtbar zu sein. Sie hat doch alles, und ich bin derjenige, der den ganzen Tag arbeitet. Ärger stieg in ihm auf. Er war froh, dass seine Tochter ihn ansprach.

„Holst du mich nun ab oder nicht?"

„Ich weiß es nicht, Sina. Hol mal mein Handy aus der Aktentasche und sieh nach, ob ich heute Vormittag einen Termin habe."

Ich bin stolz auf meine Tochter. Ein totales Papa-Kind, sagt jeder und es stimmt ja.

Sina lehnte sich nach hinten. Einige Bewerbungen für die zwei Ausbildungsstellen im Herbst fielen heraus. Heftklammern lösten sich, Fotos und Anschreiben, Zeugnisse und anderes verteilte sich auf den Rücksitzen.

„Tut mir leid."

„Lass es liegen." Es wird nur schlimmer, dachte er.

„Deine Pin?"

„2021"

„Du hast erst ab 15 Uhr Termine."

„Gut, bis halb eins."

Sina beugte sich nach vorn und hob einen Finger.

„Aber pünktlich, Papa."

Schon war sie aus dem Auto geschlüpft. Ich hätte ihr gern einen Abschiedskuss gegeben, dachte er. Das scheint ihr offenbar zu peinlich vor den Jungen und Mädchen, die vor der Schule warten.

Er sah ihr nach. Ihre langen dunklen Haare wehten im Wind. Sie kleidet sich zu aufreizend für ihr Alter. Wie ist sie in die Jeans gekommen, die an ihren Beinen zu kleben scheinen? Und darüber die weiße Bluse und die kurze schwarze Lederjacke. Aber toll sieht sie aus. Er lächelte und wendete seinen Mercedes.

Michael

Er bog auf den Parkplatz seines Büros ein und ärgerte sich darüber, dass das Praxisschild an der Einfahrt ‚Dr. Hilbert, Dr. Pförtner & Partner, Rechtsanwälte & Notare' vor kurzem nachts gestohlen worden war.

Er war so sehr in diese unerfreulichen Gedanken versunken, dass er die Frau und die beiden Kinder im Eingangsbereich der Kanzlei kaum bemerkte und an ihnen vorbei in den 1. Stock des Hauses ging, die Villa, die er vor 2 Jahren gekauft und von einem Wohnhaus in ein Büro umgewandelt hatte.

Er mochte sein Zimmer: eine helle Glasfront mit Blick auf den Parkplatz und die Straße, ein fast zu großer Schreibtisch, PC mit zwei Bildschirmen, alles neuester technischer Stand, und schwarze Ledersessel, runder Besprechungstisch. Den piefigen Tisch kann ich abschaffen, dachte er. Liegen doch nur Akten drauf.

Sein Telefon klingelte. Annelie Behrendt, seine Sekretärin, kündigte ihm eine Frau Pfeiffer mit ihren beiden Kindern an. „Sie ist von ihrem betrunkenen Mann aus der Wohnung geworfen worden und mit der Situation überfordert."

Sie schwieg.

Er schaute sie an und schüttelte den Kopf.

„Sie ist nicht angemeldet, Michael. Aber sie weiß nicht, was sie machen soll."

Er atmete kräftig aus. „Hast du Frau Westhoff vom

Frauenhaus schon angerufen, Nellie?" Er wusste, dass sie es mochte, wenn er sie mit ihrem Spitznamen ansprach. Bewusst nannte er sie seit ihrer kurzen Sexepisode während der Weihnachtsfeier immer nur Nellie.

„Einmal mit dir Sex gehabt zu haben ist aus meiner Sicht in Ordnung", hatte sie ihm später gesagt und hinzugefügt, „das gehört zur Loyalität dazu und ist weder ein Grund, mehr zu erwarten noch eifersüchtig auf andere Frauen zu sein."

„Ja, sie kommt."

„Soll mit raufkommen."

Es folgte mehr als eine Stunde anstrengenden Zuhörens und unterdrückten Ärgers.

„Ich hab' ja nichts dagegen, wenn er mir eine scheuert, wenn ich Mist gemacht habe. Aber das ist jetzt zu viel."

Er sagte den Satz nicht, den er im Kopf hatte: „Aber ich bitte Sie, es ist doch unter gar keinen Umständen akzeptabel, sich schlagen zu lassen." Er dachte an seine Wutattacken. Dann schaute er Frau Westhoff an. Die schien mit ihren Gedanken woanders zu sein.

Schweigen. Die Kinder malten am Konferenztisch. Das Jüngere haute mit der Spitze des Filzstiftes ständig auf das Blatt, so dass sie im Plastikstiel verschwand.

„Mama, der geht nicht."

„Sei ruhig."

Er wendete sich an die Mitarbeiterin des Frauenhauses. „Das ist ein Haufen Arbeit für mich, Frau Westhoff. Ich muss gleich mehrere Anträge stellen."

Sie nickte. Ihr Lächeln sah angestrengt aus.

Er schaute zur Mutter. Sie schien ihm irritiert zu sein. „Sie müssen mir die Richtigkeit dessen, was ich schreibe, an Eides statt versichern. Dazu kommen Sie bitte heute Nachmittag noch einmal her."

Sie versprach es. Endlich war Frau Westhoff mit allen gegangen. Er machte sein Fenster weit auf und atmete durch.

Das Telefon klingelte, seine Sekretärin.

„Michael, Herr Klingenberg ist am Apparat, der Lehrer aus der Schule, fragt, ob er um 11 zu dir kommen kann."

„Nein, auch wenn meine Tochter dort zur Schule geht. Du weißt doch, dass ich zwei Fristabläufe für heute diktieren muss und die Anträge wegen der Sache eben vor mir habe. Er soll morgen kommen."

Wieder klingelte das Telefon. „Er sagt, es sei wichtig."

„Dann später, gegen Mittag."

„Hab' ich ihm vorgeschlagen. Da kann er nicht, sagt er."

„Meinetwegen, in drei Gottes Namen." Ein Ziehen im linken Oberarm. Das ging schon seit einigen Wochen so und beunruhigte ihn.

Herr Klingenberg wurde ihm angekündigt.

Michael

„Ich wollte Sie fragen", begann der Lehrer, noch bevor er sich auf den von Michael mit der Hand angebotenen Stuhl setzte. Er legte den Beck-Text des Bürgerlichen Gesetzbuches BGB auf den Tisch, zog seine braune Lederjacke aus und hängte sie über den angebotenen Stuhl. Er wiederholte sich. „Ich wollte Sie fragen, ob Sie nicht mit mir einen Musterprozess führen wollen."

Michael zeigte auf die Jacke. „Im Wartezimmer befindet sich eine schöne Garderobe."

Klingenberg schüttelte den Kopf. „Einem Freund ist

seine Jacke einmal von der Garderobe gestohlen worden. Das soll mir nicht passieren."

„In unserer Kanzlei?" Er lächelte.

Der Lehrer blieb ernst. „Man weiß ja nie."

Michael breitete fragend die Arme aus.

Sein Besucher zupfte an den Ärmeln seines Pullovers und setzte sich. „Wir bekommen die vielen Stunden auf Klassenfahrten nicht als Überstunden vergütet. Das ist unmöglich. Kein Arbeitnehmer würde umsonst arbeiten, nur von uns wird das erwartet."

Er machte eine Pause. „Allerdings dürfte mich das nichts kosten. Aber Sie haben doch bestimmt Interesse an einem solchen Musterprozess. Sie können sich dadurch einen Namen machen."

Wut stieg in ihm auf. Er hoffte, sein Gegenüber würde nichts davon bemerken.

„Herr Klingenberg, erstens, ich habe einen Namen." Er sah den Lehrer eindringlich an. „Zweitens, wir müssten letztlich die Verordnung angreifen, auf der die Bezahlung für die Zeit während Klassenfahrten beruht. Das ist nicht nur aufwändig, sondern absolut aussichtslos."

Er schwieg und hob eine Hand.

„Ich will aber mal darüber nachdenken und schauen, ob es da Parallelfälle gibt. Ich melde mich wieder. Ich brauche etwa eine Woche." Er zog seine Augenbrauen hoch und schaute auf das Buch mit dem Gesetzestext auf seinem Schreibtisch.

„Darüber finden Sie nichts im BGB."

Gar nichts werde ich tun. So ein sinnloses Gespräch. Und ich muss so tun, als würde ich das Anliegen ernst nehmen. Eine Spitze konnte er sich nicht verkneifen.

„Oder ist das sehr dringend, weil Sie unbedingt den Termin heute Vormittag brauchten?"

„Nein, aber ich hatte jetzt Schulschluss und will gleich

in die Stadt. Der Gedanke wegen der Bezahlung kam mir gestern Abend, als ich Vorschläge für meine Klassenfahrt geordnet habe."

So, jetzt reicht es. Der hat offenbar keinen Stress. Der Mann ist wie ein Klischee von Lehrern. Er stand auf und verabschiedete sich wie immer höflich. Er ballte seine Hände zu Fäusten und wendete sich zum Fenster. Sein Besucher fuhr vom Parkplatz. Dann erst gestattete er sich einen Wutausbruch, nicht zu laut, um seine Angestellten nicht zu erschrecken. Das hatte er gelernt in dem Coaching, das er wegen seiner immer weniger kontrollierbaren Wut begonnen hatte. Nur seine Sekretärin wusste von den wöchentlichen Terminen. Unkontrollierte Wut löst in Menschen Angst und Widerwillen aus, dachte er. Das geht nicht. Erst recht durfte niemand wissen, wie abgründig seine eigenen Gedanken in ihm aufstiegen. Zerstörungen, Verletzungen, Todesqualen, das alles hatte er sich schon vorgestellt, wenn ihn die Wut auf irgendeine Person zu überwältigen drohte.

Er dachte an den Streit mit Julia im Januar. Sie reizt mich manchmal aber derart rücksichtslos, dass ich ausrasten muss. Warum hat sie es nicht sein gelassen, als ich das Weinglas an die Wand geworfen habe? Nein, sie musste weiter schimpfen. Erneut stieg Wut in ihm auf. Sie zu schubsen war nicht gut. Aber ich habe mich ja entschuldigt. Sie hätte doch wissen müssen. Er kam mit seinen Gedanken nicht weiter.

Es zog im linken Oberarm. Zunächst hatte er auf einen Tennisarm getippt; er war Linkshänder. Wenn aber Schmerzen kommen und verschwinden, ist das nicht die Lösung, das war ihm klar geworden. Er drehte sich zu seinem Schreibtisch um.

Kürzertreten, weniger arbeiten. Leute wie der Klingenberg sind die Nägel zu meinem Sarg. Wenigstens habe ich ihm keinen Kaffee angeboten. Aber ich brauche jetzt einen.

Das Telefon klingelte. „Ich bin's, Jana. Ich bin in der Zentrale. Wir haben hier ein paar Zettel mit Bitten um Ihren Anruf."

„Jana, bringen Sie mir einen Kaffee. Und die Zettel bringen Sie mit. Danach will ich unter keinen Umständen mehr gestört werden."

Er legte auf und begann, die Anträge zum Fall Pfeiffer zu diktieren.

Es war 12.30 Uhr. Da fiel es ihm ein; er rief seine Sekretärin.

„Du musst mir unbedingt einen Gefallen tun und Sina von der Schule abholen. Sie wartet bestimmt schon. Bring sie bitte nach Hause."

Sie nickte. „Ach, und nimm 10 Euro aus der Kasse. Sonderzahlung Taschengeld für die Warterei."

Sie schüttelte lächelnd den Kopf.

Michael diktierte die Anträge für das Familiengericht.

Sein Bürovorsteher rief ihn an. „Hier Wohlers, tut mir leid, Herr Doktor, aber Sie müssten mal eben in den Konferenzraum kommen. Zwei ältere Herrschaften sitzen da, wollen ein gemeinschaftliches Testament machen und sollten das jetzt gleich tun. Der Ehemann muss morgen wegen einer Operation ins Krankenhaus."

„Ich komme." Ihm fiel etwas ein. „Ist das vorbereitet?"

„Ja, es liegt schon da."

Er kam in sein Zimmer zurück und sah auf die Uhr. Oha, gleich 14 Uhr. Höchste Zeit nach Hause zu fahren. Er diktierte schnell „übliche Anschreiben; Vorgang mir sofort wieder vorlegen" und schickte den auf dem Rechner gespeicherten Text an seine Sekretärin. Dann verschwand er aus seinem Büro.

Julia

„Kommt ihr bitte runter? Wir essen ohne euren Vater."
Julia stand am Fuß der Treppe und hatte ihren Arm auf
die Säule am Beginn der Stufen gelegt. Sie war abgelenkt, weil sie eine Whatsapp-Nachricht bekommen
hatte. Sie schaute auf ihr Handy. Svenja, sehr schön, sie
hat am Nachmittag Zeit.

Jetzt rief sie etwas lauter. „Hey, kommt ihr?"

„Ja, hab ich doch schon gesagt!" Sina schrie es durch
die verschlossene Tür ihres Zimmers.

Julia schüttelte den Kopf. „Bring Lasse mit."

Sie drehte sich um, lehnte sich an den Kühlschrank,
beantwortete die Whatsapp-Nachricht und wartete auf
die Kinder.

Sie dachte daran, dass Michael ihr früher einmal vorgeschlagen hatte, an den Wochenenden das Kochen zu
übernehmen. Da ist nichts draus geworden.

Inzwischen freue ich mich über keinen seiner Vorschläge. Mehr und mehr ähneln seine Vorschläge Anweisungen, mit denen ich mich nicht abfinden kann. Zu
heftig sind seine Aggressionen geworden, wenn er mit
etwas nicht einverstanden ist. Zu unberechenbar und
zu schnell wächst seine Wut an.

Sie seufzte. Hätte ich lernen können, schweigend
seine Wutausbrüche zu überstehen? Sie schlug mit der
Faust an den Kühlschrank. Im Januar das gegen die
Wand stoßen! Seine Vergewaltigungsversuche hat er
aufgegeben, nicht mit mir. Und jetzt körperliche Gewalt.
Wenn es damals nicht gereicht hat, jetzt reicht es.

Die Kinder kamen und setzten sich an den Tisch.

Sie sah Sina an. Die hatte ihre weiße Bluse gegen ein
Sweatshirt getauscht.

„Sag mal, Frau Behrendt hat dich von der Schule abgeholt, nicht?"

„Ja." Sina schien nichts weiter dazu sagen zu wollen.

„Ich hab's gesehen." Sie zeigte mit dem Kopf zum Küchenfenster. „Was hat sie dir im Auto gegeben?"

Sina blieb ernst. „10 Euro, weil er nicht kommen konnte, hat Frau Behrendt gesagt."

Julia schüttelte den Kopf.

„Ich will auch 10 Euro haben, Mama." Lasse sah seine Mutter an.

„Ich gebe dir etwas für deine Spardose, weil du so schnell zum Essen gekommen bist." Sie lächelte. „Das gibt es aber nur einmal, nicht jeden Tag."

Lasse stand auf und kam mit seiner Spardose zurück. Ein großes rosafarbenes Schwein, das man auf der Unterseite aufschließen konnte.

„Stell es auf den Tisch. Ich geb's dir nach dem Essen."

Lasse setzte sich wieder.

Sie sah zu Sina. Die schien in ihr Essen vertieft zu sein.

Lasse erzählte, dass seine Freundin Laura ihm in der Kita seine Schaufel weggenommen hatte. Er hatte sie sich aber zurückgeholt.

Sina stand auf, als alle mit dem Essen fertig waren. „Ich muss Schularbeiten machen."

Lasse blieb sitzen. Julia nickte und schaute ihr nach.

„Mama!" Lasse schüttelte das Sparschwein.

Sie drehte sich zu ihm um. Seine langen dunkelblonden Locken stehen ihm gut. Sie lächelte. Die Haare sind so lang, weil es ein Drama ist, mit ihm zum Friseur zu gehen. Diese Unruhe, diese Quengelei. Sie schüttelte den Kopf. Dabei gibt sich die Friseurin doch alle Mühe, freundlich und liebevoll mit Lasse umzugehen.

Sie betrachtete ihn. Der Babyspeck, der bei ihm im Gesicht deutlich zu sehen ist, und die blauen Augen lassen ihn wie einen kleinen Engel aussehen. Ich liebe ihn.

Er hielt seine Spardose in der Hand und sah sie an. „Ach ja, deine Euros." Sie nahm ihr Portemonnaie und steckte vier 50 Cent-Münzen in das Sparschwein. Sie lächelte. „Ausnahmsweise."

„Danke Mama." Lasse sprang auf.

Ihr fiel etwas ein. „Warte Lasse, ich habe vorhin mit Lauras Mutter telefoniert. Ihr habt euch verabredet, sagt sie. Ich bringe dich nachher zum Spielen hin. Ist das ok?" Er blieb stehen, klatschte in die Hände und nickte. „Jetzt kannst du erst mal in dein Zimmer. Ich sag dir Bescheid."

Lasse lief nach oben. Sie lächelte. Ihr Handy klingelte.

Sie nahm den Hörer ab. „Hi Svenja ... wir haben Mittag gegessen ... super, dass du heute Nachmittag Zeit hast ... ja, ich muss etwas mit dir besprechen ... wo? ... Im Teestübchen um 3? ... Nein, Lasse ist bei einer Freundin aus der Kita ... Tschüss."

Sie legte ihr Handy auf den Tisch, drehte sich zum Fenster und öffnete es weit. Sie atmete tief ein und beobachtete ein Kind, das mit seinem kleinen Fahrrad versuchte, so schnell zu fahren, wie es konnte. Wo will es hin? Und ich? Wenigstens das weiß ich endlich. Sie dachte an den Streit mit Michael gestern Abend. Diese Aggressionen, sie kommen so ohne Vorwarnung. Sie schüttelte den Kopf. Als würde ein Vulkan ausbrechen. Seine Augen waren wie immer in solchen Situationen weit aufgerissen gewesen. Er war auf die Kante seines Sessels gerückt, die Hände an der Lehne abgestützt und hatte mehr geschrien als gesprochen. Wenn sie früher eine Therapie, sei es gemeinsam, sei es für ihn allein, vorgeschlagen hatte, kamen Begriffe wie Psycho-Tick und Irren-Tussis. Jetzt hatte sie zum dritten Mal die Möglichkeit einer zumindest zeitweisen Trennung erwähnt.

Das schien ihm undenkbar und unerträglich zu sein. Jedes Mal hatte er sie unterbrochen und schreiend die Diskussion beendet.

Sie atmete tief ein. Bisher hat er mich nur einmal geschubst. „Nur?", rief sie laut aus. Sie schüttelte den Kopf. Vier Wochen ist das jetzt her. Es wird immer schlimmer. Auf Schläge werde ich nicht mehr warten. Heute Abend ist Schluss.

Das Kind war mit seinem Fahrrad um die Ecke verschwunden. Julia schloss das Fenster. Sie sah den Wagen ihres Mannes kommen. Ich werde den Plan mit Svenja besprechen.

Michael

Im Büro widmete er sich seinen Akten.

Er war nicht zufrieden mit dem, was er diktierte. Sein schmerzender Arm lenkte ihn ab.

Er stand auf und umkreiste langsam seinen runden Besprechungstisch.

Die Schmerzen ließen etwas nach. Sie waren aber nicht verschwunden. Er war ein wenig beunruhigt.

Er setzte sich an seinen Schreibtisch und atmete tief ein. Rufe ich meinen Internisten an oder nicht, fragte er sich. Ich weiß schon, was ich habe: zu viel Stress, nicht mehr und nicht weniger. Er kämpfte gegen die Bitterkeit an, die in ihm hochstieg. Andere fahren zur Kur oder lassen sich krankschreiben und ich komme mit Fieber hierher, um meine Akten zu bearbeiten. Das Telefon klingelte. Eine Auszubildende meldete sich. „Frau Meyer ist am Apparat."

„Welche Frau Meyer und in welcher Sache?"

„Das weiß ich nicht."

Wut und Aggressionen stiegen in einer Schnelligkeit in ihm auf, die ihn leicht schwindelig werden ließ. Er schrie ins Telefon. „Wissen Sie, wie viele Frau Meyer ich als Mandanten habe? Verdammt nochmal! Sie müssen immer nach der Sache fragen!"

Er unterbrach sich, atmete tief ein und sprach ruhiger weiter. „Nach der Sache fragen, damit ich mich darauf einstellen kann. Mein Gott, wenn Sie mich verbinden und die sagt ‚Meyer, wie steht es denn mit meiner Sache?', soll ich ihr sagen: ‚Ich weiß gar nicht, wer Sie sind?' – Was macht denn das für einen Eindruck?"

Die Auszubildende in der Zentrale stotterte. „Ich, ich frage sie."

„Nein, das tun Sie nicht." Er tippte mehrmals kräftig an die Stirn. „Was muss die Mandantin denken! Sie sagen ihr, dass ich in einer Besprechung bin und später zurückrufe. Sie lassen sich die Aktennummer geben, suchen mir den Fall heraus und legen mir die Akte mit der Telefonnotiz auf den Schreibtisch." Er legte wütend auf. Muss man immer erst laut werden, dachte er. Gut, dass ich mein Coaching mache.

Das Ziehen im linken Arm hatte sich verfestigt. Ich rufe Thomas an. Wozu hat man einen Internisten und Kardiologen zum Freund. Seine Sekretärin kam herein und legte ihm zwei Unterschriftsmappen vor und wartete. Er wählte die direkte Durchwahl zu seinem Arzt, stellte den Lautsprecher an, legte das Telefon neben sich und begann mit den Unterschriften.

„Hallo Michael."

„Hallo Thomas, tut mir leid, wenn ich dich jetzt störe."

„Macht nichts. Meine Patientin hier ist geduldig."

Er hörte, dass die Patientin lachte.

„Ich habe manchmal Schmerzen im Arm. Du musst dir das mal ansehen."

„Ist das akut? Hast du jetzt Schmerzen? Dann solltest du gleich kommen."

„Nein, es geht schon. Aber es beunruhigt mich. Hast du nachher Zeit?"

„Komm um halb sieben, aber du musst wissen, ob du nicht jetzt gleich kommen solltest."

„Ist schon ok, halb sieben."

Er sah seine Sekretärin an. „Guck nicht so. Reine Vorsichtsmaßnahme."

Sie nahm die Mappen an sich. „Soll ich nicht doch den Mandanten absagen und du fährst gleich zum Arzt?"

Er winkte ab. „Vergiss es."

Sie zuckte die Schultern und ließ ihn allein.

Er rief Julia an, hörte aber nur seine eigene Stimme auf dem Anrufbeantworter. Wo treiben die sich alle herum, während ich hier arbeite?

„Hallo, es wird später werden." Er legte auf und rief seine erste Mandantin herein. Sie wollte wissen, ob das Sozialamt sie für deren Zahlungen an ihre Mutter in Anspruch nehmen könne und was sie tun müsse, um solchen Zahlungspflichten zu entgehen.

Dem nächsten Mandanten sollte er wegen eines Verkehrsunfalls helfen.

Schließlich kam ein Ehepaar und wollte sich zum Zwecke der Scheidung gemeinsam von ihm vertreten lassen. Er erläuterte, dass er nur die Interessen einer Person wahrnehmen könne, woraufhin ein Streit darüber entbrannte, wer das Recht hatte, ihn zu seinem Anwalt zu wählen. Die Ehefrau setzte sich mit der Begründung durch, sie habe den Termin vereinbart. Deshalb sei Dr. Pförtner ihr Anwalt. Wutentbrannt verließ der Ehemann das Zimmer.

Es stellte sich heraus, dass die Parteien die wichtigsten Fragen im Zusammenhang mit der Trennung und Scheidung gar nicht geregelt hatten.

Er besprach die bestehenden Probleme mit seiner Mandantin und entwickelte Lösungsvorschläge. Er diktierte in ihrem Beisein ein Schreiben an den Ehemann. Dann ließ sie ihn allein.

Julia

„Wir hätten woanders hingehen sollen." Julia sah sich um. „Es ist doch erst Februar und nirgendwo sind Ferien. Wo kommen die ganzen Touristen her?"

Bis auf einen Tisch für zwei Personen waren alle Plätze in dem kleinen Café besetzt. Es war eng in dem historischen Haus mit der niedrigen Decke. Blumenvasen auf jedem der für vier Personen zu winzigen Holztische mit den gedrechselten Beinen sorgten für eine heimelige Atmosphäre.

Dabei wusste jeder Besucher schon von außen, was ihn drinnen erwarten würde. Das Teestübchen stand im Schnoor, einem jahrhundertelang erhalten gebliebenen Viertel in der Bremer Altstadt, das aus schmalen Gassen und niedrigen Häusern bestand. Und eines davon beherbergte das Teestübchen.

Svenja schaute sich um. „Du hast recht. Aber kein Wunder, ich habe neulich gelesen, dass der Schnoor in den USA zu den coolsten Locations der Welt gewählt wurde."

Eine ältere Dame kam auf die beiden zu. „Wir haben zusätzlich den ersten Stock aufgemacht. Da ist es nicht so voll. Wenn Sie wollen, setzen Sie sich gern nach oben."

Julia stutzte. Die Frau sieht nicht aus wie eine Kellnerin. Pullover, Strickjacke, Hose, sie scheint die Betreiberin des Cafés zu sein. Sie wies auf eine junge Frau, die am Treppenaufgang stand. „Haben Sie schon gewählt? Dann sagen Sie es der Kollegin dort."

„Prima, ich weiß, was ich will." Julia sah fragend zu Svenja.

„Ich auch."

Sie gaben ihre Bestellung auf und fanden im ersten Stock einen Platz in einer hellen Ecke mit Fenstern an jeder Seite.

Svenja schaute auf Julia. „Partnerlook heute, wie Zwillinge!"

„Na ja, blauer Pullover, blaue Jeans. Aber Zwillinge?" Julia stockte.

Svenja lachte und hielt ihr eine Faust vor das Gesicht. „Ich weiß schon, was du sagen willst. Du dünn, ich dick."

„Quatsch." Julia lächelte. „Eher ich dürr, du athletisch."

„Das klingt schon besser für mich." Svenja streichelte Julias Arm. „Nein, du hast eine tolle schlanke Figur."

„Jetzt ist aber gut." Sie legte ihre Hand auf Svenjas streichelnde Hand.

Eine Weile schwiegen beide. Die Kellnerin brachte zwei Cappuccinos und den Mohnkuchen, den sie bestellt hatten.

Julia rührte in ihrer Tasse. Svenja sah sie an. Es schien, als wollte sie abwarten, dass Julia von selbst erzählen würde, was sie angekündigt hatte.

Sie sah von ihrer Tasse auf. „Du weißt ja, wie die Situation ist. Wir haben oft genug darüber geredet." Svenja nickte.

Julia presste die Lippen aufeinander. „Gestern Abend hat es wieder einen fürchterlichen Krach gegeben."

Svenja schüttelte den Kopf. „Schon wieder?" Sie sah Julia fragend an.

„Ich will's dir gar nicht beschreiben, unglaublich."

Svenja hob die Schultern. „Und nun?"

Julia atmete aus. Sie schien sich schnell beruhigt zu haben und lächelte.

„Nun, Svenni," Sie nannte Svenja selten Svenni, eine Mischung aus Ironie und Unsicherheit, dachte sie selbst. Sie korrigierte sich. „Nun, meine Svenja, muss ich endlich für Fakten sorgen."

„Was meinst du?" Svenja sah ihr in die Augen.

Julia hob den Blick von der Tasse, in der sie wieder gerührt hatte, und sah ihre Freundin an. „Ich werde mich endlich und endgültig trennen."

Svenja lächelte, wurde dann ernst. „Entschuldige, aber es wird zur Hölle langsam Zeit."

Julia nickte. „Hör zu, ich habe heute Morgen mit einer Maklerin aus unserem Viertel telefoniert. Sie hat ein Reihenhaus hereinbekommen. Ich kann es mieten. Die Unterlagen hat sie gemailt." Sie holte aus ihrer Handtasche zwei Blätter heraus. Auf einem Blatt befand sich ein Foto des Hauses. Julia zeigte auf den Garten. „Klein. Das Grundstück hat insgesamt nur 300 qm. Aber das reicht, um draußen sein zu können."

„Sieht gut aus. Wie alt ist das Haus?"

„20 Jahre alt und gehört einem Ehepaar, das sich getrennt hat. Er ist vor längerem ausgezogen. Sie zieht jetzt zu ihrem neuen Freund. Es wird Ende des Monats frei."

„Hört sich perfekt an." Svenja sah ihre Freundin an und drückte ihre Hand. „Glückes Geschick, wie der Volksmund sagt."

Julia lachte. „Das sage ich dir. Und zu renovieren ist da nichts." Sie unterbrach sich. „Sie wollen es nicht verkaufen." Sie zuckte mit den Schultern. „Erst einmal nicht."

Sie zeigte auf das zweite Blatt. „Hier schau mal, der Grundriss. Vier Zimmer, je eines für die Kinder und eins für mich. Und einen Keller hat das Haus auch. Da kann ich eine Dunkelkammer einrichten."

„Meinst du, dass er dir deine jetzige Dunkelkammer herausgibt?"

„Muss er doch. Und er kann damit nichts anfangen. Aber ich werde sehen."

„Und was kostet das Ganze?"

„860 Euro monatlich plus Nebenkosten." Sie zeigte Svenja den Grundriss. „Es sind 86 Quadratmeter, das reicht."

Svenja nickte. „Wenig Miete für ein Reihenhaus."

„Ist aber klein." Julia legte die Blätter auf den Tisch. „Ich denke, die vermieten erstmal, weil sie nicht wissen, was damit werden soll." Sie schaute Svenja an. „Sie wollen einen Jahresvertrag machen. Deshalb ist die Miete nicht so hoch. Vielleicht muss ich in einem Jahr wieder raus. Aber das ist für mich optimal."

Svenja nickte und sah auf die Blätter. Sie schien nicht zuzuhören. „Bist du sicher?"

Julia sah sie fragend an. „Meinst du mit dem Haus?"

„Nein, ich meine die Trennung."

Julia atmete tief ein. „Ich bin sicher." Sie stockte. „Aber ich bin auch unsicher. Vor allem wegen der Kinder. Ob Sina mitkommt? Sie ist so auf Michael fixiert. Ich werde alles tun, damit sie mitzieht. Und Lasse nehme ich auf jeden Fall mit."

„Lasse ist mir ja total vertraut, seitdem er auf der Welt ist." Svenja zog die Augenbrauen hoch. „Bei Sina kann ich das schlecht einschätzen, weil ich sie seit langem so wenig sehe."

„Ich hoffe halt. Aber ich muss da durch." Sie unterbrach sich. „Das Schlimmste ist meine Angst vor ihm. Wie wird er reagieren? Ich fühle mich so bedroht von seinen plötzlichen Wutanfällen, das glaubst du nicht."

„Doch, das glaube ich dir. Aber was kann er schon machen?" Svenja zuckte mit den Schultern. „Er kann den Geldhahn zudrehen. Dagegen kann man klagen. Er kann versuchen, die Kinder gegen dich aufzuhetzen."

„Nein," Julia unterbrach ihre Freundin. „Die Kinder lässt er in Ruhe. Denen hat er nie etwas getan. Seine Ausbrüche richten sich immer nur gegen mich." Sie hob eine Hand. „Und meistens, wenn die Kinder entweder nicht da sind oder schon schlafen."

Julia stockte. Svenja nahm ihre Hand, sah sie an und wartete.

„Mit dem Stoßen an die Wand vor vier Wochen hat er eine weitere Grenze überschritten, Svenja. Bisher war seine Schreierei zwar heftiger geworden. Körperliche Übergriffe gab es außerhalb des Bettes nicht, wie du weißt. Seine vergeblichen Versuche, mich zum Sex mit ihm zu bringen, haben schon lange aufgehört. Aber seine Aggressivität steigert sich. Ich warte nicht darauf, dass sie noch weiter ansteigt."

Svenja streichelte Julias Arm. Sie sah sich nach der Kellnerin um. Sie hoben ihre Tassen. Die nickte und ging die Treppe hinunter.

Svenja zog ihre Hand von Julia weg und schlug mit den Fingerspitzen auf den Tisch.

„Meinst du, dass er finanziell versuchen wird, Schwierigkeiten zu machen?"

„Das kann sein, Svenja. Aber ich hab vorsichtshalber..." Sie unterbrach sich, sah sich um und lächelte.

„Was hast du gemacht?" Svenja schaute ihre Freundin an.

„Ich muss damit rechnen, dass er meine sämtlichen Vollmachten für die Konten widerruft, wenn ich ihm heute Abend erzähle, dass ich mich trennen werde."

Svenja setzte sich in ihrem Stuhl auf. „Und, was hast du gemacht?"

„Ich habe von unserem Sparkonto 20.000 Euro abgehoben und auf ein neues Konto eingezahlt. Davon weiß er nichts." Sie stockte. „Aber ich hab da Schuldgefühle."

Ihre Freundin schüttelte den Kopf. „Du musst gar nicht so gequält gucken, Julia. Schuldgefühle sind das Letzte in deiner Situation."

„Da hast du recht. Es wird notwendig sein, einige Zeit finanziell durchzustehen, wenn ich Unterhalt einklagen muss."

Svenja klatschte in die Hände. „Wie viel war denn drauf?"

„Fünfzigtausend." Sie lächelte. „Das war nur eines von den Sparbüchern. Es gibt noch zwei andere. Aber das ist mir jetzt erst einmal egal."

„Das sollte dir auf keinen Fall egal sein, Julia. Hoffentlich versucht er nicht, Geld beiseite zu schaffen." Svenja hob eine Hand. „Dann muss er es bei der Scheidung nicht mit dir teilen. Mach auf jeden Fall Fotos davon."

„Gute Idee, kann ich machen."

Beide schwiegen eine Weile.

„Morgen Vormittag werde ich mir das Haus ansehen." Sie sah ihre Freundin an. „Du hast nicht zufällig Zeit?"

„Ich hab eine Sitzung mit dem gesamten Vorstand."

Julia lachte. „Das hörte sich eben bei mir so an, als hätte ich Angst, das Haus allein zu besichtigen."

Svenja lächelte ihre Freundin an. „Nein, das habe ich nicht gedacht."

Julia nahm ihre Hand. „Du bist meine Freundin, meine Svenja. Deshalb kam mir automatisch der Gedanke, ob du mitkommst."

Svenja legte ihre andere Hand auf Julias Hand, sah sie an und lächelte. „Genauso habe ich das auch gesehen, meine Julia."

Michael

Michael schaute auf die Uhr. Es war 18:25 Uhr. Er stand auf und streckte sich. Mein Rücken, ich habe zu lange gesessen. „Nellie!"

Er öffnete seine Zimmertür und schaute hinaus in den dunklen Flur. Niemand war mehr da. Die rote Notbeleuchtung warf gespenstische Schatten in den Gang. Kein Geräusch war zu hören, nur das eines vorbeifahrenden Autos draußen auf der Straße.

Welch ein Gegensatz, dachte er. Tagsüber laufen die Menschen beschäftigt hin und her, reden, telefonieren, und jetzt ist es still. Er presste seinen Mund zusammen. Früher arbeiteten die Angestellten so lange wie ich. Es wird erst gegangen, wenn der Chef geht. Jetzt wollen alle viel Geld für wenig Arbeit. Er fühlte Wut in sich aufsteigen. Und das in meiner Kanzlei, dachte er. Hier bestimme noch immer ich, was passiert. Michael atmete einige Male tief ein. Sein Herzschlag beruhigte sich langsam.

Zurück in seinem Zimmer schaltete er den PC ab und hängte seine Tasche über die Schulter. Thomas ist jetzt hoffentlich mit seinem Patienten durch. Immer diese Warterei.

Mit einem kräftigen Stich spürte er wieder die Schmerzen im linken Arm. Sie waren stärker als am Nachmittag. Michael blieb stehen. Scheiße, für wen mache ich das hier alles? Julia? Total frigide nach dem Dreier.

Langsam stieg er die Treppe hinunter. Wenn ich nicht dann und wann mit Mandantinnen... Ihm wurde schwindlig. Er hielt sich am Treppengeländer fest. Besprechung bei Mandantin mit schnellem Fick. Das hätte ich öfter machen sollen. Jede wusste, was ich will. In den Taumel mischte sich ein wohliges Gefühl.

Auf den letzten Stufen sah er einen Stuhl neben der Treppe stehen. Hinsetzen. Schwindel packte ihn, der Stuhl verschwamm vor seinen Augen. Dann wurde es dunkel um ihn herum. Ein Bein knickte ein. Er fiel nach vorne und spürte einen stechenden Schmerz in seinem rechten Arm. Scheiße, Arm gebrochen, dachte er, bevor alles um ihn schwarz wurde.

Julia

Julia stand in der Küche und atmete tief durch. Sie sah auf die Uhr. Gleich halb sieben. Er wird bald kommen. Ich muss genau wissen, was ich ihm sagen werde, sobald die Kinder schlafen. Sie horchte in den Flur. Von den Kindern war nichts zu hören. Ich habe den Tisch nicht gedeckt. Sie schaute zum Wasserkocher. Tee muss ich machen.

Ich will meine Stichworte aufschreiben, damit er mich nicht aus dem Konzept bringt. Er wird ausrasten.

Sie nahm den Block, mit dem sie immer aufschrieb, was einzukaufen war.

- *Trennung notwendig, die Kinder ziehen mit aus.*
- *Ich schlafe bis zum Auszug bei Lasse im Zimmer.*
- *Ich biete ihm eine Gesprächstherapie an.*

Sie schaute auf. Nein, keine Therapie. Sie strich mit dem Bleistift immer wieder durch die letzte Zeile. Er soll nicht sehen, was ich geschrieben habe. Sie zerknüllte das Papier und nahm ein neues Blatt.

- *Trennung zum Monatsende*
- *Bis Auszug in Lasses Zimmer*
- *Alternative: Er zieht in das Reihenhaus.*

Wieder strich sie die letzte Zeile durch. Nein, ich ziehe aus, mit den Kindern. Er soll in seinem geliebten kalten Haus bleiben. Dann zerknüllte sie das Blatt. Sie warf beide Blätter in den Papierkorb. Erschrocken sah sie auf. Er schaut da rein, wenn da etwas zerknülltes liegt. Lieber in den Restmüll.

Ich brauche kein Blatt. Auszug und bei Lasse schlafen, das genügt. Das werde ich mir merken können, trotz seines dauernden Geschreis.

Sie stand auf und umfasste mit beiden Händen eine Stuhllehne. Heute ist es zu Ende mit den Ritualen, mit den unausgesprochenen Gefühlen, dem Scheinleben.

Nichts ist mehr übrig von meiner Liebe für ihn. Begraben durch das, was er Dreier genannt hat.

Sie setzte sich wieder hin. Warum hat mich die Vergewaltigung nicht dazu gebracht, mich zu trennen? Habe ich mir etwas vorgemacht? Sie waren beide volltrunken, ja. Und als ich wusste, dass ich schwanger war, habe ich das in den Hintergrund gedrängt. Er hat sich auf das Kind gefreut. Ihm war offenbar egal, wer der Vater ist. Mein Gott, was habe ich dann verdrängt. Ich wollte es nicht wissen. Ich würde es schon merken, habe ich gedacht.

Das Telefon klingelte. 19.05 Uhr. Michael wird anrufen, dass er später kommt.

„Pförtner ... hallo Thomas ... er wollte zu dir kommen? ... Davon weiß ich nichts ... Nein, er ist nicht zuhause. Er wird im Büro sein. ... Wieso machst du dir Sorgen ... Herzprobleme? ... Wann hat er dich denn angerufen? ... Warum ist er nicht gleich zu dir ... ich fahre ins Büro ... gut, komm du auch hin."

Sie rannte nach oben und erklärte den Kindern, gleich wieder da zu sein. Dann setzte sie sich in ihren Wagen und schnallte sich an. Sie schnaufte, legte sie ihren Kopf nach hinten. Was ist, wenn er einen Herzinfarkt hat und tot ist? Will ich das? Sie startete den Wagen. Nein, den Tod zu wünschen ist unmoralisch, nein, eine anständige Trennung. Sie hielt an und ließ die junge Mutter mit dem Kinderwagen vorbeigehen. Dann gab sie Gas und rief laut aus: „Andererseits!"

III.

1 Jahr später
Montag, 26. Januar

Michael

Das Leben fühlt sich anders an, dachte er, als er sich mit seinem Winterschlafanzug, einem langärmligen T-Shirt und einer langen Jogginghose in sein Bett kuschelte.

Er schaute hinüber zu seiner Frau. Sie schien schon zu schlafen.

Wie immer, dachte er.

Michael drehte sich auf die Seite.

Die Reha an der Ostsee hat mir gutgetan. Die Klinik professionell geführt, keine mitleidig schauenden Ärzte, keine endlosen Vorträge mit versteckten Vorwürfen. Nein, fast geschäftsmäßig anmutende Hinweise, die offenließen, ihnen zu folgen oder es zu lassen. Aber die Anzeichen waren deutlich genug: Wenn ich mein Leben nicht durch einen weiteren Herzinfarkt gefährden oder verkürzen wollte, musste ich drei Vorsätze fassen: Abnehmen, mich mehr bewegen, entschleunigen, das haben sie mir klar gemacht.

Abnehmen ging in der Kur gut, Bewegung auch. Mein Sportrad ist der Hammer.

Mein Leben zu entschleunigen, das war schwierig. Rechtsanwalt zu sein ist mein Problem.

Er dachte an seinen Partner Dr. Hilbert zurück. Ein Jahr nach Unterzeichnung des Partnerschaftsvertrages, der ihm eine gute Abfindung gesichert hat, erklärt der doch, aus Krankheitsgründen aus der Kanzlei ausscheiden zu müssen. Dabei lebt er heute fröhlicher und gesünder denn je, fast ständig unterwegs mit Frau, Hund und Wohnmobil. Im Grunde ist er schuld an meinem Herzinfarkt. Die enorme Arbeit für mich mindestens täglich von acht bis neunzehn Uhr, oft an sechs Tagen der Woche, als er weg war.

Gott sei Dank hatte ich gleich eine Rechtsanwältin eingestellt. Jessica Thomas ist nicht nur fachlich gut, sondern kann Mandanten für sich einnehmen. Das ist ja das Entscheidende, dachte er. Und da ist Jessica gut. Auch wenn sie mir zu viel mit Mandanten herumflirtet.

Er drehte sich auf die andere Seite.

Zusätzlich Holger Altmann, der schnell Notar geworden ist. Menschlich eine Lusche. Der hätte zum Finanzamt gehen sollen, dachte er. Er drehte sich wieder um. Die Fälle löst er gut, aber sonst ist überhaupt nichts mit ihm anzufangen. Wie oft er seine „Frau fragen" muss. Und jetzt Janina Walter, ängstlich bei allem, was sie tun soll. Aber das wird werden, kann ich nur hoffen.

Er schaute vorsichtig nach links zu seiner Frau. Tut sie nur so, als wenn sie schläft? Sie funktioniert, hat alles im Griff. Mehr aber nicht. Sie hat keine Affäre. Der Privatdetektiv, wie heißt er noch gleich. Witkowski. Drei Wochen hat er sie beobachtet. Dann kommt der Kerl unangemeldet in die Kanzlei. Er dachte daran zurück.

„Herr Dr. Pförtner, es gibt keinen anderen Mann. Ihre Frau trifft sich mit Freundinnen, aber nicht mit einem Mann. Ich habe Ihnen die Telefonliste und den Bericht über ihre Kontakte mitgebracht. Ich halte es nicht für sinnvoll, weiter dran zu bleiben. Wenn Sie wollen, mache ich das. Dann müssen wir uns über das Honorar verständigen."

„Nein, ist schon in Ordnung. Wir beenden das hier.", hab ich ihm gesagt. Auf der Telefonliste war nichts Besonderes; fast alles gemeinsame Bekannte und Svenja

Marcus, ihre beste Freundin. Die Kontaktliste habe ich in meinen Schreibtisch gelegt. Sicher ist sicher.

Als er an den Privatdetektiv dachte, formte sich mehr und mehr ein Gedanke, drängte sich in sein Bewusstsein, löste fast eine Wut aus. Eine Scheidung werde ich nicht akzeptieren, niemals.

Es dauerte lange, bis er endlich langsam in den Schlaf dämmerte.

Julia

Julia wachte mit Kopfschmerzen auf und sah auf die Uhr, 5:45 Uhr. Eine Dreiviertelstunde habe ich noch Zeit. Was habe ich heute Nacht wieder für einen Schwachsinn geträumt, dachte sie. Nein, keinen Schwachsinn, eher ein Albtraum. Ich hatte versucht, eine Straßenbahn zu erreichen. Aus der Tür schaute grinsend Barbara, die furchtbare Klassenkameradin und Petze, die ich viele Jahre nicht gesehen hatte. Ich wurde immer langsamer in dem Versuch, die Bahn zu erreichen, obwohl ich alle Energie aufgewendet habe. Ich konnte die Stufe in der Tür nicht hochsteigen. Sie wurde immer höher, die Straßenbahn immer größer. Die Straßenbahn fuhr ohne mich los. Barbara rief mir etwas zu, aber ich konnte nichts hören. War ich taub geworden?

Sie setzte sich auf.

Barbara, die Hanna und sie verpetzt hatte. Seit langer Zeit hatte sie nicht mehr an sie gedacht oder von ihr geträumt. Sollten diese Alpträume jetzt wiederkommen? Sie atmete aus. Schon wieder Kopfschmerzen. Sie stand auf und ging ins Bad.

Sie nahm eine Kopfschmerztablette und stellte sich unter die Dusche.

Damals wäre es gegangen, dachte sie, am Tag seines Herzinfarktes. Seitdem waren seine Wutanfälle unvorhersehbar und heftiger geworden. Und anschließend schien es, als würde er sich nicht mehr erinnern. Sie sah die Szene vor sich, auch wenn es schon Wochen her war. Er hatte sie an die Wand gestoßen und schon ausgeholt. Da war Sina aus ihrem Zimmer gekommen. Vor den Kindern wird er nie gewalttätig. Dabei war es im Streit um Sina gegangen, die ihre Abende zu lange mit ihrem zwei Jahre älteren Freund Fabian verbrachte und dazu ihre Zimmertür von innen abschloss.

Stoßen, wie kurz vor seinem Herzinfarkt. Und in der letzten Woche, das ging gar nicht mehr. Sie schüttelte unmerklich den Kopf. Ich wollte über unsere Trennung reden. Das Wort war wie ein Zündfunke an einem Sprengsatz gewesen. Wie immer hat er sich anschließend wortreich entschuldigt. Aber die Ohrfeigen, zusammen mit dem Satz, bis der Tod uns scheidet, das war zu viel.

Julia atmete tief ein. Mein Entschluss stand schon fest, bevor er zugeschlagen hatte. Meine Hoffnung, vernünftig mit ihm über die Trennung reden zu können, hat er mit den Schlägen endgültig zerstört.

Sie trocknete sich ab und zog ihren Jogginganzug an. Dann setzte sie sich ins Wohnzimmer und ging ihren Plan durch.

Michael

Er wachte vor dem Wecker auf, weil er unbedingt auf die Toilette musste. Vor dem Fenster hörte er Vögel zwitschern. Jetzt im Februar waren alle auf Brautschau. Da muss ein Mann schon etwas bieten. Er schaute nach links zu seiner Frau. Sie lag nicht mehr im Bett, wie so häufig.

Er runzelte die Stirn. Nachdem er auf der Toilette gewesen war, ging er hinüber ins Wohnzimmer. Julia saß in ihrem Fernsehsessel, in eine Decke eingepackt. Sie machte die Augen nicht auf, als er eintrat.

„Warum liegst du nicht im Bett? Geht es dir nicht gut?"

Jetzt öffnete sie die Augen, sah ihn aber nicht an.

„Ich habe Kopfschmerzen."

Er verkniff sich, zu sagen, was er dachte. Er wollte keinen Streit am frühen Morgen. Kopfschmerzen sind ein Synonym für seelische Probleme, hatte ihm ein Mandant einmal gesagt, dessen Scheidung er durchgeführt hatte. „Meine Frau hat jahrelang Kopfschmerzen gehabt oder sie mir vorgemacht. Dabei hatte sie eine heimliche Beziehung mit einem Freund von uns. Daher hatte sie die Kopfschmerzen."

Er drehte sich um und tat so, als ob er gehen wollte. Ihm fiel nicht ein, was er jetzt am besten zu ihr sagen sollte.

„Julia."

„Lass sein." Sie stand auf und legte die Decke zusammen. „Geh' ins Bad, ich wecke die Kinder."

Schweigend gingen sie auseinander.

Im Bad sah sich Michael lange im Spiegel an. Ich sehe noch ganz gut aus, dachte er. Nur die Haare sind an den Seiten mit grauen Strähnen durchzogen. Mit seinem

Handspiegel prüfte er jetzt täglich, ob sich die Haare an seinem Hinterkopf weiter lichteten. Schade, dass ich keine Locken habe. Dann würde das nicht so auffallen.

Er schüttelte den Gedanken ab und nahm seine Zahnbürste. Hat Frauen nie gestört.

Julia

Den Frühstückstisch hatte sie schon gedeckt. Dann mache ich eben die Betten, dachte sie.

Lasse hämmerte mit seinen Fäusten gegen die Badezimmertür. „Sina, ich muss mal!"

Julia hatte sich abgewöhnt, sich einzumischen und ihre Tochter im Bad zur Eile anzutreiben. Es nervte sie, dass Sina jeden Morgen zu spät aufstand und zu lange das Badezimmer besetzt hielt. Nach Einwürfen von Michael „In dem Alter braucht man so lange" und patzigen Antworten von Sina „ICH will eben gut aussehen!", hatte sie es inzwischen aufgegeben, eine vernünftige Badezimmerordnung einrichten zu wollen. „Geh doch ins Gästeklo" rief sie von weitem, nicht sicher, ob Lasse das hören würde.

Im Schlafzimmer schüttelte sie die Bettdecken auf, rückte die Kopfkissen zurecht und legte die Tagesdecke auf das Bett. Diese Decke liegt schon da, solange ich denken kann. Nein, ich habe sie mit Michael gekauft. Sie rechnete zurück. Sie war 24 Jahre alt gewesen, als sie ihn kennenlernte, vor einer Ewigkeit. Sie seufzte; er hatte ihr gleich imponiert. Seine braunen Haare, sein Vollbart, die großen braunen Augen, und einen Kopf größer als sie mit ihren 1 Meter 72. Ja, er war schon an-

sehnlich, als ich ihn im Krankenhaus in Hannover kennenlernte. Sie dachte an die Situation zurück. Er war aus
Göttingen gekommen und hatte einen Freund besucht,
der mit seinem Motorrad zu schnell in eine Kurve gefahren war. Nun konnte der mit einigen Brüchen über
seine Fahrweise nachdenken. Ich hatte einen Infusions-
beutel wechseln müssen, der an einen Ständer neben
dem Bett aufgehängt war.

„Diese Nadel auf seinem Handrücken sieht ja furchtbar aus", hatte Michael gesagt. „Können Sie die nicht in
seinem Arm oder so legen, dass man die nicht sieht,
Schwester?" Sein Lächeln und sein Blick in meine Augen
hatten mich damals fast aus der Fassung gebracht. Ich
hatte mich zusammengerissen.

„Nein, auf dem Handrücken muss es sein."

Die Begründung war mir nicht eingefallen. Michael
wollte sie auch nicht wissen, sondern hatte einfach wei-
tergeredet.

„Bei solch einer Schwester möchte ich auch mal krank
sein. Was muss ich denn tun, um von Ihnen gepflegt zu
werden?"

„Setzen Sie sich auf ein Motorrad, fahren Sie zu
schnell und dann landen Sie entweder auf dem Friedhof
oder hier. Ich würde es aber nicht probieren, ist gesünder." Immerhin war mir das eingefallen. Ich hatte schneller den Raum verlassen, als ich wollte. Es muss fast wie
eine Flucht ausgesehen haben. Später hat er mir erzählt,
er habe mich auf der Station gesucht, bevor er gegangen ist. Aber ich war mit Svenja verabredet. Das waren
noch Zeiten, gemeinsam Krankenschwester. Ach
Svenja. Julia seufzte auf.

„Was hast du denn?" Michael stand in der Tür.

Sie antwortete nicht.

„Komm zum Frühstück."

Julia

Gemeinsam gingen sie die Treppe vom Schlafzimmer hinunter. Seit langem hatte sie sich angewöhnt, Treppen immer hinter Michael hinunter zu gehen.

„Sina hat mich gehauen!"

„Der hat meine Bluse mit Marmelade bekleckert. Jetzt muss ich mich wieder umziehen."

„Und ich muss deine Bluse waschen und bügeln." Mehr fiel ihr dazu nicht ein. Es war immer dasselbe beim Frühstück, dachte sie. Wenn sie nebeneinander saßen, stritten sie sich, schütteten etwas um oder bekleckerten sich. Dabei hingen sie aneinander.

„Ruhe jetzt!" Julia bemerkte, wie wütend er Lasse ansah. Leise versuchte er „aus Versehen" zu sagen. Michaels Lautstärke übertönte Lasse aber ebenso wie das Radio, das zum Frühstück ständig lief. „Jetzt muss sich deine Schwester etwas anderes anziehen und hat keine Zeit mehr zum Frühstücken. Du wirst doch in der Lage sein, ein Toastbrot mit Marmelade zu essen, ohne sie auf andere zu verteilen. Geh und wasch deine Hände. Wir müssen gleich los."

Lasse sagte kein Wort mehr, stopfte einen Bissen in sich hinein und lief ins Badezimmer. Sina rannte die Treppe hoch.

„Jeden Morgen das gleiche Theater. Das geht mir so auf die Nerven." Michael schaute Julia wütend an. „Versuch ihm doch mal wenigstens etwas Manieren beizubringen."

„Willst du mir jetzt die Schuld am Verhalten der Kinder zuschieben? Oder habe ich da etwas falsch verstanden?" Michael wedelte mit dem Messer in der Luft herum, mit dem er sich seinen Toast mit Butter beschmieren wollte. „Ich bin ja die meiste Zeit nicht da. Ich arbeite den ganzen Tag."

Ihr war der Appetit vergangen. Sie würde ohnehin später mit Svenja frühstücken. Sie stand auf, steckte eine Espressokapsel in den Kaffeeautomaten, stellte die Tasse unter das Gerät und ließ die heiße braune Flüssigkeit in die Tasse laufen. Der intensive Geruch beruhigte sie.

Sie sah Sina die Treppe herunterkommen. „Sina, iss dein Brot auf."

„Ich hab keinen Hunger. Ich esse in der Cafeteria in der Schule etwas."

„Hast du heute was Besonderes vor, so wie du aussiehst?" Michael betrachtete seine Tochter.

„Offenherzig, deine neue Bluse." Er lächelte.

Sina hatte in den letzten beiden Jahren zwar eher an Gewicht verloren, aber eine erhebliche Oberweite bekommen.

„Mach wenigstens einen Knopf oben zu, man sieht ja deinen BH." Julia war an der Kaffeemaschine stehen geblieben und schüttelte den Kopf. „Bist du nach der Schule verabredet?"

„Heute werden die Rollen für das neue Theaterstück vergeben. Ich will unbedingt eine bestimmte Rolle haben. Dafür muss ich gut aussehen."

„Nein, dafür musst du gut vorsprechen, wenn ihr so etwas macht." Julia dachte nach. „Ich war früher in einer Theatergruppe in der Schule. Wir sollten Romeo und Julia spielen und ich wollte die Julia werden. Schließlich heiße ich ja so."

„Und, hast du die Rolle bekommen?" Sina setzte sich und schaute ihre Mutter an.

„Nein, eine aus meiner Parallelklasse wurde Julia. Das hat mich lange geärgert. Aber sie war bestimmt besser. Denn gut sah sie nicht aus, fand ich damals."

„Und was hast du gespielt?"

„Die Gräfin Gloria Capulet."

„Wen?"

„Kennst du nicht. Ihr müsst jetzt los." Julia hatte überhaupt keine Lust, jemanden zur Eile anzutreiben. Sie wollte aber endlich allein sein.

Michael stand auf. „Los jetzt. Wo ist Lasse?"

„Hier, ich warte schon." Lasse stand angezogen in seiner gefütterten Jeansjacke und seiner mit Raketen und Sternen bunt bedruckten Schultasche im Flur.

„Gut, dann los."

Michael ging voraus durch den Flur in die Garage und öffnete das elektrische Garagentor. Sina hatte ihr Fahrrad aus dem Schuppen geholt und war wortlos in Richtung Schule gefahren.

Lasse wollte hinter ihm hergehen. „Nein, Lasse." Julia hielt ihn an der Jacke fest. „Du weißt doch, dass wir immer draußen in den Wagen steigen."

„Ja, aber warum denn, Mama?" Lasse schaute seine Mutter an.

„In der Garage steht doch der 280 SL, der alte Mercedes von Papa. Das ist ein Oldtimer, ein wertvolles altes Auto. Das könnte eine Beule bekommen, wenn wir eine Tür aufmachen und dagegen stoßen." Julia gab ihm einen Klaps. „Komm, geh nach draußen und steig dort ein."

Julia ging an die Haustür. Selten hatte sie es gewagt, nicht draußen zu stehen und Ehemann und Kindern zum Abschied zuzuwinken. Das hatte jedes Mal einen Ehestreit zur Folge.

Es war ihr wie so oft zuvor klar geworden, dass Gewohnheiten für Michael wichtig und ohne Ausnahme einzuhalten waren.

Michael hupte, weil sie nicht auf den Wagen schaute

und winkte. Sie hob die Hand und sah seinem Mercedes der E-Klasse nach, bis er am Ende der Straße rechts
einbog.

Sie wandte sich um und ging ins Haus. Sie setzte sich
an den Küchentisch. Vor einem Jahr war ich sicher, dass
er Lasse nicht zur Schule bringen würde. Dann kam sein
Herzinfarkt. Ich hätte schon fünf Monate später gehen
müssen. Sie lachte auf. Thomas ist schuld. Michael dürfe
sich vorläufig nicht aufregen. Dabei wusste der gar
nichts von unserer Katastrophenehe.

Aber was soll's. Es dauert eben so lange, wie es notwendig ist. Damit will ich mich jetzt nicht belasten.
Svenja, Frühstück. Ich muss es ihr erzählen. Dabei will
sie auch Wichtiges mit mir besprechen, hat sie gesagt.
Sie atmete durch. Ich will keine Angst davor haben.

Julia

Mit einem lauten Krachen fiel die Haustür zu. Sie erschrak und drehte sich um. Das ist symbolisch, dachte
sie. Ich habe die Tür hinter mir zugeworfen und bis jetzt
ein Leben gelebt, das ich niemals wollte, jedenfalls, seitdem er mich das erste Mal geschubst hat. Das war vor
seinem Herzinfarkt. Und seine Drohungen. „Bis dass
der Tod uns scheidet!" Ich kann seine aggressive
Stimme abrufen, mit der er mir klarmachen will, welche
lebenslängliche Rolle mir zugedacht ist. Und dazu die
Ohrfeigen in der letzten Woche. Jetzt ist es Zeit für meinen Plan. Sie ging durch den engen Flur in die große
Küche. Sie war bis auf ihr eigenes Zimmer der einzige
Raum, der Julia am gemeinsamen Haus gefiel. Ein rotes

Sofa an der einen Seite des Esstisches, gemütliche Freischwinger an den anderen Seiten, ihr alter Küchenschrank, auf den sie trotz der Einbauküche nicht verzichten wollte. Das Wohnzimmer empfand sie als protzig, riesige Fenster zur Terrasse. Sie hielt sich allein dort nicht gern auf. Sie ging lieber in ihr eigenes kleines Zimmer im ersten Stock.

„Dein Hauswirtschaftsraum", hatte Michael stolz gesagt. Sie hatte die Augenbrauen hochgezogen. Er hatte es nicht bemerkt. Am schlimmsten empfand Julia das Haus selbst, weiß verputzt mit einem Flachdach, etwas abgeschrägt, damit der Regen nicht auf dem Dach blieb, und ein Garten, den sie niemals so angelegt hätte. Michael liebte aber die klaren Linien. Und das war ausschließlich Rasen und eine immer höher werdende Hecke, die das gesamte Grundstück umfasste, bis auf die Auffahrt zur Doppelgarage.

Sie setzte sich an den Küchentisch und schaute sich um. Ich hätte lieber in einem gemütlichen, älteren Haus gelebt, das die Persönlichkeit seiner früheren Bewohner atmet. Aber Michael hatte sich zum Kauf des Hauses entschlossen, als ich noch nichts davon wusste. Erst macht er die Scheidung und kauft ihnen dann das Haus ab, viel zu billig.

Ja, dachte sie, Michael weiß immer, was gut für ihn ist.

Sie atmete tief ein, als müsse sie andere Gedanken einatmen, räumte das Geschirr in den Geschirrspüler und ging nach oben, um zu duschen.

Das heiße Wasser perlte an ihrem Körper ab. Warum muss ich unter der Dusche so oft daran denken, wie ich mich gefühlt habe, als ich Svenja meine Liebe gestanden habe? Sie schüttelte den Kopf. Die Wassertropfen spritzten umher. Dabei war mir das erst in der Situation selbst klar geworden. Und ich kenne sie schon so lange. Un-

46

verständlich, dachte sie. Dabei waren wir so lange Zeit nur beste Freundinnen gewesen. Bis wir eines Tages vor dem Bild gestanden hatten. Kurz nach seinem Herzinfarkt.

Die Kunsthalle, die Ausstellung mit Bildern von Courbet. Courbet, den ich wegen seiner farbgewaltigen Meereswellen so mag.

Da standen wir vor einem seiner Werke, Brandungswellen, ein so eindrucksvolles großes Gemälde. Ein drohender dunkler Himmel mit Wolken, die den Sturm in sich zu tragen schienen, am felsigen Ufer eine Brandung, die sich bis zum Horizont erstreckte, ein dunkelgrünes Meer voller Kraft, voller Gischt, mit der das Meer seine Gewalt zeigte. Eine riesige Welle, hoch aufgetürmt, um sich mit urgewaltiger Kraft auf das Ufer zu werfen.

Ich hatte den Blick nicht von dem Bild wenden können und fühlte diese Welle, die mit voller Wucht auf mich einstürzen würde. Ich sehe es so deutlich vor mir.

Ich hatte mich zu ihr umgedreht. Sie hatte auf das Bild geschaut und schien nichts anderes wahrzunehmen.

„Was hast du denn?", hatte ich sie gefragt. Meine raue Stimme war mir fremd vorgekommen.

Sie hatte geschwiegen.

„Was hast du denn?", hatte ich wiederholt.

„Nichts, das Bild." Svenja hatte weiter darauf geschaut, als hätte sie Angst, mich anzusehen.

„Was ist mit dem Bild?"

„Es wühlt mich so auf."

„Mich auch", hatte ich gesagt und ihr zugeflüstert: „meinetwegen?"

Die Zeit schien still zu stehen, das fühle ich jetzt noch.

Wir hatten beide nicht gewagt, uns zu bewegen.

Ich hatte mich umgeschaut; wir waren allein im Raum.

Sie hatte sich zu mir umgedreht und gelächelt. Und als ich ihr Strahlen gesehen hatte, wusste ich, wir sind nicht länger beste Freundinnen oder nur Freundinnen. Das ist schon fast ein Jahr her.

Sie atmete tief ein. Mein Gott, meine Hände werden schrumpelig. Sie stellte das Wasser ab. Jetzt aber raus, ich will Svenja nicht warten lassen.

Julia

Svenja kommt schon. Julia sah Svenjas schwarzen Audi in ihrem Rückspiegel, als sie auf den Parkplatz fuhr. Sie blickte auf die Uhr: 9:50 Uhr. Innen brannte kein Licht. Das Bootshaus am Weserbogen macht erst um 10 Uhr auf. Sie schaute auf die Weser. Ich liebe es, die Schiffe vorbeiziehen zu sehen. Das passt auf heute.

„Julia."

Svenja kam ihr entgegen.

Beide stiegen aus, umarmten sich lange und küssten sich. Julia befürchtete nicht, dabei beobachtet zu werden. Die Umgebung war morgens während der Wochentage nicht gut besucht.

Hier könnte man sogar vormittags überfallen werden, hatte Svenja einmal gesagt, als sie sich dort zum ersten Mal mit Julia getroffen hatte. Büsche und Bäume reichten an verschlungenen Wegen vom Ufer bis zur Wiese am Deich. Vor allem im Sommer war es ein begehrter Platz, um auf die vorüberziehenden Boote und Schiffe zu schauen. Jetzt am Vormittag war niemand zu sehen. Svenja löste sich von Julia. „Es gibt wichtiges Neues, wir müssen das besprechen, Julia."

Die Tür des Bootshaus ging auf, es war 10 Uhr. Eine junge Mitarbeiterin im schwarzen T-Shirt und mit bunt tätowierten Armen schaute die beiden abwechselnd an. „Wollt ihr zu uns?"

„Ja, wir haben reserviert, ich bin Svenja."

Die Mitarbeiterin schaute im Kassenbuch nach. „Du wolltest den Fensterplatz rechts in der Ecke, ja?"

Svenja nickte. Julia folgte ihr in die Ecke, von der aus der kurvige Verlauf der Weser zu sehen war.

Nachdem sie das Frühstück für zwei bestellt hatten, schauten sie sich wortlos an.

Julia atmete tief ein. „Was willst du mir Wichtiges erzählen, Svenja?" Sie nahm die Hand ihrer Freundin. „Aber ich habe auch Wichtiges."

Svenja schwieg. Julia stockte, als sie die angespannte Miene ihrer Freundin sah. Was wird sie mir sagen wollen? Sie wurde in ihren Gedanken unterbrochen.

Die junge Kellnerin brachte die beiden Cappuccinos, die sie zum Frühstück bestellt hatten. Julia sah, dass sie Svenja mit einem intensiven Blick streifte.

Die Kellnerin war gegangen und in einem Raum hinter der Bar verschwunden. Es wurde still. Sie waren die einzigen Gäste. Julia schaute auf. Svenjas Augen glänzten. Julia nahm ihre Hand. „Sag du erst, was ist; egal, es wird alles gut."

Svenja schien sich einen Ruck zu geben und sich etwas zu entspannen.

„Ich habe das Angebot, in Hamburg als Eventmanagerin zu arbeiten, für das Konzerthaus Elbphilharmonie und Laeiszhalle. Ich soll die Leitung übernehmen." Sie hielt den Atem an, schien das zu bemerken und atmete aus. „Ich will das machen." Sie stockte nur kurz. „Und ich wünsche mir, dass du mitkommst. Du und die Kinder."

Julia streichelte mit ihrer Hand zärtlich über ihre Wangen.

Sie schwiegen beide. Dann sprudelten die Worte aus Svenja heraus. „So lange habe ich mich mit der Rolle der Liebhaberin abgefunden. Ich kann und will das nicht mehr, Julia." Sie unterbrach sich und ließ die Arme fallen. „Die vielen Abende, die endlosen Wochenenden, die Nächte, allein, ohne dich. Auch wenn ich Freundinnen und Bekannte habe, meinen Literaturkreis, meinen Sport." Julia sah, dass Svenja Tränen in den Augen hatte, als sie weiterredete. „Immer habe ich Sehnsucht nach Gemeinsamkeit mit dir."

Sie schaute auf Svenja und deckte eine Hand mit ihren beiden Händen zu. „Ich liebe dich, Svenja, das weißt du." Julia stockte. „Du gehst nach Hamburg?"

„Ja, ich gehe nach Hamburg." Sie unterbrach sich, als würde sie nach Worten suchen. „Und ich will mit dir zusammen nach Hamburg." Ihre Hand verkrampfte sich zu einer Faust. „Ich schaffe das nicht mehr so heimlich. Ich verkrafte das nicht."

„Ich auch nicht, Svenja."

Sie löste mit ihren Händen Svenjas weicher gewordene Faust.

Schweigend schauten sie sich an. Zur gleichen Zeit nahmen sie ihre Arme hoch und umarmten einander. Der Tisch verschob sich und knarrte. Svenja lächelte. „Wirf den Tisch nicht um."

Sie lösten sich voneinander. Julia räusperte sich. Sie fühlte einen Kloß im Hals. Svenja hob die Schultern und schüttelte fast unmerklich den Kopf.

Julia atmete tief ein. „Und das ist mein Wichtiges." Sie nahm nicht den Blick von Svenja. „Ich trenne mich jetzt von Michael." Sie stockte. Dann setzte sie sich aufrecht auf ihren Stuhl.

„Aber ich habe große Angst, das weißt du." Sie presste die Lippen zusammen. „Der Tod wird uns trennen, verlass' dich darauf, hat er mir gesagt. Er ist ein Psychopath, Svenja, und er macht das, was er sagt, das hat er immer getan."

Svenja sah Julia schweigend an, löste ihre Hand und legte sie sanft wieder auf Julias Unterarm. „Ich weiß es ja."

Julia redete weiter. „Ich hab dir doch erzählt, dass er mir erklärt hat, die meisten Morde würden nicht aufgeklärt werden, weil niemand erkennt, dass es Morde sind. Und das hat er mir im Streit erklärt!"

Svenja beugte sich nach vorn. „Ich weiß, aber das kann nicht bedeuten..."

Julia unterbrach sie. „Nein, natürlich nicht. Sein Herzinfarkt hat doch nur verhindert, dass ich mich getrennt habe. Ich konnte die Kinder in der Situation nicht aus dem Haus reißen und an einem weiteren Herzinfarkt schuld sein."

„Ich weiß." Svenja schaute aus dem Fenster.

Julia faltete die Hände. „Hätte ich es doch gemacht. Dann hätte ich vielleicht kein Problem mehr." Sie brach ab, weil sie sich für diese Gedanken schämte.

Sie drehte sich nach der Kellnerin um, die wieder hereingekommen war. Für die muss es so aussehen, als würden wir beten. Das Frühstück wurde gebracht.

Dabei war Julias Hunger verschwunden. „Können wir noch zwei Cappuccinos haben?"

Die Kellnerin nickte, verließ den Tisch und schaute Julia in die Augen. Sie bemerkte den Blick. Sie hat die letzten Sätze gehört. Ist doch egal, es geht um uns. Sie sah Svenja an. Die nahm ihre Tasse in beide Hände und trank einen Schluck. Julia wartete, bis Svenja die Tasse abgestellt hatte, und sah ihre Freundin an.

„Ja, ich will mit dir zusammen sein, mit dir zusammenleben, Svenja." Sie nahm wieder eine Hand. „Wenn es Hamburg sein soll, ziehen wir nach Hamburg."

Sie schwieg. Dann schüttelte sie den Kopf. „Aber erst einmal muss ich mich trennen, ohne dass ich in Lebensgefahr gerate."

Julia schob ihren Teller zurück. „Ich habe lange darüber nachgedacht. Es gibt nur eine einzige Lösung. Ich muss erst einmal verschwinden, und zwar so, dass er mich nicht findet."

Svenja zog ihre Augenbrauen hoch.

„Wie soll das denn gehen, Julia? Kein Mensch kann so einfach verschwinden. Wenn du mit mir nach Hamburg gehst, bist du doch erst einmal weg. Er wird das zwangsweise akzeptieren, oder?"

Julia zog die Augenbrauen zusammen. „Zu dir würde er als Erstes gehen und mir auflauern oder was auch immer tun."

„Zumindest weiß er, dass wir beste Freundinnen sind."

„So ist es. Also muss ich erstmal ein paar Tage weg sein, unauffindbar."

„Und was ist mit den Kindern?"

„Das ist mein großes Problem. Ich will sie unbedingt mitnehmen. Aber Sina ist auf Michael fixiert. Wenn ich mich mit ihr und Lasse für ein paar Tage verstecke, wird sie garantiert Michael informieren, wo wir sind. Oder schlimmer, sie haut ab. Das verkraftet vor allem Lasse nicht. Das Drama geht gar nicht."

„Und was willst du machen? Das verstehe ich nicht."

„Es geht nur um ein paar Tage. Hör zu, ich habe mit Rechtsanwältin Thalheim gesprochen. Die hatte ich vor einem Jahr schon aufgesucht." Julia zog ihr Augenbrauen hoch und schaute Svenja an. „Er soll sich verpflichten, mich zufrieden zu lassen. Sonst leitet sie sofort ein Gewaltschutzverfahren gegen ihn ein. Seine Gewalttätigkeit wird dann öffentlich." Sie lehnte sich zurück. „Und das kann er sich nicht leisten, sagt Frau Thalheim."

„Und das bedeutet?"

„Er soll schriftlich erklären, dass er mich in Ruhe lässt. Und dann kann ich wiederkommen."

„Und was ist mit den Kindern?"

„Das ist ja mein großes Problem."

Julia war lauter geworden und rutschte auf dem Stuhl hin und her. Sie hob beide Hände nach oben und ließ sie auf die Stuhllehnen fallen. „Ich kann sie während der Woche nicht zu meinen Eltern bringen. Sina informiert noch auf der Fahrt ihren Vater. Es ist ja auch Schule. Und Wochenende geht nicht. Da kommt er mit."

„Beruhige dich, Julia." Svenja streichelte ihren Arm.

„Selbst wenn ich es schaffe, die Kinder zu meinen Eltern zu bringen, holt er sie sofort ab. Das Recht hat er. Das hat mir meine Rechtsanwältin erzählt. Eine Katastrophe, ein Trauma für die Kinder."

„Zwei Cappuccinos." Die Kellnerin stand am Tisch.

Julia zuckte zusammen. Sie hatte die Frau gar nicht kommen hören. Offenbar suchte sie nach einem Platz auf dem Tisch, an dem unberührt fast das gesamte Frühstück stand.

Die Freundinnen schwiegen. Die Kellnerin stellte den frischen Kaffee ab und nahm die leeren Tassen mit.

„Ich wollte die Wohnung in Bremen behalten, vorsichtshalber." Svenja atmete so laut, dass es wie Stöhnen wirkte. „Falls du dich nicht trennen würdest."

„Nein, Svenja, nein."

Svenja unterbrach sie und beugte sich nach vorn. „Da könntest du doch erstmal mit den Kindern hin."

Julia schüttelte den Kopf. „Da findet er mich sofort."

Sie öffnete den Mund, um weiterzureden, atmete aus und schwieg. Svenja nahm die Hände und küsste sie. „Was ist?"

Julia schaute auf die Hände und sah dann Svenja an. „Ich muss zumindest für ein paar Tage unauffindbar sein." Sie stockte. „Natürlich geht das nicht lange ohne die Kinder."

Svenja hielt ihre Hände fest. „Julia!"

Sie beruhigte sich ein wenig und schaute sich das erste Mal im Bootshaus um. Ein junges Paar war auf der anderen Seite des Lokals mit Laptops beschäftigt.

„Ich habe einiges gespart. Meine Mutter hat doch das Haus ihrer Eltern nach ihrem Tod verkauft und fast das ganze Geld meinen Schwestern und mir gegeben. Das waren für mich 80.000 Euro. Und ich habe immer noch die 20.000 Euro, die ich vor einem Jahr von einem Sparbuch genommen habe. Außerdem," Sie machte eine Pause. „Außerdem habe ich damals deinen Rat befolgt und habe mir die anderen beiden Sparbücher angesehen, die in seinem Schreibtisch liegen. Es gibt da ein Sparbuch mit fast 150.000 Euro. Davon werde ich mir 70.000 Euro nehmen. Wir haben keinen Ehevertrag und deshalb steht mir die Hälfte des Vermögens zu, sicher mehr als die 70.000, die ich abheben will. So habe ich auf jeden Fall eine Reserve, die mich vorläufig absichert."

Sie machte eine Pause „Ich muss ihn verlassen, und zwar heimlich."

„Gut!" Svenja schaute auf und nickte.

Julia legte ihre Hände auf Svenjas Schultern. „Und anschließend ziehen wir zusammen, mit den Kindern, ja?"

Sie sah in Svenjas Gesicht. Das Lächeln wurde immer gelöster. So schön, dachte sie.

„Julia, ich liebe dich. Wenn du..." Svenja unterbrach

sich. „Wenn du..." Sie schüttelte leicht den Kopf und schnappte mehrmals kurz nach Luft. Es schien, als würde sie mit sich kämpfen, den Satz auszusprechen, den sie angefangen hatte. Dann atmete sie tief ein und schaute Julia an. „Wenn du nicht verheiratet wärst, würde ich dir jetzt einen Heiratsantrag machen."

Julia hob den Kopf. „Mach doch, die Hochzeit holen wir nach."

Svenja nahm Julias rechte Hand und küsste sie so vorsichtig, als sei sie zerbrechlich. „Willst du meine Frau werden?"

Julia führte eine Hand von Svenja an ihre Wange.

Sie wollte ‚ja' sagen, als die Kellnerin an ihren Tisch trat.

„Entschuldigen Sie die Störung, möchten Sie noch etwas?"

„Ja, zwei Gläser Sekt."

Michael

Michael stand von seinem Bürostuhl auf und streckte sich. 11 Uhr, zu lange habe ich diktiert und telefoniert. Jetzt muss ich aber endlich ins Café und zusehen, ob Anna da ist. Seine Gedanken wanderten zu ihr. Vielleicht hat sie ja Lust. Es ist schon fast eine Woche her, seitdem wir miteinander geschlafen haben.

„Ich gehe ins Café, Frau Brandt," rief er in die Zentrale, ohne sich umzuschauen. Er wusste, sie würde ihn anrufen, wenn es etwas Dringendes gäbe. Er war sich nicht sicher, ob Frau Brandt oder Annelie Behrendt, seine Sekretärin, von seinem außerehelichen Verhältnis wussten.

Es war ihm gleichgültig. Er ging um die Ecke und betrachtete von weitem das Schild Café Hollmann. Etwas altbacken mit dem gelben Untergrund und den verschnörkelten schwarzen Buchstaben. Aber guter Cappuccino und dicht an meinem und an Annas Büro. Gott sei Dank ist sie Architektin und keine Konkurrenz, hatte er schon gedacht, als sie das erste Mal miteinander im Bett waren.

Das erste Mal, das war jetzt schon zwei Jahre her. Er lief auf das Café zu. Vorher hatte ich mit vielen Sex, mit Auszubildenden, mit einer Angestellten in Teilzeit und mit Mandantinnen. Seit Anna geht das nicht mehr. Schade, dachte er. Nur weil ich ihr im Bett erzählt hatte, dass ich zwei Tage zuvor nach einer Weihnachtsfeier mit einer Auszubildenden gepoppt habe. Ihr Fußtritt, ihre Wut. Dabei hat sie doch einen Freund, aber Gott sei Dank kommt der nur am Wochenende aus Frankfurt hergefahren.

Er erinnerte sich daran, dass sie einmal fast Pech gehabt hatten, als sie vormittags ausführlich bei ihr Zuhause in ihrem Loft um die Ecke miteinander geschlafen hatten und anschließend gemeinsam zum Café gegangen waren.

Sie hatten den Cappuccino noch gar nicht bestellt, da kam ihr Freund zur Tür herein. „Du warst nicht im Büro. Deine Angestellten haben gesagt, du könntest hier sein."

Anna war verblüfft gewesen. „Wo kommst du denn her?" Sie hatte sich aber gleich wieder gefasst. Er war einen Schritt zurückgetreten. Sie hatte so getan, als ob sie allein und schon länger im Café gewesen war.

„Ich habe mir für den Rest der Woche frei genommen, muss nur am Rechner sein und habe gedacht, ich komme spontan zu dir."

„Prima, komm, wir gehen zu mir nach Hause. Ich rufe das Büro von zuhause aus an. Ich habe heute keine Termine."

Ihn hatte sie nicht mehr angesehen.

Ob sie danach mit ihrem Freund geschlafen hatte? Sie hat nie mit mir darüber gesprochen. Das einzige Mal, dass er überraschend nach Bremen gekommen war, Gott sei Dank. Wenn sie nicht das Equipment weggeräumt hätte.

„Herr Dr. Pförtner!" Michael schrak zusammen. Die Stimme von Bäckermeister Hollmann war durchdringend laut. „Frau Michalski hat angerufen. Sie lässt ihnen ausrichten, falls Sie kommen, dass sie heute Homeoffice macht und nicht ins Café kommt."

Er wusste, dass sie ihm damit ausrichtete, er möge doch kommen, wenn er Lust auf sie hätte.

IV.

3 Wochen später
Mittwoch, 11. Februar

Julia

Sie fühlte sich wie betäubt. Es rauschte in ihren Ohren. Schwerfällig hatte sie sich an den Küchentisch gesetzt. Sie schaute auf die Uhr. 9 Uhr, Zeit genug.

Julia versuchte, sich zu beruhigen. Es ist alles vorbereitet. Der Plan ist gut. Die Kinder werde ich bald wiedersehen. Mit meiner Schwester habe ich telefoniert. Sie ist zuverlässig. Sie wird das so machen, wie wir das verabredet haben.

Es gelang ihr nicht, ruhiger zu werden. Es liegt an dem Haus. Es ist für mich mit so viel Schmerz, Enttäuschung, wachen Nächten verbunden. Ich muss hier raus.

Als sie den ersten Koffer in den Wagen vor dem Haus getragen hatte, war Panik in ihr aufgekommen. Sie hatte verstohlen nach rechts und links geschaut, ob sie beobachtet wird. Was tue ich, wenn jemand Michael anruft und er in ein paar Minuten vor mir steht?

Sie hatte sich in die Küche setzen müssen, weil sie wie gelähmt war. Sie konnte nichts mehr aus dem Haus tragen, wo jeder sah, was sie tat. Dann hatte sie den Wagen rückwärts in die Garage gefahren.

Danach hatte sie sich in der Lage gefühlt, den Wagen weiter vollzupacken mit allem, was sie nicht nur in der nächsten Zeit brauchen würde. Auch an ihre persönlichen Unterlagen hatte sie gedacht, als sie in den letzten drei Wochen den Plan angegangen war, den sie mit Svenja ausgearbeitet hatte. Geburtsurkunde, Abiturzeugnis, Berufsunterlagen, alles war eingeladen. „Nimm das vorsichtshalber mit," hatte Svenja gesagt. „Der kommt in seiner Wut auf die Idee, all deine Sachen zu verbrennen."

Jetzt saß sie in der Küche. Sie fühlte die Last ihrer Entscheidung, als wären alle Gewichte der Welt auf ihre Schultern gepackt. Sie horchte. Es war still im Haus. Von draußen drang kein Geräusch zu ihr durch. Es war ihr, als wäre das Leben zum Stillstand gekommen. Erschreckt fuhr sie hoch. Die Gastherme der Heizung war angesprungen. Irritiert schaute sie auf den Küchentisch. Sie hatte einen Zettel vor sich gelegt und hielt einen Kugelschreiber in der Hand. Er zitterte in der Luft.

Sie versuchte, sich zu konzentrieren und ihre aufkommende Panik in den Griff zu bekommen. Er ist im Büro. Er kann nicht kommen. Die Kinder sind in der Schule. Niemand wird kommen. Sie nahm ihr neues Handy in die Hand und schaltete den Ton ab. Ich muss jetzt etwas schreiben. Was soll ich erklären? Er weiß doch genau, warum ich gehe. Ich habe das Wort Trennung so oft gesagt. Julia schüttelte den Kopf. Sie begann zu schreiben.

Lieber Michael

Nein, das ist Unsinn, nicht lieber Michal, Arschloch Michael, Schwein. Julia strich mit dem Kugelschreiber immer wieder durch die beiden Worte, während sie mit sich selbst sprach. Schwein im Schafspelz, das kann ich nicht schreiben. Er ist so viel auf einmal.

Sie setzte neu an.

Ich gehe erst einmal.

Sie schüttelte den Kopf und zerknüllte das Papier. Ich gehe endgültig und will ihn nie wiedersehen. Also ‚leb wohl'.

Sie schrieb es auf. Sie schaute auf die beiden Worte. Das reicht nicht. Er muss ganz klar wissen, dass es zu

Ende ist. ‚Das ist das Ende' schrieb sie auf und setzte nach kurzem Zögern hinzu: ‚Endgültig!' Muss ich irgendetwas begründen, erklären? Nein, das muss ich nicht. Sie schrieb und las laut:

Leb wohl. Das ist das Ende, endgültig!
Es gibt nichts weiter zu sagen.
Du verstehst es ja doch nicht.

Sie war zufrieden, unterschrieb und stand auf. Lasse und Sina! Sie setzte sich wieder. Schnell schrieb sie, dass ihre oder seine Eltern in der nächsten Zeit die Kinder betreuen sollten. Sie besah sich das Blatt.

Leb wohl. Das ist das Ende, endgültig!
Es gibt nichts weiter zu sagen.
Du verstehst es ja doch nicht.
Julia
Die Kinder bleiben erst einmal bei meinen Eltern oder deinen.

Julia sah auf die Uhr, 10 Uhr 30. Sie schob den Küchenstuhl zurück und drehte sich um. Sie stockte und lief mit dem Brief nach oben in sein Arbeitszimmer. Die Kinder sollen die Nachricht nicht vor ihm sehen. Vielleicht kommt Sina ja früher nach Hause.

Sie ging noch einmal in Sinas Zimmer und schlug die Bettdecke zurück. Da lag der Brief, den sie für die Kinder geschrieben hatte. „Für Sina, lies ihn bitte Lasse vor, bis ganz bald, deine Mama" hatte sie auf den Umschlag geschrieben. Sie schlug die Bettdecke wieder nach oben. Die Kinder sollen wissen, dass ich sie nicht verlassen habe. Wer weiß, wann ich sie telefonisch erreichen kann.

Im Flur schaute sie zurück in das Haus. Sie fühlte so vieles auf einmal, dass ihr schwindelig wurde. Wenige glückliche Momente und schlimmste Erlebnisse wechselten in ihren Gedanken ab, vermischten sich.

Sie lehnte sich von innen an die Haustür. Die Sehnsucht nach den Kindern wurde übermächtig. Ich kann sie doch nicht allein lassen. „Nur für ein paar Tage." Sie erschrak vor ihrer eigenen Stimme.

Der Gedanke an die Kinder wurde von Michael verdrängt. Raus, raus, weg von diesem Monstrum.

Sie verschloss die Haustür von innen und lief durch den Flur in die Garage.

Gott sei Dank muss ich nicht aussteigen, dachte sie und fuhr aus der Garage. Sie hielt an, um das Tor mit der Fernbedienung zu schließen.

Julia atmete aus. Jetzt aber schnell weg. Sie schaute auf. Erneut begannen Panik und Angst in ihr aufzusteigen. Auf der anderen Straßenseite stand Gisela Schröter, ihre Nachbarin von gegenüber, winkte ihr zu und sah sich nach rechts und links um. Sie will zu mir. Nein, ich werde sie nicht kommen sehen. Sie zwang sich, betont langsam anzufahren und sich ebenfalls nach allen Seiten umzuschauen. Als sie auf die Straße fuhr, winkte ihre Nachbarin und lief auf sie zu. Zurückwinken, lächeln, weiterfahren. Im Rückspiegel sah sie, dass ihre Nachbarin auf der Straße stehen geblieben war. Sie spürte bis in den Hals, wie ihr Herz klopfte. Soll sie doch denken, was sie will. Julia schaute nach vorn und drückte stärker auf das Gaspedal.

Erst als sie auf der Autobahn Richtung Norden fuhr, erfasste sie eine immer stärker werdende Erleichterung, die sich in die Angst, die Anspannung und Zweifel mischte und mehr und mehr ausbreitete.

Michael

„Julia, bist du da?"

Wo trieb sie sich herum? Er war genervt, wie immer, wenn Julia nicht an der Tür erschien, sobald er mit Lasse mittags nach Hause kam. Sina fuhr ja schon seit einiger Zeit mit dem Fahrrad.

„Julia, verdammt, wir sind da!"

Michael blieb im Flur stehen und horchte. Alles blieb still. Lasse drängte sich an ihm vorbei und wollte in sein Zimmer laufen.

„Halt, erst ausziehen."

Lasse warf seine Mütze auf den Garderobentisch. Michael half ihm aus seiner Jacke und schaute sich um.

Es blieb still im Haus.

Michael zog seinen Mantel aus, hängte ihn an die Garderobe und ging in die Küche. Er rief nicht noch einmal nach seiner Frau, weil ihm inzwischen klar war, dass sie nicht zuhause war.

Er schaute sich irritiert um. Es war nie vorgekommen, dass seine Frau nicht zuhause war, ohne dass dies vorher besprochen worden wäre. Er überlegte, ob er einen Termin von ihr vergessen hatte. Friseur, Arzt, nein, es fiel ihm nichts ein.

Er ging in die Küche. Sie war aufgeräumt. Wenigstens das. Wenn sie einkaufen gegangen wäre, hätte sie doch einen Zettel hinterlassen können. Ist es so schwierig, diese simplen Pflichten zu beachten? Zuhause zu sein, wenn der Ehemann nach Hause kommt, Essen vorbereitet zu haben, damit ich anschließend wieder ins Büro gehen kann? Es wird immer schlimmer mit ihr in letzter Zeit. Ich muss ernsthaft mit ihr reden. So geht das nicht weiter.

Michael steigerte sich in seiner Wut. Er wusste, dass das ein Fehler war. Einige Male schon hatte er sich fast vergessen. Aber mehr als Ohrfeigen sind das ja nicht gewesen. Das kann passieren und sie hat alles dafür getan, dass ich außer mich gerate. Warum kann sie sich nicht anständig benehmen, dachte er.

Michael suchte im Wohnzimmer und im Flur nach einer Nachricht, vergeblich. Lasse kam die Treppe herunter.

„Wann gibt es Essen?"

„Dann, wenn deine Mutter endlich auftaucht und uns was macht, dann gibt es Essen!"

Lasse fing an zu weinen.

„Hör auf zu heulen, verdammt. Wo ist deine Mutter?"

Lasse sah seinen Vater an. Und hob seine Schultern. „Ich weiß nicht. Wo ist Mama denn?"

„Herrgott, das weiß ich doch nicht!" Michael senkte langsam die Lautstärke seiner Stimme. „Ich ruf sie mal an."

Nach dem einwählen sprang sofort der Anrufbeantworter an.

„Verdammt, wo bist du? Wir warten hier und du hast nichts zu essen gemacht. Melde dich." Er stockte. „Sofort!"

„Ich habe Hunger." Lasse sah seinen Vater an.

„Gut, ich mache dir jetzt erst mal ein Brot. Was willst du denn drauf haben?"

„Mamas Marmelade."

„Du kannst nicht immer nur Marmelade essen. Aber meinetwegen." Michael war mit seinen Gedanken bei der Frage, wo seine Frau sein könnte.

Er schmierte das Brot und öffnete eine Flasche Mineralwasser.

„Trink das dazu. Und geh in dein Zimmer."

Ohne ein Wort zu sagen, nahm Lasse die Flasche und den Teller mit dem Marmeladenbrot. Langsam und vorsichtig ging er die Treppe hoch.

Michael wählte eine Telefonnummer auf seinem Handy.

„Marcus."

Michael gab sich nicht die Mühe, seinen Namen zu sagen oder ‚guten Tag' zu wünschen.

„Ist Julia bei dir?"

Er hörte ein Schnaufen im Telefon. „Michael, bist du das? Nein, sie ist nicht hier."

„Weißt du, wo sie ist?"

„Nein, weiß ich nicht." Tu nicht so, dachte er. Das weißt du ganz bestimmt.

Ich muss konkret fragen. „Habt ihr euch heute schon gesehen?"

„Nein."

Sehr einsilbig, die Dame, also konkreter. „Wann habt ihr euch denn das letzte Mal gesehen?"

„Vorgestern, aber was soll das, warum fragst du?"

„Sie ist nicht da und hat kein Mittagessen gemacht."

„Das tut mir leid für dich." Der ironische Unterton entging ihm nicht. Was für eine blöde Ziege, dachte er. Wut stieg in ihm auf. Er nahm sich zusammen. Später ist immer noch Zeit.

„Hat sie irgendetwas gesagt? Hatte sie heute etwas vor? Weißt du irgendetwas?"

„Nein, tut mir leid. Ich muss jetzt weiterarbeiten. Sie wird sich sicher bei dir melden."

Er schaute auf den Telefonhörer. Svenja hatte aufgelegt. Michael war irritiert. Was hat sie eben gesagt? Er dachte nach, konnte sich aber nicht daran erinnern, was ihn eben irritiert hatte. Er schüttelte den Kopf und lief in die Küche. Erstmal muss ich etwas zu essen machen.

Julia

Der Wind riss ihr die Mütze vom Kopf. An der Bordwand hatte sie sich verfangen. Julia konnte sie sich in Ruhe wieder aufsetzen.

Das habe ich davon, dass ich meinen Kopf durchsetzen will, dachte sie. Unten an der Einfahrt auf die Fähre hatte ein Schild gestanden, auf dem darum gebeten wurde, während der Überfahrt im Auto sitzen zu bleiben. Sie wollte aber sehen, wohin die Fähre sie bringen würde. Sie wollte die Insel sehen, auf der sie die nächsten Tage verbringen würde.

Dabei konnte sie sich gar nicht vorstellen, allein hier auf der Insel zu sein, einer Insel, von der sie nie gehört hatte, mit Einwohnern, die in einer ihr fremden Sprache redeten. Die Hinweisschilder am Hafen hatte sie entziffern können. Havn und Indgang waren in Esbjerg kein Problem gewesen. Aber als sie vorher in einer Raststätte an der Autobahn in Dänemark die beiden Servicekräfte hatte reden hören, verstand sie kein einziges Wort, obwohl sie sich bemüht hatte.

Sie hatte in englischer Sprache etwas bestellen wollen. Die junge Frau hinter dem Tresen hatte sie angelächelt und auf deutsch geantwortet. Sie war irritiert gewesen und hatte gefragt, woher sie gewusst hätte, dass sie Deutsche ist. Sie muss ein komisches Gesicht gemacht haben. Die Servicekraft hatte laut gelacht und zu ihrer Kollegin geschaut. „Ich habe dich aussteigen gesehen. Und dein Auto hat ein Nummernschild aus Deutschland."

Julia hatte mitlachen müssen und sich auf ihrer Weiterfahrt über die Begegnung gefreut. Nette, freundliche Menschen hier in Dänemark, hatte sie gedacht.

Sie schaute zur Insel. Der Hafen kam näher. Und ich bin immer weiter weg von den Kindern. Wie geht es ihnen? Wie verkraften sie, dass ich nicht da bin? Ich war nie ein paar Tage weg von ihnen. Wie wird es sein, allein in einem Haus auf Fanø? Aber heute ist schon Mittwoch. Morgen wird Svenja kommen. Ob sie bleiben kann, bis wir gemeinsam zurückfahren? Hoffentlich findet sie heute mit ihrer Firma eine Lösung und wird bis zum Ende ihrer Tätigkeit freigestellt. Andererseits, wenn Svenja weg wäre, hätte Michael mehr Möglichkeiten, auf ihre Spur zu kommen?

Sie schüttelte den Kopf und hielt ihre Mütze fest. Der Wind wurde stärker. Das wird sich alles finden. Mach dir nicht so viele negative Gedanken, der Plan wird durchgezogen. Montag war sie bei ihrer Rechtsanwältin gewesen und hatte ihn mit ihr besprochen. Die hatte ihr versichert, sie habe kein Problem damit, den bekannten Dr. Pförtner zu verklagen. Sobald ich auf Fanø bin, werde ich meine Anwältin anrufen. Dann bekommt er den Brief von ihr.

Julia reckte sich. Die Fahrt hatte lange gedauert, fast fünf Stunden. Während der ersten Rast war sie nervös gewesen und hatte gedacht, dass die Leute sie gemustert hatten, wie sie so allein ihre Erbsensuppe aß.

Sie hatte an Lena denken müssen. Erst im Telefongespräch am Morgen hatte ihre Schwester ihr erzählt, dass sie mit ihrem geschiedenen Mann ein Problem mit Respekt hatte. Als Lena sich getrennt hatte, war in der Familie nur davon die Rede gewesen, dass sich die beiden nicht mehr verstanden hatten. Das stimmte nicht. Sie hatten gemeinsame Interessen gelebt und einen großen Freundeskreis gepflegt. Aber er hatte sich mit anderen über ihren rundlichen Körper lustig gemacht. Das war für Lena das Ende gewesen.

„Wie radikal," hatte Julia ihr gesagt. „Nein, konsequent. Er hat damit meine Liebe gemordet", hatte sie hinzugefügt. Julia hatte in der Erbsensuppe gerührt. Warum habe ich nicht gleich dasselbe getan? Warum bin ich nicht längst mit den Kindern weg? Sie hatte ihre Erbsensuppe stehen gelassen und war weitergefahren.

Jetzt auf dem Schiff, mit dem Wind, der salzigen Luft, schien das alles hinter ihr zu liegen. Morgen Abend kommt Svenja.

Julia nahm ihr Handy und wählte Svenjas Nummer. Sie war enttäuscht. Sie hörte nur den Anrufbeantworter. „Svenja, mein Schatz, ich bin auf der Fähre. Ich freue mich, wenn du kommst. Wir telefonieren heute Abend. Ich liebe dich." Julia schmatzte einen Kuss auf ihr Telefon. Sie schaute nach vorn und hielt sich an der Reling fest. Der Hafen kam näher.

Sie war gespannt auf das Haus. Wenn auch nur ein Kurzzeitzuhause für mich, dachte sie. Wie gut, dass Svenja es im Internet gefunden hatte. „Ein tolles Haus mit Reetdach und Kachelofen, sehr gemütlich, finde ich," hatte sie gesagt und ihr die Fotos auf der Webseite der Firma gezeigt. Das helle Wohnzimmer mit integrierter Küche, eine hübsche Freitreppe nach oben zu zwei Schlafzimmern und einer gemütlichen Sitzecke mit Balkon und Blick auf das Meer. „Bist du einverstanden?" Abgeschieden in den Dünen direkt am Meer. Perfekt.

Svenja kannte die Vermietungsfirma, die Größte auf Fanø. Sie war früher schon mit einer Gruppe von Frauen für eine Woche auf der Insel im Urlaub gewesen. Den Mietvertrag hatte sie für die nächsten zweieinhalb Wochen abgeschlossen. „Das sollte auf jeden Fall reichen", hatte Svenja gesagt. „Falls etwas schief geht und du länger bleiben musst, werden wir sicher das Haus behalten können."

„Länger?" Julia hatte heftig den Kopf geschüttelt. „Nein, so lange darf es nicht dauern. Zweieinhalb Wochen sind schon viel zu viel Zeit ohne die Kinder, das geht nicht."

Jetzt auf der Insel zu sein und ein paar Tage die Katastrophe ihres Lebens zurückzulassen, ist gut und richtig, sagte sie sich. Und doch fühlte sie sich angespannt und voller Angst vor dem, was kommen würde. Schnell lief sie die Treppe wieder hinunter und stieg in ihren Wagen. Die Fähre legte an. Sie schaute sich um. Es dämmerte. Die Vermietung befindet sich direkt am Hafen, rechts das zweite Haus, wenn du von der Fähre kommst, hatte Svenja gesagt.

Die hell erleuchtete Fassade der Vermietungsfirma war gut zu erkennen.

Eine Mitarbeiterin übergab ihr einen großen Umschlag mit dem Schlüssel und einer Menge von Prospekten und Werbeflyern. „Ich zeichne hier auf dem Plan von der Insel ein, wo dein Haus ist", erklärte sie. Deutsch mit dänischer Färbung; das hört sich sympathisch an, dachte sie.

Julia prägte sich den Weg ein.

„Willkommen auf Fanø," rief ihr die Mitarbeiterin nach.

Julia gab die Adresse des Hauses in ihr Navigationssystem ein. Sie fuhr aus dem Hafen heraus auf die Hauptstraße, die die gesamte Insel entlang zu führen schien. Das Navi zeigte an, dass Julia nach rechts Richtung Rindby Strand fahren sollte.

Ein Lebensmittelgeschäft und ein paar typische Souvenirläden, dachte sie, nicht sehr viel. Überall verstreut sah sie Ferienhäuser.

Kurz vor dem Strand musste sie links einbiegen. Die Straße schien endlos an den Dünen entlang durch die

Insel zu führen. Schließlich erklärte die Stimme im Navi: „Das Ziel liegt auf der rechten Seite." Das Haus war nicht zu sehen, aber ein Parkplatz rechts der Straße und ein Briefkasten, auf dem die Hausnummer stand. Sie war da.

Julia stieg aus. Inzwischen war es fast dunkel geworden. In Umrissen nahm sie das kleine Haus wahr. Wie schön es ist. Sie öffnete den Umschlag mit dem Schlüssel und suchte den Eingang. Die Tür zum Haus lag etwas versteckt. Als sie davor stand, begann sie, laut mit sich selbst zu reden. „Ich öffne die Tür für eine glückliche Zukunft."

Sie war irritiert, dass sie dabei Freude empfand, in die sich ein anderes Gefühl mischte. Sie dachte darüber nach. Meine Freude wird immer größer. Endlich tue ich das Entscheidende, um mich von ihm zu befreien. Habe ich Angst? Nein, nicht mehr vor Michael. Ich werde mich durchsetzen. Aber Sehnsucht nach den Kindern habe ich. Und die Angst, dass sie bleibende Schäden davontragen könnten.

Sie schüttelte ihre Arme, als wollte sie die Gedanken abschütteln. Gleich werde ich es warm und gemütlich haben.

Vergeblich drehte sie ein paar Mal den Schlüssel. Die Tür ließ sich nicht öffnen. Da fiel ihr ein, was Svenja ihr erklärt hatte.

„Pass auf mit dem Türschloss. Du musst den Türgriff nach oben ziehen. Erst dann kannst du aufschließen. Das war so, als ich auf Fanø war."

Fast war ihr feierlich zumute, als sie die Tür geöffnet hatte und das Haus betrat.

Wie gemütlich es ist mit den Sesseln, dem Sofa, dem schönen Kaminofen, der Holztreppe nach oben; hier werde ich mich wohlfühlen, war ihr erster Gedanke.

Sie setzte sich in einen Sessel und atmete tief aus.

Sie nahm ihr neues Handy. Eine Prepaid Sim Karte hatte sie sich bei ALDI dazu gekauft. Sie wollte von Michael nicht geortet werden. Svenja hielt das für übertrieben. „Es darf doch niemand Ortungen vornehmen. So weit sind wir in Deutschland hoffentlich nicht." Julia hatte den Kopf geschüttelt. „Michael schon, verlass dich drauf. Der kennt Mittel und Wege, über das Handy zu erfahren, wo ich bin."

Ihre Daten hatte sie übertragen, aber ihr altes Handy trotzdem mit nach Fanø genommen. Die Chipkarte lag im Haus in Bremen, versteckt unter dem Teppich im Wohnzimmer. Ein besseres Versteck war ihr nicht eingefallen. Sie seufzte; das hätte ich alles besser lösen können. Sie schaute auf ihr Handy. Hoffentlich macht Lena alles so, wie wir es besprochen haben. Morgen Zoom-Sitzung mit der Familie um 18 Uhr.

Ihr fiel der WLAN-Code für das Haus ein, der auf ihren Unterlagen vermerkt war. Sie gab ihn in ihr Handy ein.

Sie dachte an das Gespräch mit Lena zurück. Am Morgen hatten alle das Haus verlassen. Sie war dabei gewesen, die Küche aufzuräumen. In Gedanken hatte sie begonnen, den Wagen vollzupacken, als Lena angerufen hatte. Sie hatte ihre Schwester erst von unterwegs anrufen wollen.

Julia dachte an das Gespräch zurück. Warum hat sie mich angerufen? Nur so? Ich weiß es nicht; ich hab ja sofort losgeredet und ihr erzählt, was ich gleich tun würde. Sie hatte die Idee mit der Zoom-Sitzung und der Zusammenkunft der Familie. Darauf hätte ich auch kommen können. Aber sonst hätte ich meine Eltern heute Abend angerufen und ihnen alles erzählt. Dass meine Eltern auf diese Weise von Svenja und mir erfahren, was soll's.

Sie atmete tief ein. Auspacken kann ich später. Dann tippte sie in ihren Telefonfavoriten auf Svenja.

Michael

Michael war ratlos. Inzwischen war Sina gekommen, aber von seiner Frau keine Spur.

Er hatte die Bürotermine vom Nachmittag abgesagt und seiner Sekretärin erklärt, er komme heute nicht mehr. Es muss ja niemand wissen, dass meine Frau ohne irgendeine Nachricht verschollen ist.

Polizei und Krankenhäuser hatte er angerufen, ohne Ergebnis.

Er überlegte: Suizid war ausgeschlossen. Sie war zwar in der letzten Zeit immer unleidlicher geworden und im Bett lief seit damals sowieso nichts. Aber man bringt sich deshalb nicht um. Krankenhaus war inzwischen auszuschließen. Die hätten schon lange angerufen. Sie kann überfallen worden sein, entführt. Aber dann hätte ich inzwischen eine Nachricht. Nur in schlechten Filmen bekommen die Leute erst nach Tagen einen Anruf oder finden einen Zettel im Briefkasten.

Was bleibt? Wenn sie abgehauen wäre, hätte sie eine Nachricht hinterlassen, dachte er.

„Papa, was essen wir denn jetzt?" Sina hob ihre Arme.

Michael zuckte mit den Schultern.

„Papa, lass uns was vom Italiener kommen. Wir haben doch den Flyer hier. Wo ist denn der?"

„Frag deine Mutter, weiß ich das?" Er suchte den Flyer und fand ihn im Flur am Telefontisch. „Lasse, komm her, Essen aussuchen."

Sie suchten sich jeweils eine Pizza aus. Michael bestellte das Essen.

„Es dauert 50 bis 55 Minuten."

„Ich will kein 5-Gänge-Menü kaufen."

„Sie müssen nicht bestellen, wenn Ihnen das zu lange dauert!"

„Nein, der Pizzabote soll kommen, so schnell es geht", lenkte Michael ein.

„Die brauchen etwas Zeit, Kinder. Ich sage euch Bescheid, wenn das Essen da ist."

Wenigstens habe ich das durchgesetzt, dachte er. Julia war dagegen gewesen. Er schüttelte den Kopf. Stets musste sie einen Streit provozieren.

Michael wollte allein sein. Er setzte sich an den Küchentisch. Er strich über das Holz. Auch das musste ich gegen sie durchsetzen. So schön, die massive Balkeneiche mit Baumkante. Zu teuer und zu groß, hatte sie wieder mal gemeckert. Er schlug mit der flachen Hand auf die Tischplatte. „Etwas groß, aber ein Klasseteil." Er hatte die Worte laut ausgesprochen. Er horchte. Es blieb still. Die Kinder hatten offenbar nichts gehört.

Michael überlegte, wen er nach Julia fragen könnte. Es fiel ihm niemand ein.

Es klingelte. Die Pizza kam. Die Kinder liefen mit ihrem Essen nach oben.

Nachdem die Kinder wieder in ihren Zimmern verschwunden waren, blieb Michael in der Küche sitzen.

Ich rufe Jens an. Er ist mein bester Freund. Der hat zwar ein etwas gespaltenes Verhältnis zu Frauen. Aber er ist loyal, unerschütterlich auf meiner Seite, gleichgültig, was geschieht.

Nach langem Klingeln nahm Jens den Telefonhörer ab.

„Wiesner!"

„Das siehst du doch, dass ich es bin, Blödmann."

„Ich habe nicht auf den Hörer geschaut, ebenfalls Blödmann."

„Julia ist weg."

„Julia ist weg? Was heißt weg? Hat sie dich verlassen?"

„Nein, Quatsch. Aber sie ist seit heute Mittag nicht da. Komm mal rüber, damit wir besprechen können, was ich machen kann."

„Ich male gerade."

„Wieso malst du gerade?" Michael ahmte seine Stimme nach. „Du hast dein Atelier in deiner Praxis und die ist Mittwoch Nachmittag zu."

„Na und, deshalb kann ich doch hier sein. Egal, ich komme gleich, gib mir ein paar Minuten."

Zehn Minuten später war Jens da. Michael betrachtete ihn. Über seine Jeans und sein T-Shirt, mit dem er immer malte und das schon wie ein modernes Kunstwerk aussah, hatte er einen dicken braunen Wildledermantel angezogen, ein Kleidungsstück, mit dem er schon von weitem erkannt wurde. Niemand trug einen ähnlichen, total altmodischen Mantel. Michael schüttelte den Kopf. Das ist ihm offenbar gleichgültig, obwohl er sonst Wert auf sein Äußeres legt.

Jens warf seinen Mantel über einen Küchenstuhl. „Was ist denn mit Julia?"

„Julia ist weg, ohne Nachricht weg."

„Hast du schon am Telefon gesagt." Er schüttelte den Kopf. „Julia kann nicht einfach weg sein. Dafür muss es doch eine Erklärung geben."

Sie setzten sich an den Küchentisch.

„Ich weiß aber keine Erklärung. Ich hab schon überall angerufen." Er ließ die Hände auf die Tischplatte fallen. „Krankenhäuser, Polizei, Svenja."

Jens schüttelte den Kopf und stand wieder auf. „Ich mach uns mal einen Kaffee. Was heißt überall? Hast du aufgeschrieben, wen du alles angerufen hast? Hast du eine Liste gemacht, zu wem Julia Kontakt hat?"

„Nein, aber ich habe eine Liste, mit wem sie alles telefoniert hat." Er unterbrach sich. „Und ich habe einen Bericht, mit wem sich Julia in der letzten Zeit getroffen hatte. Ist schon etwas her."

„Was für eine Liste? Und woher hast du das?"

„Ist egal, ich habe vor einiger Zeit...", er winkte ab, „egal, ich hab die Liste oben in meinem Arbeitszimmer im Schreibtisch. Ich hatte sie im Büro, aber das war mir zu unsicher wegen unserer Angestellten." Er grinste. „Nachher sucht mal jemand was in meinem Schreibtisch und findet so etwas."

Jens blieb mit den Kaffeetassen in der Hand stehen. „Ja was denn für eine Liste, Herrgott? Ich verstehe kein Wort."

„Ach, ich hab mal einen Privatdetektiv beauftragt, festzustellen, ob Julia eine Affäre hat. Hat sie aber nicht." Michael hatte das Gefühl, sich rechtfertigen zu müssen. „Das war ein Mandant, der Probleme hatte, seine Rechnung bei mir zu bezahlen. Deshalb hab ich ihn kurz für mich arbeiten lassen. Und der hat diese Liste erstellt."

„Ja, Herrgott, hol sie doch her, damit wir uns das ansehen können."

Michael stand auf, ging fast schon schwerfällig die Treppe hinauf in sein Arbeitszimmer und kam kurze Zeit später noch schwerfälliger, wie es schien, die Treppe herunter.

Blass geworden gab er Jens ein Blatt Papier. Seine Hand zitterte.

„Was ist? Ist das die Liste?"

„Nein, lies selbst." Michael setzte sich und sah Jens an.

Sein Freund las laut vor.

Leb wohl. Das ist das Ende, endgültig!
Es gibt nichts weiter zu sagen. Du verstehst es ja doch nicht.
Julia
Die Kinder bleiben erst mal bei meinen Eltern oder deinen.

„Leb wohl? Was heißt das: ‚Leb wohl'? Meinst du, sie hat sich was angetan?" Jens schaute vom Blatt auf, das Michael ihm gegeben hatte.

„Quatsch, sowas macht die nicht, Julia nicht. Die muss mit irgendeinem Kerl abgehauen sein. Und ich Idiot habe nichts gemerkt!" Er wurde lauter. „Aber die hole ich wieder." Er ballte beide Fäuste.

„Jetzt komm erst mal zu dir. Sie kann doch nicht auf Nimmerwiedersehen verschwinden. Außerdem findet man jeden in Deutschland." Jens schaute auf das Blatt. „Ich verstehe den Zettel gar nicht. Will sie nicht wiederkommen?" Sie schwiegen beide eine Weile, bis Jens die Stille unterbrach. „Julia ohne die Kinder weg. Kann ich mir gar nicht vorstellen." Er schüttelte den Kopf. „Wo kann sie denn sein?"

Im Flur klingelte das Telefon. Beim Kauf des Hauses hatten sie das stationäre Telefon übernommen, mit dem aber kaum mehr telefoniert wurde.

„Wer kann das sein, Michael, sicher Julia, geh ran."

Michael schaute auf das Display. „Nein, die ist es nicht." Nach einer Pause. „Mein Schwiegervater."

Er nahm den Hörer ab und stellte den Lautsprecher an, damit Jens mithören konnte. „Pförtner!" Er war lauter, als er es beabsichtigt hatte.

„Sagebiel, guten Tag Michael." Er schaute Jens an, schüttelte den Kopf und fuhr mit einer Hand vor seinem Gesicht hin und her. „Ist Julia zu sprechen?"

„Nein, Reinhard," Michael bemühte sich um einen distanzierten Tonfall. „Sie ist nicht zu sprechen. Sie ist nicht da."

„Wann wird sie denn zuhause sein?"

„Ich weiß nicht." Er hob die Schultern.

„Gut, ich rufe später noch einmal an."

„Ja, auf Wiederhören." Michael legte auf. Er schaute Jens an. „So ein steifer Bürokrat, das Letzte."

„Warum hast du ihm nicht gesagt, was los ist?"

„Mensch Jens: Lehrer im Ruhestand. Der wäre sofort hergekommen und hätte sich eingemischt. Ich muss erst mal überlegen, was ich tun soll."

Jens zuckte mit den Schultern. „Lass uns vorsichtshalber noch einmal Polizei und Krankenhäuser anrufen, ob da jetzt irgendetwas registriert ist."

Nach einer halben Stunde war klar, dass zumindest offiziell nichts gemeldet war, kein Unfall, kein Suizid, nichts, bei dem eine Julia Pförtner beteiligt war.

Jens schlug vor, alle Bekannten anzurufen.

„Um Gottes willen, auf keinen Fall. Dann kann ich ja gleich Plakate in der Stadt aufhängen, dass sie mich verlassen hat. Kommt gar nicht in Frage." Michael erfasste immer mehr eine Wut, die er so schwer kontrollieren konnte. „Nein, geh du man nach Hause. Ich werde heute Abend in Ruhe planen, was ich morgen mache."

„Aber sag Bescheid, wenn ich dir helfen kann. Vielleicht meldet sie sich heute Abend noch, sonst bestimmt morgen. Sie kann dich doch nicht so hängen lassen."

„Kann sie schon, wenn ich das mit mir machen lasse. Das werde ich aber nicht." Er ballte seine Fäuste. „Bis morgen, Jens."

Er atmete tief ein und aus, bis sein Freund das Haus verlassen hatte.

Michael

Michael rief die Kinder aus ihren Zimmern zu sich in das Wohnzimmer und erklärte ihnen, dass Mama heute nicht wiederkommen würde.

„Wann kommt Mama denn wieder?", wollte Lasse wissen.

„Bald, Lasse." Michael war überrascht, dass sich sein Sohn damit zufriedengab.

Er wies Sina an, Lasse ins Bett zu bringen. Die Kinder folgten seinen Anweisungen zu ohne jede Einwendung.

Die Liste fiel ihm ein. Die haben wir wegen des Zettels völlig vergessen.

Er lief nach oben in sein Büro und sah sie sich noch einmal genau an.

Wo hatte der Privatdetektiv bloß die Telefonnummern her? Er wunderte sich, wie exakt nachzuvollziehen war, was Julia getan und mit wem sie geredet hatte.

Der Bericht über die Bewegungen seiner Frau in der Zeit der Beobachtung gab nichts Besonderes her. Treffen mit ihrer Freundin Svenja waren die häufigsten Einträge.

Bei der Telefonliste keine Besonderheit. Die Nummern, von denen ich weiß, sind harmlos; wiederum häufig Svenja, aber sonst?

Er stellte sein Handy auf ‚anonym anrufen' um, setzte sich an seinen Schreibtisch und klingelte alle ihm unbekannten Nummern durch. Meldete sich jemand, legte er sofort auf und schrieb den Namen hinter die Telefonnummer in der Liste.

Er zählte durch: Mehr als die Hälfte aller Telefongespräche hatte seine Frau mit ihrer Freundin geführt. Die meisten Treffen waren solche mit Svenja, meist allein, zweimal mit einer weiteren Frau. Die war mit einem PKW mit Kfz-Kennzeichen aus Hannover gekommen. Michael dachte nach. Svenja, mit ihr hatte er doch vorhin telefoniert.

Die musste etwas wissen. Und irgendetwas hatte sie vorhin gesagt, was ihm aufgefallen war. Es fiel ihm nicht ein.

Er stand auf und fühlte sich erschöpft. Wenn sie sich bis morgen früh nicht gemeldet hat, werde ich den Privatdetektiv reanimieren. Morgen Vormittag werde ich Lasse normal zur Schule bringen und den Kindern nichts weiter erzählen. Im Büro werde ich gleich den Detektiv anrufen und besprechen, was wir tun.

„Papa." Michael schaute hoch. Sina stand an der Treppe, neben ihr Lasse.

„Was ist, Sina? Warum?" Er unterbrach sich. Sina schwenkte ein Blatt Papier in der Hand. Langsam kam sie die Treppe herunter, hinter ihr Lasse. „Mama hat mir einen Zettel geschrieben. Er war in meinem Bett."

Er nahm den Zettel und las ihn. Dann schaute er Sina an. „Sie hat nur geschrieben, dass sie bald wieder da ist und ihr euch keine Sorgen machen sollt."

Lasse meldete sich. „Und dass sie uns lieb hat."

Michael nickte. „Jetzt geht wieder ins Bett. Es ist schon spät. Wir reden morgen darüber."

Die Kinder gingen wieder nach oben.

Er setzte sich wieder auf seinen Sessel. Bald wieder da, was soll das denn heißen? Das hat sie geschrieben, um die Kinder zu beruhigen. Was mache ich mit denen? Und was sage ich Julias Eltern? Am besten, alles vage halten. Das Telefon klingelte wieder. Er stand auf und lief in den Flur. Auf dem Display sah er die Telefonnummer seiner Schwiegereltern!

Er atmete einmal durch. Gut, dass mir mein Coach

empfohlen hat, zu atmen, um die Wut in den Griff zu bekommen.

„Pförtner!" Er sah auf die Uhr. Es war keine 22 Uhr.

„Jetzt wird meine Tochter ja zu sprechen sein." Die Stimme seines Schwiegervaters klang für ihn überraschend freundlich.

„Guten Abend Reinhard." Erneut fühlte er Wut in sich aufsteigen. Er atmete tief ein, um seine Stimme zu kontrollieren.

„Du kannst deine Tochter nicht sprechen, weil sie nach wie vor nicht da ist."

„Wieso ist sie nicht da? Ist sie mit einer Freundin weg? Oder ist irgendetwas passiert?"

„Ich war schon im Bett. Ich bin müde. Morgen habe ich einen anstrengenden Tag. Du kannst ja morgen telefonieren, Tschüss."

Er wartete keine Antwort ab und legte den Hörer auf. Soll er doch denken, was er will. Das interessiert mich nicht.

Er nahm sich eine Flasche Bier aus dem Kühlschrank. Das Telefon klingelte wieder. Er sah auf das Display. Wieder mein Schwiegervater. Oder er hat jetzt seine Frau vorgeschickt? Er stellte den Ton ab. Die Kinder müssen schlafen.

Er setzte sich auf das Sofa, nahm die Fernbedienung in die Hand, legte sie aber wieder weg. Langsam ging er, das Bier in der Hand, nach oben in sein Arbeitszimmer.

Er überlegte.

Ich muss mir aufschreiben, was ich morgen machen muss und was ich jeweils erzählen will.

Er schlug sein Laptop auf und schrieb, was ihm einfiel:

- *Schwiegereltern: erst einmal hinhalten*
- *Eltern: Wahrheit erzählen. Müssen für ein paar Tage herkommen*
- *Kinder sollen nicht von Sagebiels betreut werden!!!*
- *Anna einbinden? Ausgeschlossen*
- *Was sage ich im Büro? Nichts – außer Nellie*
- *Wo ist Julia? Jens, evtl. Thomas aktivieren*
- *Geschwister von Julia befragen?*
- *Welche Rolle spielt Svenja?*
- *Wovon lebt Julia? Konten überprüfen und sperren lassen*
- *Garantiert ein Lover! Wer? Warum taucht der weder im Bericht noch auf der Telefonliste auf?*
- *Konsequenzen für Julia durchdenken!!!!*

Er druckte die Liste aus. Dann kreiste er die letzten Worte mit einem dicken Filzstift ein, immer wieder, so dass die Worte kaum mehr zu lesen waren. Er atmete wieder tief durch, stand auf, lief im Zimmer umher, blieb stehen und trank die Flasche Bier in einem Zug aus. Nur langsam legte sich seine Erregung. Schließlich schrieb er auf die Liste:

- *Die weiteren Schritte morgen: Detektei beauftragen*
- *Termine im Büro regeln*
- *Sachen von Julia genauer überprüfen*

Er überflog seine Liste, klappte den Laptop zu und ging ins Badezimmer. Im Schlafzimmer blieb er stehen. Merkwürdig hier allein, dachte er und schaute auf die Seite, auf der Julia immer geschlafen hatte. Er fror, deckte sich zu und war nach wenigen Minuten des Dahindämmerns eingeschlafen.

Donnerstag, 12. Februar

Julia

Julia sah auf ihre Uhr, 20 nach 9. So lange habe ich noch nie geschlafen, dachte sie.

Nachts war sie schweißgebadet aufgewacht und hatte sich irritiert umgesehen. War da nicht jemand im Erdgeschoss? Jedes Haus hat seine eigenen Geräusche, hatte sie sich beruhigt. Ich muss mich erst an die Umgebung gewöhnen. Sie hatte sich am Abend ein neues T-Shirt angezogen, konnte lange Zeit nicht einschlafen und hatte nachgedacht. Schlimme Szenen mit Michael waren vor ihr abgelaufen. Als sie dann nachts aufgewacht war, hatte sie das T-Shirt gewechselt und eine halbe Ewigkeit wach gelegen. Die Gedanken an die schwer zu ertragende letzte Zeit mit Michael wollten nicht weichen.

Und jetzt war es schon halb 10 und ich liege im Bett. Sie legte ein zweites Kissen unter ihren Kopf und dachte an Sina und Lasse. Werden sie mich so vermissen, wie ich sie jetzt? Wie lange werden wir voneinander getrennt sein? Hoffentlich verkraften sie, dass ich weg bin. Er wird seine Eltern nach Bremen holen, bevor meine Eltern die Kinder nehmen können. So schlimm seine Eltern sind, ihren Enkelkindern ging es mit ihnen immer gut. Gott sei Dank. Was wird Sina jetzt denken?

Sie schüttelte den Kopf. Sina hat fast gar nichts von seinen Wutanfällen, seinen Schlägen mitbekommen. Ihr fiel eine Szene ein, über die sie verblüfft gewesen war. Einmal war Sina dazu gekommen, als Michael dabei war, auszurasten. Es war eigenartig. Wie von Zauberhand war von seiner Aggressivität nichts mehr zu sehen gewesen. Sie war aus ihrem Zimmer gekommen, hatte sich wortlos und in Ruhe ihren Mantel angezogen und war gegangen. Julia schüttelte den Kopf. Ich war so schockiert, damals. Ich habe nicht einmal gefragt, wo sie hingeht.

Julia wunderte sich immer noch bei dem Gedanken an diese Szene. Als wäre seine Wut nicht vorhanden gewesen.

Sie dachte an Lasse. Ich habe ihn sofort total geliebt, als er geboren war. Und verdrängt, wie er entstanden ist. Das alles verblasst. Ich denke fast nie mehr daran.

Sie stand auf und schaute aus dem Fenster. Sie klopfte mit den Knöcheln ihrer Hand an die Scheibe. Ich werde die beiden bald wiedersehen. Wir werden den Plan durchziehen.

Sie dachte an Svenja. Die war gestern Abend begeistert davon, dass sie vielleicht schon ab dem 1. März eine Wohnung mieten könnten. Der Makler hat ihr eine Altbauwohnung in Altona vorgeschlagen. Hoffentlich ist sie groß genug für uns alle.

Sie öffnete das Fenster. Raureif lag auf der Wiese vor dem Haus. Ein klarer schöner Morgen mit salzig riechender Luft. Eine Möwe kreiste über der Veranda und schien ihr aus Leibeskräften „Guten Morgen" zurufen zu wollen.

Sie lächelte. Wie schön es hier ist. Auf die Düne vor dem Haus führte ein schmaler Weg zu einer Bank.

Heute Abend werde ich der Familie alles erzählen. Und ich werde mit Svenja auf der Bank sitzen und den Wind und das Meer genießen. Der erste Tag, an dem ich entspannt und ohne Angst sein darf, unglaublich, dachte sie und schüttelte den Kopf.

Im T-Shirt lief sie hinunter zum Badezimmer. Sie stolperte an einer Stufe der steilen Treppe. Gott sei Dank habe ich mich mit beiden Händen festgehalten. Ich muss bei der Treppe aufpassen. Sie duschte und zog an. Erst einmal einen Kaffee und nach draußen.

In der Küche steht sogar eine Kaffeemaschine von DeLlonghi. Damit kann ich mir einen Cappuccino machen. Der wird meine Lebensgeister wecken.

Unterschiedliche Kaffeepads waren auch da. Sie schob den Gedanken an Nachhaltigkeit und Umwelt zur Seite. Aber Milch habe ich nicht, die hat Svenja mir nicht eingepackt. Ach, zur Not geht es auch so.

Mit dem dampfenden Kaffeebecher in der Hand öffnete Julia die Terrassentür. Kalter Wind wehte in das Zimmer. Lieber meine Windjacke über das T-Shirt.

Sie atmete tief ein und ging den schmalen Pfad auf die Düne. Sie war überrascht, wie heftig der Wind wehte und wie laut das Meer zu hören war.

Sie setzte sich auf die Bank. Was für ein herrlicher Blick auf das Wasser. Weiße Wellenkämme überall dort draußen. Mit glitzernden Funken spiegelte die Sonne sich im Meer. Julia hielt den Atem an. Sie weinte.

Sie fühlte sich überwältigt von einer Traurigkeit, der sie nicht entkommen konnte. Wie bin ich hierher gekommen? Wie konnte es so weit kommen? Warum habe ich es nicht viel früher bemerkt? Weil es schleichend immer näher kam? Weil ich die Anzeichen nicht sehen wollte? Habe ich seinen Beteuerungen, sich zu bessern, einfach glauben wollen? Ihr fiel der Mythos ein, dass ein Frosch nicht versucht, zu entkommen, wenn man das Wasser, in dem er sich befindet, langsam erhitzt. Das ist nur ein Mythos. Der Frosch versucht, dem Tod zu entgehen, wenn die Temperatur steigt. Julia reckte ihre Faust nach oben. Und ich entkomme auch. Es hat gedauert; aber ich entkomme, ganz sicher. Sie seufzte und roch an ihrer Kaffeetasse, die sie in ihren beiden Händen hielt, um sich zu wärmen. Sie trank einen Schluck und schaute wieder in das aufgewühlte Meer. Ich werde sie fotografieren, die Brandungswellen. Sie lächelte bei den Gedanken an das Bild in der Kunsthalle. Dann sprang sie auf Wie kann ich Frau Thalheim vergessen? Ich sollte doch anrufen, sobald ich in Sicherheit bin. Sie schüttelte den Kopf und drückte auf die in ihrem Handy eingespeicherte Nummer.

Frau Thalheim war nicht im Büro. Julia bat darum, ihr auszurichten, dass alles in Ordnung sei. Die Mitarbeiterin versprach, ihr einen Zettel auf den Tisch zu legen. Julia war beruhigt. Jetzt wird sie das Schreiben an Michael abschicken. Bald werde ich sehen, wie lange ich hierbleiben muss. Sie begann, in ihrer Jacke zu frieren und lief in das Haus zurück.

Julia sah sich um. Überall Holz, der Holzfußboden, die Holztreppe, der große Holztisch im Wohnzimmer, der Küchentresen ebenso aus hellem Holz. Der Raum war gemütlich. Vor allem über den Brennofen freute sie sich. Etwas Holz lag schon da. Ich werde mehr kaufen müssen, aber das sollte kein Problem sein.

Jetzt der Einkaufszettel! Sie dachte nach, was sie einkaufen würde. Ich will etwas Schönes kochen. Aber Svenja kommt erst spät. Vor 22 Uhr wird sie nicht da sein können. Sie ruft an, wenn sie an der Fähre ist. Dann fahre ich los und hole sie ab. Ihren Wagen kann sie in Esbjerg lassen. Ich werde sehen, was ich beim Kaufmann bekomme.

Sie nahm den Korb, der gestern mit Svenjas Einkauf gefüllt gewesen war, und hatte Mühe, die Haustür abzuschließen. Erst nach einigen vergeblichen Versuchen war ihr eingefallen, den Türgriff anzuheben, bevor der Schlüssel gedreht wurde.

Julia fuhr in die kleine Hafenstadt zurück, in der sie

gestern Abend von Bord der Fähre gegangen war. Der Supermarkt war schnell zu finden. „Brugsen heißt er auf Fanø, das weiß ich noch. Er liegt in der Hauptstraße im Ort", hatte Svenja ihr erklärt.

Sie war überrascht: Ein riesiger Supermarkt nicht nur mit Lebensmitteln, sondern mit allem, was man sonst brauchen könnte, Geschirr, Schuhe und Stiefel, Campingartikel, sogar deutschsprachige Bücher.

Sie sah sich interessiert die Bücher an. Es gab vor allem Kriminalromane und Liebesgeschichten. Mord und Liebe, dachte Julia, das wollen die Leute im Urlaub lesen. Erstaunt sah sie ‚von Schirach - Verbrechen' im Regal stehen. Sie spürte einen Stich, als sie das Buch herausnahm. Es enthielt ihre Lieblingsgeschichte, Der Äthiopier. Scham und Wut stiegen in ihr auf.

Sie erinnerte sich deutlich daran, wie sie vor einem Jahr den Versuch unternommen hatte, Sina wieder näher zu kommen.

Sie hatte ihre Tochter darum gebeten, ihr die Kurzgeschichte vorlesen zu dürfen, obwohl sie wusste, dass sie beim Vorlesen würde weinen müssen. Die Geschichte berührte sie so. Aber das wollte sie in Kauf nehmen. Sie hatte sich für ihre Tränen geschämt, die auf Gleichgültigkeit getroffen waren, wie es schien. Und sie war wütend darüber geworden, wie wenig Empathie Sina empfand. Während sie mit den Tränen kämpfte und las, hatte sie aus den Augenwinkeln sehen können, dass Sina auf ihr Handy schaute. Sie hatte ihre Enttäuschung und Wut für sich behalten, zu Ende gelesen, das Buch zugeklappt und war aus dem Zimmer gegangen. Sie hatte Sinas Desinteresse nicht mehr aushalten können.

Sie stellte das Buch zurück in das Regal. Sie hatte die Geschichte seitdem nicht mehr gelesen.

Julia seufzte. Vielleicht war Sina nicht alt genug für die Geschichte.

Nachdem sie ihre Einkäufe in den Wagen geladen hatte, ließ sie ihn stehen und schlenderte die Hauptstraße herunter. Einige Geschäfte waren geschlossen. In einem unbeleuchteten Atelier hingen großformatige Bilder, die offenbar in den kommenden Sommermonaten verkauft werden sollten. In einem Blumengeschäft sah sie die ersten Osterglocken. Sie lagen in Bündeln in einem Karton ohne Wasser. Es ist faszinierend, dachte sie, dass sie bei geschlossenen Blütenköpfen eine ganze Zeit lang kein Wasser brauchen. Julia kaufte drei Bündel und ging die Hauptstraße weiter hinunter auf der Suche nach einem gemütlichen Café.

Julia

Kaffehuset Tre Soestre, drei Schwestern, erschien ihr einladend.

Der Geruch von gemahlenem Kaffee, den sie so gern mochte, war überwältigend, als sie den Gastraum betrat. Ein großer rechteckiger Raum, Regale, auf denen bunte Tassen und Teller, Becher und Schüssel, Vasen und andere Keramikarbeiten dazu aufforderten, sie sich anzusehen und sie zu kaufen. Mit sechs dunklen Tischen und Stühlen war der Raum nicht vollgestellt. Eine geschäftstüchtige Inhaberin hätte noch einen Tisch an jede Seite gestellt, dachte Julia, als sie sich umsah.

Hinter einer Bartheke, die einen Blick in die Küche freigab, stand eine Frau, die etwa so alt zu sein schien wie sie. Eine typische Dänin. Julia lächelte. Eine Dänin, wie man sie für eine Werbekampagne aussuchen würde. Blond mit langen dichten Haaren, groß, schlank, aber nicht dünn, mit einem Gesicht, das Freundlichkeit ausstrahlte. Über ihrer Jeans trug sie eine bunte Bluse und ein blaues Halstuch. Julia musste daran denken, dass angeblich die Dänen das glücklichste Volk der Welt sind.

Sie sah Julia lächelnd an. „Hvad vil du drikke?"

Julia schüttelte den Kopf. „Ich kann leider kein dänisch."

„Ach, ich dachte, du bist Dänin. Was möchtest du trinken?"

Sie zog ihre Jacke aus und hängte sie über die Rücklehne eines Lehnstuhls. „Kann ich einen Milchkaffee haben?"

„Ja, gern."

Sie setzte sich an den schwarz glänzenden Tisch mit aufwändig gedrechselten Beinen. Sie betrachtete ihn näher. Es war ein altes Möbelstück, das schwarz lackiert worden war. Julia sah sich um. Genauso war offenbar mit allen Tischen im Gastraum verfahren worden.

„Die hat mein Mann gestrichen."

Julia musste lachen. „Haben Sie meine Gedanken gelesen?"

„Nein, sonst hätte ich ja gleich gewusst, dass du keine Dänin bist." Sie stellte den Kaffee auf den Tisch. „Ich dachte, du bist Dänin, weil die Touristen erst Ostern kommen. Bis dahin sind fast nur die Dänen in den Sommerhäusern da. Du kommst aus Deutschland?"

„Ja, aber wieso können Sie so gut deutsch?"

„Die meisten Gäste auf der Insel kommen aus Deutschland. Da lernst du das. Und deutsch ist Fremdsprache in der Schule." Sie lächelte. „Und bei mir ist es so, meine Schwägerin kommt aus Deutschland. Da redest du auch Deutsch." Sie schaute auf die Vitrine, in der verschiedenes Gebäck lag. „Möchtest du einen Kuchen?"

„Nein, danke, ich habe eingekauft und möchte nur einen Kaffee trinken. Ich bin gestern erst gekommen."

„Bist du allein hier? Bleibst du ein paar Tage? Aber ich will nicht neugierig sein."

„Ja, ich bin allein hier, aber meine Freundin kommt heute Abend. Ich, oder wir, sind erst einmal hier. Wie lange", sie stockte, „ich weiß es nicht."

Sie wusste nicht, wie sie die Lage, in der sie sich befand, erklären sollte und wie viel sie überhaupt erklären wollte. Sie atmete ein, schwieg dann aber.

Die Dänin schaute sie an. „Du weißt es nicht?"

Sie stockte wieder. Die Fragen sind bestimmt nur höflich gemeint. „Wir nehmen uns erst einmal eine Auszeit hier."

„Eine Auszeit, was ist das?"

Julia überlegte, wie sie Auszeit beschreiben sollte. Die Zeit ist ja nicht aus; obwohl: sie kann ja aus und vorbei sein. Aber das sagt man, wenn man enttäuscht ist. Bin ich enttäuscht? Die Dänin sah sie an. „Du meinst, aus, weg von allem?"

„Ja", sie nickte. „Ich weiß nicht genau, wie lange. Meine Freundin kommt morgen an. Wir werden sehen."

„Gut, herzlich willkommen. Ich bin Katrine." Sie sah Julia eine Weile lächelnd an, so als wollte sie etwas sagen. Julia wartete einen Moment.

„Ich bin Julia."

Die Türglocke klingelte hell. Katrine drehte sich zur Tür um. Ein jüngeres Paar mit einem kleinen Kind war hereingekommen.

Sie wandte sich zum Gehen und hob die Hand. „Bis später, Julia."

„Ja, und danke für den Milchkaffee."

Sie trank in langsamen Schlucken den kräftigen Kaffee, der durch die Milch einen milden Geschmack bekommen hatte. Dann stand sie auf und ging zum offenen Tresen, zu dem Katrine inzwischen zurückgekehrt war.

„Kann ich mit Karte zahlen, Katrine?"

„Du kannst überall mit Karte bezahlen. Du musst kein Geld mehr wechseln. Das ist schon lange vorbei. Wir haben es mit Karte lieber."

Sie zahlte, verabschiedete sich und lief zu ihrem Wagen zurück. Was für ein schönes Café und was für eine sympathische Frau, dachte sie. ‚Drei Schwestern', wer wohl die anderen sind? Und es muss noch einen Bruder geben. Sie hat von ihrer Schwägerin gesprochen. Warum habe ich im Café so gestockt und konnte nichts erklären? Ich muss mich doch nicht schämen. Und Katrine war so offen und freundlich, ja liebevoll. Ich will ihr erzählen, was mit mir ist. Das nächste Mal. Ich werde zusammen mit Svenja da einen Kaffee trinken. Ja, das ist gut.

Julia

Zurück im Haus räumte sie den Kühlschrank ein und verteilte die Narzissen in drei Wassergläser im Wohnzimmer. Vasen waren keine zu finden.

Inzwischen war es kurz vor 17 Uhr geworden. Eine Stunde bis zur ZOOM-Sitzung. Julia zog sich eine weite Trainingshose an. Sie nahm sich das oberste Buch von dem Stapel, den sie von Bremen mitgenommen hatte, legte es wieder zurück. Sie dachte ohne Wehmut an ihr Zuhause zurück. Zu viel habe ich dort ertragen müssen. Welch einen Gegensatz es zwischen Schein und Sein geben kann. Und ich war mittendrin. Sie spürte körperlich, wie sie erschauderte. Und gleichzeitig vermisse ich die Kinder so sehr.

Schnell versuchte sie, sich abzulenken. Das ist so lange meine Strategie gewesen, dachte sie. Sie suchte den Gedichtband, den sie mitgenommen hatte, fand eines ihrer Lieblingsgedichte von Norbert Esser, setzte sich in den gemütlichen Ohrensessel und las es sich laut vor:

Ganz weit draußen
Am Ende des Regenbogens
werde ich auf dich warten und
wenn du dann endlich kommst
werde ich sitzen bleiben
mit verschränkten Armen
über den Knien
damit du nicht
zu früh erfährst
mit welcher Sehnsucht
ich dich erwartet habe

Sie schluckte und Tränen liefen ihr über die Wangen. Sie war verwirrt und wusste nicht, warum sie jetzt weinte.

Ablenkung! Sie stand auf und füllte den Ofen mit Papier, kleinem und einem größeren Stück Holz. Nach dem Gespräch werde ich ihn anzünden. Sie freute sich auf die wohlige Wärme.

Julia öffnete ihren Rechner und gab das WLAN-Passwort ein. Da sah sie die Mail, mit der Lena ihr den Code für die ZOOM-Sitzung geschickt hatte. Sie pustete vor sich hin. Warum habe ich jetzt Herzklopfen, dachte sie. Ich muss nur erzählen. Aber die Kinder, ich habe sie dagelassen. Sie hatte das Gefühl, das Blut steigt ihr in den Kopf. Was hätte ich anderes tun können? Wie geht es den Kindern damit, von mir allein gelassen zu werden? Schuldgefühle überwältigten sie. Du bist schuld, wenn die Kinder Schaden erleiden. Sie schlug mit der Faust auf den Tisch. „Scheiße!", schrie sie laut. Wieder pustete sie vor sich hin. Nimm dich zusammen. Es sind nur wenige Tage.

Sie rieb die Hände an der Tischplatte und wartete darauf, dass es endlich 18 Uhr werden würde.

Julia

Julia dachte nach. Ich werde auf jeden Fall klar machen, wie die Situation ist. Sie schaute auf ihren Monitor. 18:01 Uhr, jetzt den Link öffnen, den Lena geschickt hat.

Nach kurzer Zeit erschien das Bild auf dem Monitor. Sie sah ihre Schwestern Lena und Johanna, deren Mann Stefan und ihre Eltern, verteilt auf das Sofa und zwei Sessel um einen Kaffeetisch herum. Lena winkte ihr zu.

„Hallo Lena, hallo Mama, Papa, Johanna. Hallo Stefan." Julia winkte dabei in die Runde und spürte ihr Herz klopfen. Sie bemühte sich, ruhig zu sprechen. „Lena, wo hast du denn deinen Rechner hingestellt? Aber gut, ich sehe euch alle."

„Auf die Anrichte an der Wand. Hallo Julia."

„Erst einmal danke, dass ihr alle gekommen seid." Julia nickte. „Dann kann ich gleich mit euch allen reden."

„Gern Julia", ihr Vater hatte das Wort ergriffen. „Deine Schwestern und Stefan sind schon vor einer halben Stunde zu uns gekommen."

„Aber ich habe nicht viel erzählt." Lena legte beide Hände aufeinander.

Julia sah, dass ihr Vater verärgert zu Lena schaute, weil sie ihn unterbrochen hatte. Lena hatte das offenbar auch bemerkt. Julia sah, wie sie sich zu ihrem Vater beugte. „Lass doch Julia mal erzählen, Papa." Dann wendete sie sich wieder dem Monitor zu und sah Julia an. „Ich habe erklärt, dass du Michael verlassen hast. Aber die Umstände, warum und wie die Situation jetzt ist, dazu habe ich nichts gesagt. Ich wollte dir überlassen, uns alles zu erzählen." Lena stockte. „Ich möchte auch gerne besprechen, was wir tun können." Sie hob die Hand. „Aber erzähl du erst einmal in Ruhe."

„Julia", ihr Vater hatte sich nach vorn gebeugt. Lena winkte ihm zu. „Nicht, Papa."

Ihr Vater schwieg.

Julia atmete tief ein.

„Wir werden später sicher Gelegenheit haben, länger darüber zu reden, was alles passiert ist. Ich will es jetzt kurz zusammenfassen." Sie machte eine Pause und spürte ihr Herzklopfen. „Ja, ich habe Michael verlassen." Julia lehnte sich zurück. „Ihr kennt von Michael nur die freundliche Seite. Und die hat er, das will ich gar nicht bestreiten." Sie beugte sich wieder nach vorn. „Aber Michael ist gewalttätig. Er wird immer unberechenbarer." Sie atmete hörbar ein. „Es ist unerträglich geworden." Wieder machte sie eine Pause. „Michael ist ein Psychopath. Und es ist nach seinem Herzinfarkt schlimmer geworden ... Ich habe ihn vor einem Jahr schon verlassen wollen. Aber dann kam sein Herzinfarkt." Sie schüttelte den Kopf. „Da konnte ich nicht gehen. Aber jetzt ist Schluss."

Ihr Vater wollte offenbar nicht länger schweigen. In die letzten Worte rief er hinein. „Um Gottes willen, gewalttätig?" Nach kurzer Pause: „Wo bist du denn jetzt?"

„Papa, das ist egal. Ich sag es lieber nicht, damit ihr euch nicht aus Versehen verplappert und Michael erfährt, wo ich bin."

„Herrgott, hast du denn kein Vertrauen zu deiner Familie?" Julia sah, dass ihr Vater sich mit den Händen an den Lehnen seines Sessels abgestützt hatte. „Ich möchte einfach wissen, ob es dir gut geht."

Jetzt mischte sich Johanna ein, die bislang schweigend zugehört hatte.

„Papa, das ist keine Frage des Vertrauens. Aber wenn wir nicht wissen, wo Julia ist, müssen wir auf Fragen nicht lügen." Johanna drehte sich von ihrem Vater weg und schaute auf den Monitor. „Hauptsache, Julia, du bist sicher, da, wo du jetzt bist."

Julia nickte. „Ja, Johanna, das bin ich."

Julia sah, dass ihr Vater den Arm gehoben hatte, als wollte er sich melden. „Tut mir leid, Julia, ich habe das nicht so gemeint." Er schaute vor sich hin, schüttelte den Kopf und redete vor sich hin. „Oh Gott, nein."

Sie sah, dass Lena zu Johanna schaute und eine Augenbraue hochzog. Julia wusste nicht, was sie sagen sollte.

Lena hatte sich wieder dem Monitor zugewendet. „Erzähl doch weiter, Julia. Wie ist denn die Situation zuletzt zuhause gewesen?"

Julia strich eine Haarsträhne aus dem Gesicht. Ihre Hand zitterte. Sie sah, dass Lena sich nach vorn gebeugt hatte. „Julia, du hast mir erzählt, dass du große Angst vor ihm hast."

Julias nächste Worte kamen leise aus ihr heraus. „Ja, Lena. Ich habe große Angst vor ihm." Sie sprach jetzt lauter. „Er hat mir offen gedroht." Jetzt kamen ihre Worte stoßweise. „Es kommt nicht jeder Mord ans Tageslicht, Trennung gibt es nur, wenn der Tod uns scheidet." Sie machte eine Pause. „Das hat er gesagt." Julias Mundwinkel zuckten. Sie spürte ein Kribbeln im ganzen Körper und hatte das Gefühl tiefer Niedergeschlagenheit. Sie konnte nicht weitersprechen.

Niemand sagte etwas.

„Und er hat mich geschlagen." Ihre Stimme erschien ihr fremd.

Der Monitor blieb weiterhin stumm. Sie hatte ein Taschentuch genommen und an ein Auge gehalten. Sie presste ihre Lippen fest aufeinander.

Dann sah sie Lena zum Bildschirm kommen. Ihr Gesicht schien den ganzen Bildschirm einzunehmen.

„Julia, alles wird gut. Wir helfen dir." Julia schwieg.

Ihr Vater stand auf und verschwand aus dem Bild.

Julia hörte ihn fragen. „Bist du verletzt?"

Dann kam er ins Bild, schüttelte den Kopf und sagte immer wieder „Oh Gott oh Gott" vor sich hin. Sie sah, dass er sich wieder in den Sessel fallen ließ und auf den Bildschirm schaute.

„Er hat dich geschlagen?" Lauter wiederholte er. „Er hat dich geschlagen?"

„Ja." Julia beugte sich nach vorn.

„Ohrfeigen!" Sie wiederholte sich. „Ohrfeigen, zu denen ich ihn provoziert habe, sagt er." Sie schüttelte den Kopf und sah, dass ihr Vater sich mit einem heftigen Ruck nach hinten gelehnt hatte. „Nein, nein, nein." Er wurde leiser, wie in sich gekehrt und murmelte immer wieder „nein".

„Nein!" War jetzt auch von Johanna und Stefan zu hören. Julia sah, dass Johanna eine Hand vor den Mund gepresst hatte. Stefan schien paralysiert zu sein. Julia sah ihn steif, regungslos auf dem Sofa sitzen.

„Um Gottes willen!" Julias Mutter hielt ebenfalls eine Hand vor den Mund und schaute ihren Mann an. Der schüttelte fast unmerklich ununterbrochen mit dem Kopf. Nach einer Weile des Schweigens schaute sie in den Monitor. „Und die Kinder? Hat er die auch geschlagen? Wo sind die?"

Julia konnte zunächst nicht weitersprechen. Jetzt räusperte sie sich und sah auf das Bild.

„Die Kinder hat er nie geschlagen, im Gegenteil."

Ihr Vater unterbrach sie. „Was heißt im Gegenteil?" Er hob eine Hand in Richtung des Monitors. „Und wo sind die Kinder?"

„Die habe ich da lassen müssen." Sie presste die Lippen aufeinander. „Ganz sicher nur für ein paar Tage." Sie holte von neuem Atem. „Ich wollte sie mitnehmen in mein Versteck. Aber meine Anwältin hat gesagt, das könnte als Kindesentführung ins Ausland sogar strafbar sein. Und ich könnte damit das Sorgerecht verlieren." Sie machte eine Pause.

„Du bist im Ausland?" Ihre Mutter schaute auf den Monitor. „Ohne die Kinder, das geht doch nicht."

„Mama!" Sie beobachtete, wie Lena sich auf ihrem Sessel hin und her bewegte und mit den Armen gestikulierte. „Was redest du da? Natürlich hat Julia hin und her überlegt, wie sie die Kinder mitnehmen kann. Meinst du, das ist ihr leicht gefallen?"

Sie sah, dass Lena aufstand. „Keine Mutter geht ohne ihre Kinder, wenn das auch nur irgendwie funktioniert."

Julia hielt sich eine Hand vor den Mund. Sie konnte nicht verhindern, dass ihr die Tränen kamen. Sie wischte sie weg.

„Mama!" Sie sah, dass Johanna sich zu ihrer Mutter gewendet hatte. „Bei denen droht doch ein Streit um das Sorgerecht. Und wenn Julia die Kinder entführt, wird das doch gegen sie ausgelegt."

„Die eigene Mutter kann die Kinder doch nicht entführen." Ihre Mutter schüttelte den Kopf und sah zu Julia.

„Doch, Mama!" Sie meldete sich wieder. „Und das größte Problem ist Sina." Sie atmete ein und aus. „Ihr wisst, wie schwierig Sina jetzt in der Pubertät ist. Sie hätte nicht akzeptiert, ohne ihren Vater wegzugehen. Sie hätte ihn sofort angerufen. Und die Kinder auseinanderzureißen, mit Lasse allein zu gehen und Sina dazulassen, das habe ich nicht übers Herz gebracht!"

Sie fuhr sich mit den Händen durch das Gesicht.

„Ich hatte überlegt, sie zu euch zu bringen. Aber auch da hätte Sina sofort Michael angerufen und wäre zurückgegangen. Sie ist auf ihren Vater fixiert, das wisst ihr doch. Und meine Rechtsanwältin hat gesagt, dass ich gegen den Willen einer 13-Jährigen mein Sorgerecht verlieren könnte."

Julia blickte nach unten. „Und er hätte auch Lasse holen können. Das wäre ja ein schlimmer Alptraum für Lasse geworden." Sie blickte auf den Monitor. „Erst gehe ich weg, dann holt ihn sein Vater von seinen Großeltern weg. Das geht gar nicht."

Sie schwieg wieder. Dann legte sie die Hände aufeinander und hielt sie in Richtung Monitor. „Ich gehe davon aus, dass Michael seine Eltern nach Bremen holt. Ich würde euch aber bitten, Mama und Papa, Michael anzurufen. Bietet ihm bitte an, dass ihr vorübergehend die Kinder nehmt."

Sie sah, wie ihre Mutter heftig nickte und ihr Vater den Arm hob. „Bitten? Bitten? Wir holen die Kinder."

Julia schüttelte den Kopf. „Du kannst sie nicht gegen seinen Willen da rausholen, Papa. So gern ich das wollte. Du hast nicht das Sorgerecht, sondern er. Der schickt dir die Polizei auf den Hals."

Sie sah, dass ihr Vater aufstand. „Das soll der mal versuchen."

„Papa", Julia versuchte, nicht zu laut zu werden. „Das wäre das reine Chaos. Und schadet den Kindern. Ruf ihn erst einmal an."

Ihr Vater schwieg eine Weile, setzte sich wieder und starrte vor sich hin.

„Papa, versucht auf jeden Fall, mit den Kindern zu telefonieren und sie zu beruhigen. Ich habe ihnen einen Zettel geschrieben, dass ich bald wieder da bin."

Dann schaute er auf. „Das machen wir, Julia. Mit Michael wird es mir schwerfallen, zu telefonieren. Aber ich mache es. Und mit den Kindern reden wir."

Julia sah, dass ihre Mutter sich zu ihrem Mann drehte. „Wird er uns die Kinder denn geben?"

„Nein." Er hatte sich ebenfalls umgedreht. „Freiwillig bestimmt nicht. Wir sind aber die Großeltern. Und deshalb rufe ich Michael auf jeden Fall an." Julia bemerkte, wie er sich nach hinten in den Sessel fallen ließ und sie anschaute. „Mach ich nachher, Julia."

„Danke, Papa. Ich glaube auch nicht, dass er die Kinder zu euch lässt. Er wird seine Eltern nach Bremen kommen lassen." Sie lehnte sich zurück. „Vermutlich sind sie schon da."

Johanna meldete sich. „Julia, ich bin noch wie vor den Kopf geschlagen." Julia sah, wie sie sich zu den anderen umschaute und sich dann wieder dem Bildschirm zuwendete. „Bist du weit weg im Ausland? Und wie lange bleibst du weg? Du hast von ein paar Tagen gesprochen. Wann kommst du wieder?"

„Ja, Johanna, das müssen wir besprechen. Und ich bin nicht so weit weg." Julia rieb sich die Hände. „Der Plan ist, kurz gesagt, folgender."

Sie unterbrach sich. „Meine Rechtsanwältin sollte Michael schreiben, sobald ich weg bin. Ich habe heute Morgen bei ihr angerufen und Bescheid gesagt. Jetzt hat sie ihm das Schreiben geschickt, denke ich. Er wird dort aufgefordert, binnen drei Tagen schriftlich zu versichern, dass er sich von mir fernhält und mir nichts tut, also bis Sonntag. Wenn er das tut, würde ich nach Bremen zurückkommen. In dem Schreiben wird ihm angekündigt, dass wir vor Gericht nach dem Gewaltschutzgesetz klagen, wenn er die Erklärung nicht abgibt." Sie holte erneut Luft. „Meine Rechtsanwältin stellt dann einen Antrag bei Gericht, sofort darüber zu entscheiden. Das wird er wegen seines Rufes nicht riskieren. Dann ziehe ich mit den Kindern erst einmal zu Svenja. Ihre Wohnung in Bremen ist vorläufig groß genug."

Julia lehnte sich zurück.

„Ey Julia, soll ich zu dir kommen?" Julia sah, dass Lena aufgestanden war und auf den Monitor zuging. „Wo immer du bist, ich komme."

Julia sah wieder auf.

„Das ist lieb von dir, Schwesterherz. Aber Svenja kommt heute Abend. Ich bin also nicht ganz allein hier."

Ihre Mutter schien sich langsam aus ihrer Erstarrung zu lösen. „Deine Freundin Svenja? Die kennen wir doch."

„Ja, Mama, Svenja." Julia stockte, reckte sich und atmete tief ein. „Meine Freundin." Sie stockte wieder und atmete aus. „Und meine Partnerin."

Ihr Vater hob eine Hand. „Was meinst du mit Partnerin?"

Julia bemerkte, dass Lena ihren Vater ansah. Sie schien Julia mit der Erklärung, was denn eine Partnerin ist, nicht allein lassen zu wollen.

Laut und langsam sagte sie. „Na, Partnerin, Papa." Julia beobachtete, wie sie mit der Hand auf den Mann ihrer Schwester zeigte. „Wie Stefan. Er ist der Partner von Johanna." Ihr Vater unterbrach sie. „Nein, die beiden sind verheiratet, Lena." Julia schwieg und hörte dem Dialog zwischen ihrer Schwester und ihrem Vater zu.

Lena redete weiter, als hätte sie den Einwand ihres Vaters nicht gehört. „Oder Niklas, der ist mein Partner." Sie betonte das Wort ‚mein'. „Und Svenja ist Julias Partnerin."

„Aber...", ihre Mutter sprach nicht weiter. Ihr Vater schwieg.

Julia atmete tief ein und setzte zu einer eigenen Erklärung an.

Lena kam ihr zuvor „Wie auch immer. Nehmt das jetzt einmal so hin. Wir können später diskutieren. Julia hat sich erst einmal vor Michael versteckt, damit er ihr nichts antun kann."

Lena machte eine Pause.

„Nein, Lena, wir müssen das nicht später diskutieren." Julia hatte zugehört. Jetzt wollte sie sich klar äußern.

Sie beugte sich nach vorn. „Es ist so, wie Lena sagt. Svenja ist nicht nur meine Freundin. Sie ist meine Partnerin, mit der ich zusammenleben will, meine Lebensgefährtin."

Sie wartete einen Moment.

„Ich hätte euch das lieber persönlich gesagt. Aber es ist so, wie es ist."

Alle schauten in den Monitor.

„Svenja ist..." Julia brach den Satz ab. „Zur Wohnung nochmal: Svenja wird ab dem 1. April in Hamburg arbeiten und hat über einen Makler eine Wohnung gefunden. Die wird am Ende des Monats frei und die werden wir demnächst besichtigen. Ich werde mit ihr und mit den Kindern nach Hamburg ziehen."

Julia näherte sich mit ihrem Gesicht dem Monitor. Ich will es noch einmal sagen, ganz deutlich.

„Ich werde auf jeden Fall mit Svenja zusammenziehen, zunächst vielleicht in Bremen, dann aber in Hamburg."

Immer noch sagte niemand etwas. Julia setzte sich zurück. Sie sah, dass ihre Mutter auf dem Sofa nach vorn rutschte.

„Wird er die Kinder denn weglassen?"

Julia rückte ebenfalls nach vorn. Ihr Kopf erschien groß auf dem Bildschirm.

„Die Kinder hole ich mir notfalls mit Gewalt." Sie wurde laut. „Ich will mit beiden Kindern zusammenleben."

Julia fuhr mit der Hand durch ihre Haare, die bei den letzten Worten in die Stirn gefallen waren.

„Sina könnte ein Problem sein."

Sie setzte sich zurück und wurde wieder leiser.

„Lasse kommt auf jeden Fall zu mir. Bei Sina bin ich mir nicht sicher, weil sie mit 13 selbst entscheiden kann, bei wem sie bleibt." Sie stockte. „Das hat mir meine Rechtsanwältin erklärt."

Sie sah, dass ihr Vater den Kopf schüttelte. „Für die Kinder kämpfen wir mit dir, Julia."

Lena meldete sich. „Sina ist in der Pubertät. Ich kann

sie verstehen. Ich werde auf jeden Fall mit ihr reden."

„Mach ich auch." Julia sah, wie Johanna die Hand hob. „Obwohl ich mit Lasse besser klar komme."

Sie bemerkte, wie ihr Vater den Arm seiner Frau nahm, wie um sie zu hindern, etwas zu sagen.

„Du wirst also nach Hamburg ziehen. Oder übernimmst du die Wohnung deiner Freundin in Bremen, wenn die nach Hamburg zieht?"

Julia schaute in den Monitor. Lena wollte offenbar etwas sagen. Ihr Vater hob die Hand, um ihr zu bedeuten, dass er weiterreden wollte.

„Dann könnten die Kinder doch weiter in Bremen ihren Freundeskreis behalten. Und sie können in ihrer Schule bleiben, Julia."

„Nein, Papa," Julia schüttelte den Kopf. „Ich hab das doch gesagt; ich ziehe mit Svenja zusammen."

Julia sah, dass Lena beide Hände über ihrem Kopf gefaltet hatte und die anderen im Raum anschaute. „Hört mal, die Zeit ist gleich zu Ende. Eine Sitzung geht nur 40 Minuten lang. Wir haben noch zwei Minuten."

Sie wendete sich zum Bildschirm.

„Julia, pass ja auf dich auf. Ruf an, wann immer du willst. Und halt uns auf dem Laufenden. Wir fühlen mit dir und sind in Gedanken bei dir."

Ihr Vater rief dazwischen. „Um Gottes willen, pass auf, dass dir nichts passiert. Ich melde mich sofort bei ihm." Er nickte. „Es wird alles gut, Julia."

Johanna meldete sich. „Ich wünsche dir viel Kraft. Wenn ich etwas tun kann, sag mir Bescheid."

„Alles Liebe!", rief Stefan in den Raum. Er hatte die ganze Zeit schweigend dagesessen.

„Ja, Papa, ruf Michael wegen der Kinder an." Julia hob beide Arme. „Wir sprechen uns wieder. Ich melde mich bald wieder. Macht's gut und danke, dass ihr da ward."

Sie wusste nicht, ob die letzten Sätze zu hören gewesen waren. Der Bildschirm zeigte das Ende der Sitzung an.

Julia

Nachdem der Bildschirm geschlossen war, blieb Julia lange sitzen und dachte über das Gespräch nach. Sie fühlte, wie sie ruhiger wurde. Dann stand sie auf, ging auf die Terrasse, auf die das Licht aus dem Wohnzimmer fiel und schaute in die Nacht hinaus. Der Wind war stärker geworden. Das gleichmäßige Rauschen des Meeres beruhigte sie. Jetzt wissen sie es mit Svenja. Um die Kinder kümmern sie sich, auch wenn seine Eltern vielleicht schon in Bremen sind. Es wird alles gut werden. Morgen wird Michael das Schreiben von Frau Thalheim bekommen, wenn er es nicht schon hat. Sie wird ihm eine Frist bis Sonntag setzen. Alles läuft wie geplant. Julia drehte sich um und sah in das Wohnzimmer. Hoffentlich geht nicht irgendetwas schief. Sie schlang die Arme um ihren Oberkörper. Quatsch.

Sie ging hinein und schloss hinter sich die Tür.

Den Ohrensessel schob sie dicht an den Kaminofen und begann, das Buch weiter zu lesen, das sie schon in Bremen fast durchgelesen hatte. Sie war gespannt, wie es ausgehen würde. ‚Anomalie' hieß es. Ein merkwürdiges Buch, ich muss mit Svenja mal darüber reden.

Nachdem sie die letzten Worte gelesen hatte, fiel sie in eine nachdenkliche, wehmütige Stimmung, verbunden mit einer immer größeren Müdigkeit. Sie hatte gehört, dass man in den ersten Tagen am Meer vom hohen Salzgehalt der Luft schnell müde wird. Ich will wach bleiben, Svenja kommt, dachte sie. Die Geräusche des Sturmes und der Brandungswellen schienen immer leiser zu werden.

Laut wie ein schriller Wecker klingelte ihr Handy. Julia schreckte hoch, Svenja!

„Na mein Schatz, das hat aber lange gedauert." Julia hörte die Stimme weit entfernt, bis sie bemerkte, dass sie das Handy falsch herum hielt.

„Wie schön, wo bist du?"

„In Esbjerg im Hafen; die Fähre kommt schon." Julia hörte sie lachen. „Ich werde gleich da sein."

„Ich fahr los. Ich bin da, wenn du ankommst. Ich brauche nur ein paar Minuten." Sie schmatzte mit dem Mund und legte auf. Sie war nicht sicher, ob Svenja das Geräusch als Kuss erkannt hatte. „Juhuu!" Sie rief es so laut, dass sie sich vor dem eigenen Geräusch erschreckte.

Das Feuer können wir später anmachen, dachte sie. Jetzt anziehen und zum Hafen.

Sie schloss ab und fuhr langsam den schmalen Weg zur Hauptstraße herunter. Wie stockdunkel es hier auf der Insel ist, dachte sie. Ich muss aufpassen, dass ich in der Dunkelheit den Weg finde und niemanden umfahre.

Im Hafen angekommen, sah sie die Fähre von weitem kommen. Sie suchte Svenja unter den Menschen auf dem Schiff. Sie entdeckte sie oben auf dem Deck. Sie winkte Julia zu. Julia ruderte mit beiden Armen.

Sie trat von einem Bein auf das andere, als würde sie an den Füßen frieren. Erst wurde die Schranke für die Autos und Motorräder geöffnet, bevor die Fußgänger von Bord durften.

Julia breitete ihre Arme aus. Svenja fiel in sie hinein,

wie es schien. Sie hatte einen dicken dunkelblauen Mantel angezogen. Er erinnerte Julia an eine Steppdecke, die ihre Eltern tagsüber auf ihr Bett gelegt hatten.

Lange umarmten sie sich schweigend.

„Komm, es wird kalt. Im Haus zünden wir das Feuer an."

Sie lud Svenjas Koffer in den Wagen und schaute ihre Freundin an. „Neuer Mantel?"

Svenja lachte. „Klar, an der Nordsee, im Winter."

Ziemlich schnell fuhr sie los.

„Wie schön, dass du da bist. Ich freue mich so."

Svenja schaute auf die dunkle Straße.

„Deshalb musst du aber nicht so schnell fahren."

Sie streichelte Julia beruhigend über den Oberschenkel. „Ich freue mich auch so!"

Michael

Der erste Tag, an dem Julia nicht da ist. Er schaute sich seine Liste auf dem Laptop an. Er hatte sich den Nachmittag frei genommen, um für die Kinder da zu sein und zu planen, wie er vorgehen würde. Er saß in seinem Lieblingssessel vor dem Kachelofen. Er hätte ihn anzünden können. Es war kalt draußen. Michael stand aber nicht der Sinn danach, sich ein gemütliches Feuer zu machen. Er hatte sich ein Glas Rotwein eingeschenkt und dachte nach. Julia sollte hier sein.

Er konzentrierte sich auf seine Wut darüber, dass sie ohne ein Wort gegangen war. Mein Leben ist aus dem Gleichgewicht geraten. Das hätte sie nicht tun dürfen, dachte er. Dabei hatte er ihr so deutlich vor Augen geführt, dass die Möglichkeit einer Trennung oder gar einer Scheidung für ihn völlig ausgeschlossen war. Warum hat sie sich nicht daran gehalten?

Er trank einen Schluck. Ich habe doch alles für die Familie getan. Sicher, meine Wutanfälle waren vielleicht schlimmer geworden in letzter Zeit und Ohrfeigen sind nicht gut. Er schüttelte unmerklich den Kopf. Sie kennt mich doch. Sie weiß doch, dass ich mich wieder beruhige. Und die Kinder liebe ich genauso wie sie. Warum sieht sie das nicht? Wir hatten ein glückliches Leben zusammen. Das kann sie doch nicht über Bord werfen für irgendeinen Idioten.

Er krallte seine Hände um die Armlehnen seines Sessels. Ein Vollidiot, der sie dazu gebracht hat, alles aufzugeben. Michael stand auf und lief zum Fenster. Es war dunkel draußen. Er drehte sich um und goss neuen Rotwein in sein Glas. Er atmete tief ein. Jetzt konzentriere ich mich erst einmal auf das, was ich tun muss. Was habe ich heute geschafft, was kann ich jetzt noch tun?

Die Kinder schlafen. Morgen werden meine Eltern kommen. Meine Mutter will bleiben und erst einmal auf die Kinder aufpassen. Lange werde ich das aber nicht aushalten. Er ging wieder zum Fenster. Dieses ständige Gejammer über irgendwelche Kleinigkeiten, dieses ständige Reden über Krankheiten, dieses Beschweren über Politiker jeder Couleur, über Nachbarn oder irgendwelche Promis, unerträglich. Denen ist es zu gut gegangen.

Er drehte sich um und schaute in sein Wohnzimmer. Das hier habe ich alles hart erarbeitet. Und mein Vater? Als Richter am Landgericht hat der doch weiß Gott nicht viel gearbeitet und genießt jetzt seit zehn Jahren eine üppige Pension. Und Mutter hat doch seit meiner Geburt zeit ihres Lebens überhaupt nicht mehr gearbeitet. Er setzte sich wieder in seinen Sessel.

Egal, wichtig ist, dass sie die Kinder mitnehmen und wieder fahren. Ich will meine Eltern nicht tagelang im Haus haben. Auch meine Mutter alleine nicht. In der Schule melde ich sie erst einmal krank.

Das Telefon klingelte. Er schaute auf das Display. Helma, die Lebensgefährtin meines Bruders. Was will die denn?

„Was ist denn los bei euch, Michael? Deine Mutter hat mich eben angerufen."

„Hallo Helma. Julia ist weg, das ist los. Und jetzt frag mich nicht warum und frag mich nicht, wo sie ist und wer der Typ ist, mit dem sie offenbar weg ist. Ich weiß es nämlich nicht."

Helma zögerte. „Kann ich irgendetwas tun?"

„Ich weiß es nicht, mal sehen. Ich gehe davon aus, dass Julia sich melden wird. Sie hat nur einen Zettel hinterlassen, dass sie weg ist."

„Was für einen Zettel?"

„Da steht nur drauf, dass sie erst einmal weg ist."

„Und was ist mit den Kindern?"

„Die sind hier."

„Ohne die Kinder kommt sie mit Sicherheit bald wieder. Keine Mutter lässt ihre Kinder einfach zurück und haut ab."

„Das denkst du, aber weiß ich das? Lass uns morgen nochmal telefonieren." Er unterbrach sich. „Und wo ist mein Bruder? Will der nicht mit mir reden?"

„Michael, deine Eltern haben eben erst angerufen, haben mir erzählt, dass Julia weg ist und dass sie morgen zu euch kommen. Helmuth ist bei seiner Doppelkopfrunde. Der weiß davon noch gar nichts. Ich wollte dich nur gleich anrufen."

„Ok, bis morgen." Er hatte keine Lust auf lange Reden und freundliche Verabschiedungen. Zu sehr nervte ihn die Situation. Entweder kommt sie in den nächsten Tagen zurück oder ich werde schweres Geschütz auffahren. Das lasse ich nicht mit mir machen. Morgen früh kommt der Privatdetektiv ins Büro. Ich muss mit ihm über den Preis verhandeln. Vielleicht kann ich mit ihm einen Deal mit Rechtsberatung vereinbaren. Ich will das steuerlich absetzen. Auf jeden Fall muss der sofort loslegen. Er ärgerte sich, dass der nicht heute anfangen konnte. Angeblich musste er heute einen anderen Fall zu Ende bringen. Vor allem hat er sich um Svenja zu kümmern, sofort. Die scheint viel zu wissen.

Michael

Er holte eine weitere Flasche Rotwein aus dem Keller, setzte sich wieder in seinen Lieblingssessel und dachte nach. Anna, die ruf ich jetzt an. Er zögerte einen Moment. Ihr Freund wird doch nicht da sein, es ist erst Donnerstag. Anna meldete sich beim zweiten Klingeln.

„Michael, was ist? Warum rufst du mich abends privat an. Mein Freund hätte da sein können. Ist etwas passiert?"

„Was nun, dein Freund ist offenbar nicht da. Kommt er noch?"

„Nein, auch am Wochenende nicht, er hat wichtige Besprechungen, hat er gesagt. Aber wieso kannst du telefonieren? Ist Julia nicht da?"

Michael erklärte kurz die Situation. „Kannst du herkommen?"

„Willst du mit mir reden oder mit mir ficken?"

„Weiß ich nicht, beides."

„Ich komme, aber ich bleibe nicht lange. Nachher kommt Julia doch wieder. Das muss ich nicht haben."

Er schenkte sich ein neues Glas ein.

Anna klingelte. Inzwischen hatte er fast eine ganze Flasche Rotwein getrunken. Er fühlte sich besser. Als er die Tür öffnete, wusste er, dass sie dasselbe wollte wie er. Er sah an ihrem offenen blauen Wollmantel herunter. Sie hatte einen kurzen schwarzen Lederrock an, eine weiße Bluse darüber. „Komm her, erst mal auf den Tisch." Sie lehnte sich an den Esstisch im Wohnzimmer und wartete, was sie tun sollte.

„Bluse auf." Sie knöpfte ihre Bluse auf und wollte sie abstreifen. Er fasste fest an ihren Hals.

„Nicht ausziehen, nur aufmachen."

Sie schob den Lederrock hoch und lehnte sich an den Tisch. Er schaute auf ihre glattrasierte Vulva. Auf einen Slip hatte sie verzichtet. Er ließ ihren Hals los.

„Knie Dich hin und mach den Mund auf." Michael öffnete seine Hose, schaute von oben auf sie herab, fasste in ihr Haar und verhinderte, dass sie den Kopf zurückziehen konnte.

Schließlich ließ er sie los. Anna setzte sich auf den Tisch und öffnete schweigend ihre Beine.

Er stieß hart in sie hinein, lehnte sich nach vorn und packte sie fest am Hals.

Nachdem er einen Orgasmus hatte, löste er sich von ihr. „Zieh dich an."

Anna holte einen Slip aus ihrer Handtasche und ging ins Bad.

Michael holte ein zweites Glas aus der Küche und leerte den Rest des Rotweins in beide Gläser. Er öffnete die dritte Flasche und goss die Gläser voll. Dann blickte er nach oben. Die Kinder hätten kommen können, fiel ihm ein. Daran habe ich überhaupt nicht gedacht. Gott sei Dank haben die immer schon einen festen Schlaf.

Als sie im Wohnzimmer auf den Sesseln saßen, sahen sie sich lange schweigend an. Anna zuckte mit den Schultern. „Was ist los?"

Michael erzählte ausführlich, was geschehen war, zeigte ihr den Zettel, den er auf seinem Schreibtisch gefunden hatte und erklärte, was er zu tun gedachte.

„Willst du Julia denn wiederhaben? Und was soll mit den Kindern werden?" Sie hob eine Hand. „Entschuldige, nur vorsichtshalber. Ich will sie nicht."

„Quatsch. Meine Eltern kommen erst einmal." Er unterbrach sich. „Damit lasse ich sie nicht durchkommen, ganz sicher nicht. Das macht sie mit mir nicht." Michael bemerkte, wie sich in Wut und Aggression in ihm hochkamen. „Das werde ich sie büßen lassen. Das vergisst sie ihr Leben lang nicht!" Er schlug mit der Faust auf die Lehne seines Sessels.

„Lass es, Michael. Du bist so unkontrolliert, wenn du wütend bist. Du hast einmal eine meiner besten Vasen an die Wand geworfen. Ich weiß gar nicht mehr, worum es ging. Aber ich habe das nicht vergessen."

Michael wurde ruhiger. „Mein Gott, sei nicht so nachtragend. Hilf mir lieber, wie ich mit der Situation umgehen soll."

„Ist doch richtig, was du machen willst. Engagier einen Privatdetektiv. Der wird sie schon finden. Im Übrigen bin ich sicher, dass sie sich zumindest morgen oder übermorgen melden wird, schon wegen der Kinder."

„Ich weiß nicht. Irgendwann wird sie sich sicher melden. Ich muss nur überlegen, wie ich dann reagiere."

„Auf jeden Fall gelassener als eben. Du musst deinen Kopf einschalten."

„Papa, wer ist das?"

Er zuckte zusammen und schaute nach oben.

„Hast du mich erschreckt. Das ist Frau Michalski, eine Kollegin. Sie ist geschäftlich hier. Was ist denn? Geh wieder schlafen."

Sina kam die Treppe herunter. „Ich wollte nur was trinken."

„Man kann übrigens auch ‚guten Abend' sagen."

Sina schaute Anna an. „Guten Abend."

Sie ging in die Küche, nahm sich eine Flasche Wasser aus dem Kühlschrank und ging langsam wieder nach oben, drehte sich um und blieb stehen. „Bleibt sie heute Nacht hier?"

„Nein! Natürlich nicht." Er schüttelte den Kopf. „Sina, Abgang." Er zeigte nach oben.

„Wieso Kollegin?", fragte Anna, als seine Tochter endlich in ihrem Zimmer verschwunden war. „Zu Juristerei hätte ich überhaupt keine Lust."

„Hab ich nur so gesagt. Ich habe im Moment keine Lust auf irgendwelche Erklärungen."

Anna stand auf, zog ihren Mantel an und ging zur Haustür. „Lass morgen mal von dir hören, falls Julia nicht wieder da ist. Ich bin ja am Wochenende solo."

„Mach ich." Michael sah ihr nach, wie sie in ihren Porsche Boxster stieg. Sie hatte ihn auf der Auffahrt geparkt.

„Starkes Auto." Michael zuckte zusammen und drehte sich um. Sina stand hinter ihm und grinste ihn an.

„Ey, ich horche auch nicht bei dir an der Tür, wenn du Besuch hast. Also lass es und geh ins Bett. Morgen früh ist Schule angesagt."

„Ist ja gut!"

„Schlaf schön." Er sah ihr nach, wie sie langsam die Treppe hochging. Sie schaute sich um und verschwand wieder in ihrem Zimmer.

Ob sie etwas mitbekommen hat, überlegte er. Ach, bestimmt nicht. Er schüttelte den Kopf.

Morgen früh werde ich die Sache in die Hand nehmen, dachte er, als er im Bett lag. Wovon lebt sie jetzt, dachte er, konnte den Gedanken aber nicht weiter verfolgen. Erschöpft schlief er ein.

Freitag, 13. Februar

Julia

Julia wachte auf. Hat der Wecker geklingelt? Sie sah auf die Uhr: 7 Uhr. Ich werde auch ohne Wecker wach. Sie dachte an das, was sie zurückgelassen hatte. Die Gedanken an das Haus, an ihr Leben dort erfüllten sie mit einer Mischung von Widerwillen, Angst und Trauer. Worum trauere ich, um die Kinder, um mein verfehltes Leben in Anspannung und Furcht? Furcht vor ihm! Das war zum Schluss das alles Beherrschende gewesen. Aber es ist gewesen und vorbei.

Sie sah zur Seite; Svenja schlief. Gestern Abend war sie traurig gewesen, als Svenja ihr erzählt hatte, dass ihre Firma sie erst freistellen würde, wenn sie eine Nachfolgerin für sie hätten. Einen Bewerber haben sie schon zum Gespräch eingeladen. Und in der nächsten Woche wird die Wohnung in Hamburg besichtigt.

Sie dachte an die drei Tage, die sie vielleicht ab Dienstag allein sein würde. Sie fürchtete, dass Michael auf das Schreiben ihrer Rechtsanwältin nicht sofort reagieren würde. Zumindest bis Mittwoch oder Donnerstag werde ich hier sein. Und wenn es ganz schlecht läuft sogar bis zum Wochenende. Die Kinder werden die Zeit hoffentlich aushalten, ohne Schaden. Ich werde für eine Fotosafari über die Insel wandern, über die Zukunft nachdenken und zu mir selbst kommen.

Sie schaute nach oben an die Decke mit den Holzbalken. Es ist so hart für die Kinder. Ich habe ihnen versprochen, mich so schnell wie möglich zu melden. Ich rufe nachher Sina an. Meine Kinder. Sie atmete tief ein. Aber sie schaffen das, und ich auch. Sie drehte ihren Kopf zur Seite. Wie ruhig Svenja atmet, wie schön.

Julia dachte an das Gespräch mit Lena, ihren Eltern und Johanna zurück. Sie war stolz auf ihre Schwestern. Sie haben mich toll unterstützt. Hätte Lena solange stillgehalten wie ich? Sie schüttelte leicht den Kopf.

Lena wäre klarer gewesen als ich, hätte das niemals mit sich machen lassen. Sie hat sich ja von ihrem Mann getrennt, als er sich mit anderen über ihren Körper lustig gemacht hat. Illoyalität zerstört jede Partnerschaft, hat sie gesagt. Konsequent hat sie sich scheiden lassen. Dann hat sie sich in aufregenden Nächten mit Hilfe von Dating-Apps abgelenkt. Das letzte Date war Niklas, ihr Freund, mit dem sie jetzt zusammenwohnt. Ausgerechnet ein Arzt aus dem eigenen Krankenhaus. Arzt und Krankenschwester, das Klischee.

„Woran denkst du?" Svenja schaute sie mit großen Augen an und strich ihr eine Haarsträhne aus den Augen.

„An so vieles. Aber jetzt bist du da. Und das ist das Wichtigste." Julia schlang ihre Arme um ihre Freundin. „Ich will jetzt nur dich."

Svenja nahm ihren Kopf in die Hände. „Und ich dich." Sie küsste ihre Nase, ihren Mund, ihren Hals und wanderte mit ihrem Mund nach unten. Zärtlich spielte sie mit der Zunge an ihren Brustwarzen und streichelte sie weiter, während der Kopf weiter nach unten wanderte. Julia genoss es, bis sie nicht mehr stillhalten konnte, sich löste und begann, Svenjas Körper zu erkunden, der ihr inzwischen so vertraut war.

Die Zeit verging, ohne dass Julia es bemerkte. Dann hörte sie ihren Bauch grummeln. Svenja lachte. „Der Hunger meldet sich, mein Schatz." Sie strampelte sich los. „Frühstück!", rief sie laut aus.

Schweigend genossen sie das Essen auf der Terrasse. Die Sonne wärmte sie und taute den Raureif weg, der sich auf die Büsche vor dem Haus gelegt hatte.

Schließlich liefen sie auf einem schmalen Fußpfad durch die Dünen zum Strand. Sie genoss den gleichen Rhythmus ihrer Schritte im Sand.

Julia sah sich um. „Es ist wunderschön hier, genauso, wie ich es jetzt brauche."

„Wir werden so lange bleiben, wie es unbedingt nötig ist, aber jeden Tag davon genießen."

Sie sah Svenja an. „Du schaust so nach unten, Liebes, was ist?"

„Nichts." Svenja schüttelte den Kopf.

Julia hielt Svenja am Arm fest. „So, wie du ‚nichts' sagst, denkst du doch über etwas nach."

„Ach du, manchmal habe ich eben Angst."

„Wovor, sag schon."

„Dich zu verlieren; dass du dem Druck nicht standhalten kannst, der von Michael kommt."

„Das ist jetzt nicht dein Ernst." Julia war stehen geblieben.

„Nein, nein. Ich glaube das auch nicht wirklich. Aber er hat doch immer wieder Besserung gelobt, wie alle Gewalttäter. Und das wird er wieder machen, schätze ich."

Bevor Julia antworten konnte, redete Svenja weiter.

„Du hast es sechs Jahre ausgehalten, nach der Vergewaltigung."

Julia blieb stehen. „Du weißt es doch. Erst die Schwangerschaft, die Kinder, ja, mein fehlendes Selbstbewusstsein. Und er hatte positive Eigenschaften, Mitgefühl für andere."

„Ich weiß, aber seine Aggressivität war auch immer da."

„Die ist im Laufe der Jahre immer stärker geworden. Und mein Selbstbewusstsein auch."

Sie gingen weiter.

„Ja, seine Aggressionen. Er wird die Kinder für seine Ziele einsetzen, dir drohen."

Julia unterbrach sie. „Das haben wir doch schon ein paarmal besprochen, mein Schatz. Es wird Streit und Stress wegen der Kinder geben. Ich bin da aber total klar mit mir. Die Kinder bleiben bei mir, Lasse sowieso und Sina hoffe ich eben."

Julia und Svenja gingen weiter. Julia legte einen Arm um ihre Freundin. „Ey, jetzt muss ich dich mal aufbauen. Es wird alles gut, glaub mir."

Svenja drehte sich zu Julia um. Sie hatte eine Träne in ihrem Auge und wischte sie weg. „„Der Wind, ich heule nicht."

Julia lachte. Dann wurde sie nachdenklich. „Hauptsache, es wird verhindert, dass er mir etwas tut. Und dafür sind wir ja hier. Wo er uns nicht finden wird, oder?"

Schweigend gingen sie weiter. Julia dachte an den Morgen zurück. Das Gefühl von Liebe und Geborgenheit erfasste sie.

„Was meinst du, Julia?"

„Was?"

Svenja schüttelte Julia mit beiden Armen.

„Du hast nicht zugehört."

„Nein, ich habe daran gedacht, warum ich dich liebe."

„Und warum liebst du mich?"

„Du weißt, was jetzt kommt: Es sind eine Million Gründe! Na ja, übertrieben, tausend!"

Svenja lachte. „Auf tausend komme ich nicht, glaube ich."

Julia legte einen Arm um Svenjas Hals. „Unverschämt! Sag mir wenigstens zwei! Dann sag ich dir auch zwei, warum ich dich liebe."

Svenja dachte nach.

„Nicht lange nachdenken, sag sofort!"

„Du denkst immer daran, dass es denen gut gehen soll, die du liebst und denkst danach erst an dich."

„Und der zweite Grund?"

„Du riechst so gut."

„Was, das ist ein Grund?"

„Ja, es ist wichtig, dass ich dich gut riechen kann. Das ist extrem wichtig, das ist wissenschaftlich erwiesen."

„Na dann; ich kann dich auch gut riechen. Ich schnüffele manchmal an dir, wenn wir zusammen liegen." Julia zog Svenja an sich heran und roch an ihrem Hals.

„Aha, ein Grund. Und was ist der zweite Grund, warum du mich liebst, Julia?"

„Wir sind so gleich. Nein, nicht gleich. Ich kann das nicht erklären. Es gibt ein Gedicht, etwas kitschig, ich weiß nicht mehr genau, wie es geht. Ist von Rilke. Da heißt es: ‚nimmt uns zusammen wie ein Bogenstrich, der aus zwei Saiten eine Stimme zieht'. Es geht um eine Geige, glaube ich. Und so geht es mir mit dir."

„Wie schön." Tränen tropften aus Svenjas Augen. Sie blieb stehen. „Danke!"

Julia sah ihre Freundin an und streichelte vorsichtig ihre Wange. Sie hatte das Gefühl, nicht atmen zu können. Ein Liebesblitz in mir, dachte sie. Langsam gingen sie weiter.

„Coup de foudre."

„Was meinst du, Julia?"

„Die Franzosen nennen das so, einen Liebesblitz." Julia lächelte und sah in die fragenden Augen ihrer Freundin.

„Lass uns umkehren, Svenja. Ich habe ein schönes Café im Ort entdeckt. Wir können da einen Milchkaffee trinken und eine Kleinigkeit essen."

Svenja drückte Julia fest an sich. „Gut, das machen wir."

Julia

Zurück am Haus nahmen sie Julias Wagen und fuhren zum Hafen. Die Glocke an der Tür klingelte, als sie das Kaffeehuset betraten. Die Betreiberin des Cafés lächelte.

„Ah, deine Freundin ist da." Sie schaute Svenja an. „Herzlich willkommen auf Fanø. Was kann ich für euch tun? Möchtet ihr beide einen Milchkaffee?"

„Ja, den trinken wir als Kaffee am liebsten." Julia hörte ihr Herz klopfen. Sie hat von uns beiden gesprochen. Wie schön das klingt.

Katrine brachte den Milchkaffee.

Sie sah Svenja an. „Ich bin Katrine."

„Ich bin Svenja."

„Freut mich, dich kennen zu lernen. Wisst ihr, meine Schwester Clara..." Sie schwieg. Es schien Julia, als wüsste Katrine nicht, wie sie den Satz formulieren sollte.

Bevor sie weiterreden konnte, hörten sie die Türglocke.

Katrine drehte sich um. Drei Gäste waren gekommen, die sie offensichtlich kannte und mit denen sie sich auf dänisch unterhielt. Es muss etwas Lustiges sein. Alle lachen so herzlich. Welch schöne fröhliche Stimmung, dachte sie und bemerkte, dass sich ihr Körper auf dem Stuhl entspannte. Katrine wandte sich wieder den beiden zu. „Wenn du von einem Menschen redest, kommt er auch, sagen wir in Dänemark. Siehst du, meine Schwester ist gekommen."

„Hej", mit der üblichen Begrüßung kamen ein Mann und zwei Frauen auf Julia und Svenja zu und setzten sich an den Nachbartisch.

Katrine ging in die Küche. Julia blickte hin und wieder hinüber. Wer ist wohl die Schwester? Und wer sind die andere Frau und der Mann? Oder sind es beides Schwestern? Zu wem gehört der Mann? Sie versuchte, eine Ähnlichkeit zwischen Katrine und den Frauen zu erkennen. Sie waren einige Jahre jünger, sahen sich aber nicht ähnlich. „Julia, schau nicht so neugierig rüber," flüsterte Svenja. „Das sieht ja so aus, als würdest du sie beobachten."

„Macht doch nichts." Blauer Pullover von faszinierend intensiver Farbe, hellblaue Jeans und hellbraune Stiefel. Das passt alles gut zu ihren blonden dicken halblangen Haaren und ihrem schmalen Gesicht, dachte Julia. Sie sieht schön aus.

Sie sah sich die andere Frau an: schwarzer Rollkragenpullover, schwarze Jeans und dunkelbraune Stiefeletten. Düster sieht sie aber nicht aus mit ihren schulterlangen hellbraunen Haaren und ihrem fröhlichen runden Gesicht. Der Mann scheint nicht so viel Wert auf sein Äußeres zu legen: Hellgrauer dicker Pullover, dunkle Jeans und dicke Wanderschuhe, die aussahen, als würde er sie täglich tragen.

Sie unterhielten sich angeregt. Katrine lachte und rief ihnen etwas aus der offenen Küche zu, die sich hinter dem Bartresen befand. Welch ein schönes, fröhliches Gespräch, dachte Julia. Sie presste die Lippen aufeinander. Solche Gespräche hatte ich auch, bevor ich Michael kannte, später nicht mehr. Wie konnte es so weit kommen?

„Er I to alene her?"

Julia sah die Frau im blauen Pullover an. Sie hatte sich zu ihnen umgedreht.

„Was hast du gesagt?" Blöde Frage, dachte sie sofort.

Die Stimme hinter dem Bartresen rief: „De er tyskere."

„Entschuldige, seid allein hier? Setzt euch gern zu uns. Meine Frau ist auch aus Deutschland."

Julia und Svenja nahmen ihre Tassen und setzten sich an den Tisch. Svenja nickte Julia zu. „Julia, Svenja."

„Ich bin Clara." Sie schaute zu ihrer Frau. „Das ist Sophie. Und das", sie zeigte in die Küche, die hinter dem Bartresen zu sehen war, „ist Oscar, mein Schwager, der Mann meiner Schwester." Sie sah Julia an. „Ungewöhnliche Zeit für Touristen. Macht ihr Urlaub hier?"

Julia stockte wieder. Was sollte sie antworten? Katrine wollte sie ihre Situation erklären. Aber Clara und Sophie kannte sie gar nicht. Sie sah Svenja an und redete zunächst von einer Auszeit.

„Ich weiß nicht, wie lange wir bleiben", erzählte sie. „Meine Freundin muss am Montagabend zurück und kann Donnerstag wiederkommen. Wir wissen es nicht. Ich nehme eine Auszeit."

„Das hört sich kompliziert an." Sophie schaute sie an.

Clara schüttelte den Kopf.

„Eine Auszeit, was ist das?"

Julia atmete tief ein. Bevor sie etwas sagen konnte, legte Svenja die Hand auf ihren Arm.

„Das ist eine Zeit, die jemand braucht, um zu wissen, wie es weitergeht." Sie stockte. „Weil es so nicht weitergeht, wie es war."

Bei den letzten Worten schaute sie Julia an.

Jetzt legte Sophie, die neben Svenja saß, eine Hand auf ihren Arm. „Du musst aber jetzt nichts erklären. Clara ist zu neugierig."

Julia lachte kurz auf. Wie fühle ich mich wohl hier, schoss ihr durch den Kopf. Clara sah Julia an. „Du hast etwas traurig ausgesehen."

Julia fühlte, dass aus ihr herausmusste, was mit ihr los war. „Ich bin verheiratet und vor meinem Mann weggelaufen. Er ist schlimm, vor allem aggressiv. Ich habe Angst vor ihm. Er soll erst einmal nicht wissen, wo ich bin. Ich bin mit meiner Freundin zusammen." Sie nickte in Svenjas Richtung. „Und wir wollen zusammenbleiben."

Die Frauen schauten sich an, sahen von einer zur anderen. Julia hatte das Gefühl, dass die Zeit stehenblieb. Warum habe ich das erzählt? Jahre leide ich unter seiner Gewalt und seinen Demütigungen, erzähle niemandem etwas, außer Svenja. Und jetzt bricht es einfach aus mir heraus? Jetzt erzähle ich es wildfremden Menschen, weil sie mir sympathisch sind.

„Na, dann wollen wir den beiden doch Glück zusammen wünschen, nicht? Ich spendiere für alle einen Sherry. Oscar, hjælp mig med at få nogle brillerne."

Katrine war aus der Küche gekommen und hatte einen Arm um ihren Mann gelegt. Oscar stand auf und strahlte seine Frau an. „Naturligt!"

Julia erlebte die nächsten zwei Stunden wie von weit weg, als wäre sie Zuschauerin. Sie hatte die gemeinsame Geschichte von Sophie und Clara gehört.

Die beiden hatten sich in Århus kennengelernt, wo

Clara an der Universität als Dozentin für Geschichte arbeitete. Sophie war für ein Semester als Gastdozentin für Gesellschaftspolitik eingeladen worden. Sie hatte sich dafür beworben, weil sie eine zerbrochene Beziehung verarbeiten wollte, indem sie für ein halbes Jahr aus Berlin verschwinden würde. Schon bevor sie nach Århus fuhr, wusste sie aber, dass es nichts mehr zu verarbeiten gab. Trotzdem hatte sie sich auf das halbe Jahr im Ausland gefreut. Und da hatte sie Clara kennengelernt.

Und jetzt waren sie miteinander verheiratet, arbeiteten beide an der Universität Århus, wenn auch in verschiedenen Bereichen und fuhren dann und wann nach Fanø, der Heimatinsel von Claras Familie.

Von Katrine hatte sie erfahren, dass die Familie am nächsten Samstag mit Freunden den zehnjährigen Hochzeitstag von Katrine und Oscar feiern würde. Auch die dritte Schwester würde kommen. Sie lebte mit ihrem Mann in Aalborg.

„Vil du ikke også invitere dem begge?", Clara hatte ihre Schwester Katrine angesehen. „Jeg kan godt lide dem begge. Og de er alene her."

Darauf waren sie von Katrine eingeladen worden. Sie hatten die Einladung gern angenommen. Wenn sie früher wieder in Deutschland wären, würden sie für das Fest wiederkommen. Das hatten sie versprochen. Hoffentlich sind dann auch die Kinder dabei.

Julia freute sich; die erste gemeinsame Einladung. Und sie würden das erste Mal als Paar gemeinsam auftreten.

Sie hatte das Gefühl, wieder zu sich zu kommen, bei sich zu sein. Sie lachte und kicherte. Sie konnte sich die ganze Fahrt zum Haus nicht beruhigen.

Michael

Der Krach in der Küche hatte ihn abrupt aus dem Schlaf gerissen. Meine Eltern müssen früh losgefahren sein. Von Kiel nach Bremen fährt man etwa 2,5 Stunden. Er brauchte eine Weile, um auf den Wecker zu schauen, 7:15 Uhr, und zu registrieren, dass die Kinder offenbar mit seinen Eltern am Frühstückstisch saßen. Er ging ins Bad, zog sich Jeans und ein T-Shirt an und ging in die Küche. Die Kinder hatten ihre Jacken an.

Sina strahlte. „Ich habe Oma und Opa gehört, als sie gekommen sind, und habe ihnen aufgemacht."

„Super, mein Schatz. Ich hab's nicht gehört."

Er wendete sich an seinen Vater. Der legte eine Hand auf seinen Arm.

„Ich fahre sie eben zur Schule. Frühstücke du mal in Ruhe." Sein Vater schaute ihn lange an. „Guten Morgen, Michael."

„Guten Morgen. Ist gut, tschüss Kinder."

Er drehte sich um. Seine Mutter war vom Küchentisch aufgestanden und breitete ihre Arme aus. „Du Armer. Aber jetzt bin ich ja da." Michael umarmte seine Mutter. Er zog die Augenbrauen hoch. „Ich komme schon klar, Mama. Aber gut, dass ihr für die Kinder da seid."

Sie setzten sich. Seine Mutter nippte an einer Tasse Tee.

„Erzähl mal genauer, Michael."

„Da gibt es nicht viel Neues. Ich habe es euch doch schon gestern erzählt. Sie ist weg, wohin, weiß ich nicht, hat einen Zettel hinterlassen, hier lies."

Er reichte ihr den Zettel. Sie schüttelte den Kopf. „Wieso gibt es nichts zu erklären? Das ist doch unmöglich. Ist sie von allen guten Geistern verlassen? Man kann doch nicht abhauen und alles stehen und liegen lassen. Ohne die Kinder weg? Sie muss krank sein. Oder es ist ein anderer Mann im Spiel. Etwas anderes ist nicht denkbar. Oder könnte sie in Wirklichkeit entführt worden sein?"

„Quatsch, was redest du da? Sicher ist da irgendein Typ. Aber das bekomme ich schon heraus." Michael ließ den Kaffee stehen, den sie ihm eingeschenkt hatte. Er steckte den Zettel ein.

„Ich muss hoch, mich umziehen und fahre dann ins Büro. Ich weiß nicht, wann ich komme. Kümmerst du dich um alles?"

Seine Mutter nickte und blieb am Küchentisch sitzen.

Auf der Fahrt in sein Büro überlegte er noch einmal, wie er sich gegenüber seinen Angestellten verhalten sollte. Nellie werde ich einweihen. Ich brauche dort jemanden, der mir hilft. Die anderen sollen aber nichts erfahren.

Im Büro rief er seine Sekretärin zu sich. „Nellie, setz dich." Er zeigte mit der Hand auf einen der beiden Stühle, die vor seinem Schreibtisch standen. Sie stützte sich mit den Händen am Besucherstuhl ab und blieb stehen. „Hör zu, meine Frau ist verschwunden. Sie hat einen Zettel hinterlassen, dass sie endgültig weg ist. Ich habe keine Ahnung, wo sie sein könnte. Da steckt irgendein Typ dahinter, mit dem sie was hat, ohne dass ich es gemerkt habe."

Er berichtete ausführlich, was geschehen war.

„Um Gottes willen." Sie ließ sich spontan auf den Stuhl vor seinem Schreibtisch fallen. Sie schwieg eine Weile.

„Ich habe mich nachher mit Witkowski verabredet, unserem früheren Mandanten, der ist doch Privatdetektiv."

Er wartete, dann schüttelte er den Kopf. „Ich weiß,

Nellie, er ist vorbestraft und nicht vertrauenswürdig."

Seine Sekretärin schwieg.

Michael lachte. „Ich war mal bei ihm zuhause, im Rahmen der Scheidung. Total ärmlich eingerichtet. Legt er keinen Wert drauf, sagt er."

„Weswegen ist er denn verurteilt worden?"

„Er hat bei Durchsuchungen Sachen geklaut. Da ist er aus dem Polizeidienst rausgeflogen."

„Gibt es denn niemand sonst, den du beauftragen könntest?"

„Der ist richtig gut. Und das brauche ich jetzt."

Nachdem seine Sekretärin ihn allein gelassen hatte, überlegte er, was er seinen Partnern erzählen sollte. Janina Walter will ich auf jeden Fall außen vor lassen. Sie ist in der Probezeit, ängstliche graue Maus, nein. Holger Altmann, dem sage ich auch nichts. Der ist auf seine Frau und die Familie fixiert. Merkwürdig, als Anwalt brauchbar, dachte er, aber als Mann ein Lappen. Jessica ist in Ordnung, hat was im Kopf, ist durchsetzungsfähig und nicht so furchtbar prüde und stocksteif wie die anderen beiden.

Er versuchte vergebens, sie anzurufen. Er fragte in der Zentrale nach. „Frau Brandt, ist Frau Thomas nicht im Haus?" „Nein Herr Dr. Pförtner. Sie hat einen Termin beim Amtsgericht."

„Habe ich auch gleich, um 10 Uhr, wo ist sie denn?"

„Saal 3 um 9 Uhr; aber eine kurze Sache, hat sie gesagt."

Es war kurz vor 9 Uhr. Per WhatsApp bat er sie, da zu bleiben und oben in der Cafeteria des Amtsgerichts auf ihn zu warten. Er nahm den Aktenordner für seinen Termin und fuhr los.

Michael sah, dass Jessica einen Platz gewählt hatte, an dem sie den Eingang im Blick hatte. Der Raum war ziemlich leer. Wenige Richter und Justizangestellte hatten sich zu ihrem ersten Kaffee dort eingefunden.

Als Michael auf sie zusteuerte, wurde er von einem Richter aufgehalten.

„Herr Pförtner, unser Termin um 10 Uhr. Da verlangen Sie zu viel Unterhalt. Sie sollten sich auf die Hälfte einigen. Dann kann ich die Scheidung gleich aussprechen."

„Ich überlege es mir, bis nachher." Er hob die Hand und ging auf seine Kollegin zu.

„Was ist passiert?" Jessica sah ihn fragend an.

„Gar nichts, ich wollte nur einen Kaffee mit dir trinken."

Sie schüttelte verständnislos den Kopf.

„Nein, schlechter Scherz. Meine Frau ist verschwunden."

„Was heißt verschwunden."

Michael erzählte ihr, was geschehen war und zeigte ihr Julias Abschiedszeilen.

„Was soll das: Leb wohl? Es geht doch kein Weg daran vorbei, dass ihr euch wiederseht, und sei es zur Scheidung. Ohne Anwesenheit geht das nicht. Oder ist sie der Typ, der sich das Leben nimmt?"

Typisch Jessica, dachte er. Gerade heraus, durchsetzungsfähiger Unternehmertyp. Er mochte das.

„Nein, glaube ich nicht. Sie ist mit jemandem abgehauen, keine Ahnung, mit wem." Er zuckte mit den Schultern.

„Das scheint dir ja nicht viel auszumachen." Jessica setzte sich auf dem Stuhl zurück. „Aber warum erzählst du mir das?"

„Ich erzähle dir das, damit keine Gerüchte im Büro kursieren. Außerdem kann es sein, dass du mir ein paar Termine abnehmen musst. Die Kinder, Nachforschungen, ich muss mich um einiges kümmern. Du hast heute

Vormittag keine Termine mehr. Nimm mir bitte den Scheidungstermin ab."

Er schaute auf die Uhr.

„Die Mandantin sitzt sicher schon vor dem Verhandlungssaal. Es geht nur um Unterhalt nach der Scheidung. Ich habe eben mit dem Richter gesprochen. Er meint, ich soll mich beim Unterhalt auf die Hälfte einigen. Kommt aber gar nicht in Frage. Er will einen Vergleich und dann sofort die Scheidung aussprechen. Wir haben es aber nicht eilig mit der Scheidung. Ich hatte Trennungsunterhalt von 2.000 Euro durchgesetzt. So viel bekommt sie nach der Scheidung nicht. Ich habe zwar für die Zeit nach der Scheidung 1.600 Euro gefordert. Das Gericht will aber offenbar eine Einigung auf 800 Euro. Also: Kein Vergleich, dann bekommt sie die 2.000 Euro weiterhin. Wir zögern die Scheidung hinaus."

Er gab ihr die Akte.

„Sonst gibt es kein Problem. Die beiden leben seit eineinhalb Jahren getrennt und wollen die Ehe nicht mehr. Das Gericht wird sie dazu anhören. Dann stellst du den Antrag aus unserer Akte. Ich habe auf der Seite einen Zettel angeheftet." Er zeigte ihr den Antrag. „Du schließt keinen Vergleich. Er soll das entscheiden und das wird dauern. Wenn er entschieden hat, gehen wir zum Oberlandesgericht; das dauert noch länger."

Jessica sah auf die Uhr und stand auf. Michael legte seine Hand auf ihren Arm.

„Sag dem Richter, mir würde es gesundheitlich nicht so gut gehen, mir sei schlecht geworden, deshalb wärst du jetzt da. Das kannst du auch der Mandantin sagen."

Sie nickte und schüttelte anschließend den Kopf. „Na denn." Sie nahm die Akte und ging.

Michael

Er hob die Hand, um ihr nachzuwinken und ging zum Tresen. Er schaute sich um. Er war fast allein in der Cafeteria. Der Richter war Gott sei Dank schon gegangen. „Einen Cappuccino und ein Mandelhörnchen bitte."

Süßigkeiten konnte er schlecht widerstehen.

„Na, willst du etwas für dein Gewicht tun?"

Er sah sich erschrocken um.

„Kerstin, wir haben uns ja lange nicht gesehen."

Sie nahmen sich in den Arm. Michael hielt sie länger fest, als für eine Begrüßung von Freunden üblich gewesen wäre. Sie erwiderte seine Umarmung.

Er sah sie an. „Hast du Zeit für einen Kaffee?"

Ihre Augen leuchteten. „Ja klar."

Während sie sich ihren Kaffee holte, überlegte Michael, was er Kerstin erzählen sollte. Ich mag sie. So sehr ich ihre Charaktereigenschaften, ihre Treue und Ehrlichkeit, immer bewundert habe, so sehr fehlte mir doch die Spannung als Liebhaber. Bieder und langweilig im Bett; Blümchensex, mehr läuft nicht mit ihr. Aber ich erzähle ihr, was los ist. Ich kann sie jetzt gut gebrauchen.

Kerstin setzte sich ihm gegenüber an den Tisch.

„Na, du siehst so nachdenklich aus?"

„Um es kurz zu machen, Julia ist Mittwoch verschwunden. Sie war weg, als ich mittags mit den Kindern nach Hause gekommen bin. Sie hat einen Zettel hinterlassen, auf dem nur steht, dass sie mich verlassen hat...", er stockte, „uns verlassen hat. Sie ist ja ohne die Kinder abgehauen. Sie hat nicht geschrieben, wo sie ist und ob sie sich überhaupt jemals wieder melden wird. Wahrscheinlich will sie mit einem Liebhaber ein neues Leben anfangen, ich weiß es nicht. Ich weiß nur, dass ich jetzt mit den Kindern allein bin." Er atmete tief ein, schaute auf seine Tasse und dann in Kerstins Augen.

Sie sah ihn lange schweigend an. „Hat sie denn vorher gar nichts gesagt?"

„Nein, und ich habe nicht das Geringste geahnt. Man ahnt ja meistens nichts, wenn der Partner es raffiniert genug anstellt."

„Das stimmt leider." Sie seufzte. Ihre Stimme war voller Mitgefühl. „Oha, Michael, kann ich irgendetwas für dich tun?"

„Würdest du mir helfen? Ich könnte deine Hilfe jetzt gut gebrauchen. Und deine Freundschaft."

Er schaute sie an.

„Sie ist bestimmt bei irgendeinem Typen und da soll sie meinetwegen bleiben."

Er formulierte das bewusst, um Kerstin das Gefühl zu geben, dass er nicht so sehr an Julia hing. Er dachte an die gemeinsame Zeit mit Kerstin in Göttingen zurück. Wegen Julia ist das ja auseinandergegangen. Und jetzt ist sie Richterin in Bremen. Geliebt hat sie mich immer.

Seine Gedanken wanderten zu Julia. Wenn sie zurückkommt, wird sie dafür büßen, das schwöre ich, dachte er. Kommt sie nicht zurück, wird sie bestraft. Er musste aufpassen, dass Kerstin ihm die Aggressivität nicht ansah, die in ihm hochkam, die heraus wollte durch Schreien, Schlagen.

Er schaute vor sich auf den Tisch und atmete tief ein, um sich zu beruhigen. Kerstin legte ihre Hand auf seinen Arm und sah ihm in die Augen. Er bemerkte, dass sie seine Atemübung missverstanden hatte.

„Ich verstehe gut, dass du erst einmal durcheinander bist. Natürlich bin ich für dich da."

Sie stockte.

„Wenn Julia am Wochenende nicht zurückgekommen

ist, können wir ja etwas mit den Kindern unternehmen, um sie abzulenken", schlug sie vor.

Er gab sich Mühe, nicht zu grinsen. Sie will wieder was von mir. „Gute Idee. Meine Eltern sind gekommen. Aber ich will, dass sie wieder fahren. Ihre Fragen, ihre ungebetenen Ratschläge nerven mich jetzt schon. Ich will heute noch viele Sachen klären. Ich rufe dich an, wenn ich durchblicke."

„Mach das, Michael. Ruf an, wenn du soweit bist." Er sah kurz auf ihre Hand. Sie zitterte, als sie seine Hand suchte.

Sie standen auf und gingen gemeinsam zum Aufzug, der Michael vom 7. Stock des Amtsgerichts zum Ausgang bringen würde. Er fürchtete Kollegen oder Richter zu treffen, mit denen er freundliche Belanglosigkeiten austauschen müsste. Das konnte er jetzt gar nicht gebrauchen.

„Ach, ich gehe mit dir zu Fuß." Er lachte. „Jedenfalls bis zu deinem Büro im fünften Stock."

Als sie an Kerstins Büro ankamen, nahmen sie sich in den Arm. Es war niemand auf dem Flur. Diesmal hielt sie ihn länger fest, als für eine Verabschiedung üblich gewesen wäre.

Als er im Wagen saß, dachte er über sie nach. Etwas mager, aber attraktiv; wie alt ist sie jetzt? 43 glaube ich, ein Jahr jünger als ich. Mit ihrem Freund, dem Steuerberater, ist offenbar Schluss, umso besser. Warum ist sie von Göttingen nach Bremen gekommen, meinetwegen? Er startete den Wagen. Kann ich mir vorstellen.

Michael

„Herr Witkowski ist schon da", rief ihm seine Sekretärin zu, als er an ihr vorbei in sein Zimmer gehen wollte.

„Er hat doch erst in einer halben Stunde Termin bei mir."

„Ja, aber er hatte sich vorher mit Herrn Altmann verabredet, weil er erbrechtliche Fragen hatte."

„Na, mit Erbrecht kennt der Kollege sich so gut nicht aus. Mich wollte er wohl nicht fragen. Aber das soll mir egal sein."

„Die reden noch miteinander. Soll ich Bescheid sagen, dass du hier bist?"

„Nein, ich rufe Holger selbst an. Aber komm mal mit."

In seinem Büro schaute er sich die Telefonnotizen an: sechs Bitten um Rückrufe. Das würde er heute nicht mehr machen.

„Nellie, die Rückrufe musst du machen. Wenn du ihnen nicht helfen kannst, vertröste sie auf morgen."

Sie nickte, nahm ihm die Zettel aus der Hand und ging.

Er griff zum Telefon.

„Holger, ich bin jetzt da. Wenn ihr fertig seid, kann Herr Witkowski zu mir kommen."

„Wir sind gleich fertig. Ich bringe ihn dann zu dir."

Michael lehnte sich zurück. Er dachte über den Detektiv nach. Das ist der richtige Mann. Wegen Unterschlagung aus dem Polizeidienst geflogen und nimmt es mit Vorschriften nicht so genau.

Seine Sekretärin öffnete die Tür. „Herr Altmann und Herr Witkowski sind im Anmarsch."

Er winkte die beiden herein. Holger Altmann machte auf dem Absatz kehrt. Seine Sekretärin schloss die Tür.

Michael schilderte dem Privatdetektiv ausführlich die Situation.

Eines wollte er aber loswerden. „Ich begreife nicht, dass Sie bei Ihren Recherchen keinen Liebhaber bemerkt haben. Den muss es doch geben. Dafür kenne ich sie zu gut."

Witkowski schüttelte den Kopf. „Den gab es nicht, damals jedenfalls nicht." Er lehnte sich zurück. „Es sei denn, der war wochenlang im Urlaub."

Er machte eine Pause. „Wenn es einen gibt, dann bekommen wir das heraus. Damals waren das alles Frauen, mit denen sie sich getroffen oder telefoniert hat."

Michael wedelte mit der Hand in der Luft. „Jetzt hat sie offenbar einen Liebhaber. Wie auch immer, Sie werden das hoffentlich herausfinden."

Witkowski zog an seinem Ohr. „Wenn Sie kein Vertrauen zu mir haben, Herr Dr. Pförtner, dann beauftragen Sie gern jemand anderen." Langsam lehnte er sich zurück. Einen Moment sahen sich beide schweigend an. Schließlich lenkte Michael ein.

„Darum geht's nicht. Jetzt gibt es offenbar jemanden. Und ich will wissen, wer das ist; vielleicht ja jemand aus meinem Bekanntenkreis und sie hat das so raffiniert gemacht, dass ich nichts bemerkt habe."

Er versuchte, sich zu beruhigen. „Ich muss vor allem wissen, wo sie ist. Und das will ich so schnell wie möglich wissen, am besten in den nächsten zwei bis drei Tagen. Setzen Sie alle Mittel ein. Sie darf aber nicht erfahren, dass Sie nach ihr gesucht haben. Wenn ich weiß, wo sie ist, mache ich den Rest selbst."

„Na gut, aber das bedeutet, dass ich ab sofort und auch am Wochenende ausschließlich für Sie arbeite, Herr Dr. Pförtner und alles andere zurückstelle. Dann sollten wir uns vorab über die Kosten einigen."

Das ist klar, Geld ist ihm das Wichtigste, dachte Michael. Er hatte sich darauf aber vorbereitet. Schnell waren sich beide handelseinig.

„Sie machen so lange, bis Sie wissen, wo sie ist. Ich gehe davon aus, dass das nur Tage dauern wird. Falls Sie meine Frau in zwei Wochen nicht haben, müssen wir nochmal reden, ob das weiter Sinn macht, das ist klar. Und einmal am Tag möchte ich einen Bericht von Ihnen, am besten jeden Abend. Wenn es Neues gibt, können Sie mich jederzeit auf dem Handy erreichen."

Michael stand auf, setzte sich aber gleich wieder. „Einen Moment noch. Ich bin sicher, dass ihre beste Freundin Svenja Marcus bei der ganzen Sache eine Rolle spielt. Die haben immer Kontakt zueinander. Hängen Sie sich dran."

„Ich weiß schon, was ich machen muss. Danke für den Rat." Er zog wieder an seinem Ohr.

Offenbar habe ich an seinem Selbstverständnis gekratzt, dachte Michael. „Warum ziehen Sie eigentlich an Ihrem Ohr?"

Witkowski schaute ihn an. „Das mache ich manchmal, wenn ich mich ärgere, wenn Sie es denn wissen wollen." Er unterbrach sich. „Was haben Sie sonst an Informationen für mich über Verwandte, Freunde? Gibt es Fotos, die Sie mir geben können?"

„Habe ich vorbereitet." Michael öffnete die Schublade seines Schreibtisches. „Hier ist eine Liste der Namen und Anschriften ihrer Eltern und ihrer Schwestern. Ich habe Persönliches, was ich weiß, dazu geschrieben. Und hier Fotos von Julia und eins von Julia zusammen mit Svenja." Witkowski steckte die Liste ein.

„Was ist mit dem Wagen Ihrer Frau?"

„Was soll sein? Sie fährt noch den Audi Q 2, blau, steht auf der Liste, mit Kennzeichen."

„Na, dann wollen wir mal."

Witkowski nickte ihm zu. Das soll wohl aufmunternd wirken. Michael gab ihm die Hand und öffnete die Tür. „Sie finden allein nach draußen?"

Er dachte über den Detektiv nach. Der wird Mittel und Wege finden, sie aufzuspüren. Aber selbst wenn nicht, irgendwann wird sie wiederkommen. Wovon will sie denn leben?

Michael setzte sich aufrecht auf seinen Stuhl und erstarrte. Ich habe mich nicht mit der Bank in Verbindung gesetzt. Die laufenden Konten habe ich zwar im Blick, aber was ist mit den Sparkonten? Von meinem eigenen Sparkonto bei der Bank in Kiel weiß Julia zwar nichts. Aber das hiesige Konto, was ist damit? Er ärgerte er sich. Jetzt muss ich improvisieren. Er rief den Leiter seiner Bankfiliale an.

„Heiner, ich finde gerade unser Sparbuch nicht. War Julia da und hat die Abhebung vorgenommen?"

„Ja, Michael, ist schon ein paar Tage her. Die Angestellte hatte mich dazu geholt. 70.000 Euro werden ja nicht jeden Tag abgehoben."

„Ok," presste Michael mit Mühe heraus.

„Ist irgendetwas nicht in Ordnung?"

„Doch, alles gut."

Er verabschiedete sich schnell, damit nicht auffiel, wie das Gefühl von Wut in ihm aufloderte, als wäre ein öldurchtränkter Haufen Holz angezündet worden.

„Scheiße!" Er schrie auf und sprang aus seinem Stuhl heraus.

„Ist etwas passiert?" Seine Sekretärin schaute erschrocken zur Tür rein.

„70.000 hat sie mitgenommen, fast unser ganzes Geld!"

Sie zog sich wieder zurück. 70.000 Euro, mein Geld,

unglaublich. Die wird sie mir wiedergeben. Er ballte seine linke Hand, in der er einen Kugelschreiber hielt, so fest zur Faust, dass er zerbrach. Er ärgerte sich. Er mochte den Stift, ein Weihnachtsgeschenk seiner Frau. Symbolisch, dachte er. Es wird noch viel mehr zerbrochen werden.

Witkowski

Er saß an seinem Schreibtisch, den er auf dem Flohmarkt entdeckt hatte, dem einzigen Einrichtungsgegenstand, der ihm etwas bedeutete.

Er überlegte. Auf der Rückfahrt hatte er Dr. Pförtner angerufen und ihn gefragt, was für ein Auto Frau Marcus fuhr. Der wusste das. „Die hat Geld und fährt einen schwarzen Audi A 5 Coupé, jedenfalls als sie das letzte Mal hier war."

„Wieso hat sie Geld?"

„Sie hat Häuser geerbt, glaube ich; von ihrer Oma, hat meine Frau mal erwähnt."

Er war gleich an dem Haus vorbeigefahren, in dem sie wohnte. Es gab dort keine Garage, das war günstig. Er hatte in den Nachbarstraßen gefahndet, den Wagen aber nirgendwo entdecken können. Auch an der Messehalle in Bremen hatte er nach dem Wagen gesucht. Dort gab es eine Tiefgarage für die Angestellten. Da war er nicht hineingekommen.

Heute ist Freitag, dachte er. Entweder arbeitet sie oder sie könnte bei ihrer Freundin sein. Wenn die nicht bei ihr ist, aber das glaube ich nicht. Heute Abend wird die größte Chance darin bestehen, dass sie zumindest nach der Arbeit zu ihr fährt, wenn sie etwas mit dem Verschwinden zu tun hat. An der Straßenecke ist ein Café. Wenn ich da am Fenster sitze, kann ich ihr Haus beobachten. Das werde ich gleich tun. Aber da war doch noch das Auto mit dem Kennzeichen aus Hannover, zugelassen auf eine Yvonne Berger. Das ist eine Freundin von ihr. Vielleicht ist sie ja bei der in Hannover.

Er nahm sich einen Zettel und schrieb auf.

Suche Julia Pförtner
– Möglichkeiten des Verstecks:
– (1) Wohnung Svenja Marcus, Bremen?
*   (Bremen unwahrscheinlich)*
– (2) Wohnung Yvonne Berger, Hannover?
– (3) Wohnung eines neuen Liebhabers?

Er ging die Möglichkeiten durch. Ein neuer Liebhaber, mit dem sie abgehauen ist? Entweder ist der plötzlich aufgetaucht oder es gibt ihn nicht. Als ich drei Wochen recherchiert habe, gab es den nicht. Andererseits: eine Wohnung selbst anmieten, bei der herrschenden Wohnungsnot, ohne Mithilfe, ohne nachweisbares eigenes Einkommen. Das ist auszuschließen. Es sei denn, sie hat langfristig geplant. Er schrieb dazu:

– (4) Wohnung selbst angemietet?

Er schüttelte den Kopf. Möglich schon, aber ich weiß nicht. Vielleicht doch mit Hilfe Dritter? Er schrieb die Möglichkeiten auf:

– (5) Drittwohnung durch Mithilfe (1), (2) oder (3)?
*   Frage: Wohnung/Appartement/Hotel/Ferienwohnung?*
*   In welcher Stadt?*

Die letzten beiden Möglichkeiten stelle ich erstmal zurück, überlegte er. Und Hannover? Er stöhnte innerlich auf. Dann muss ich am Wochenende nach Hannover fahren. Trotzdem, näher liegt doch aber Svenja Marcus, mit der sie so viel Kontakt hatte.

Was muss ich tun? Er überlegte. Die Reihenfolge ist wichtig. Er schrieb weiter.

To do:
- *heute Nachmittag/Abend versuchen, Marcus zu beobachten*
- *mögliches Versteck in Wohnung Marcus überprüfen (falls nicht da)*
- *am WE, falls Marcus weg, Yvonne Berger, Hannover beobachten*
- *mögliches Versteck Hannover überprüfen*

Zufrieden sah er sich seine Notizen an. Viele Möglichkeiten gab es nicht. Ich rufe meinen Freund bei meiner früheren Polizeidienststelle an. Ich habe ihn damals nicht mit in den Kokain-Diebstahl hineingezogen. Er gab Kennzeichen und Namen durch. „Yvonne Berger heißt sie." Der frühere Kollege gab ihm die Wohnanschrift im Zentrum von Hannover.

Aber erst einmal schaue ich mir die Svenja Marcus genau an. Er zog sich seine braune Wildlederjacke an.

Jetzt Kaffee trinken und sehen, ob sich was tut. Schön, wenn das auch noch gut bezahlt wird, dachte er. Und die Liste von Dr. Pförtner nehme ich mir mit. Die kann ich im Café lesen.

Michael

Michael ließ sich in seinen Bürostuhl fallen. Er dachte an sein Gespräch mit Kerstin zurück. Als wir in Göttingen zusammen waren, habe ich sie nie geschlagen. Oder habe ich irgendetwas vergessen? Ja, einmal habe ich sie geschubst. Da ist sie abgehauen. Aber das war zum Schluss. Da war ich parallel schon mit Julia zusammen. Meine Wutausbrüche sind erst hier mit Julia heftiger geworden. Sie bringt mich mit ihrem Verhalten manchmal zur Weißglut. Er schüttelte den Kopf. Mit dem Coaching ist das besser geworden. Vor allem die Atemübungen helfen. Wenn sie mich nicht immer so reizen würde.

Er seufzte und sah sich den hohen Stapel Akten an, der rechts auf seinem Schreibtisch lag.

Er rief seine Sekretärin.

„Nellie, du musst mir helfen. Wir gehen jetzt jede Akte durch und ich sage dir, was du machst."

Sie nickte und legte ihren Schreibblock zurecht. Wie vor 30 Jahren, schoss es Michael in den Kopf. Manches wird sich nie ändern.

Er begann, sich jede Akte vorzunehmen. Gegenseite vertrösten, Mandantin anrufen, Termin in etwa zwei Wochen geben, Fristverlängerung beantragen. Frau Behrendt schrieb sich die Stichworte zu den jeweiligen Aktennummern auf. Sie nahm den Stapel in den Arm.

„Kommst du heute Nachmittag nochmal wieder? Die Termine habe ich abgesagt."

„Nein, ich komme erst Montag."

„Du hast Montag früh einen Scheidungstermin. Die Akte liegt auf dem Ablagetisch links." Seine Sekretärin sah ihn an. „Ich habe den Termin bei Frau Thomas ein-

136

getragen. Es ist ein einfacher Scheidungstermin. Beide wollen die Scheidung und leben seit mehr als einem Jahr getrennt; keine Kinder, keine Folgesachen, kein Streit um Geld."

„Gut, das kann sie machen."

Sie drehte sich um und ging zur Tür. Michael sah ihr nach. „Danke."

„Aber gerne", hauchte sie mehr, als dass sie es laut aussprach. Sie zögerte und lief dann in ihr Zimmer.

Michael nahm seine Tasche und sah auf die Uhr, fast 14 Uhr. Die Kinder müssten von der Schule zurück sein. Im Wagen rief er zuhause an. Die Kinder waren da, das Mittagessen vorbereitet. Beruhigt überlegte er, wie er verhindern konnte, dass seine Eltern das ganze Wochenende blieben. Sie sollen die Kinder am besten für ein paar Tage mitnehmen. Ich melde sie krank.

Er fuhr auf das Haus zu. Da fiel ihm etwas ein. Es gehört uns zu je ½ Anteil und wir haben keinen Ehevertrag. Er dachte an einen alten Hausarzt seiner Eltern, der immer von der Vorsorge wegen Prostatakrebs geredet hatte und selbst daran gestorben war. Und ich predige immer von Eheverträgen, dachte er bitter.

Seine Eltern hatten fast schon aufgegessen, als er in das Haus kam. Die Kinder waren in ihren Zimmern. Seine Mutter füllte ihm den Gemüseeintopf auf den Teller und legte ein dickes Würstchen hinein. Er aß schweigend auf, ging ins Bad und schaute in den Spiegel. Am besten gleich erklären, dass alle fahren sollen. Er atmete tief ein.

Das wäre aber nicht nötig gewesen, dachte er hinterher. Als er den Vorschlag machte, die Eltern sollten mit den Kindern nach Kiel zurückfahren und sich dort ein schönes Wochenende machen, waren sie sofort einverstanden.

„Ihr könnt mit der Fähre nach Laboe fahren und mit den Kindern das U-Boot besichtigen, das dort liegt.", schlug er vor.

„Haben wir schon mal gemacht. Aber es wird uns was einfallen. Hauptsache, die Kinder kommen hier erst einmal heraus. Und du kannst dich in Ruhe um Julia kümmern. Die wird sich doch bald melden." Seine Mutter schüttelte den Kopf. „Aber hast du denn genug zu essen hier?"

„Mama, ich kann schon einkaufen."

Sie schien die Ironie nicht zu verstehen. „Ich kann für dich einkaufen fahren."

Sein Vater mischte sich ein. „Das kann Michael doch selber machen. Geh lieber zu den Kindern und hilf ihnen. Und pack unsere eigenen Sachen, Helga."

Während Helga Pförtner die Sachen zusammensuchte, kam Sina die Treppe heruntergerannt. „Ich will nicht wegfahren, Papa. Ich bin mit Lukas verabredet. Seine Eltern sind am Wochenende weg. Da wollen wir etwas feiern."

„Du spinnst wohl." Michael überlegte einen Moment, ob er so tun sollte, als sei er wütend. „Seine Eltern sind nicht da, du willst zu ihm nach Hause. Du bist 13 Jahre alt, bis 18 dauert das eine Weile. Das kommt überhaupt nicht infrage. Du packst jetzt deine Sachen. Anrufen kannst du ihn von unterwegs."

Michael starrte seine Tochter an. Bloß nicht zeigen, dass ich sie verstehen kann. Laut aufheulend drehte Sina sich um und lief nach oben.

Er wendete sich zu seinem Vater um. „Ihr Freund, Lukas, ist erst 15. Dass die Eltern ihn ein ganzes Wochenende allein lassen, versteh ich nicht. Und dann noch die beiden allein da im Haus. Das kommt gar nicht infrage. Da würde ich mich ja glatt wegen Förderung sexueller Handlungen Minderjähriger strafbar machen."

Sein Vater stand vom Mittagstisch auf und schüttelte den Kopf. „Wir fahren am besten bald, um nicht in den Feierabendverkehr am Freitag zu kommen."

Sina kam mit ihrem Handkoffer die Treppe herunter und starrte ihren Vater an.

„Sina, zieh nicht ein Gesicht, als würdest du in ein Gefängnis transportiert werden." Michael zog die Augenbrauen hoch. Dann nahm er die Kinder in den Arm. „Benehmt euch und macht euch eine schöne Zeit." Sina antwortete nicht und lief zum Auto. Michael hielt sie am Arm fest. „Hey, geht nicht anders. Ich hab dich lieb." Sina schwieg und stieg ein.

„Ich habe meinen Hasen vergessen. Der muss doch bei mir schlafen." Lasse lief in sein Zimmer und kam mit dem Plüschtier zurück.

Michael streichelte ihm über den Kopf.

„Melde dich, wenn es irgendetwas Neues gibt", mahnte ihn sein Vater. Michael zog ihn auf die Seite.

„Könnt ihr die Kinder ein paar Tage bei euch behalten, falls Julia nicht wieder da ist? Ich hab die Kinder in der Schule krank gemeldet."

„Ja, sag Bescheid. Das mit der Wäsche für ein paar Tage bekommen wir hin."

„Mach ich." Er winkte ihnen zum Abschied zu. Sina schaute zur Seite. Lasse und seine Mutter winkten zurück.

Zurück im Haus setzte Michael sich in seinen Fernsehsessel. Ich muss überlegen, was ich jetzt mache. Sein Handy zeigte eine Whatsapp-Nachricht an.

Bist du heute nicht im Büro? Kommst du noch?
Arndt ist eben von Frankfurt losgefahren.

Er griff zum Telefon. Er wusste, was das bedeuten sollte. Wenn er Zeit hätte, könnte er zu ihr kommen, bevor sie mit ihrem Freund das Wochenende beginnt.

„Hallo Anna", meldete er sich und holte Atem, um ihr von der Entwicklung zu erzählen.

Sie unterbrach ihn. „Er wird gegen sieben hier sein. Jetzt ist es drei. Wenn du kannst, komm oder wir sehen uns frühestens Mittwoch. Er bleibt bis Dienstagabend."

Er entschied sich, erst einmal nicht zu reden. „Ich gehe nicht mehr ins Büro. Ich muss ein Telefonat führen. In zwanzig Minuten bin ich da."

Nachdem sie aufgelegt hatten, überlegte er einen Moment. Dann wählte er die Dienstnummer von Frau Richterin Rodewald.

„Hallo Kerstin, meine Eltern sind mit den Kindern über das Wochenende zu sich nach Hause gefahren. Wie wäre es, wenn wir morgen früh zusammen frühstücken gehen?"

Sie war einverstanden. „Um zehn Uhr im Alex?"

Er bestellte dort einen Tisch für zwei Personen, erfrischte sich im Bad und setzte sich in seinen Mercedes, um zu Anna zu fahren. Da werde ich endlich etwas entspannen, dachte er.

Witkowski

Witkowski sah auf die Uhr, kurz nach 20 Uhr. Es kann nicht sein, dass sie noch arbeitet. Er schaute sich fröstelnd um. So ein Mist, dachte er. Hätte ich doch etwas Wärmeres angezogen als meine Lederjacke. Im Café ist es warm und gemütlich gewesen. Aber ich habe nicht daran gedacht, dass die um 18 Uhr schließen. Das war ein Anfängerfehler. Aber dass die nicht wenigstens freitags länger aufhaben. Und jetzt friere ich hier herum, weil meine Karre keine Standheizung hat. Den Motor kann ich nicht starten, um die Heizung in Gang zu setzen. Das fällt auf. Ich sitze ohnehin schon zu lange hier.

Witkowski stieg aus dem Wagen und schaute zu ihrer Wohnung auf der anderen Straßenseite hoch. Gut, dass ich mir am Nachmittag das Klingelschild angesehen habe, dachte er. S. Marcus, die Wohnung links oben. Dort war alles dunkel.

Da ging die Tür auf. Zwei junge Leute kamen aus dem Haus. Schnell lief er über die Straße und konnte die Tür aufhalten, bevor sie ins Schloss fiel.

Das Licht im Hausflur brannte. Als er leise nach oben stieg, wurde es plötzlich dunkel. Erschrocken blieb er kurz stehen, ging dann weiter und stand vor ihrer Tür. S. Marcus las er auf einem Messingschild. Vorsichtshalber klingelte er an der Tür. Für den Fall, dass jemand zuhause war, hatte er einen Spruch als Zeitschriftenwerber vorbereitet. Angst, dass die Nachbarn aufmerksam werden würden, hatte er nicht. Auch dort war alles dunkel gewesen.

Es öffnete niemand. Es war still im Haus. Wenn sie etwas mit Julias Verschwinden zu tun hat, finde ich irgendwelche Hinweise.

Er sah sich das Schloss an. Welch simples Sicherheitsschloss. Gut, dass ich Drähte zum öffnen immer bei mir habe. Er nahm sein Handy aus der Tasche, klickte auf das Symbol der Taschenlampe und leuchtete auf die Tür. Plötzlich wurde es taghell. Irritiert schaute er sich um. Jemand hatte das Licht im Flur eingeschaltet. Er hörte von unten Stimmen. Es waren Leute in das Haus gekommen. Er horchte. Es waren zwei, eine Frau, ein

Mann. Sie unterhielten sich und kamen höher. Sein Herz schlug schneller.

Was erkläre ich, wenn die hierherkommen? Er überlegte angestrengt. Wenn sie die ersten Stufen zu diesem Stockwerk nehmen, gehe ich runter. Dann komme ich eben aus der jeweils anderen Wohnung. Und wenn das zufällig Bewohner aus beiden Wohnungen sind? Panik stieg in ihm auf. Er kam nicht weiter mit seinen Gedanken. Sie schlossen eine Wohnungstür im Stockwerk unter ihm auf. Schnell führte er den Draht in das Schloss. Nach nicht einmal einer Minute hatte er die Tür geöffnet. Er musste lächeln. So schnell macht mir das niemand nach.

Leise schloss er die Tür hinter sich. Nicht lange Zeit lassen, dachte er. Vielleicht kommt sie noch. Aber besser ich mache das Licht an, bevor jemand von der anderen Straßenseite eine Taschenlampe sieht und auf die Idee kommt, dass etwas nicht stimmt. Er zog die Vorhänge zu, machte das Licht im Flur an und sah sich um. Nicht schlecht eingerichtet. Er zog seine Augenbrauen nach oben. Im Flur hing ein großer Spiegel in einem goldenen Rahmen voller verschlungener Figuren. Wahrscheinlich war da früher ein klassischer Bilderschinken drin, dachte er. Er schaute in die Küche. Moderne Einbauküche in hellblau, dunkelblauer Küchentisch mit vier Freischwingern, riesiger Metallkühlschrank im Stil der 50er Jahre. Er nickte anerkennend. Er suchte einen Schreibtisch und ging in das Wohnzimmer, ein ungewöhnlich großer Raum, angrenzend ein großer Balkon, der die gesamte Wohnung entlang zu laufen schien.

Er schaute zum Schreibtisch. Beeindruckend, dachte er. Kein klassischer Schreibtisch, nach dem er gesucht hatte. Eine Holzplatte, schwarze Metallfüße, aber kein Rollcontainer mit Schubladen, gar nichts. Unterlagen rechts und links auf dem Schreibtisch. In der Mitte ein großer Bildschirm, ein stationärer PC, ein IMac. Nicht billig, das Teil, dachte er.

Neben dem Schreibtisch fiel ihm ein Regal auf, das nur zum Teil Bücher enthielt. Stapel von Unterlagen und Aktenordner. Er sah die Unterlagen durch, nichts Auffälliges. Bezahlte Rechnungen, die offenbar nicht eingeordnet worden waren, Werbeschreiben, die sie nicht weggeworfen hatte, der kurze Brief einer Frau. Eine Freundin, dachte er, als er die wenigen Zeilen überflog. Einen Briefumschlag gab es dazu nicht. Was soll's, uninteressant. Er fand nichts, was ihm hätte weiterhelfen können. Er drückte auf den Startknopf des Rechners. Es erschien ein Bild von Julia. Er ließ sich auf den Stuhl fallen, der vor dem Schreibtisch stand. Ein Foto der Ehefrau seines Auftraggebers. Sie schien glücklich in die Kamera zu blicken. Er schaute lange auf das Foto. Kann das sein? Gibt es gar keinen Mann, sondern eine Frau? Und das ist zweifellos Julia Pförtner. Das Foto, das ich von ihrem Mann bekommen habe, ist ähnlich, nur hatte sie da nicht gelächelt.

Immer deutlicher erinnerte er sich an seine frühere Ermittlung. Kein Telefonat, kein Treffen mit anderen Männern, sondern mit Frauen und vor allem mit dieser Frau. Daraus hatte er den Schluss gezogen, dass Pförtners Verdacht, seine Frau würde ihn betrügen, unsinnig war. Und wenn das nicht unsinnig, sondern kein Mann, aber eine Frau war? Dann ist es möglich, dass sie nach der Arbeit gar nicht erst nach Hause, sondern gleich zu ihr gefahren ist.

Aber keine voreiligen Schlussfolgerungen, mahnte er sich. Es kann sein, dass sie nur best friends sind. Habe ich dann ein Eingangsfoto von ihr auf dem Rechner? Er wackelte mit dem Kopf. Doch, das gibt es.

Er schaltete den Rechner aus. Das Passwort kann ich nicht knacken, also lasse ich es gleich. Laptop? Nein, ist nicht da. Er schaute sich weiter um, ohne zu wissen, wonach er suchte.

Die Aktenordner auf dem Regal. Ist hier etwas Interessantes? Er nahm einen Ordner in die Hand. Rechnungen vom Stromunternehmen, vom Gaswerk, die Abfallgebühren, offenbar für die Nebenkosten der Wohnung. Er sah sich die anderen Akten an. Eine gesonderte Mappe mit Arbeitsverträgen. Da war der Anstellungsvertrag mit der Messe AG in Bremen. Nicht schlecht, was sie verdient. Er nickte beifällig. Das Doppelte seines letzten Gehalts als Polizeibeamter. Kein Wunder, dass sie sich diese Penthousewohnung leisten kann. Er blätterte weiter. Ein neuer Arbeitsvertrag, gerade erst unterschrieben. Das ist interessant. Sie wird ab dem 1. April in Hamburg arbeiten. Und was für ein Jahresgehalt. Sie wird nach Hamburg ziehen. Wenn sie dort schon eine Wohnung hat, könnte sich Julia da aufhalten und sie selbst über das Wochenende dort sein. Dann kann ich hier lange warten.

Aber keine weiteren voreiligen Schlussfolgerungen, mahnte er sich erneut.

Er fotografierte den neuen Vertrag ab und stellte die Akten wieder zurück.

Er wollte schon gehen, da fiel ihm etwas ein. Hat sie ein Foto auf dem Nachtschrank stehen? Er ging ins Schlafzimmer. Nein, kein Foto. Er schaute an alle Wände in der Wohnung, um sicher zu sein, dass er kein Foto übersehen hatte. Merkwürdig, dachte er, kein persönliches Foto. Wie auch immer.

Er war zufrieden und löschte das Licht. Vorsichtig öffnete er die Tür. Niemand war zu sehen. Als er die Tür zuschlug, wurde es plötzlich hell. Jemand hatte den

Lichtschalter im Flur gedrückt. Beinahe hätte er vor Schreck aufgeschrien. Er schaffte es gerade noch, still zu sein. Irritiert horchte er. Eine Sekunde früher und ich hätte in die Wohnung zurückgehen können. Das geht jetzt nicht mehr.

Die Schritte kamen näher. Es nützt nichts. Ich muss die Treppe heruntergehen. Als er das nächste Stockwerk erreichte, begegnete er einer Frau, die die Treppe heraufkam. Kurz sah er zu ihr hin. Sie ist es nicht. Beinahe hätte er ihr „Guten Abend" nicht erwidert. Schnell lief er mit einem gemurmelten Gruß an ihr vorbei. Er fühlte, dass sie ihm nachsah. Sie hat gemerkt, dass ich von oben gekommen bin, dachte er ärgerlich. Aber das kann ich jetzt nicht mehr ändern.

Im Wagen sah er auf sein Handy: Zwei Anrufe von Dr. Pförtner. Er rief ihn an und schilderte, was er entdeckt hatte. Er ließ aus, was auf ihrem PC zu sehen war, warum, wusste er selbst nicht genau.

Michael schien nicht zufrieden zu sein. „Konnten Sie denn nichts entdecken, was darauf schließen lässt, wo sie ist?" Der Detektiv wollte antworten, kam aber nicht dazu. „Wenn sie sich bei einem Mann versteckt, kann sie überall sein. Dann wird es schwierig." Witkowski unterbrach ihn. „Das ist richtig. Aber wenn Frau Marcus sie versteckt, könnte Ihre Frau in Hamburg sein. Ich kann mir vorstellen, dass die schon eine Wohnung in Hamburg hat. In sechs Wochen beginnt ihr neuer Job."

Michael hob seine Stimme deutlich an. „Sehen Sie zu, dass Sie herausbekommen, was mit Hamburg ist."

Leichter gesagt als getan, dachte Witkowski und fuhr in seine Stammkneipe, um sich von den letzten Stunden zu erholen. Morgen und am Sonntag und, wenn es sein muss, an jedem Tag der nächsten Woche werde ich überprüfen, ob sie wieder da ist. Irgendwann muss sie arbeiten, dachte er, winkte der Frau hinter dem Tresen und bestellte sich eine ‚lüttje Lage'. Das kannte er aus der Zeit seiner Ausbildung bei der Polizei in Hannover, Bier und Korn.

Sonnabend, 14. Februar

Michael

Sein Handy klingelte laut. Es war ihm unangenehm, dass er es nicht abgestellt hatte. Ich muss unbedingt den Klingelton ändern, dachte er. Den Ton „Gipfel", eine laute Klangfolge, hatte er nur deshalb für das Handy gewählt, weil er die Kinder übertönte, wenn es klingelte. Er schaute auf das Display, Anna leuchtete auf. Er sah zu Kerstin. „Tut mir leid, dass unser Frühstück gestört wird. Ich stelle das Handy ab."

„Geh doch ruhig ran, es kann doch wichtig sein."

„Nein, es ist ein Mandant und jetzt ist Wochenende."

Plötzlich kündigte eine Fanfare auf seinem Handy eine WhatsApp-Nachricht an.

„Was ist das denn?" Kerstin wollte in ihr Käsebrötchen beißen und lächelte.

Michael schaute auf sein Handy: Eine WhatsApp von Anna, eine Sprachnachricht.

„Entschuldige, aber ich muss das eben abhören." Er stand auf, ging vor die Tür des Lokals und drückte auf den Button für Wiedergabe auf einem Handy.

„Hör zu, Michael, Arndt hat gestern Abend mit mir Schluss gemacht. Er hatte eine Affäre in Frankfurt, für eine Nacht. Und jetzt meint er, er kann nicht mehr mit mir zusammen sein, weil er mich betrogen hat. So ein Schwachsinn; aber er ist erst einmal zurückgefahren. Ich hab ihn angerufen und fahre zu ihm. Melde dich nicht bei mir. Ich will nicht, dass es da Stress gibt. Ich geb Dir Bescheid, wenn alles wieder in der Spur ist."

Michael schaltete zufrieden das Handy ab. Das kommt mir entgegen. Ich kann für den Tag mit Kerstin keine Störungen gebrauchen. Er ging wieder hinein.

„Ein Freund, der dringend einen rechtlichen Rat brauchte. Das konnte ich schnell erledigen."

„Worum ging es denn?"

Typisch Juristin, warum hab ich das gesagt?

„Ist egal", er schaute sie mit ernster Miene an und nahm ihre Hand. „Jetzt geht es um uns."

Als er sie am Abend in seinem Haus ausziehen wollte, hielt sie seine Arme fest. „Es ist mir gleichgültig, dass du verheiratet bist, zwei Kinder hast und deine Frau unbekannten Aufenthalts ist." Sie streichelte seinen Kopf. „Ich fühle deinen Schmerz, so völlig grundlos verlassen worden zu sein. Vielleicht hat sie dich nie wirklich geliebt." Dann nahm sie die Hand herunter. „Jetzt zieh mich aus."

Montag, 16. Februar

Julia

Schon wieder wachte sie früh auf. Sie spürte einen Schmerz in der Brust. Hoffentlich verkraften die Kinder das alles. Hoffentlich geht es ihnen gut. Julia versuchte, ruhig zu atmen. Dann sah sie zur Seite. Svenja, morgen werde ich dich nicht sehen, wenn ich aufwache. Heute ist Montag, da musst du fahren. Dabei war sie doch sicher gewesen, dass sie bis Ende März von ihrer Firma freigestellt wird. Wer in führender Stellung kündigt, wird häufig freigestellt, um das Unternehmen vor Konkurrenz zu schützen. Warum ist das bei Svenja nicht gemacht worden?

„Na, worüber denkst du nach?" Svenja war aufgewacht und schaute sie mit großen Augen an.

„Das schöne Wochenende ist vorbei." Sie streichelte über Svenjas Haare. „Und du wirst heute Abend nicht mehr da sein."

„Donnerstag komme ich wieder, falls du noch hier bist. Und vielleicht haben sie dann endlich eine Nachfolge für mich und sie stellen mich frei." Svenja rückte ihren Körper an Julia. „Vielleicht hat Michael Donnerstag auf das Schreiben geantwortet, was Frau Thalheim ihm geschickt hat. Oder das Amtsgericht hat schon entschieden. Vielleicht ist alles vorbei und du bist mit den Kindern bei mir."

„Ja, das hoffe ich auch." Julia küsste Svenja auf die Nase. „Sicher bin ich aber nicht."

Svenja schob sich ein zweites Kissen unter den Kopf. „In den nächsten Tagen wird sich bestimmt entscheidendes tun."

„Du hast ja recht, Svenja. Ich bin zu ungeduldig."

„Eine Abschrift des Schreibens müsste bei mir zuhause liegen. Du hast ihr doch gesagt, dass Abschriften dahin kommen sollen."

„Ja, ja, das weiß sie." Julia überlegte „Wenn du zuhause bist, schick es mir auf jeden Fall gleich weiter."

Svenja nickte und warf Julia ihre Bettdecke über den Kopf. „Aber noch bin ich da!"

Julia strampelte mit den Füßen. „Wie wäre es, wenn

wir im ‚Tre Soestre‘ frühstücken? Dann können wir besprechen, wie es mit den Vorbereitungen zur Zehn-Jahres-Feier steht."

Svenja zog die Bettdecke weg, griff nach Julias Boxershorts, wälzte sich auf sie und hielt ihre Arme fest. „Aber erst einmal bleibst du hier."

Svenjas Haare fielen auf ihr Gesicht. Sie roch daran. Das ist zuhause, dachte sie, streichelte über den Rücken ihrer Freundin und zog ihr langsam das T-Shirt aus.

Auf dem Weg zum Tre Soestre fiel Julia etwas ein. „Wir haben gar nicht entschieden, was wir Katrine und Oscar als Geschenk mitbringen. In Nordby gibt es eine Glasbläserei, Fanoe Glaspusteri heißt sie. Was hältst du davon, wenn wir den beiden zwei Champagnerkelche blasen lassen oder wie das heißt und eine Flasche Champagner dazu kaufen?"

Svenja musste lachen. „In der Glasbläserei wird geblasen, klar. Aber das ist eine tolle Idee."

Sie parkten den Wagen beim Brugsen. Zu Fuß gingen sie zu der einige Häuser weiter gelegene Glaspusteri und bestellten die Champagnergläser. Die Betreiberin versprach, dass die Gläser am Samstag fertig sein würden. „Für Katrine und Oscar machen wir das", meinten die beiden Frauen, die an den beheizten Öfen saßen und dabei waren, Gläser zu formen.

Es war fast schon Mittag, als Julia und Svenja im Kaffehuset ankamen.

Die Türglocke klingelte hell. Es war warm in der Gaststube, in der sich keine Gäste befanden. Clara kam aus der Küche.

„Na ihr beiden, schönes Frühstück für euch?"

„Julia wacht doch so früh auf, hat sie erzählt," rief Katrine aus der Küche. „Wollt ihr lieber zu Mittag essen?"

„Nein", riefen beide und lachten.

„Frühstück", ergänzte Svenja.

Clara setzte sich mit ihnen an einen Tisch.

„Musst du nicht jetzt arbeiten, Svenja? Wir dachten, du bist schon weg und wir müssten Julia bis Freitag trösten."

„Nein, ich arbeite Dienstag, Mittwoch und Donnerstag. Ich hoffe, das hört bald auf. Das Unternehmen, bei dem ich gekündigt habe, sucht eine Nachfolgerin oder einen Nachfolger. Wenn sie jemanden haben, werde ich freigestellt, haben sie mir versprochen. Aber sag mal", sie schien das unerfreuliche Thema wechseln zu wollen, „wie steht es mit den Vorbereitungen für Katrines Feier am Wochenende?"

Katrine kam aus der Küche und trocknete sich an einem Handtuch ab. „Ich habe mitgehört. Es gibt nichts mehr vorzubereiten. Wir freuen uns einfach nur auf Sonnabend."

„Sollen wir etwas Besonderes anziehen? Wie vornehm wird das?" Julia lächelte. Vornehm würden Katrine und Oscar nicht feiern wollen.

Clara stand auf, um Katrine zu helfen, das Frühstück zu bringen. „Du musst keinen Sack anziehen, aber Abendkleid auch nicht."

Svenja legte die Hand auf Julias Arm.

„Wir werden schon etwas finden."

Clara brachte Kaffee. „Ein schöner Pullover oder eine Bluse reicht. Außerdem ist hier in der Straße weiter unten ein toller Laden. Die haben richtig gute Sachen, haben im letzten Jahr aufgemacht."

Clara ging zurück in die Küche.

Julia schaute Svenja an. „Es kann ja gut sein, dass wir von Deutschland aus anreisen." Sie winkte ab. „Aber das sehen wir dann. Wir kommen auf jeden Fall."

„Du sagst es, mein Schatz." Svenja schaute aus dem Fenster. „Wie wäre es nach dem Frühstück mit einem Meeresspaziergang, bevor ich am Abend fahren muss?"

Julia nickte.

Julia

Der Tag verging Julia zu schnell. Nach der Wanderung am Strand und Pfannkuchen mit Gemüse im Haus begann Svenja, eine Tasche für die Rückfahrt zu packen.

Julia fiel in eine Traurigkeit, die sie selbst überraschte. „Ich finde es so schade, dass du fahren musst. Kannst du nicht Resturlaub nehmen oder dich krankschreiben lassen?" Svenja wurde ungeduldig.

„Julia, ich tue doch schon alles, damit wir so viel wie möglich zusammen sind." Sie wurde lauter. „Ich arbeite nun einmal und habe Verpflichtungen."

„Svenja", Julia steckte die Hände in ihre Hosentaschen und sah ihre Freundin an, „wenn ich noch hier bin, musst du nicht unbedingt am Abend kommen, wenn dir das zu viel ist."

„Darum geht es doch gar nicht. Ich will nur nicht, dass du mir zusätzlich Stress machst."

„Ich mache dir Stress, wenn ich dir meine Gefühlslage erkläre?" Sie presste die Lippen aufeinander. „Gut, das zu wissen."

Svenja schüttelte den Pullover, den sie in der Hand hielt. „Was redest du da für einen Unsinn."

„So, Unsinn!" Julia unterbrach sie. „Dann pack erstmal allein!" Sie schlug die Schlafzimmertür zu und lief die Treppe nach unten.

Sie stand im Wohnzimmer vor dem großen Panoramafenster zum Wasser und zitterte. Langsam beruhigte sie sich wieder. Sie merkte selbst, dass sie nur deshalb so ungerecht reagiert hatte, weil sie voraussah, wie sie unter dem Alleinsein ohne Svenja leiden würde.

Sie hörte Schritte auf der Treppe und drehte sich um. Svenja stand mit ihrer gepackten Tasche auf dem Treppenabsatz und sah Julia traurig an.

„Tut mir leid", riefen beide fast gleichzeitig. Svenja ließ die Tasche fallen und lief Julia in die ausgebreiteten Arme.

„Du musst jetzt los, sonst wird es zu spät."

„Ich bin ganz schnell wieder da. Oder du bist vorher schon bei mir."

Julia küsste Svenja auf die Nasenspitze. „Ich freue mich auf uns."

Draußen war es fast schon dunkel. Als sie am Hafen ankamen, sahen sie die Fähre von weitem kommen. An der Anlegestelle nahm Svenja ihre Freundin in den Arm, um sich zu verabschieden. Julia schüttelte den Kopf.

„Ich lasse den Wagen hier stehen und fahre mit dir rüber. Ich will deinem Auto nachwinken."

Sie gingen auf das Außendeck nach oben und sahen auf Nordby und die Insel, von der sie sich langsam entfernten.

„Es ist schön hier." Julia legte ihren Arm um Svenja, die zu frösteln schien, obwohl sie mit Mantel, Schal und Mütze warm angezogen war. Sie nickte. „Ja, sehr schön."

Sie dachte an das glückliche Zusammensein zurück, als sie am Hafen stand und Svenjas Wagen nachwinkte. Als er nicht mehr zu sehen war, ging sie auf die im Hafen wartende Fähre und stellte sich auf denselben Platz, an dem sie zuvor mit Svenja gestanden hatte.

Diesmal sah sie der Insel entgegen, die schwarz und fast bedrohlich näher zu kommen schien. Erst als der Ort mit seinen Lichtern vor ihr auftauchte, entspannte sie sich etwas.

Dienstag, 17. Februar

Julia

Julia sah auf ihre Uhr, gleich halb 10. Sie schaute zum Fenster. Weiße Wolken zogen vorbei, als hätten sie es eilig, weiterzuziehen.

Sie legte sich auf die Seite und überlegte. Warum habe ich heute Nacht so lange geschlafen? Jetzt erinnerte sie sich endlich. Heute ist Dienstag. Gestern Abend ist Svenja gefahren. Und ich habe nicht einschlafen können. Eine Stunde hatte sie in die nachtschwarze Dunkelheit gestarrt.

Jetzt kamen die Gedanken erneut, die sie gequält hatten. Warum habe ich nicht trotzdem die Kinder mitgenommen? Aber wie hätte ich das schaffen können? Die Kinder ins Ausland bringen, wäre gar nicht gegangen. Ein Haus auf einer deutschen Insel hätte nicht funktioniert. Die Gefahr, schlechtere Karten bei der Frage des Sorgerechts zu haben, wäre groß gewesen. Vor allem mit Sina wäre das nicht gegangen. Sie hätte sofort ihren Vater angerufen. Auch eine Lösung bei meinen Eltern hätte mit ihr nicht funktioniert. Sie spürte einen bitteren Geschmack im Mund. Die Kinder wären zusätzlich traumatisiert worden, wenn Michael sie dort weggeholt hätte. Und das hätte er.

Julia legte ein zweites Kissen unter ihren Kopf und schaute hinaus auf die Dünen und das aufgewühlte Meer, das aus lauter Schaumkronen zu bestehen schien. Sie versuchte, die Gedanken zu verdrängen, die sie belastete. Stürmisch draußen. Sie hörte den Wind am Fenster rütteln. Er kam vom Meer, flog durch die Dünen und brachte die salzige Luft auf die Insel. Ich muss das fotografieren, dachte sie.

Julia wäre am liebsten aufgestanden und hätte sich mit einem Fotoapparat in den Sturm gestellt, so wie sie war, im T-Shirt und Boxershorts. Stattdessen zog sie die Bettdecke bis an das Kinn.

Ihre Gedanken glitten wieder zu den Kindern. Ein paar Tage geht es für die Kinder ohne mich. Sina macht es nicht so viel aus. Lasse wird sich mit sich selbst beschäftigen und beruhigt sein, wenn seine Großeltern da sind, egal welche. Er liebt sie beide.

Ihre Gedanken wanderten zu Svenja. Jetzt wird sie das Schreiben von Frau Thalheim zuhause gefunden haben. Michael hat hoffentlich schon reagiert. Es muss unbedingt vor dem nächsten Wochenende eine Lösung geben. Dann ziehen wir zunächst in Svenjas Wohnung in Bremen und später nach Hamburg.

Sie seufzte. Gleich nach Hamburg zu ziehen, wäre optimal. Je weiter weg von Michael, desto besser. Andererseits müssen die Kinder dann neben der Trennung die neue Stadt verkraften. Wie auch immer, es wird nicht anders gehen. Mal sehen, wann die Besichtigung der Wohnung sein wird. Heute Abend weiß ich sicher mehr.

Ihr Telefon klingelte. Erschrocken griff sie zu ihrem Handy, das auf ihrem Bett lag. Sie fasste nicht richtig zu. Das Handy fiel auf den Fußboden. Es klingelte weiter. Sie hatte keinen Anrufbeantworter eingestellt. Sie hob es vom Boden auf, schaute auf das Display und meldete sich.

„Svenja, mein Schatz. Schön, dass du anrufst ... Ja, erzähl ... es ist kein Brief angekommen? ... das kann nicht sein ... nein, zu Michael ist die Abschrift bestimmt nicht geschickt worden ... nein, eine andere Adresse hat Frau Thalheim nicht ... mache ich, ich werde gleich bei ihr anrufen ... ja, ich sage dir wieder Bescheid ... ich hab dich auch lieb, Tschüss."

Sie setzte sich auf den Rand ihres Bettes und wählte die Nummer ihrer Rechtsanwältin. Eine Mitarbeiterin erklärte ihr, dass sie in einem Gerichtstermin sei.

Julia kündigte an, eine Mail zu schreiben und bat darum, dass die Rechtsanwältin gleich nach ihrer Rückkehr auf ihre Nachricht hingewiesen würde. Es sei wichtig, betonte sie. Es wurde ihr versprochen, alles auszurichten.

Sie zog sich einen Bademantel an und setzte sich an den Schreibtisch im Erdgeschoss. Sie tippte die Mail in ihren Rechner.

Sie duschte und frühstückte fast mechanisch. Weiß er nicht Bescheid? Fünf Tage Verzögerung? Es fiel ihr schwer, sich auf irgendetwas zu konzentrieren. Die armen Kinder, noch länger ohne Nachricht von ihr.

Sie überlegte, wie sie sich bis zu einer Antwort ablenken sollte. Svenja hatte ihr zu einer Fotosafari am Meer geraten. „Dafür bin ich zu nervös, Svenja", hatte sie geantwortet.

Warm angezogen machte sie sich auf, Sturm und Gischt des aufgewühlten Meeres zu fotografieren. Ich werde tausend Fotos von Brandungswellen machen und das beste zwei mal drei Meter vergrößern, dachte sie. Mal sehen, ob ich das so eindrucksvoll hinbekomme wie Courbet mit unserem Bild.

Fasziniert von den Farben des Himmels und des Meeres, von den dunklen Wolken, durchbrochen von weißen Wolkenballen fotografierte sie, ohne von der Kälte etwas zu bemerken.

Zwei Stunden später schloss sie die Tür ihres Ferienhauses auf, mit durchfrorenem Gesicht und kalten Beinen, aber froh, so lange am Meer gelaufen zu sein. Im Haus kam es ihr fast zu warm vor.

Sie zog die Stiefel aus. Ungeduldig warf sie ihre Windjacke auf den Fußboden. Sie öffnete ihren Rechner, um nach einer Nachricht zu sehen. Frau Thalheim hatte geantwortet. Sie las den Text.

„Nein!" Sie rief es laut aus, schrie es fast. Wie kann sie das missverstanden haben? Ich habe mich doch deutlich ausgedrückt! Mit der flachen Hand schlug sie auf den Schreibtisch. Das Glas mit den Osterglocken auf dem Schreibtisch fiel um. Schnell hob Julia ihr Laptop hoch. Sie legte ihn auf den Küchentisch. Sie trocknete den Schreibtisch und dachte nach. Dann griff sie zum Telefonhörer.

„Stell dir vor, Svenja, Frau Thalheim schreibt mir, sie hätte gedacht, ich hätte die Abreise verschoben. Nun bekommt er das Schreiben jetzt erst."

„Aber wusste sie nicht, dass du geplant hattest, Mittwochmorgen zu fahren?"

„Doch, Herrgott. Jetzt verzögert sich das sinnlos." Sie unterbrach sich. „Die Kinder."

„Aarrgg!" Svenjas Ton hörte sich für Julia an, als würde ein Löwe brüllen. „Das kann ja wohl nicht wahr sein. Die armen Kinder." Sie schnaufte. „Tut mir leid... Es wird alles gut, Julia. Wir halten das zusammen durch." Sie machte eine Pause. „Und die Kinder sind aufgehoben, wenn auch ohne dich. Aber das ändert sich ganz bald wieder. Ganz bestimmt." Sie schwieg.

„Ich liebe dich", flüsterte Julia.

Svenja hatte eine gute Nachricht. Sie hatte mit dem Makler wegen der Wohnung in Hamburg telefoniert. „Wir erfahren morgen, wann wir die Wohnung besichtigen können. Auf jeden Fall wird sie Ende des Monats frei. Wir könnten bald einziehen." In Julias „Superklasse!" hinein ergänzte sie „mit den Kindern. Und wenn sie uns gefällt."

Julia war zuversichtlich. „Altbau, Jugendstil, in Altona, mitten in der Stadt, das muss uns gefallen. Und den Kindern auch."

Sie schnaufte in das Telefon. „Trotzdem bin ich sehr genervt. Jetzt sind die Kinder fünf Tage länger im Unklaren, was los ist. Und ich kann sie nicht erreichen."

„Sie muss etwas missverstanden haben."

„Ich ruf sie gleich an."

Nach dem Gespräch mit Svenja rief sie Frau Thalheim an, um zu ergründen, weshalb ihr nichts ausgerichtet worden war. Es stellte sich heraus, dass die Mitarbeiterin die Nachricht so aufgefasst hatte, dass sie eben nicht ausgezogen sei. „Alles ist in Ordnung, hätten Sie gesagt. Das hätte doch bedeutet, dass Sie dageblieben sind."

Ihre Rechtsanwältin versprach, sofort tätig zu werden und ihm das Schreiben durch Boten zustellen zu lassen. Julia versuchte, sich zu beruhigen. Sie schaltete den Fernseher an und zappte von einem Kanal zum nächsten.

Sie wählte Sinas Nummer. Es meldete sich niemand.

Nun zog sie den Gedichtband hervor, den sie mitgenommen hatte, und setzte sich auf einen Sessel.

Sie schloss die Augen und öffnete das Buch.

Ein Gedicht von Karin Kiwus.

Sie las es laut vor:

Schön
geduldig
miteinander
langsam alt
und verrückt werden

andererseits

allein
geht es natürlich
viel schneller

Julia ließ das Buch auf ihre Knie sinken. Sie schloss erneut die Augen und horchte auf den Wind.

Sie wachte auf und sah auf die Uhr. Habe ich jetzt eine Stunde geschlafen? Sie reckte sich und schaute nach draußen. Der Wind hatte sich gelegt. Es waren nur wenige Schaumkronen auf den Wellen zu sehen. Es wird schon dämmrig. Ich werde joggen.

Julia

Sie schaute nach draußen auf das Thermometer an der Hauswand, elf Grad. Meine Laufjacke, warm genug für kalte Abende. Ich laufe am Meer.

Inzwischen war die Flut gekommen. Sie trabte erst vorsichtig, dann mit immer kräftigeren Tritten am Rand des Wassers entlang. Tiefe Atemzüge im Rhythmus der Schritte ließen sie alles um sie herum vergessen. Die Kinder, noch länger. Fast unmerklich wurde es dunkler.

Atemlos hielt sie an. Sie konnte den Wasserrand nicht

mehr genau erkennen. Sie schaute sich um. Dunkelheit. Die ersten Häuser liegen so weit in den Dünen, dass vom Meer aus nichts zu sehen ist, dachte sie. Weit entfernt sah sie ein Licht. Wo liegt mein Haus? Julia entschloss sich, erst einmal vom Wasser zu den Dünen zu gehen.

Ihr Telefon vibrierte, Svenja. Julia schilderte ihre Lage. Sie meinte fast schon zu hören, dass Svenja den Kopf schüttelte. „Mein Schatz, nimm doch Google Maps, gib die Adresse unseres Hauses ein und lass dir den Fußweg zeigen."

Sie schlug sich an den Kopf. „Was bin ich blöd. Daran hätte ich gleich denken können. Ich mach das mal. Wir telefonieren nachher weiter."

Julia legte auf und ließ sich auf ihrem Handy den Weg zum Haus zeigen. Durch die Dunkelheit und die Dünen brauchte sie fast eine Stunde, um nach Hause zu kommen. Sie zündete den Kamin an und setzte sich davor. Da sieht man mal, wie ich durch den Wind bin; so geht das nicht, dachte sie. Ich muss etwas tun.

Das Handy vibrierte wieder. Svenja, ich wollte sie ja anrufen. Julia nahm den Hörer ab.

„Tut mir leid, es hat in der Dunkelheit gedauert, bis ich hier war."

„Ich hab mir schon Sorgen gemacht, alles gut. Kommst du klar, allein im Haus?"

„Nicht so gut", Julia hoffte, ihre Stimme würde nicht so traurig klingen, wie sie sich fühlte.

„Der erste Teil des Plans ist geglückt, Liebste, wenn auch bei Frau Thalheim etwas verzögert. Und der zweite Teil wird genauso funktionieren. Michael wird jetzt erfahren haben, was wir vorhaben. Dann werden wir sehen, wie er reagiert."

„Das bedeutet in jedem Fall, dass ich vor dem Wochenende nicht zurückkommen kann." Julia seufzte. „Das sind dann fast zwei Wochen. So lange waren die Kinder noch nie von mir getrennt." Sie fuhr durch ihre Haare und schloss die Augen. „Und ich von ihnen."

„Das ist schlimm." Svenja schwieg.

Julia ließ sich in einen Sessel fallen. Sie schwieg, dann atmete sie heftig aus. „Ich muss da durch. Das kommt davon, wenn man sich nicht rechtzeitig trennt."

„Dafür habe ich noch eine gute Nachricht."

Julia unterbrach sie. „Wieso noch eine?"

„Na, die eine heute Morgen wegen der Wohnung. Und gestern hatte meine Firma das Gespräch mit einem Bewerber. Sie wollen ihn nehmen. Er will morgen kommen, den Vertrag unterschreiben, und Donnerstag mit mir die laufenden Sachen besprechen. Hoffentlich klappt alles. Es kann deshalb sein, dass ich erst Freitag kommen kann. Dann muss ich aber nicht mehr zurück."

Julia

Julia war fast schon fröhlicher Stimmung, als das Telefongespräch beendet war. Doch schnell erfasste sie wieder eine derart starke Angst um ihre Kinder, dass sie glaubte, nicht mehr atmen zu können.

Ich versuche nochmal, die Kinder anzurufen, dachte sie. Ich kann nicht mehr warten. Und jetzt ist erst halb 10, da schläft Sina nicht. Sie kontrollierte ihr Handy. Die Telefonnummer wird nicht angezeigt. Gut. Sina würde die an Michael weiterleiten.

Sina meldete sich auf das Klingeln ihres Handys wieder nicht.

Julia dachte nach. Fast eine Woche hatte ich jetzt keinen Kontakt zu den Kindern. Ob etwas passiert ist? Michael hat ihr das Handy weggenommen, damit ich sie nicht anrufen kann, das ist passiert.

Sie versuchte es noch einmal, vergebens.

Ich muss wissen, wie es den Kindern geht. Ich habe nicht damit gerechnet, dass ich mehr als vier bis fünf Tage weg sein werde.

Sie überlegte. Von Esbjerg nach Bremen brauche ich etwas weniger als vier Stunden. Wenn ich morgen früh die erste Fähre um 5:10 Uhr nehme, bin ich spätestens um halb 10 in Bremen. Die große Pause fängt um 9:40 Uhr an, das schaffe ich. Dann fahre ich zurück. Michael merkt gar nicht, dass ich dagewesen bin, bis er Sina mittags zuhause trifft. Und ich kann Sina erklären, wie die Situation ist. Lasse treffen zu wollen, macht keinen Sinn. Er wäre nur verstört, wenn ich komme und gleich wieder fahre.

Julia stellte sich den Wecker. Sie brauchte lange, um einzuschlafen.

Mittwoch, 18. Februar

Michael

Er lehnte sich in seinem Bürostuhl nach hinten und wippte hin und her. Mittwoch, jetzt ist sie seit einer Woche verschwunden und ich weiß immer noch nicht, wo sie ist. Witkowski hat keine Spur. Bei der Freundin in Hannover ist sie nicht. Immerhin hat er das festgestellt. Und die Marcus ist gestern wieder aufgetaucht.

Entweder war sie bei einem Lover oder sie war bei Julia. Das muss Witkowski in dieser Woche herausbekommen. Er will sie die ganze Woche beobachten, hat er versprochen. Hauptsache, er ist nicht so blöde und wartet vor ihrer Haustür und die fährt gleich vom Büro zu Julia.

Sein Telefon klingelte. „Michael, Frau Richterin Rodewald will dich sprechen."

„Mit Richtern muss man immer reden, Nellie. Stell sie durch."

Wortlos stellte sie durch.

„Hallo Kerstin."

„Hallo Michael, gibt es Neues?"

„Nein, die Kinder bleiben bis zum Wochenende bei meinen Eltern. Ich hab sie in der Schule krankgemeldet. Die sollen mal ein paar Tage Ferien mit Oma und Opa machen. Dann habe ich hier den Rücken frei. Ich weiß gar nicht, wie ich das machen soll, wenn Julia verschwunden bleibt. Ich habe schließlich eine Anwaltspraxis zu führen."

Kerstin hatte offenbar darüber schon nachgedacht. „Wenn sie verschwunden bleibt, was ich mir nicht vorstellen kann, helfe ich dir natürlich." Nach einer kurzen Pause fügte sie hinzu: „Wenn du das willst."

Auch Michael hatte darüber nachgedacht. Es war die beste Lösung in seiner Lage. „Ja, das will ich. Warten wir einmal ab, wie sich die Situation entwickelt. Wollen wir zusammen Mittag essen? Dann können wir weiterreden."

Sie verabredeten sich zum Essen. Michael wendete sich dem immer höher gewordenen Aktenstapel auf seinem Schreibtisch zu.

Julia

Julia sah auf die Uhr, 9:25. Noch 15 Minuten bis zur großen Pause.

Es hatte alles geklappt; der Wecker geklingelt; die Fähre pünktlich; ein kurzer Stau vor dem Elbtunnel in Hamburg. Und nun bin ich in Bremen zurück, in der Schule, in der meine Tochter im Unterricht ist.

Wie wird es für sie sein, wenn ich vor ihr stehe? Sie wird wütend auf mich sein. Hoffentlich lässt sie mit sich reden. Sina, ich hab dich doch lieb. Sie presste die Lippen aufeinander. Sie spürte, wie ihr Atem schneller ging. Eine Träne lief aus ihrem Auge. Ich muss mich zusammennehmen. Michael, was hat er angerichtet. Sie biss ihre Zähne zusammen. Ich habs ja hingenommen, diese schleichende Verrohung. Aber jetzt musste Schluss sein. Das werde ich ihr erklären.

Sie schaute sich um. Ich werde mit etwas Abstand von ihrem Klassenzimmer warten. Sie muss sich nach dem Stundenplan im Klassenraum befinden. Deutsch bei Frau Klapproth.

Julia behielt die Tür des Klassenzimmers im Blick. Bildbeschreibungen waren das Thema. Sina hatte darüber geflucht und geschimpft. Ihr Vater hatte eine Bildbeschreibung verfasst, die aber nur mit ‚gerade noch befriedigend' bewertet worden war. Er war darüber wütend, konnte sich aber schlecht über seine eigene Arbeit beschweren. Sie schüttelte den Kopf. Und wieder hatte es Streit gegeben, weil sie nicht damit einverstanden war, dass er für Sina die Hausaufgaben machte.

Es klingelte, die große Pause. Sie erschrak und hielt den Atem an. Von allen Seiten strömten die Kinder in die Pausenhalle zur Cafeteria der Schule.

Endlich öffnete sich die Tür zu Sinas Klassenzimmer. Langsam kamen die Kinder heraus. Sina war nicht dabei.

„Guten Tag Frau Pförtner."

Eine Freundin von Sina hatte sie gegrüßt.

„Hallo Marie, ist Sina nicht da?"

„Aber Sina ist doch seit Montag krank. Ist sie nicht zuhause?"

„Doch." Julia wusste nicht, was sie sagen sollte.

„Guten Tag, Frau Pförtner." Frau Klapproth war zu ihnen getreten. „Geht es Sina besser? Marie will ihr nachher die Hausaufgaben bringen."

„Ja, es geht besser." Julia war nicht eingefallen, was sie sonst hätte sagen können. „Entschuldigen Sie, ich muss jetzt." Julia ließ den Satz unvollendet, wandte sich um und ging mit schnellen Schritten dem Ausgang der Schule entgegen.

Julia

Sie setzte sich in ihr Auto und lehnte sich mit den Armen auf das Lenkrad. Sie liegt krank im Bett und ich stehe als Mutter vor dem Klassenzimmer. Ich fasse es nicht. Was bin ich blöd. Sie legte den Kopf auf ihre Arme. Ich bin so blöd, so blöd. Sie nahm den Kopf hoch. Oder stimmte das gar nicht? Hatte er sie weggebracht? Das traue ich ihm zu. Sie zögerte einen Moment. Dann wählte sie die Durchwahlnummer von Michael im Büro.

„Was ist denn, Nellie? Ich habe doch gesagt, dass ich nicht gestört werden will."

„Ich bin es, Julia. Ist Sina krank?"

Michael schwieg und stieß dann hervor. „Du!"

„Ist Sina krank? Ist sie zuhause?"

Sie hörte, wie er schnaufte. Sie konnte seine Wut durch das Telefon spüren. Dann endlich schien er sich gefangen zu haben.

„Du ... du wagst es?" Er unterbrach sich, schwieg. Dann schrie er. „Und jetzt interessiert dich, wie es deiner Tochter geht. Das ist..."

Sie hörte, wie sein Atem schneller ging. „Das ist das Allerletzte. Klaust mir 70.000 Euro, haust ab, lässt mich mit den Kindern sitzen und wagst es jetzt..."

Julia beendete das Gespräch.

Michael

Michael schaute auf den Telefonhörer. Er überlegte einen Moment und wählte eine Telefonnummer, die er inzwischen auswendig kannte.

„Witkowski."

Er hielt sich nicht mit Höflichkeiten auf.

„Meine Frau war offensichtlich in der Schule und hat festgestellt, dass ich die Kinder krankgemeldet habe. Ich bin sicher, sie fährt jetzt zu mir nach Hause, um zu sehen, ob meine Tochter dort ist. Es wird da niemand aufmachen. Sie wird deshalb schnell verschwinden. Sie müssen hinter ihr herfahren, um festzustellen, wo sie hinfährt. Wie lange brauchen Sie?"

„Fünf Minuten, ich bin in der Nähe."

„Gut, ich brauche zwanzig Minuten, dann wird sie wieder weg sein. Fahren Sie los!"

„Jouh."

Michael sprang voller Wut von seinem Stuhl auf. Ich fahre auf jeden Fall auch hin. Vielleicht erwische ich sie ja doch. Am besten im Haus, aber dann garantiere ich für nichts.

Er lief die Treppen herunter. „Michael." Er hörte die Stimme seiner Sekretärin, als er fast schon aus dem Haus gelaufen war. Interessiert mich nicht, dachte er, schnell los.

Die erste Ampel auf dem Weg nach Hause sprang auf Rot. Mit der Faust schlug er auf das Lenkrad seines Wagens. Ich werde, ja, was, wenn sie im Haus ist? Er stellte sich vor, wie er ausholen und sie mit einer Ohrfeige zu Boden schlagen würde. Oder mit der Faust. Er hörte die Hupe eines Autos. Er schaute auf die Ampel. Sie sprang schon wieder von Grün auf Gelb. Er fuhr an. Das ist mir jetzt scheißegal, fluchte er laut vor sich hin.

Julia

Wie selten dämlich, ihn anzurufen, statt gleich hinzufahren. Sie überlegte. Jetzt schnell, ich muss zum Haus, um zu sehen, ob sie da ist. Michael braucht zwanzig Minuten, ich brauche von hier nur fünf Minuten. Begegnen darf ich ihm auf keinen Fall. Aber ich muss wissen, ob sie krank zuhause liegt.

Sie fuhr los. Vor dem Haus angekommen, sah sie zu den Fenstern. Sie waren alle geschlossen; nichts rührte sich. Sie schloss die Haustür auf.

„Sina", rief sie laut und wieder „Sina, bist du da?"

Schnell schaute sie in Sinas Zimmer. Es sah aufgeräumt aus. Es war niemand da. Er wird die Kinder zu seinen Eltern gebracht haben. Deshalb hat er sie krank gemeldet.

Jetzt aber raus hier. Nichts hielt sie mehr im Haus. Ein Gefühl von Fremdheit und Angst befiel sie bei allem, was sie sah. Verstohlen hielt sie Ausschau nach seinem Mercedes, als sie aus dem Haus rannte und ihren Audi wendete. Er war nicht da.

Er hat die Kinder zu seinen Eltern nach Kiel gebracht. Ihr kamen die Tränen. Sie drückte auf das Gaspedal.

Was für eine idiotische Idee, herzufahren. Sie schüttelte den Kopf. Nur weil ich Sina am Abend nicht erreicht habe, bin ich einfach los? Ich muss nicht ganz dicht im Kopf sein. Es war doch zu erwarten, dass entweder seine Eltern hier oder die Kinder bei ihnen in Kiel sein werden. Sie biss sich auf die Lippen, bis es schmerzte. Gott sei Dank kann er nicht so schnell kommen und mich abfangen. Jetzt aber zurück. Sie fuhr erst ruhiger, als sie einige Zeit auf der Autobahn nach Norden gefahren war.

Fünf Kilometer bis zur dänischen Grenze, verkündete ein Verkehrsschild. Ihr Handy klingelte.

Sie erschrak. Michael konnte das nicht sein. Sie hatte die Rufunterdrückung auf ihrem Handy aktiviert. Sie schaute auf die Nummer und bemerkte die dänische Vorwahl. Sie nahm das Gespräch an.

„Ja?"

„Julia?"

„Ja."

„Hier ist Sophie. Clara und ich wollen rüber nach Esbjerg, etwas für Samstag kaufen. Hast du Lust, mitzukommen?"

„Ach Sophie", Julia wusste nicht, warum sie so erleichtert war. „Ich bin nicht auf der Insel. Ich bin kurz vor der dänischen Grenze."

„Wieso das denn? Fährst du zurück?"

„Nein, ich komme wieder. In einer Stunde bin ich in Esbjerg. Wollen wir uns da treffen? Ich erkläre es euch dann."

„Ja, das können wir machen. Kennst du den Marktplatz in der Fußgängerzone? Da ist ein Café, links neben dem Posthuset. Da können wir uns treffen. Wir gehen gleich zur Fähre. Ich will in ein bestimmtes Geschäft. Aber ich denke, wir werden vor dir da sein. Wir warten auf dich."

„Gut, ich freue mich. Aber ich muss jetzt aufhören; ich komme an die Grenze."

Die Warteschlange war nicht lang. Ein Wagen, der kurz vor ihr gewartet hatte, wurde vom Zoll nach rechts in eine Fahrspur gelenkt, wo Mitarbeiter bereitstanden, eine genaue Kontrolle vorzunehmen. Der Zollbeamte winkte Julia aus dem offenen Fenster seines Häuschens vorbei, ohne sie zu kontrollieren.

Witkowski

Glück gehabt. Witkowski freute sich, dass er den blauen Audi hatte stehen sehen, als er vor das Haus der Pförtners fuhr. Gott sei Dank ist der Tank voll, hatte er gedacht, als er langsam hinter Julia herfuhr.

Einige Kilometer vor der Grenze hatte er mit seinem Auftraggeber telefoniert.

„Sie fährt nach Dänemark. Ich dachte ja, ihr Ziel wäre wenigstens Flensburg. Aber sie fährt weiter. Was soll ich machen? Gleich kommt die letzte Ausfahrt auf deutschem Boden."

„Sie fahren weiter! Und wenn Sie durch ganz Dänemark fährt; Sie bleiben dran!"

Er hörte, dass sein Auftraggeber mit der Faust auf einen Tisch geschlagen hatte. „Was denken Sie sich denn? Wollen Sie an der Grenze warten, ob sie zurückkommt?"

Witkowski legte auf, ohne etwas zu sagen. Er schüttelte den Kopf und verdrehte die Augen. „Was für ein Arschloch", murmelte er vor sich hin. Er wartete in der Schlange der Autos vor dem Grenzübergang. Ich habe Gott sei Dank meine Papiere dabei, aber keinerlei Gepäck. Was ist, wenn ich kontrolliert werde? Ich muss mir etwas ausdenken. Er überlegte. Ich fahre zu einem Ferienhaus. Meine Frau ist schon da mit dem Gepäck. Aber wo ist das? Er nahm sein Handy und suchte die Küste an der Nordsee ab. Rømø, das geht; eine große Insel und da muss man hier über die Grenze. Das ist gut.

Langsam fuhr sein Wagen auf das Zollhäuschen zu. Zwei Fahrzeuge vor ihm wurde der blaue Audi durchgewunken. Ich auch bitte, dachte er und fluchte. Ihm wurde mit Handzeichen bedeutet, nach rechts in die Fahrspur zur Kontrolle zu fahren.

„Ausweis und Fahrzeugpapiere bitte."

Er reichte beides aus dem Fenster.

„Wohin fahren sie?"

„Nach Rømø, in ein Ferienhaus, meine Frau ist schon dort. Ich hatte zuhause beruflich zu tun."

Die Papiere wurden ihm zurückgereicht. Der Abgleich seiner Papiere auf dem Rechner hatte offenbar nichts Verdächtiges ergeben.

„Steigen sie bitte aus und öffnen den Kofferraum." Der Zollbeamte trat zur Seite.

Nichts sagen, dachte er. Sonst dauert es noch länger. Mit zusammengepressten Lippen stieg Witkowski aus seinem 15 Jahre alten Mercedes 190. Im Laufe der Zeit hatte der Wagen Dellen abbekommen. Seine dunkelgraue Farbe verstärkte den heruntergekommenen Eindruck. Ihm hatte das nie etwas ausgemacht, im Gegenteil. Er fühlte sich mit dem Auto wie einer der Fernsehfahnder mit ihren gebrochenen Lebensläufen. Darauf war er stolz.

Das Durcheinander im Kofferraum schien dem Zollbeamten nicht zu gefallen. Er bat Witkowski, die Gegenstände aus dem Wagen zu nehmen und die Klappe am Boden des Kofferraumes zu öffnen. Dort befand sich außer dem Ersatzrad für das Fahrzeug nichts.

Mit der Taschenlampe leuchtete sein Kollege zwischenzeitlich in das Innere des Wagens.

Offensichtlich gab es nichts, was zu beanstanden war.

Witkowski packte die Sachen wieder in den Kofferraum. Misstrauisch sahen die Beamten ihm dabei zu, sagten aber nichts über das viele Werkzeug. Ein Beamter zeigte auf den Kuhfuß.

„Wozu haben sie das im Auto?"

„Der gehört meinem Schwager", fiel ihm spontan ein. „Er hatte ihn mir geliehen und ist auf Rømø. Ich will ihm das Werkzeug wiedergeben."

Der Beamte sah ihn an. „Gute Fahrt."

Er beeilte sich, zurück auf die Autobahn zu fahren. Er sah auf die Uhr. 20 Minuten habe ich verloren. Jetzt kann ich sie nicht mehr einholen. Er rief erneut Michael an.

„Ich bin eben kontrolliert worden, Ihre Frau aber nicht. Sie hat einen Vorsprung von zwanzig Minuten. Ich werde sie nicht mehr einholen können."

„Mist!" Michael war laut geworden. Jetzt schrie er. „Das durfte nicht passieren."

Er wurde ebenfalls lauter.

„Dafür kann ich doch nichts. Ich fahre weiter bis zur nächsten Raststätte. Wenn sie da Pause gemacht hat, kriege ich sie."

Michael wurde leiser. „Tun Sie das und fahren Sie, so schnell Sie können."

„Hier darf man nur 130 fahren."

„Dann fährt sie nur 130. Sie müssen eben schneller fahren."

„Zahlen sie das Strafmandat?"

„Ja, in drei Gottes Namen. Fahren Sie zu, verdammt!" Er hörte Michael schnaufen. „Sie wissen, worum es geht, verdammte Scheiße."

Er legte auf, ohne an eine höfliche Abschiedsformel zu denken.

50 Kilometer später sah er das erste Schild, das auf eine Raststätte hinwies. Er bog in die Einfahrt ein. Der blaue Q 2 war nirgendwo zu sehen.

Jetzt kriege ich sie nicht mehr, dachte er. Ich brauche eine Pause. Er setzte sich mit einem Cappuccino auf eine Bank und überlegte. In ein paar Kilometern kommt die Abzweigung rechts nach Århus, links nach Esbjerg. Das kann ich vergessen. Ich muss zurückfahren. Jetzt bleibt mir nur Svenja. Die darf ich aber auf keinen Fall verlieren. Ich werde ihr ab morgen auf den Füßen stehen. Die war doch letztes Wochenende schon weg. Entweder hat sie einen Freund, zu dem sie fährt oder sie fährt zu Frau Pförtner.

Er begann zu frieren, war frustriert wegen des Fehlschlages an der Grenze und wütend über seinen Auftraggeber. Dieses Herumkommandieren; wie redet der mit mir?

Kurz informierte er Dr. Pförtner und beendete das Telefongespräch, ohne weitere Schritte zu diskutieren. Der soll mich gefälligst meine Arbeit machen lassen, dachte er, kaufte eine Flasche Wasser, wendete den Wagen und fuhr zurück nach Bremen. An der Grenze nach Deutschland wurde er nicht kontrolliert.

Julia

Julia bog in ein Parkhaus vor der Fußgängerzone ein. Es ist gut, wenn ich laufe, dachte sie. Ich bin so kaputt, ich könnte jetzt gut ein paar Stunden schlafen.

Sie freute sich aber darauf, das dänische Ehepaar zu sehen. Sie sind glücklich miteinander. So glücklich werde ich auch mit Svenja leben, eines Tages. Bei diesen letzten Gedanken befiel sie wieder die Traurigkeit, die sie in letzter Zeit so häufig verspürte. Es ist alles so schwierig. Hoffentlich schaffen wir das.

„Julia!" Sie wurde aus ihren Gedanken gerissen.

„Hey, Julia!" Sie drehte sich um. Aus einer Seitenstraße, die vom Hafen in die Stadt führte, kamen ihr Clara und Sophie entgegen.

Sophie lachte. „Jetzt habe ich schon dreimal laut gerufen. Du warst ja tief in deine Gedanken versunken."

Julia breitete die Arme aus. „Wie schön, euch zu sehen. Ihr glaubt gar nicht, wie froh ich bin."

„Du siehst aber nicht so froh aus, eher weinst du gleich." Clara zog die Augenbrauen hoch und fasste Julia an die Schultern. „Wo kommst du denn her? Warst du in Deutschland?"

„Ach, lasst uns einen Kaffee trinken, dann erzähle ich euch alles."

Bei einem Cappuccino und Zimtschnecken erzählte sie, was sie erlebt hatte. „Wenn er mich abgefangen hätte!" Sie schüttelte den Kopf. „Wie ich auf die Schnapsidee gekommen bin, da hinzufahren, verstehe ich überhaupt nicht mehr; statt mich an unseren Plan zu halten!" Sie war lauter geworden.

„Plan?", riefen Sophie und Clara wie im Chor. Sie sahen sich an. Sophie redete weiter. „Ihr habt nicht erzählt, was ihr genau geplant habt."

Julia erklärte, was sie sich mit Svenja überlegt hatte.

Die dänischen Freundinnen waren skeptisch. „Nach dem, was du uns von deinem Mann erzählt hast, könnt ihr nur hoffen, dass der Plan funktioniert. Aber wenn wir etwas machen können, helfen wir euch."

Clara schaute Sophie an. „Und wenn es sein muss, verstecken wir Julia, nicht?"

„Aber ja, und Svenja auch. Hoffen wir das Beste für die beiden."

Clara mahnte zum Aufbruch. „Kommt, wir gehen shoppen. Und dann fahren wir zurück auf unsere Insel."

Julia

„Ich weiß nicht, was mich geritten hat, da hinzufahren, Svenja. Ich wollte sehen, dass es den Kindern gut geht."

Julia hatte Herzklopfen und ein schlechtes Gewissen, als sie Svenja nach ihrer Rückkehr in das Haus angerufen und die Erlebnisse des Tages geschildert hatte.

„Ich weiß, ich hätte mich an unseren Plan...", sie brach mitten im Satz ab. Sie war die ganze Zeit im Wohnzimmer auf und ab gegangen. Jetzt ließ sie sich in einen Sessel fallen. Sie konnte nicht verhindern, dass Tränen ihr Gesicht herunterliefen.

„Alles gut, ist nichts passiert. Beruhige dich, mein Schatz. Wenn ich komme, ist alles gut. Es wird schon funktionieren. Ich kann aber auf jeden Fall erst Freitag kommen. Ich muss meinen Nachfolger in die laufenden Projekte einführen. Das wird etwa zwei Stunden dauern. Spätestens Freitagmittag komme ich los."

„Und dann musst du bis zum 1. April gar nicht mehr arbeiten?"

„Nein, ich freue mich. Dann sind wir zusammen. Erst einmal komme ich nach Fanø. Aber noch etwas. Ich wusste nicht, dass ich Freitag arbeiten muss. Ich habe für den Tag einen Besichtigungstermin für die Wohnung in Hamburg abgemacht, um 14 Uhr. Kannst Du nach Hamburg kommen und wir besichtigen zusammen?" Svenja machte eine Pause. „Wäre das ok für dich?"

„Natürlich, das machen wir zusammen, Svenja."

„Wie schön, ich freue mich. Der Makler hat endlich einen Lageplan der Wohnung und Fotos geschickt. Ich leite alles auf deinen Rechner weiter."

„Erzähl, wie sieht sie aus und wie teuer ist sie?"

„Das Haus ist alt, Jugendstil mit vielen Fliesen im Hauseingang. Das wussten wir ja. Der Eigentümer hatte für seine Familie aus zwei 2-Zimmer-Wohnungen eine Wohnung gemacht. Deshalb sind es 4 Zimmer und 2 Badezimmer. Die Wohnung liegt im 2. Stock und hat vorn und hinten einen Balkon, zwar klein, aber für zwei Stühle und einen Tisch reicht es."

Julia freute sich. „Ich mag Altbau so gern. Solche Häuser haben Geschichte und Persönlichkeit", hatte sie einmal zu Svenja gesagt, als sie in Bremen durch das Altstadtviertel geschlendert waren.

„Die Eigentümer wollen aus Altersgründen in eine Wohnung im Erdgeschoss ziehen. Da haben sie einen kleinen Garten."

„Und wie hoch ist die Miete? Werde ich mir das leisten können?"

„Auf jeden Fall. Aber lass uns später darüber reden, Julia", meinte Svenja. „Wichtig ist, ob uns die Wohnung gefällt."

„Und dass die Wohnung für die Kinder groß genug ist." Julia stockte. Hoffentlich kommen beide mit. Die Kinder getrennt zu sehen, wäre schlimm. Es kommt auf Sina an. Svenja unterbrach ihre Gedanken.

„Ich komme mit dem Zug. Meinen Wagen kann ich ja erst einmal in Bremen lassen. Wir fahren dann zusammen zurück nach Fanø."

„So machen wir das, meine Geliebte."

Die beiden beendeten das Gespräch mit dem Versprechen, sich später wieder anzurufen. Julia wollte sich zunächst das Angebot des Maklers ansehen.

Donnerstag, 19. Februar

Witkowski

Witkowski hatte sich nach der anstrengenden Fahrt gegen seine Gewohnheit früh ins Bett gelegt und bis zum Morgen durchgeschlafen. Als er bei einem Kaffee an seinem Marmeladentoast knabberte, durchdachte er die nächsten Schritte.

Alternativen habe ich nicht. Ich muss mich jetzt an Frau Marcus hängen. Das kann zum Flop werden, wenn die zu ihrem Freund fährt. Aber das muss ich riskieren. Die Freundin in Hannover war schon ein Reinfall. Die hatte zwar nachts eine Frau bei sich zuhause gehabt.

Die sah Frau Pförtner aber überhaupt nicht ähnlich. Also Frau Marcus überwachen. Wenn dabei nichts herauskommt, müssen wir warten, bis seine Frau noch einmal auftaucht.

Die Suche nach ihrem Telefon hatte ergeben, dass es im Haus liegen musste. Das ärgerte ihn. Es wäre schöner gewesen, sie orten zu können. Und dann hatte der schlaue Dr. Pförtner das Handy nicht einmal gefunden. Das war zu blöd. Er hätte sich die Verbindungsdaten gern einmal angesehen.

Er rief bei der Messe AG an. „Guten Tag, Weinhold hier. Kann ich bitte Frau Marcus sprechen?"

„Ja, kleinen Moment. Ich verbinde mit dem Sekretariat."

Die Sekretärin meldete sich.

„Frau Marcus befindet sich in einer Sitzung. Kann ich etwas ausrichten?"

„Nein, vielen Dank. Es handelt sich um eine Privatsache. Wann wird sie denn zu sprechen sein?"

„Wie war gleich ihr Name?"

„Ich rufe später an, danke." Witkowski legte auf. Was er wissen musste, hatte er erfahren. Sie war in ihrem Büro.

Jetzt würde er zur Messe AG fahren und auf sie warten. Vielleicht wartet eine lange Nacht vor ihrem Haus auf mich. Aber man weiß ja nie.

Er packte eine kleine Reisetasche für den Fall, dass er wieder nach Dänemark fahren und dort übernachten müsste. Er suchte einen strategisch günstig erscheinenden Platz, um Frau Marcus nicht zu verpassen. Er hatte Glück. Schräg gegenüber der Ausfahrt aus der Tiefgarage der Messe fuhr ein Auto aus der Reihe der parkenden Fahrzeuge. Schnell schob er sich hinein. Er nahm sich vor, in Ruhe abzuwarten, obwohl er wusste, dass Geduld nicht zu seinen Tugenden gehörte. Donnerstag, eine Woche schon und nichts erreicht, Frau Pförtner entkommen lassen, wie ärgerlich. Das passiert mir nicht noch einmal.

Julia

Julia war spät aufgewacht. Sie fühlte sich etwas benommen und blieb eine Weile liegen.

Sie öffnete die Tür zur Terrasse. Die Sonne schien. Weiße Wolken zogen am Himmel entlang. Was für ein schöner Morgen, dachte sie. Als sie vor die Tür trat, erfasste sie eine Windböe. Tief atmete sie die kühle salzige Luft ein. Was habe ich heute Nacht nur wieder geträumt, dachte sie. Ich habe mich verlaufen, im Bahnhof, so viele Stufen, so viele Treppen, so viele Bahnsteige. Wo wollte ich denn hin? Ich wollte nur nach Hause. Habe ich denn überhaupt gewusst, wo mein Zuhause ist? Ich weiß es nicht mehr.

Sie schloss die Tür und schüttelte den Kopf.

Heute werde ich eine Fototour am Strand machen. Sie dachte an die Kinder. Es wäre schön, sie jetzt hier zu haben. Bald ist es vorbei. Reiß dich zusammen und freu dich auf den Tag.

Beim Frühstücken rief sie Sophie an und verabredete sich mit ihr und ihrer Frau für den Nachmittag im Tre Soestre zum Kaffeetrinken.

Am Strand betrachtete sie fasziniert die Farben des Himmels und des Meeres. Jetzt dominieren unterschiedliche Grautöne das Wasser und den Horizont. Dunkle Wolken wechselten sich mit weißen Quellwolken am

Himmel ab, unterbrochen von einem hellen strahlenden Blau, das so sehr das Licht veränderte. Wie schnell die Farben wechseln. Sie experimentierte mit Verschlusszeiten und probierte unterschiedliche Filter. Wie schön, murmelte sie immer wieder vor sich hin. Sie freute sich darauf, später auf ihrem Rechner das Ergebnis ihrer Aufnahmen zu sehen.

Als Julia am Nachmittag die Tür des Kaffeehuset öffnete, hörte sie mit dem Klingeln der Glocke lautes Lachen aus der Küche. Es waren keine Gäste im Lokal. Katrine beugte sich über den Bartresen. „Julia ist da!"

Clara und Sophie beugten sich ebenfalls über den Bartresen. Was für ein schönes Bild, dachte Julia, drei tolle Frauen mit strahlenden Gesichtern.

„Bleibt so, bitte." Sie hob ihren Fotoapparat. Sie hielt den Auslöser gedrückt. Es klickte mehrfach hintereinander.

„Warum hat das so oft geklickt?" Sophie schaute auf die Kamera.

„Ich habe Serienbilder gemacht, um dann das Schönste von euch Schönen herauszusuchen."

Sophie lachte. „Wie wäre es mit einem entspannten Nachmittagskaffee?" Julia wurde von der Fröhlichkeit der drei Frauen erfasst.

Sie nickte. „Und spätestens dann weiß es Michael."

„Du meinst euren Plan." Sophie fasste Julia an den Armen und schüttelte sie. „Ist doch gut. Sei froh, du wirst sehen, es wird alles gar nicht so schlimm. Und wenn es schlimm wird, kommt ihr nach Aarhus." Julia lachte auf. „Genau das machen wir, ihr beiden. Aber vorher hole ich die Kinder."

Sie klatschte in die Hände, als ihr Kaffee kam. „Und morgen sehe ich mir mit Svenja eine Wohnung in Hamburg an, vielleicht unsere gemeinsame Wohnung."

Fröhlicher Stimmung fuhr sie zum Ferienhaus zurück. Auf dem Weg fiel ihr ein, dass sie den ganzen Tag nicht im Haus gewesen war. Jetzt musste das Schreiben an Michael auf ihrem Rechner sein. Ohne dass sie das wollte, wurde sie immer trauriger, je näher sie dem Haus kam. Sie schloss auf und zwang sich, in Ruhe ihre Stiefel und ihre Jacke auszuziehen. Erst dann ging sie in das Wohnzimmer und öffnete ihr Notebook. Sie sah sofort das Schreiben von Frau Thalheim.

Sehr geehrte Frau Pförtner,
ich darf noch einmal mein Bedauern darüber ausdrü-
cken, dass es zwischen meiner Mitarbeiterin und Ihnen
zu einem Missverständnis hinsichtlich ihres Auszuges aus
der Ehewohnung gekommen ist. Das anliegende Schrei-
ben habe ich Ihrem Mann heute per Boten zustellen las-
sen.
Freundliche Grüße
Thalheim
Rechtsanwältin

Julia öffnete die Anlage und las sich das Schreiben an Michael durch. Sie atmete aus. Sie droht ihm mit Strafanzeige, das ist gut. Dann las sie laut weiter.

Wir ersuchen um eine Erklärung dahingehend, dass Sie
sich verpflichten, sich Ihrer Frau bis zum Abschluss einer
anderweitigen Regelung nicht auf weniger als 50 Meter
zu nähern und sich dem Versuch jeglicher Kontaktauf-
nahme, sei es telefonisch, persönlich, über soziale Me-
dien oder über Dritte, zu enthalten. Bleibt eine solche
Erklärung bis Sonntag, 22. Februar, 24 Uhr aus, werden
wir einen gerichtlichen Eilantrag nach dem Gewalt-
schutzgesetz stellen.

Hoffentlich reagiert er vernünftig. Sie ballte beide Fäuste. Wenn nicht, wird er schon sehen, wie ernst er das nehmen muss, was Frau Thalheim ihm geschrieben hat.

Michael

Wütend saß Michael am Schreibtisch. Er konnte noch immer nicht fassen, was ihm der Detektiv gestern erzählt hatte.

Jessica Thomas schaute zur Tür herein.

„Kaffee?"

Er nickte. „Komm rein."

Michael besaß seine eigene Kaffeemaschine auf einem Regal hinter seinem Schreibtisch. Er drehte sich um und ließ zwei Cappuccinos in hübsch bemalte Tassen einlaufen, Sonderedition von Rosenthal. Auf so etwas legte er Wert. Als seine Putzfrau einmal eine Tasse zerbrochen hatte, war er so wütend und ausfallend geworden, dass sie weinend aus seinem Zimmer gelaufen war und fast gekündigt hätte.

Seine Kollegin setzte sich auf einen Stuhl vor seinem Schreibtisch.

„Was gibt es Neues von Julia?"

„Frag nicht! Dieser Trottel von Detektiv hat sie an der dänischen Grenze verloren."

„Sie ist in Dänemark? Kennt ihr da Leute?"

„Nein, keine Ahnung, was sie in Dänemark macht. Da kenne ich niemanden. Vielleicht lebt da ihr neuer Lover."

„Aber wieso verloren? War sie zwischendurch wieder da?"

„Ja, aber ich habe sie nicht gesehen. Sie hat mit mir telefoniert, nur kurz, hat aufgelegt."

Michael erzählte seiner Kollegin, was sich abgespielt hatte.

„Und was macht der Witkowski weiter?"

Er schnaufte. „Der Blödmann wird ja hoffentlich alles tun, um sie aufzuspüren." Er zuckte mit den Schultern. „Der wird sich an die Fersen ihrer Freundin heften, obwohl ich inzwischen bezweifele, ob etwas dabei herauskommt."

Das Bürotelefon klingelte. Seine Sekretärin meldete sich. „Michael, denkst du an deinen Gerichtstermin? Du musst los. Du wolltest dich eine Viertelstunde vorher mit Frau Ritter vor dem Gerichtssaal treffen."

Er schaute auf seine Uhr.

„Jessica, ich muss weg. Wir können später nochmal reden. Vielleicht fällt dir ja was ein."

Michael

Mit schnellen Schritten ging Michael den Gang entlang. An dessen Ende wartete seine Mandantin vor dem Gerichtssaal. Oha, in Schwarz, dachte er. Obwohl das Kostüm gut aussieht. Aber in Schwarz? Wir sind doch nicht auf einer Beerdigung.

Er streckte ihr die Hand entgegen.

„Frau Ritter, lassen Sie uns kurz besprechen, wie wir vorgehen." Er wies auf eine Bank vor dem Gerichtssaal. Sie setzten sich. „Es ist klar, dass Sie mit den Kindern so lange wie möglich im Haus wohnen bleiben wollen." Er unterbrach sich.

„Guten Tag, erst einmal." Sie nickte ihm wortlos zu und sah den Gang entlang. Ihr Mann war nicht zu sehen.

„Frau Ritter", er drehte sich mit seinem Körper zu ihr um, „Frau Ritter, um es klar zu sagen, ich will die Scheidung hinauszuzögern."

Sie unterbrach ihn. „Er will aber eine schnelle Scheidung. Das hat er mir gesagt."

„Das kann ich mir vorstellen. Dann kann er uns unter Druck setzen, weil Sie ja noch im gemeinsamen Haus wohnen." Michael zog die Augenbrauen nach oben. „Das kommt nicht infrage. Wir können die Scheidung noch lange hinauszögern."

Er bemühte sich, ihr seine Taktik zu erklären. „Wir können im Rahmen der Scheidung weitere Probleme anhängen. Das alles kostet viel Zeit. Und erst wenn alle Probleme, die wir zu Gericht tragen, erledigt sind, werden Sie geschieden." Er unterbrach sich. „Wenn er sieht, dass das alles aus seiner Sicht endlos dauert, wird er verhandeln wollen. Wir werden verlangen, dass Sie im Haus bleiben können, bis Ihr jüngstes Kind Abitur gemacht hat. Anschließend könnten wir mit einem freien Verkauf einverstanden sein."

Seine Mandantin zog die Schultern nach oben. „Am liebsten würde ich auch gerne schnell geschieden werden."

Michael nickte. „Das glaube ich. Das geht aber nicht, wenn wir durchsetzen wollen, dass Sie im Haus wohnen bleiben können." Er ergänzte. „Zumindest noch ein paar Jahre."

Frau Ritter faltete die Hände und legte sie in den Schoß. „Ich verlasse mich da auf Sie, Herr Dr. Pförtner. Die Kinder müssen schon die Trennung verkraften. Jetzt sollen sie nicht auch noch ihr Zuhause verlieren."

Der Fall wurde aufgerufen. Der Ehemann und seine Anwältin kamen hinter einer Ecke am Ende des Ganges hervor.

„Guten Tag, Kurt." Michael bemerkte, dass Frau Ritter ihren Mann ansah. Als er schon fast an ihr vorbei war, hörte Michael ihn leise „Guten Tag" sagen.

Michael begrüßte seine Kollegin. „Guten Tag, Frau Thalheim."

Sie nickte ihm zu und ging vorbei.

Er winkte seiner Mandantin und folgte der Kollegin in den Verhandlungssaal.

Nachdem sich die Beteiligten gesetzt und Michael wie die Kollegin seine Robe angezogen hatte, ergriff die Richterin das Wort.

„Herr und Frau Ritter, die Situation ist wie folgt. Die Scheidung könnte heute schon ausgesprochen werden, weil die Voraussetzungen vorliegen. Sie leben länger als ein Jahr voneinander getrennt und haben beide über ihre Rechtsanwälte die Scheidung beantragt." Die Rechtsanwältin von Herrn Ritter unterbrach sie.

„Rechtsanwältin, Frau Vorsitzende, ich bin weiblich." Sie lächelte dabei.

„Ja ja, Frau Thalheim, ich weiß. Lassen Sie uns weitermachen."

Die Richterin wendete sich Michael zu.

„Sie haben für Ihre Mandantin, Herr Dr. Pförtner, nachehelichen Unterhalt von 1.350 Euro monatlich verlangt. Das entspricht nicht ganz dem, was ich berechnet habe."

Sie übergab Frau Thalheim und Michael einen Berechnungsbogen für den Unterhalt.

„Ich komme auf rund 1.100 Euro. Ich rege an, dass Sie einen Vergleich auf dieser Basis schließen. Dann können wir die Frage des Unterhalts heute abschließen."

Die Rechtsanwältin des Ehemannes meldete sich zu Wort.

„Ich muss das mit meinem Mandanten besprechen. Aber wir würden gern einen Gesamtvergleich schließen und zu einer Scheidung der Ehe kommen. Herr Kollege Dr. Pförtner fordert ja Zugewinnausgleich, obwohl aus unserer Sicht überhaupt kein Grund ersichtlich ist, damit das Gericht zu beschäftigen. Wir waren und sind doch bereit, das Haus der Eheleute schätzen zu lassen und auf dieser Basis einen Vergleich zu schließen."

Die Richterin wendete sich Michael zu. „Wir können darüber hier und jetzt einen Vergleich schließen, den entsprechenden guten Willen der Beteiligten vorausgesetzt."

Sie schaute zum Ehemann. Frau Thalheim meldete sich.

„Mein Mandant würde gern das Haus übernehmen. Wir könnten einen Vergleich dahingehend schließen, dass eine amtliche Schätzung des Katasteramtes vorgenommen wird. Mein Mandant verpflichtet sich, den festgestellten hälftigen Wert an seine Frau auszuzahlen gegen Übertragung des hälftigen Eigentums."

Die Richterin schaute die Ehefrau an.

„Also, Ihr Mann möchte gern das Haus übernehmen. Wir könnten, wenn Sie einverstanden sind, so verfahren." Sie schwieg einen Moment.

„Mit dem Geld können Sie sich dann etwas Neues kaufen und die Ehe hinter sich lassen, wenn Sie es wollen."

„Frau Vorsitzende", unterbrach Michael den Vorschlag, „es geht nicht darum, wer das Haus bekommt oder ob es irgendwann einmal verkauft wird. Ich habe den Antrag gestellt, Auskunft zu erhalten über das gesamte Vermögen. Der Ehemann hat bisher nicht offengelegt, über welche Vermögenswerte er verfügt, welche Konten er besitzt, welche Versicherungswerte und so weiter." Er wendete sich Frau Thalheim zu. „Das müssen wir wissen, Frau Kollegin, bevor wir einen Vergleich schließen können. Ihr Mandant hält sich damit auffallend zurück. Ich weiß nicht, was er zu verbergen hat."

„Wollen Sie damit andeuten, dass mein Mandant Werte verschleiert? Ihre Mandantin kennt doch die Kontoauszüge, die offen im Haus gelegen haben. Es ist ja nicht einmal Onlinebanking betrieben worden." Die Anwältin wurde laut. „Das ist doch reine Schikane. Das Verfahren soll sinnlos verzögert werden."

„Jetzt beruhigen wir uns alle wieder", mischte sich die Richterin ein. Sie wandte sich an Michael.

„Haben Sie denn Anhaltspunkte dafür, dass Herr Ritter etwas verheimlicht und weitere Werte vorhanden sind?"

„Das wissen wir nicht, Frau Vorsitzende. Herr Ritter hat immer gut verdient. Er hat seiner Frau niemals erzählt, was er genau verdient. So blauäugig sind wir nicht, so hinzunehmen, was er erzählt."

„Das ist eine Unverschämtheit!", rief der rot angelaufene Ehemann aus.

„Jetzt ist Ruhe", die Richterin schlug mit der flachen Hand auf den Tisch. Sie sprach leiser weiter. „Können wir denn über den Unterhalt einen Zwischenvergleich schließen, damit das Problem aus der Welt ist?"

Rechtsanwältin Thalheim sah ihren Mandanten an. „Ich kann das trotz allem empfehlen, Herr Ritter." Sie nickte ihm zu, er nickte zurück. Sie wandte sich an die Richterin. „Zum Zugewinn werde ich den Versuch unternehmen, zu einer außergerichtlichen Regelung zu kommen."

„Tun Sie das, Frau Rechtsanwältin."

Die Richterin wandte sich zur anderen Seite.

Michael hatte sich leise mit seiner Mandantin verständigt.

„Frau Vorsitzende, ich bin zwar der Auffassung, dass meine Berechnung mit 1.350 Euro in Ordnung ist. Um aber unseren guten Willen zu zeigen, erklären wir uns mit der Lösung einverstanden."

Michael erläuterte der Mandantin auf einer Bank vor dem Gerichtssaal, wie das Verfahren weitergehen würde.

„Ihr Unterhalt ist gesichert. Das ist schon mal wichtig."

Sie zitterte. „Es ist so schlimm, sich so vor Gericht zu sehen. Das hätte ich mir nicht träumen lassen."

„Das geht fast allen Eheleuten so, die sich scheiden lassen. Jeder denkt bei der Hochzeit, Scheidung, ich doch nicht. Und dann geht fast jede zweite Ehe schief."

Er legte seine Hand auf ihren Arm.

Rechtsanwältin Thalheim ging an ihm vorbei. „Ich melde mich bei Ihnen, Herr Kollege, und in anderer Sache heute noch."

Michael war irritiert. Er erinnerte sich nicht an eine andere Sache.

„Ist gut, tun Sie das." Er wendete sich wieder seiner Mandantin zu.

„Ihr Unterhalt ist gesichert, Frau Ritter. Das war wichtig. Wenn es weitergeht, melde ich mich bei Ihnen."

Sein Handy klingelte. Er war überrascht. Im Gerichtssaal pflegte er es abzustellen. Das hatte er offenbar vergessen. Er schaute auf das Handy: Anna.

Michael winkte Frau Ritter zum Abschied und drehte sich zur Seite.

Michael

„Na, Anna, wie ist es gelaufen mit deinem Arndt?"

„Alles in Ordnung. Hat Julia sich inzwischen gemeldet? Wo bist du?" Er begann, ihr die Situation zu erklären.

„Hast du eine Stunde Zeit?", fragte sie ihn, kaum, dass er begonnen hatte.

Er bejahte.

„Du kriegst eine Stunde, ab jetzt, beeil dich."

Zehn Minuten später öffnete er ihre nur angelehnte Haustür.

Leise ging er durch ihre Wohnung, in ihr Schlafzimmer. Da lag sie, nackt, ausgestreckt, die Augen verbunden, hatte um die Handgelenke Ledermanschetten, mit Karabinerhaken an der Querstange des Bettgestells befestigt.

Er betrachtete sie. Das liebe ich an ihr, dachte er. Keine Rederei, keine Umwege, sofort in die Höhle der Sinnlichkeit. Sein Blick glitt zu den Gegenständen auf ihrer Anrichte, zu den Federn, Kugeln, Stricken, Klammern, Dildos unterschiedlicher Größe.

Er nahm eine Feder und strich sanft über ihre linke Brustwarze, immer wieder. Schweigend nahm er eine Wäscheklamme und klemmte sie damit fest. Anna stöhnte auf. Ja, das will ich, Schmerz und Lust, fuhr ihm durch den Kopf. Mit der Feder strich er sanft über ihre rechte Brustwarze und klemmte sie ebenfalls mit einer Klammer fest. Er zog an beiden Klammern. Sie wölbte ihren Rücken, um die Spannung zu lockern. Michael zog weiter daran, ließ sie los. Er ging zur Anrichte und betrachtete die darauf liegenden Gegenstände. Er nahm ein dünnes Tuch, in das ein Golfball eingenäht war.

„Mund auf." Anna reagierte nicht gleich. Er gab ihr eine feste Ohrfeige. „Mund auf!"

Sie öffnete den Mund. Er schob den Ball hinein und verknotete das Tuch in ihrem Nacken. Ein wohliger Schauer durchzog ihn. Jetzt war sie ihm ausgeliefert. Sie konnte nichts sehen. Und nichts mehr sagen.

Er nahm ein Seil von der Anrichte, verknotete es an ihrem linken Knöchel und hob das Bein hoch, bis es fast über ihr war. Das Seilende machte er am oberen Bettpfosten fest. Langsam machte er dasselbe mit ihrem rechten Bein. Sie stöhnte. Er nahm die Peitsche, die bei den Gegenständen lag. „Du bist still" flüsterte er in ihr Ohr und schlug zu. Er traf ihre linke Seite. Sie stöhnte erneut auf. „Du hast leise zu sein, wenn ich das sage. Hast du das verstanden?"

Sie versuchte vergeblich, etwas zu erwidern, nickte leicht.

Als eine Stunde vorbei war, klingelte ein Wecker.

Anna stöhnte auf. Sie will mehr, dachte Michael. Aber er wusste, es war Zeit für ihn, zu gehen.

Er zog sich an und zog die Tür hinter sich zu, ohne ein Wort zu sagen.

Michael

Im Büro setzte er sich an seinen Schreibtisch. Er dachte nach. Warum wollte sie das so spontan und hat kein Wort gesagt?

Sein Handy klingelte, Anna.

„Na", meldete er sich.

„Hör zu Michael, es war schön, aber wir müssen das

mit uns beenden. Ich habe in Frankfurt mit Arndt geredet. Er zieht hierher. Vorerst wird er in meine Wohnung ziehen. Wir suchen dann zusammen etwas Größeres."

Sie schwieg.

„Deshalb wolltest du." Er unterbrach sich. „Bist du sicher, dass du mit ihm zusammenleben willst?"

„Ja, der ist schon der Richtige für mich." Sie stockte und schwieg.

„Was wolltest du sagen, raus damit."

„Na ja", er hörte sie lachen. „Wenn Blümchensex mir nicht mehr reicht, rufe ich dich an. Aber vielleicht kann ich ihm etwas beibringen."

„Hey Anna, das hältst du doch nicht durch. Erzähl mir nichts." Er stöhnte.

„Hör auf, Michael. Das war immer Klasse, aber das WAR!"

„Ja ja, vorläufig. Schade, echt jetzt." Er seufzte. „Wann kommt er denn, schon bald.?"

„Zu schnell für ein nächstes Mal, Michael, mach's gut."

„Ist schon ok, Anna, bis bald einmal."

Schade, dachte er und schaute den Hörer an.

Dann schrak er zusammen. Seine Sekretärin stand vor seinem Schreibtisch.

„Wie lange stehst du denn da schon, Nellie? Ich hab dich gar nicht gehört."

„Bin gerade hereingekommen." Sie hielt einen Brief in der Hand. „Der ist von einem Boten für dich abgegeben worden, persönlich, vertraulich."

Sie gab ihm den Brief.

„Deshalb habe ich ihn nicht aufgemacht."

„Jede Werbung wird doch als angeblich persönlich und vertraulich geschickt." Er schaute auf das weiße Kuvert. „Ich hab dir doch gesagt, dass du alles aufmachen sollst."

„Er ist von Rechtsanwältin Thalheim. Da habe ich das lieber nicht gemacht."

Sie drehte sich um und ließ ihn allein. Er hörte, wie sie draußen eine Auszubildende anwies, ihn nicht zu stören.

Michael

Michael war irritiert. Er hörte sein Herz schlagen. Er nahm einen Schluck aus der Wasserflasche, die neben seiner Kaffeemaschine stand.

Na denn, mit der Ehescheidung Ritter kann das ja nichts zu tun haben. So schnell kann sie nicht geschrieben haben. Er erinnerte sich, dass die Kollegin etwas über eine andere Sache gesagt hatte. Was war das noch? Er dachte nach und öffnete den Brief.

Langsam las er, was Frau Rechtsanwältin Thalheim geschrieben hatte.

Michael ließ den Brief auf den Schreibtisch sinken und lehnte sich in seinem Stuhl zurück. Sie hat sich eine Anwältin genommen. Er hatte ein solches Schreiben zwar befürchtet, aber die unverhüllten Drohungen und die kurze Frist zur Antwort waren schlimmer als gedacht.

Sein Herz klopfte laut. Bevor ich darüber einen Herzinfarkt erleide, nehme ich sie mit. Das Gefühl von Wut wurde immer stärker. Es war, als würde etwas in ihm toben, das größer wurde, drängender, das er nicht kontrollieren könnte. Er nahm die nächste Akte vom Schreibtisch und schleuderte sie durch das Zimmer. Dann packte er die nächste Akte und warf sie hinterher. Er hatte noch nicht genug. Er stand auf, schrie „verdammte Scheiße", nahm den restlichen Aktenstapel vom Tisch und warf ihn an die Wand. Seine Tür öffnete sich einen Spalt und wurde langsam wieder geschlossen.

Michael stellte sich an das Panoramafenster in seinem Zimmer und versuchte, seinen Atem zu kontrollieren. Er sah nach unten auf den Straßenverkehr, auf einen Fahrradfahrer, der mit einem Autofahrer schimpfte, weil der seinen PKW mit der rechten Seite auf dem Fahrradweg abstellen wollte. Er konnte nicht verstehen, was die beiden sich gegenseitig an den Kopf warfen. Gleich schlagen sie sich. „Los, schlagt doch zu", rief er den Streithähnen zu, auch wenn sie ihn nicht hören konnten. Der Fahrradfahrer fuhr weiter, hielt an, weil der Autofahrer ihm etwas zurief, schrie offenbar zurück, fuhr weiter. Michael war enttäuscht. Am liebsten hätte er selbst zugeschlagen, wen auch immer.

Er drehte sich zu seinem Schreibtisch um, trat auf die Akten und setzte sich an seinen Schreibtisch.

Er rief seine Sekretärin an. „Nellie, schick jemanden zum Saubermachen her."

Eine Auszubildende sammelte langsam die Akten zusammen und legte sie auf seinen Schreibtisch.

Ich muss Jessica einschalten, dachte er, erst einmal beraten.

Michael

Sie kam auf seine Bitte in sein Büro, setzte sich auf den Stuhl vor seinem Schreibtisch und las das Schreiben. Dann sah sie ihn an.

„Stimmt das angebliche Horrorszenario, Michael?"

„Natürlich nicht." Michael schlug mit der flachen Hand auf den Schreibtisch. „Aber du kennst das ja. Da werden Sachen behauptet und aufgebauscht. Und egal, ob etwas dran ist, dein Ruf ist erstmal beschädigt."

„Sie schreibt von seit Jahren zugefügter Gewalt." Jessica hob die Schultern und schüttelte den Kopf. „Und von Demütigungen."

Michael schaute seine Kollegin an und riss die Augen weit auf. „Quatsch, Jessica."

Jessica deutete auf das Schreiben. „Sie will vor Gericht ziehen, wenn du die Erklärung nicht abgibst, dich ihr nicht zu nähern."

Sie sah ihn an. Beide schwiegen.

„Ich sage dir, Michael, wir müssen verhandeln." Sie schaute auf das Schreiben. „Ein Gewaltschutzverfahren, das können wir uns nicht leisten." Sie sah ihn an. „Auch wenn nichts dabei herauskäme."

„Natürlich käme nichts dabei heraus." Er atmete aus. „Offen gestanden, meine Frau hat schon seit längerer Zeit große psychische Probleme. Ich hatte gehofft, wir bekommen das hin." Michael hob beide Hände und sah Jessica an. „Offenbar habe ich mich geirrt. Das ist so bitter."

Er presste die Lippen aufeinander.

„Das tut mir leid, Michael." Jessica setzte sich aufrecht hin. „Wir müssen Zeit gewinnen."

Er schaute auf und schwieg.

„Wenn ich für dich handeln soll."

„Ja, Jessica, es ist schlecht, sich selbst zu vertreten. Wir machen das zusammen." Er machte eine Pause. „Aber ich muss jeden Schriftsatz sehen, bevor er rausgeht."

„Ist doch selbstverständlich, Michael. Lass uns erstmal schreiben, dass wir mehr Zeit brauchen."

Sie besprachen den Text des Schreibens an Frau Rechtsanwältin Thalheim.

Eine halbe Stunde später kam seine Kollegin mit dem Entwurf zu ihm.

Er las sich das Schreiben durch.

„Gut, dass du geschrieben hast, dass wir die Anschuldigungen", er hob die Stimme, „mit allem Nachdruck zurückweisen." Er zuckte mit den Schultern. „Soll sie mir doch etwas nachweisen."

Jessica lehnte sich zurück. „Wir müssen aber schreiben, dass wir verhandeln wollen."

Michael schaute auf das Schreiben. „Hast du ja geschrieben. Und die Drohung mit einem Sorgerechtsverfahren, wenn sie nicht zurückkommt, ist perfekt."

Jessica stand auf. „Soll ich ihr das per Boten zustellen lassen?"

„Ja", Michael zeigte mit der Hand auf seine Kollegin, „das machst du aber erst morgen Nachmittag. Dann kann sie vor dem Wochenende nicht mehr reagieren."

Jessica nickte und ließ ihn allein.

Michael ballte die Fäuste und legte sie auf seinen Schreibtisch. Witkowski. Mit dem muss ich telefonieren, Irgendetwas muss der doch mal zustande bringen. Es meldete sich nur der Anrufbeantworter. „Rufen Sie mich sofort an!", schrie er in das Telefon. Dann legte er auf.

Er rief seine Sekretärin an.

„Nellie, ich halte das hier nicht mehr aus."

„Michael, bitte schrei nicht so."

Er ignorierte sie. „Beantworte du die Post von heute, so gut das geht. Die liegt mit den Akten bei mir auf dem Schreibtisch. Ich muss raus."

„Ist gut, Michael. Die Mandantin für 17 Uhr bestelle ich für nächste Woche."

Seine Sekretärin legte ohne ein weiteres Wort auf.

Er fuhr nach Hause und setzte sich in seinen signalroten Oldtimer. Erst als er zwei Stunden damit herumgefahren war, fühlte er sich in der Lage, sein Haus zu betreten. Ich werde auf den Anruf von Witkowski warten. Die Marcus war in der letzten Woche seit Donnerstag nicht mehr in ihrer Wohnung. Da muss heute irgendetwas passieren.

Witkowski

Witkowski sah auf die Uhr. Schon 18 Uhr; jetzt müsste sie aber langsam rauskommen. Um nach Dänemark zu fahren, wird es zu spät sein. Er dachte nach. Sollte Frau Marcus tatsächlich nichts mit dem Verschwinden von Frau Pförtner zu tun haben?

Und das Foto auf ihrem Rechner? Aber das haben Frauen manchmal von ihren Freundinnen auf dem Bildschirm, wenn kein Freund oder Ehemann vorhanden ist, der sich da gern sehen will.

Er war in seine Gedanken vertieft. Svenja fuhr mit ihrem schwarzen Audi aus der Tiefgarage heraus. Erst als sie fast um die Ecke auf die Bundesstraße gebogen war, bemerkte er, dass er nicht aufgepasst hatte und fuhr, so schnell es ging, hinter ihr her. Er erreichte sie gerade noch, als sie in das Stadtviertel einbog, in dem sie wohnte.

Sie fährt nach Hause. Bleibt sie da etwa?

Der Privatdetektiv war enttäuscht und fluchte innerlich. Welch ein erneuter Fehlschlag. Und dafür habe ich stundenlang gewartet. Was kann ich jetzt machen? Ihm war klar, dass sich die gesuchte Frau Pförtner nicht in der Wohnung befand. Er war fast zu wütend, seinen Auftraggeber anzurufen. Mich auf AB anzuschreien. Das geht gar nicht. Er riss sich zusammen und tippte auf die eingespeicherte Nummer seines Auftraggebers.

„Herr Witkowski, was ist? Erzählen Sie!" Weder nennt er seinen Namen, noch wünscht er einen guten Tag. Was für ein Arsch.

Er entschied sich, die Unhöflichkeit zu überhören.

„Ich bin ihr bis nach Hause gefolgt. Es gibt keinerlei Anzeichen, dass sie wegfahren wird."

„Mist", fuhr Michael dazwischen.

„Ich werde morgen früh wieder herfahren und sehen, was sie dann tut."

„Nein, um Gottes willen!" Michael stockte. Der Detektiv hörte ihn laut ausatmen. „Wenn sie heute Abend oder morgen in aller Frühe nach Dänemark fährt, verlieren wir sie. Es bleibt nichts anderes übrig, Herr Witkowski. Sie müssen sich auf eine lange Nacht gefasst machen."

„Gut, ich bleibe. Aber Sie wissen, wie der Nachttarif ist, Herr Dr. Pförtner."

„Das weiß ich und ich weiß das zu schätzen, Herr Witkowski." Er unterbrach sich kurz. Der Detektiv hörte ihn laut ausatmen. „Das Wichtigste ist doch, dass wir gemeinsam den Erfolg schaffen. Das honoriere ich ja. Und ich weiß, was Sie dafür auf sich nehmen. Bitte berichten Sie mir morgen gegen Mittag, wie die Situation ist."

Damit beendeten beide das Gespräch. Er schüttelte den Kopf. Der kann ja höflich sein, wenn er was will.

Er dachte nach. Inzwischen war es 20 Uhr. Ich werde eine Stunde warten, nach Hause fahren, schlafen, und um 5 Uhr wiederkommen. Das muss ich dem Herrn Rechtsanwalt nicht auf die Nase binden, dachte er verärgert. Eine Zumutung, die ganze Nacht im Auto warten zu sollen, um dann vielleicht stundenlang hinter Frau Marcus her zu fahren.

Er blieb eine Stunde, fuhr dann nach Hause und war pünktlich um 5 Uhr früh wieder an seinem alten Platz. Es hatte sich nichts getan. Na also, dachte er zufrieden, packte sein Brot und seine Thermoskanne aus und frühstückte in Ruhe.

Freitag, 20. Februar

Witkowski

Witkowski schüttelte den Kopf. Was für ein Vormittag; erst fährt die Marcus ins Büro, dann nach Hause, nimmt einen großen Präsentkorb aus dem Auto und verschwindet nach oben. Ich denke schon, das war's. Und dann fährt sie mit dem Taxi zum Bahnhof.

Auf dem Gleis fährt ein ICE über Hamburg nach Berlin. Wo will sie denn jetzt hin? Ich werde mit einsteigen müssen. Aber was soll ich in Berlin? Da ist doch Frau Pförtner auf keinen Fall, oder? Ist sie von Dänemark wieder weg und jetzt in Berlin? Oder irgendwo auf der Strecke?

Er hörte über sich einen Lautsprecher. Der Zug wurde auf unbestimmte Zeit verspätet angemeldet. Er schaute zu Svenja. Die unterhielt sich mit einem Mann. Sie geht, ich muss ihr folgen.

Jetzt stehe ich hier auf Gleis 8. Sie wartet offenbar auf den Regionalzug, der nach Hamburg fährt. Sie telefoniert. Vielleicht informiert sie Frau Pförtner, dass sie mit dem Regionalzug später kommt.

Er dachte nach. Wenn ich mit ihr im Zug fahre und sie wird in Hamburg abgeholt, stehe ich ohne Auto da. Falls sie von Frau Pförtner abgeholt wird und die beiden nach Dänemark fahren, kann ich nicht mit einem Taxi hinterherfahren. Andererseits, es gibt doch Züge nach Dänemark. Vielleicht bleibt sie ja in Hamburg, ohne Frau Pförtner und die haben gar keinen Kontakt. Kann sein. Er schüttelte den Kopf. Oder treffen die sich in Hamburg und bleiben da? Was tun?

Er sah auf die Uhr. Es war 11 Uhr 58. Der Regio kommt um 12 Uhr 15 und ist 13 Uhr 46 in Hamburg. Das kann ich mit dem Wagen schaffen, wenn kein Stau ist. Er gab das Ziel Hauptbahnhof Hamburg bei Google Maps ein. Alles frei, 1 Stunde 18 Minuten. Das schaffe ich.

Er lief aus dem Bahnhof zu seinem Wagen.

Tatsächlich gab es selbst vor dem Elbtunnel keinen Stau. Er war überrascht, dass der Kurzzeitparkplatz am Bahnhof in Hamburg nicht voll belegt war. Beim Einfahren sah er sich um. Da parkte der auffällig blaue Audi von Frau Pförtner.

„Jouh, jouh!" Er schlug auf sein Lenkrad. Hab ich's doch geahnt. Jetzt hab ich sie. Dann fuhr er an dem Wagen vorbei. Er schaute kurz hinein. Gut, sie sitzt nicht drin.

Ich muss hinter ihr parken, überlegte er. Dann kann ich beim Ausfahren hinter ihr bleiben. Er fuhr um die parkenden Fahrzeuge herum. Ein Wagen fuhr einige Fahrzeuge hinter dem Audi heraus. Heute ist mein Glückstag, murmelte er vor sich hin und fuhr in die Parklücke.

Im Bahnhof sah er sich vorsichtig um. Er schaute von oben auf das Gleis, auf dem der Regionalzug in zehn Minuten ankommen würde. Er blieb an der Treppe stehen. Von dort hatte er einen guten Überblick über die

Reisenden auf dem Gleis. Da sah er sie. Julia stand am Fuß der Treppe und schaute in die Richtung, aus der der Zug kommen würde.

Dem Himmel sei Dank. Nicht auszudenken, wenn ich mit dem Zug gefahren wäre. Er griff zum Telefon. Sein Auftraggeber meldete sich nach dem zweiten Klingeln.

„Was gibt es? Haben Sie die Spur?"

„Ja, Herr Dr. Pförtner. Ich sehe Ihre Frau 50 Meter von mir entfernt."

„Wo sind Sie denn, verdammt?" Seine Stimme drohte in ein Schreien umzuschlagen.

„In Hamburg auf dem Hauptbahnhof. Sie wartet auf Frau Marcus. Die sitzt im Zug von Bremen hierher."

„Woher wissen Sie das und wieso sind Sie in Hamburg?" Michael senkte seine Stimme nicht ab. „Nun reden Sie doch!"

Nein, das tue ich nicht, dachte Witkowski. Obwohl der Zug erst angekündigt und nicht eingefahren war, meinte er betont ruhig: „Der Zug kommt. Ich muss jetzt meine Arbeit machen, Herr Dr. Pförtner. Für die bezahlen Sie mich. Ich berichte später." Damit legte er auf. Er grinste. Soll der Herr Rechtsanwalt sich doch aufregen und einen Wutanfall bekommen. Jetzt bin ich erst mal dran.

Er hielt sich am Eisengeländer fest und schaute auf die Gleise. Er freute sich, dass die Hamburger die Gleise in ihrem Bahnhof derart tief gelegt hatten, dass man von oben alles überblicken konnte.

Der Zug fuhr ein. Witkowski beobachtete Julia, die zwar mal einen Schritt nach vorn und wieder nach hinten ging, sich aber von Ihrem Platz am unteren Ende der Treppe nicht wegbewegte. Er suchte Frau Marcus unter den vielen Reisenden, die aus dem Zug ausstiegen. Er erkannte sie erst, als sie auf Julia zuging. Die beiden umarmten sich. Liebevoller und länger als unter Freunden üblich, dachte er bei sich. Aber nicht voreilig. Ich bin zu weit entfernt, um sicher zu sein.

Julia und Svenja kamen die Stufen hoch. Er lief weiter von der Treppe weg. Sie werden mich sonst später wiedererkennen. Das geht nicht.

Er folgte ihnen auf den Parkplatz. Ich werde vorläufig dicht dran bleiben. Ich habe keine Lust, sie wieder zu verlieren, dachte er.

Der Audi fuhr durch die Stadt nach Altona und hielt vor einem älteren Haus, das aus der Gründerzeit stammen musste. Er überlegte. Wohnen beide jetzt doch hier und nicht in Dänemark? Die Marcus wohnt doch in Bremen und Frau Pförtner war nach Dänemark gefahren. Ich verstehe es nicht.

Als sie im Haus waren, parkte er, stieg aus und sah sich die Klingelschilder an. Nein, keine Marcus, keine Pförtner. Er fotografierte das Klingelschild. Enttäuscht setzte er sich wieder in seinen Wagen. Er schlug auf das Lenkrad. Mist, ich kann nur warten.

Julia

Grüne und blaue Fliesen bildeten das Muster von Blumen im hohen Gras in der typischen Verschnörkelung des Jugendstils. Julia blieb stehen und hielt Svenja am Arm fest. „Was für ein wunderschöner Hausflur."

Svenja nickte und drückte ihre Hand. Schweigend stiegen sie die Stufen zur Wohnung hoch.

Unmittelbar nach dem Klingeln wurde die Haustür geöffnet.

„Nicht erschrecken, ich stand an der Tür." Der etwa 50-jährige, etwas übergewichtige Makler schaute lächelnd von Julia zu Svenja. „Martens, ich bin der Makler."

„Marcus! Wir haben miteinander telefoniert." Sie zeigte auf Julia. „Frau Pförtner."

„Na, dann kommen Sie man rein." Aus dem Hintergrund war eine helle ältere Frauenstimme zu hören. Sie kam zur Tür, hinter ihr ein ebenso alter Herr. Sie gab Svenja und Julia die Hand. „Ich bin Frau Wohlers, das ist mein Mann." Sie drehte sich zu ihm um.

Svenja hob eine Hand. „Entschuldigen Sie, dass wir ein paar Minuten zu spät kommen. Mein Zug aus Bremen kam nicht. Aber immerhin war der Regionalzug pünktlich."

Herr Wohlers lachte. „Ja ja, die Bundesbahn. Aber bleibt doch nicht vor der Tür stehen. Immer rein in die gute Stube."

Mit ausladender Handbewegung zeigte er in die Wohnung. „Sie ist zu groß geworden mit vier Zimmern. Die Kinder sind schon lange nicht mehr bei uns."

„Außerdem,", er drehte sich zu seiner Frau um, „wir werden nicht jünger. Da ist Erdgeschoss auf Dauer besser für uns als das zweite Stockwerk."

Julia schaute die Eheleute an. Beide hatten Hausschuhe an den Füßen, waren geschmackvoll und formal angezogen. Frau Wohlers trug ein bunt gemustertes Kleid, über das sie eine helle Wolljacke gestreift hatte. Ihr Mann hatte über seinem hellblauen Hemd eine einfarbige dunkelblaue Krawatte gebunden und eine dunkle Strickjacke darüber gezogen.

Julia fühlte sich in eine frühere Zeit versetzt. Ihr Großvater hatte, wenn er aus dem Büro nach Hause gekommen war, das Sakko gegen einen Pullunder oder eine

Jacke eingetauscht und erst nach dem Abendessen seine Krawatte abgenommen.

Ihr waren die Hausschuhe aufgefallen. „Sollen wir die Schuhe ausziehen?"

Frau Wohlers strahlte. „Es ist schön, dass Sie das fragen. Gern, wenn Sie wollen. Aber notwendig ist das nicht. Wir tragen die zuhause eher wegen der Wärme, nicht wegen des Fußbodens. Das Parkett ist zwar alt, aber robust."

Svenja und Julia zogen ihre Pumps aus. Der Makler schaute an sich herunter. Er hatte seine Schuhe anbehalten. Schweigend zog er sie aus.

„Wollen wir uns die Wohnung ansehen?" Julia sah, dass Frau Wohlers das Verhalten des Maklers mit einem Lächeln zur Kenntnis genommen hatte.

Sie lächelte die Vermieterin an.

Svenja schaute den Makler an. „Im Exposé ist ja ein Grundriss." Sie öffnete den Reißverschluss der großen Tasche, die sie an ihrer Schulter trug, nahm den Bericht des Maklers heraus und schlug den Plan auf.

Gemeinsam besichtigten sie jeden Raum. Schließlich gingen sie in das Wohnzimmer zurück. Julia sah sich um. „Ihre Wohnung mit den hohen stuckverzierten Wänden ist wunderschön."

Sie schaute zu Svenja, die den Grundriss in der Hand hielt. „Wie groß..." Sie stockte und nahm ihr den Bericht des Maklers aus der Hand. „120 qm steht im Exposé."

Svenja strahlte ihre Freundin an und nickte. „Was meinst du?"

Sie nickte Svenja zu und sah zum Vermieterehepaar. „Wenn Sie uns die Wohnung vermieten, würden wir uns sehr freuen."

Frau Wohlers sah von Julia zu Svenja. „Werden Sie beide die Wohnung mieten?"

„Ja", Svenja nickte. „Wir würden gern beide die Mieter sein. Und wir hoffen, Julias Kinder werden hier mit uns wohnen."

„Ich habe zwei Kinder aus meiner gescheiterten Ehe." Julia ergriff das Wort. „Sie sind 13 und 6 Jahre alt. Es gibt noch Auseinandersetzungen mit meinem Mann. Aber ich hoffe, das legt sich."

Frau Wohlers nickte, schwieg und blickte hin und her. „Sind Sie?"

„Ja, sind wir." Svenja lachte.

Frau Wohlers stimmte in das Lachen ein. „Ich kann das so schlecht ausdrücken, tut mir leid."

Ihr Mann erschien irritiert, fasste sich aber wieder. „Na dann lasst uns doch gleich Nägel mit Köpfen machen."

Mit Hilfe des Maklers wurden die Fragen abgearbeitet, die zwischen Vermieter und Mieter zu klären waren. Herr Wohlers erklärte, dass die Räume schon in den nächsten Tagen frei werden würden. Die Mieterin der Erdgeschosswohnung war aus Altersgründen in ein Pflegeheim gezogen, so dass die untere Wohnung für die Eigentümer frei war. Sie hatten die Wohnung schon neu tapezieren und streichen lassen.

„Unsere Kinder werden am Wochenende mit ein paar Freunden kommen und für uns den Umzug machen," erklärte die Ehefrau. „Mein Mann und ich müssen das in unserem Alter nicht mehr haben."

„Wenn Sie etwas renovieren wollen, lassen Sie es mich wissen," ergänzte ihr Mann. „Ich kann Ihnen gern die Adresse des Malers geben, den wir immer beauftragen. Der ist schnell, gut und auch preiswert. Obwohl, die Preise in letzter Zeit."

Seine Frau unterbrach ihn. „Nun lass man sein, Manfred." Sie wandte sich an Julia und Svenja. „Aber mein Mann hat recht, der ist zuverlässig."

„Also", er fuhr fort, „ich weiß nicht, ob wir das alles bis Montag schaffen. Aber Mittwoch ginge. Da ist zwar nicht der Erste." Er schaute auf den Kalender, der an der Wand hing. „Mittwoch ist der 25., da könnten wir die Übergabe machen, wenn Sie wollen."

Julia und Svenja schauten sich an. Svenja nahm Julias Hand und drehte sich zu den Vermietern um. „Gerne, sehr gerne."

Nach einer weiteren halben Stunde war der Mietvertrag unterzeichnet. Man verabredete die Übergabe der Wohnung für Mittwoch 12 Uhr. Die Anwesenheit des Maklers hielten die vier am Mittwoch nicht für erforderlich. Das Ablesen des Stromzählers würden sie schaffen.

Der Makler verabschiedete sich, nicht ohne zu betonen, wie viel Glück Svenja und Julia hätten und wie viele weitere Bewerber sich gemeldet und von ihm überprüft worden waren. Julia hatte den Verdacht, dass er damit vor allem seine Rechnung rechtfertigen wollte. Aber er hat recht; wir haben so ein großes Glück mit der Wohnung!

Julia und Svenja umarmten ihre zukünftigen Vermieter zum Abschied. Frau Wohlers drückte Julia an sich. „Das wird schon mit den Kindern."

„Danke", brachte Julia gerade noch heraus. Sie fühlte, dass sie weinen würde, wenn das Gespräch weiterginge. Sie wendete sich zur Treppe und winkte zum Abschied.

Zurück im Auto sahen sich die beiden an und fielen sich in die Arme. „Wir haben so ein Glück, Svenja." Julia kamen die Tränen. Sie konnte nichts dagegen machen. Ihr war, als würde der Strom ihrer Gefühle sie wegtragen und nicht mehr loslassen.

Svenja hielt sie fest und zog sie immer fester an sich. Schließlich prustete Julia. „Du erstickst mich."

„Ich liebe dich, Julia." Sie nahm ein Papiertaschentuch aus ihrer Tasche und tupfte Julia die Tränen aus dem Gesicht.

Eine Weile saßen sie schweigend im Wagen. „Jetzt fahr los, Julia, sonst fallen wir hier auf."

Julia drückte den Startknopf. „Ja!", rief sie laut aus. „Einmal Fanø und zurück."

Svenja hob einen Arm. „Aber nicht mehr zur Arbeit zurück. Das habe ich hinter mir."

„Apropos, was war denn Gutes im Präsentkorb drin, den sie dir geschenkt haben?"

„Ach, Kaviar und alles Mögliche. Den Champagner habe ich mitgenommen, den werden wir uns gönnen, mein Schatz."

„Aber sowas von."

Witkowski

Sieh an, sieh an, ein Makler, dachte Witkowski, als ein Mann in den direkt vor dem Haus geparkten Volvo XC 60 mit der seitlichen Aufschrift ‚Martens - Immobilien für Hamburg' stieg. Kurze Zeit später sah er Julia und Svenja in den blauen Audi Q2 steigen.

Der Detektiv überlegte. Es muss ja kein Zusammenhang bestehen, aber war das eine Wohnungsbesichtigung? Deshalb ist sie aus Dänemark und Frau Marcus aus Bremen gekommen. Die wird doch am 1. 4. hier anfangen zu arbeiten. Da wird sie wohnen, wenn sie die Wohnung bekommt. Und mit ihr vielleicht Frau Pförtner. Sie fahren nicht ab, sondern sitzen knutschend im Auto. Offenbar hat das mit der Wohnung geklappt. Welche das ist, spielt keine Rolle. Hauptsache, ich habe die Adresse.

Witkowski war zufrieden. Sein erstes Ziel hatte er erreicht. Als die beiden Frauen losfuhren, setzte er sich mit seinem Wagen in einiger Entfernung hinter den Audi. Ärgerlich, dass ich mir in der Bäckerei an der Ecke nichts gekauft habe, dachte er. Sie werden nach Dänemark fahren, das dauert. Aber jetzt ist es zu spät.

Hoffentlich halten die an einer Raststätte. Zumindest Frau Marcus hat lange nichts gegessen. Irgendwo werden sie anhalten. Er machte sich keine Sorgen. Er hatte zwei Flaschen Mineralwasser im Auto.

Julia

„Wo wollen wir etwas essen? Ich habe Hunger." Julia schaute zur Seite.

„Ach, lass uns erst einmal fahren. Wir können ja auf einer Autobahnraststätte halten." Svenja legte ihre Hand auf Julias Oberschenkel. „Ich freue mich so auf Fanø. Und auf ein schönes Wochenende mit Katrine und Oscar. Und auf Clara und Sophie. Und auf dich!"

„Das nützt uns aber nichts, wenn wir gar nicht ankommen, weil wir inzwischen verhungert sind." Julia musste lachen.

Svenja gab ihr einen Klaps auf den Hinterkopf. „Okay, die erste Raststätte ist unsere."

Das Autotelefon klingelte. Auf dem Display war die Telefonnummer von Hanna Folkerts erschienen.

„Hanna!" Julia rief den Namen fast euphorisch aus.

„Hi Julia, schön, dich zu hören. Ich wollte einfach mal

anrufen und fragen, wie es dir geht. Wir haben zu lange nicht miteinander telefoniert."

„Ach Hanna, es gibt so viel Neues." Julia wusste gar nicht, wo sie anfangen sollte. „Ich bin mit Svenja, meiner Freundin, unterwegs nach Fanø. Wo bist du denn?"

„Na, zuhause bei mir in Flensburg. Ich dachte, ich höre mal, wie es dir geht. Mit deiner Freundin? Ist es die Freundin", sie stockte, „mit der du schon lange zusammen bist?"

Sie lachte. „Du brauchst nicht so vorsichtig zu fragen. Ja, Svenja. Ich habe Michael verlassen."

„Endlich, endlich!", rief Hanna, „Erzähl!"

Bevor Julia etwas sagen konnte, fragte Hanna, „Wo seid ihr denn, noch in Deutschland?"

„Ja, wir sind gerade erst in Hamburg losgefahren."

„Wollt ihr dann nicht zu uns kommen? Ihr könnt bei uns übernachten."

Julia horchte auf. „Wer ist denn ‚uns', Hanna?"

„Claudia und ich sind zusammengezogen. Das muss ich dir alles erzählen."

Svenja meldete sich. „Hallo Hanna, ich bin es, Svenja. Ich würde mich freuen, euch kennenzulernen. Wir wollten unterwegs etwas essen. Wenn ihr uns nicht verhungern lasst, können wir bei euch vorbeikommen." Sie schaute zu Julia und zog fragend die Schultern hoch.

Julia nickte. „Eine gute Idee, machen wir, wenn ihr etwas zu essen habt. Bis dahin würde ich es aushalten mit meinem Hunger."

Hanna diktierte die Adresse durch. Svenja gab sie bei Google Maps in ihr Handy ein.

„Eine Stunde sagt mein Handy."

„Bis dahin haben wir etwas zu essen für euch; wir freuen uns, tschüss."

Svenja lehnte sich zurück. „Ich bin etwas müde. Ist das

ok für dich, wenn ich die Augen zumache?"

„Ja, mein Schatz, ich wecke dich."

Als die Autobahnabfahrt Flensburg-Mitte auftauchte, stieß Julia ihre Freundin an. „Wir sind gleich da."

Google Maps lotste sie vor Hannas Haustür. Julia fand einen Parkplatz, obwohl überall Autos in der Wohnstraße parkten.

„Heute ist unser Glückstag." Julia stellte den Motor ab und schaute Svenja lachend an.

Svenja nahm Julias Hand. „Du siehst so unverschämt gut aus. Wie machst du das?"

Ihre Antwort war eine Umarmung und ein Kuss.

Witkowski

Was zur Hölle machen die jetzt in Flensburg? Werner Witkowski sah auf die Uhr, kurz nach 18 Uhr. Er hatte das Gefühl, bald am Ende seiner Nerven und seiner Kraft angekommen zu sein. Seit dem Vormittag hatte er nichts mehr gegessen. Das Wasser hatte er ausgetrunken. Er musste dringend auf eine Toilette.

Leider war das an der Tankstelle unterwegs nicht möglich gewesen. Er ärgerte sich. Mit Karte tanken, das konnte ich ja gerade noch. Aber im Shop etwas zu essen kaufen oder gar auf die Toilette gehen war nicht drin. Keine Lust, den Anschluss verlieren. Und jetzt gehen die beiden in Flensburg zu irgendwelchen Leuten. Er schlug mit der Faust auf das Lenkrad.

Er hatte sehen können, dass Julia im oberen linken Stockwerk geklingelt hatte. Als die Frauen im Haus verschwunden waren, sah er sich um. Es gab weit und breit keinen freien Parkplatz mehr. Er stieg aus dem Wagen, schaltete die Warnblinkanlage an und fotografierte das Klingelschild ab. Bei Folkerts/Wendisch hatten sie geklingelt.

Dann fuhr er die Straße ein Stück weiter. An der Straßenkreuzung etwa hundert Meter entfernt sah er ein Café. Er wagte nicht, das Haus, in dem die beiden Frauen verschwunden waren, aus dem Auge zu lassen.

Ich werde mich zehn Minuten zusammennehmen. Wenn sie dann nicht herauskommen, besuchen sie die Leute, die da wohnen. Dann bleiben sie eine Weile und ich kann pinkeln gehen und mir etwas zu essen kaufen.

Nach zehn Minuten fuhr der Detektiv auf die Kreuzung zu. Da sah er links in der Straße, dass ein Auto seinen Parkplatz verließ. Schnell fuhr er nach links um die Ecke, übersah dabei aber einen von rechts kommenden schwarzen SUV. Laut hupend konnte dessen Fahrer einen Unfall gerade noch vermeiden.

Er hielt neben Witkowski an, der in die Parklücke gefahren war und aus dem Fahrzeug ausstieg. „Du Vollidiot", schrie er durch das geöffnete Seitenfenster. „Ist mein Auto zu klein, dass du es siehst, Arschloch?"

Aufsehen war etwas, das in seiner Situation unbedingt zu vermeiden war, das wusste der Detektiv. Er hob beide Arme halb in die Höhe. „Tut mir leid. Gut, dass du so schnell reagiert hast. Echt sorry."

Der Fahrer des SUV schien von der Entschuldigung überrascht zu sein. Unschlüssig schaute er einen Moment auf seinen Verkehrsgegner, zeigte ihm den ausgestreckten Mittelfinger und gab dann Gas.

Witkowski war froh, dass es nicht zum Unfall gekommen war. Dann hätte ich die Verfolgung total vergessen können. Und das nach diesem ganzen verfluchten Tag.

Er lief schnell in das Café und suchte die Toilette auf.

Er kaufte zwei belegte Brötchen zum Mitnehmen, zwei Flaschen Wasser und bestellte sich einen Cappuccino und ein Brot mit Schinken und Eiern. Dann setzte er sich an einen Platz, von dem aus er den Eingang des Hauses sehen konnte, in dem die Freundinnen verschwunden waren.

Sein Telefon klingelte.

Witkowski

„Pförtner hier, Herr Witkowski!" Die Stimme seines Auftraggebers klang, als würde der kurz vor einem Wutausbruch stehen. „Es ist nach 18 Uhr. Sie haben mich heute Mittag angerufen, aber nichts erzählt und aufgelegt. Jetzt erzählen Sie mir auf der Stelle, was los ist."

Der Detektiv war inzwischen ruhiger geworden und hatte schon einige Bissen seines Brotes gegessen.

Er nahm einen Schluck von seinem Cappuccino.

„Es gibt Neues und ich hätte Sie heute Abend angerufen. Aber ich stecke mitten in der Verfolgung. Da muss ich aufpassen, die Spur nicht zu verlieren."

Das schien Michael zu beruhigen.

„Na schön, erzählen Sie."

„Frau Marcus ist heute Vormittag mit dem Zug nach Hamburg gefahren. Um nicht ohne Auto dazustehen, habe ich nachgesehen, wann sie dort ankommt und bin, so schnell ich konnte, mit dem Wagen nach Hamburg gefahren. Ich hab's rechtzeitig geschafft." Witkowski stockte. Will der mich gar nicht unterbrechen? Er redete weiter. „Am Bahnhof wurde sie von Ihrer Frau abgeholt. Die beiden sind dann in die Stadt gefahren, nach Altona. Dort haben sie sich eine Wohnung angesehen."

Jetzt wurde er unterbrochen. „Woher wissen Sie das denn?"

„Nach einiger Zeit kam ein Makler aus dem Haus, dann Ihre Frau und Frau Marcus. Ich kann mir nicht vorstellen, was die sonst im Haus gesucht haben. Ich habe das Klingelschild abfotografiert. Ich schicke es Ihnen per WhatsApp. Vielleicht sagt Ihnen irgendeiner der Namen etwas."

Witkowski hörte Michael schnaufen. „Ja, tun Sie das. Sind Sie in Hamburg oder wo sind Sie jetzt? Wo ist denn meine Frau?"

„Das will ich doch erzählen, aber Sie unterbrechen mich ja." Witkowski zog an seinem Ohr. Da müht man sich den ganzen Tag ab, hat Hunger und Durst und muss pinkeln. Herr Dr. Pförtner kann aber nicht einmal in Ruhe abwarten, was ich zu sagen habe.

„Nun seien Sie nicht so empfindlich, Herrgott. Erzählen Sie!"

„Ich bin in Flensburg.,"

„In Flensburg?"

Witkowski wurde lauter. Er ärgerte sich darüber, dass Michael es nicht lassen konnte, ständig dazwischen zu reden. „Ja, in Flensburg. Ihre Frau und Frau Marcus sind hier in ein Haus gegangen. Ich hatte ja gedacht, sie fahren nach Dänemark; sind sie aber nicht. Ich habe das Klingelschild abfotografiert. Das schicke ich Ihnen. Sie haben bei den Namen Folkerts und Wendisch geklingelt. Sagt Ihnen einer der Namen etwas?"

Michael dachte nah. „Ich meine, einen der Namen habe ich schon gehört. Ich weiß nicht genau. Ich sehe mal die Unterlagen meiner Frau durch, die hier sind."

Witkowski schwieg.

„Na und was ist jetzt?" Michaels Stimme klang ungeduldig.

Was für eine blöde Frage. „Was soll jetzt sein? Ich muss hier warten, ob sie wieder rauskommen. Was soll ich sonst machen?"

Julia

„Und dann habe ich mein Bier über seinem Kopf ausgeschüttet!" Julia lächelte.

Hanna lachte und schlug mit beiden Händen auf ihre Oberschenkel. Ihr ganzer Körper vibrierte. Sie warf ihren Körper im Sessel nach vorn und zurück. Jetzt fingen auch die anderen an zu lachen. Lachen wir über die Szene oder darüber, wie Hanna gelacht hat, dachte Julia. Ich weiß es nicht.

„Er hat Schlampe zu dir gesagt, als du ihm klar gemacht hast, dass er bei dir nicht landen kann. Da musste ich doch etwas tun!"

Hanna lachte immer noch. „Nein, nein, er hat mich Schlampe genannt, als ich ihm gesagt habe, dass ich auf Frauen stehe."

Sie musste auch lachen. „Ich dachte, der haut mir eine, hat aber nur bedröppelt dagestanden." Sie zog die Augenbrauen nach oben. „Gut, dass wir dann abgehauen sind."

„Wir waren erst 16. Unsere Biernacht, Salute." Hanna hob ihr Weinglas und schaute Julia an.

„Wieso Biernacht? Du lächelst so geheimnisvoll, Julia." Svenja streichelte ihre Hand.

„Ja", Hanna nahm ihr Weinglas in die Hand. „Es war unsere erste Nacht. Auf die Liebe!"

Sie hob ihr Weinglas. Alle stießen miteinander an.

„Auf die Liebe" klang es durcheinander. Kurz Zeit schwiegen die Frauen. Julia sah auf die Uhr. „19 Uhr. Wir brauchen zwei Stunden bis Esbjerg." Sie sah Svenja an. „Wir sollten aufbrechen."

„Du hast recht." Svenja drehte sich um. „Danke für das schöne Essen, ihr beiden. Ich hoffe, wir sehen uns bald einmal wieder."

Claudia stand auf. „Wenn ihr Lust habt, könnt ihr mal mit uns eine Segeltour machen. Hanna und ich haben uns ein Segelboot gekauft. Auf dem sind vier Kojen."

Svenja war aufgestanden. Sie setzte sich wieder hin. „Ein eigenes Segelboot? Und das sagst du erst jetzt? Ich hätte große Lust dazu. Was meinst du, Julia?"

„Ja klar, gerne. Wenn ich meine Probleme gelöst habe. Aber das machen wir bestimmt einmal. Wir telefonieren, Hanna."

Julia

Hanna und Claudia waren mit hinunter auf die Straße gegangen und winkten Julia und Svenja nach, als sie losfuhren. Svenja hatte sich an das Steuer gesetzt. „Du bist die ganze Zeit gefahren, Julia. Und ich habe nur ein halbes Glas Weißwein getrunken, du, glaube ich, etwas mehr."

Julia protestierte nicht. Sie war müde geworden. Nach einiger Zeit hörte sie die Stimme ihrer Freundin nur von weither. „Wir hätten uns denken können."

Nach einer Pause: „Julia?" Sie schrak auf.

Svenja nahm ihre Hand. „Tut mir leid, ich wollte dich nicht wecken. Schlaf weiter."

„Nein, alles gut, ich war eingenickt. Was hattest du gefragt?"

„Was eine MTA macht. Das hat Claudia doch gesagt."

„Claudia arbeitet in einem Labor und macht Untersuchungen. Was genau, weiß ich nicht. Auf jeden Fall gehört das Labor nicht zu der Klinik, in der Hanna kaufmännische Direktorin ist."

Svenja redete weiter. „Ich finde Hanna und Claudia unheimlich nett, Julia. Wir sollten versuchen, Kontakt zu den beiden zu halten. Und von Hamburg nach Flensburg ist es so weit ja nicht."

„Ja, das sollten wir." Julia sah ihre Freundin an. „Hast du den Satz mitbekommen, den Claudia über Kinder gesagt hat?"

„Du meinst, dass sie ein Kind mit Hanna möchte."

„Ich finde das schön, das würde ich den beiden gönnen. Ich hatte Hanna ja nach der Schulzeit aus den Augen verloren. Aber was sie mir später von ihren Beziehungen erzählt hat, war nicht so toll."

„Wieso, was war?" Svenja kannte Hanna bisher zu wenig.

„Sie hatte lange Zeit eine Partnerin, die große psychische Schwierigkeiten hatte. Die hat sich dann irgendwann das Leben genommen. Ich habe das nur am Rande mitbekommen. Aber das hat Hanna eine ganze Zeitlang aus der Bahn geworfen. Sie hat wohl viel getrunken, nicht mehr studiert."

„Das ist ja schrecklich, Julia. Ist sie jetzt wieder stabil?"

„Ja, sie hat eine Therapie gemacht und hat das völlig überwunden, denke ich."

Julia lehnte sich zurück und machte die Augen zu. Sie dachte an die Kinder. Schlafen sie schon? Vermissen sie mich? Weinen sie vielleicht? Um Gottes willen, nein. Sie wurde immer müder.

„Du musst nicht wieder einschlafen, mein Schatz. Ich sehe schon das Blinklicht oben am Turm im Hafen von Esbjerg.“

Julia machte die Augen auf. „Ach Svenja, ich freu mich auf mein Bett.“ Sie machte die Augen wieder zu und stellte sich vor, wie sie Svenja riechen und streicheln würde. „Mit dir!“

„Ich auch“, flüsterte Svenja.

Sie fuhren an den Schalter, um das Ticket zu lösen. Die Fähre schien schon auf sie zu warten. Sie fuhren hinauf. Vier andere Fahrzeuge waren mit ihnen auf der Fähre.

Zwölf Minuten später fuhren sie auf die Insel, weitere zwölf Minuten später vor ihre Haustür und lagen nicht mehr als zwölf Minuten später miteinander im Bett.

Witkowski

Richtung Esbjerg. Witkowski war froh, weder die Abfahrt in Flensburg verpasst noch den Q 2 unterwegs verloren zu haben. Aber was nun? Sie fuhren auf die Insel. Kein anderer Wagen weit und breit. Er fuhr am Ticketschalter vorbei zum Hafenparkplatz. Inzwischen hatte die Fähre abgelegt.

Er dachte nach. Die nächste Fähre kann ich nehmen. Aber mein Auto werde ich auf der Insel brauchen. Er drehte um und löste ein Ticket für sich und seinen Wagen. Nach zwanzig Minuten kam die nächste Fähre. zwölf Minuten später befand er sich auf der Insel. Wie gut, dass ich die Reisetasche dabei habe. Er war stolz darauf, Vorsorge getroffen zu haben.

Er parkte am Hafen und ging auf das beleuchtete Hotelschild zu: Hotel Havn. Wenn ich hier oder woanders nichts bekomme, muss ich im Auto schlafen, Mist.

Als er durch die Eingangstür getreten war, befiel ihn in der wohligen Wärme eine Müdigkeit, die ihn selbst überraschte. Er schaute nach rechts in das angrenzende Restaurant. Ein Paar saß an einem hinteren Tisch. Hinter einem Tresen kam ein älterer Mann hervor. Nach Witkowskis „Guten Abend" sprach ihn der Mann in deutscher Sprache an.

„Was kann ich für Sie tun?"

Der Detektiv erklärte, spontan überlegt zu haben, das Wochenende auf Fanø zu verbringen. Er wollte gern ein Zimmer für zwei Nächte mieten.

„Um diese Jahreszeit haben Sie Glück, mein Herr', meinte der Wirt. „Die Touristen kommen erst zu Ostern. Ab dann haben wir spontan nie Zimmer frei."

Witkowski nahm den Zimmerschlüssel. „Kann ich etwas zu essen haben oder hat die Küche schon geschlossen?"

„Ab 21 Uhr bin ich die Küche. Und jetzt ist es halb 10. Ich kann Ihnen ein Schinkenbrot mit Spiegeleiern machen, wenn Sie wollen."

„Ja, sehr gern. Ich gehe nur eben nach oben mich frisch machen und komme dann herunter."

Witkowski ging nach oben und wusch sein Gesicht mit kaltem Wasser. Er fühlte sich etwas wacher. Morgen früh werde ich herausbekommen, wo die beiden Frauen wohnen. Aber für heute ist Schluss.

Nachdem er im Restaurant sein Schinkenbrot gegessen hatte, fiel er in sein Hotelbett und schlief traumlos ein.

Samstagfrüh fiel ihm ein, dass er vergessen hatte, seinen Auftraggeber über sein Fahrtziel zu informieren.

Sonnabend, 21. Februar

Witkowski

Nach dem Frühstück fühlte Witkowski sich gestärkt. Er rief seinen Auftraggeber an.

„Herr Dr. Pförtner, ich bin auf der Insel Fanø."

„Wo?", rief Michael dazwischen.

„Lassen Sie mich doch erklären!" Er wurde lauter. „Das ist die Insel vor Esbjerg an der Nordsee. Erst kommt Sylt, darüber Rømø und darüber Fanø. Ihre Frau und Frau Marcus sind gestern Abend von Flensburg hierher gefahren. Wo sie wohnen, werde ich herausbekommen. Ich bin hier im Hotel untergekommen. Offensichtlich hält sich Ihre Frau hier versteckt. Und Frau Marcus ist bei ihr."

„Ich wusste es doch. Die hat ihr zur Flucht verholfen. Und ist ein Mann dabei?"

„In dem Wagen Ihrer Frau hat nur sie mit der Freundin gesessen. Ein Mann war nicht dabei."

Michael unterbrach ihn. „Das heißt gar nichts. Der wird im Haus geblieben sein."

„Das halte ich für unwahrscheinlich, Herr Dr. Pförtner."

Wieder wurde er unterbrochen. „Unwahrscheinlich? Wo leben Sie denn? Natürlich hat sie einen Liebhaber!"

„Sie müssen nicht so schreien. Ich verstehe Sie gut. Mit Liebhaberin könnten Sie eher recht haben."

„Was?"

„Ich will vorsichtig sein, aber ich kann mir inzwischen vorstellen, dass Ihre Frau und Frau Marcus ein Verhältnis miteinander haben."

„Was?"

„Ja, der Verdacht kam mir, als ich den Rechner von Frau Marcus in ihrer Wohnung gestartet habe. Da erschien ein Bild Ihrer Frau." Michael unterbrach ihn.

„Warum haben Sie mir das nicht schon gestern erzählt?"

„Ja, das hätte rein freundschaftlichen Charakter haben können. Aber hören Sie mir doch erstmal zu."

„Dann erzählen Sie endlich. Ich muss Ihnen doch nicht jedes Wort aus der Nase ziehen."

„In Flensburg haben sie ein lesbisches Paar besucht."

„Wie kommen Sie darauf?"

„Herr Dr. Pförtner!" Er wartete einen Moment. „Zum Abschied waren die unten, hatten den Arm umeinander gelegt und winkten dem Wagen Ihrer Frau hinterher."

„Das bedeutet aber nicht, dass meine Frau plötzlich lesbisch geworden ist. Das kann ich mir nicht vorstellen."

„Egal, das wird sich herausstellen. Die haben mit Sicherheit ein Haus gemietet. Hier wimmelt es von Ferienhäusern. Ich suche das Auto Ihrer Frau und werde Ihnen dann morgen Bescheid sagen."

„Nein, warten Sie." Michael schwieg einen Moment. „Die Kinder bleiben eine Weile bei meinen Eltern. Ich will nicht, dass meine Frau meine Abwesenheit im Büro ausnutzt, heimlich die Kinder zu stehlen." Witkowski zuckte mit den Schultern. Er muss mir doch nicht erklären, warum die Kinder bei seinen Eltern sind. „Ich komme selbst nach Fanø. Ist Ihr Hotel voll?"

„Nein, ich glaube fast, ich bin der einzige Gast hier. Die Saison hat nicht begonnen."

„Gut, aber vielleicht miete ich ein Haus. Das kann ich ja sehen, wenn ich da bin."

„Wozu ein Haus?"

Michael ging nicht darauf ein. „Ich fahre in einer halben Stunde los. Kümmern Sie sich darum, wo die wohnen.

Wir bleiben auf jeden Fall in Kontakt. Sobald Sie die Adresse haben, will ich unbedingt sofort informiert werden." Nach einer Pause setzte er hinzu: „Kann ich mich darauf verlassen?"

„Ja, in Ordnung."

Witkowski war froh, als das Telefongespräch beendet war. Er wusste nicht genau, warum er seinen Auftraggeber als so anstrengend empfand. War es dessen Wut, die immer wieder aufblitzte, war es das Gefühl der Arroganz, die Witkowski bei Dr. Pförtner nie losließ? Wie auch immer, dachte er. Jetzt will ich los und sie finden. Am besten fange ich bei den Vermietungsfirmen an. Er klappte seinen Rechner auf. Vor allem eine Vermietungsfirma schien die meisten Häuser unter Vertrag zu haben. Das Büro befand sich hier am Hafen, ein paar Häuser weiter.

Er klappte den Rechner zu und ging in die Fanø Udlejning. Ich werde den Vater-Trick anwenden, dachte er.

Julia

„Woran denkst du?" Svenja schaute in Julias Augen.

„Gestern habe ich im Bett nach schönen Gedichten gegoogelt, da ist mir eins aufgefallen und hab gedacht, das lese ich dir vor, wenn wir das nächste Mal im Bett liegen."

Svenja streichelte ihre Wange. „Na los."

„Du schläfst ja noch."

„Ich schlafe nicht." Svenja nahm Julia die Bettdecke weg und zog sie an sich. „Du wirst gleich sehen, wie wach ich bin."

Sie setzte sich auf Julia. „Los, ausziehen."

„Kann ich nicht, wenn du auf mir sitzt."

„Dann helf ich dir." Sie sprang von ihr herunter, zog sich aus und half Julia aus ihrem T-Shirt und ihren Boxershorts, die sie im Bett so gern trug.

Nach einer halben Stunde, in der sie sich gegenseitig intensiv gerochen, gestreichelt, gefühlt und miteinander geschlafen hatten, flüsterte Svenja in Julias Ohr: „Nun erzähl schon."

„Was denn?"

„Das Gedicht."

Julia griff zu ihrem Rechner auf dem Nachttisch und klappte ihn auf. „Ich habe hier eine Datei, in der ich schöne Gedichte sammele. Aber nicht gucken; ich will welche für später übrig haben."

Svenja drehte sich auf den Rücken und schloss die Augen.

„Gut, das Gedicht heißt 'So oder so' und geht so."

Svenja lachte.

„Lach nicht." Julia tat so, als sei sie böse und lachte auch. „Jetzt also:

Schön
geduldig
miteinander
langsam alt
und verrückt werden

andererseits

allein
geht es natürlich
viel schneller."

„Wie schön, von wem ist das?"

„Von Karin Kiwus."

„Kenne ich nicht."

„Ich kannte nur ein Gedicht von ihr, ‚Im ersten Licht', ganz toll. Aber das ist egal jetzt."

Julia nahm ihr Kopfkissen und warf es Svenja, die sich neben ihr in die Bettdecke eingehüllt hatte, an den Kopf. „Aufstehen, ich habe Hunger."

„Na warte." Svenja nahm ihr Kopfkissen und warf es nach Julia. Nach kurzer Kissenschlacht ergaben sich beide gegenseitig. Julia biss zärtlich in Svenjas Hals. Sie legten sich aneinander, die Arme umeinander geschlungen. Julia roch an ihrer Freundin und stellte sich eine warme Welle vor, die sie sie beide über das Meer tragen würde.

Svenja rüttelte sanft an ihr. „Schlaf nicht wieder ein, Liebes."

„Du hast recht. Komm, frühstücken." Julia seufzte. „Lass uns dann in den Laden in Nordby gehen, von dem Clara uns erzählt hat. Vielleicht finden wir da etwas Schönes zum Anziehen."

Svenja nickte. „Ich hab zwar genug Sachen da, aber mal sehen."

Julia fiel etwas ein. „Wir haben keinen Champagner für die beiden Gläser, die wir für Katrine und Oscar gekauft haben."

„Doch, ich hab welchen zum Abschied geschenkt bekommen, den können wir nehmen." Svenja holte die Flasche aus ihrer Tasche.

„Svenja!" Julia schüttelte den Kopf. „Das geht gar nicht. Den hast du geschenkt bekommen. Geschenke darf man nicht weiter verschenken. Das bringt Unglück." Nach einer Pause: „Sagt der Volksmund. Aber egal, das macht man nicht."

„Du hast recht. Nur falls wir hier keinen finden, haben wir wenigstens die Flasche zu den Gläsern."

„Einverstanden. Aber lass uns jetzt in den Ort fahren."

Witkowski

Die Tür zu Fanø Udlejning stand offen, als Witkowski eintrat. Es war kein anderer Kunde im Raum. Drei Angestellte füllten an einem großen Tresen Briefumschläge mit Prospektmaterial und Schlüsseln.

Eine Mitarbeiterin sah Witkowski an und schaute dann zu den Kolleginnen. „Heute beginnt für einige Gäste die wöchentliche Miete der Häuser. Was kann ich für Sie tun?"

Witkowski begann mit der Geschichte, die er sich ausgedacht hatte. „Mein Name ist Pförtner. Meine Tochter hat hier mit ihrer Freundin ein Haus gemietet. Ich wollte nachkommen und jetzt bin ich da. Ich erreiche meine Tochter aber telefonisch nicht. Können Sie mir sagen, welches Haus sie gemietet haben, damit ich hinfahren kann?"

„Herr Pförtner, das dürfen wir leider nicht. Aber ich kann Ihnen sagen, dass eine Frau Pförtner bei uns kein Haus gemietet hat."

„Ach natürlich", Witkowski tat so, als falle ihm das erst jetzt ein. „Das hat ja ihre Freundin ausgesucht und sicher auf ihren Namen gemietet. Sie heißt Svenja Marcus."

Er hatte den Namen laut ausgesprochen.

„Svenja Marcus?" Bevor die Mitarbeiterin weitersprechen konnte, rief ein junger Mann, der mit den Briefumschlägen beschäftigt war: „Hat die nicht 195?"

„Das haben Sie jetzt nicht gehört." Die Mitarbeiterin drehte sich um und schimpfte in dänischer Sprache mit dem jungen Mann. Sie wendete sich wieder Witkowski zu. „Es tut uns leid, da dürfen wir aus Datenschutzgründen keine Auskunft erteilen. Aber ich denke, Sie werden Ihre Tochter finden, nicht?"

„Ja, vielen Dank." Witkowski freute sich. „Haben Sie einen Katalog da?"

„Nein, wir haben den Katalog nicht mehr in Papierform. Sie müssen unsere Web-Seite aufrufen."

Der Detektiv bedankte sich. Er stieg in seinen Wagen und rief auf dem Handy die Web-Seite der Hausvermietung auf. Schnell fand er das Haus Nr. 195.

Er gab die Adresse in sein Handy ein und fuhr los.

Er wollte nach links in die letzte Straße vor dem Strand einbiegen, als ihm ein blauer Audi Q 2 entgegenkam.

Frau Pförtner, weiterfahren, schoss es ihm durch den Kopf. Er schaute in das Auto, zwei Frauen. Langsam fuhr er weiter in Richtung Strand. Falls sie in den Rückspiegel schauen, bin ich nicht in die Straße eingebogen, in der sie sich versteckt haben. Auf dem Strand drehte er und fuhr zurück in die Straße. Er hielt an, stieg aus und betrachtete das Haus. Schön, niemand da. Er fuhr weiter. Die nächsten beiden Häuser waren unbewohnt. Zumindest standen da keine Autos. Er fuhr auf die Auffahrt des dritten Hauses und ging zu Fuß zum Haus zurück, das Julia und Svenja gemietet hatten.

Er ging um das Haus herum zur Hintertür. Sie war verschlossen. Er schaute auf das Schloss. Wie kann man Bewegungsmelder einrichten, vorn Sicherheitsschlösser, hinten aber ein Türschloss für Bartschlüssel? Und die Hintertür ist von Hecken verdeckt. Er schüttelte den Kopf und ging zurück zu seinem Wagen, um ein Bund Dietriche zu holen. Vorsichtig schaute er den Weg hinunter. Niemand zu sehen. Wie gut, dass keine Saison ist, dachte er. Schnell war er wieder am Haus und hatte keine Minute später die Hintertür geöffnet. Er sah sich um, horchte auf Geräusche, um einen heranankommenden PKW nicht zu überhören. Beruhigt registrierte er, dass man die Hintertür nicht sehen konnte, wenn man die Vordertür öffnet. Das würde ihm im Notfall ermöglichen, unbemerkt zu verschwinden.

Im Wohnzimmer im Erdgeschoss Zeitungen und Bücher, die herumlagen, ein Pullover über einer Sessellehne, eine Obstschale mit Äpfeln und Bananen, im abgeteilten Küchenbereich Kaffee, Tee, eine Wasserflasche, Gewürze. Es erschien ihm alles uninteressant. Im Badezimmer fand sich nichts Besonderes, die üblichen Kosmetika. Vergleichsweise wenig, dachte er. Da habe ich bei Durchsuchungen schon anderes erlebt. Mal sehen, wie das Schlafzimmer aussieht. Er horchte vorsichtig. Dann stieg er die Holztreppe hoch. Oben befanden sich links und rechts je ein Schlafzimmer. In der Mitte vor einem großen Fenster ein kleiner Tisch und zwei Sessel. Er schaute aus dem Fenster. Dünen und Meer, tolle Aussicht. Er öffnete beide Schlafzimmertüren. Wusste ich's doch. Ein Zimmer ist unbewohnt. In dem anderen schlafen die beiden zusammen. Auf dem Bett des links gelegenen Zimmers waren zwei Bettdecken umgeschlagen, die Kopfkissen nebeneinandergelegt. Ordentlich, die Damen. Aber das wird dem Herrn Gemahl nicht gefallen. Er nickte. Ich freue mich schon darauf, ihm das zu erzählen. Aber lange darf ich mich hier nicht aufhalten. Lieber schnell raus hier.

Witkowski machte mit seinem Handy ein Foto vom Bett im Schlafzimmer, fotografierte unten das Wohnzimmer und ging durch die Hintertür nach draußen. Vorsichtig schaute er um die Ecke. Niemand war zu sehen.

Er schlenderte zu seinem Wagen zurück. Kann ja sein, dass mich jemand beobachtet, langsam gehen.

Auf dem Weg zum Hotel klingelte sein Handy. Mit einem Seufzer nahm er das Gespräch an. „Hallo Herr Dr. Pförtner. Na, wo sind Sie?"

„Guten Tag Herr Witkowski. Ich bin in einer Stunde in Esbjerg. Ich werde den Wagen am Hafen parken. Meine Frau kennt den natürlich. Ich komme zu Fuß herüber. Können Sie mich abholen?"

„Da gibt es nicht viel abzuholen." Witkowski lächelte. „Am Hafen liegt das Hotel, in dem ich wohne."

„Na gut. Was können Sie mir über die Adresse meiner Frau sagen?"

„Ich weiß, wo sie mit ihrer Freundin wohnt. Ich war schon im Haus und habe Fotos gemacht."

Witkowski hörte seinen Auftraggeber atmen. Offenbar schnaufte der in sein Telefon. Vielleicht freut er sich über meinen Erfolg.

„Sie!" Michael schrie das Wort in das Telefon und machte eine Pause. Der Detektiv hielt das Telefon von sich entfernt. Worüber ist der denn wütend? Er hatte keine Zeit, darüber nachzudenken.

„Sie sollten mich sofort anrufen, wenn Sie die Adresse haben. Warum, Herr Witkowski, haben Sie das nicht getan? Jetzt rufe ich Sie an und Sie erzählen mir das quasi nebenbei?" Das letzte Wort betonte er noch lauter.

Jetzt wurde auch Witkowski wütend. „Herrgott nochmal, ich komme doch gerade erst vom Haus." Nach einer kurzen Pause nahm er seinen Mut zusammen. „Hören Sie auf, so mit mir zu reden, Herr Dr. Pförtner. Ich bin nicht ihr Angestellter. Jetzt reicht es mir aber bald." Er hörte nicht auf. Sein Frust über die Behandlung durch seinen Auftraggeber musste heraus.

„Besser als ich hier rund um die Uhr für Sie gearbeitet habe, hätte das niemand machen können. Und wissen Sie was? Meine Mission sollte beendet sein, wenn ich den Aufenthaltsort Ihrer Frau ausfindig gemacht habe. Das habe ich getan. Ich werde mit der nächsten Fähre zurückfahren und Ihnen die Rechnung schicken."

Michael schien sich inzwischen wieder beruhigt zu haben. „Ich kann ja nicht wissen, was Sie wann getan haben. Ich komme rüber und dann reden wir." Michael wurde höflich. „Seien Sie so freundlich und reservieren mir ein Zimmer in ihrem Hotel. Wenn Sie mich dann abholen, trinken wir erst einmal einen Kaffee."

„Bis dann," war das Einzige, was der Detektiv murmelte, bevor er auflegte. Das musste einmal gesagt werden.

Julia

„Jetzt haben wir die Gläser, ich habe eine schöne neue Bluse, nur den Champagner haben wir nicht bekommen. Was nun?" Julia zuckte mit den Schultern.

„Weißt du was? Wir nehmen den Champagner, den ich mit dem Präsentkorb bekommen habe."

Julia und Svenja liefen die Hauptstraße von Nordby entlang, wo ein Geschäft das Nächste ablöste. Sie kamen an einem Fotogeschäft vorbei.

Julia schrie auf. „Ein Fotogeschäft."

Sie schaute sich die Auslage an. „Schau dir das an, Svenja. Eine Leica für 7.500 Euro."

Svenja schüttelte den Kopf. „Und das im Schaufenster."

Julia lachte. „Die nimmt der abends raus. Aber hier", sie zeigte auf einen kleinen Fotoapparat. „Eine Rico, 950 Euro."

„Die sieht doch nach nichts aus."

„Ich hab auch so eine. Das ist ein phantastisches Gerät."

Sie hielt ihre Freundin am Arm fest. „Aber komm, wir gehen mal rein. Vielleicht können die ein Foto von uns ausdrucken, das ich auf dem Handy habe. Das kleben wir dann auf eine Glückwunschkarte."

Der Inhaber überredete sie, nicht das Handyfoto zu nehmen, sondern sich gemeinsam von ihm fotografieren zu lassen. Sie nahmen drei Abzüge mit. Julia kaufte einen Rahmen dazu. „Ich will dich auf meinem Nachttisch haben, Svenja."

„Na gut, ich nehme das dritte Bild und stelle es auf meinen Nachttisch, solange wir getrennt voneinander sind." Sie zog Julia an sich und küsste sie.

Der Fotograf lächelte. „Dann sind wir alle befriedigt."

„Zufrieden meinst du." Julia lachte. „Befriedigt ist etwas anderes."

Sie hatte sich schon daran gewöhnt, dass sich die Dänen duzten. Nur zu Gott wird Sie gesagt, hatte ihr Clara erklärt.

Sie kauften eine Glückwunschkarte, auf die sie das Foto kleben konnten und fuhren zu ihrem Ferienhaus zurück, um sich vor dem Fest etwas auszuruhen.

Michael

Auf Fanø angekommen bezog Michael sein Zimmer und setzte sich mit dem Detektiv auf die Veranda des Hotels, um einen Kaffee zu trinken. Er hörte sich den ausführlichen Bericht an. „Herr Dr. Pförtner, es ist schon extrem, wie viel Mühe und Zeit mich die Verfolgung der beiden Frauen gekostet hat."

Das sagt der doch nur, um seine Rechnung nach oben zu treiben, dachte er.

„Das hätte in Flensburg um ein Haar zu einem Unfall geführt, Herr Dr. Pförtner. Ich habe großes Glück gehabt. Bei einem Unfall hätten wir die Aufklärung vergessen können."

Witkowski zeigte Michael die Fotos auf seinem Handy. „Hier, das Schlafzimmer, das beide benutzen. Das lässt ja wohl keine Zweifel übrig."

Michael schwieg. Er hatte seine Lippen aufeinandergepresst.

„Wie soll es jetzt weitergehen, Herr Dr. Pförtner? Wollen Sie zu Ihrer Frau und sie zur Rede stellen?"

Michael atmete mehrfach ein, um sich zu beruhigen. „Ich habe das nicht entschieden. Ich will erst einmal wissen, wie die Situation ist."

Er schaute auf die Uhr. „Es ist jetzt 17 Uhr. Ich will auf jeden Fall das Haus sehen, wenn es hell ist. Wir fahren da jetzt vorsichtig vorbei. Vielleicht sind sie am Strand. Wahrscheinlich sind sie aber da. Ich will auf jeden Fall das Haus sehen."

Witkowski nahm sein IPad aus der Tasche. „Das ist hier im Netz abgebildet, Nr. 195."

Er rief die Web-Seite der Vermietungsfirma auf und gab die Nummer ein. Es erschien ein Foto des Hauses.

„Hier." Witkowski zeigte auf die Pfeile rechts und links am Rand des Fotos. „Es gibt auch genug Innenansichten."

„Das schaue ich mir später an. Lassen Sie uns jetzt erst einmal hinfahren. Wenn wir zurück sind, muss ich etwas essen. Ich habe ziemlichen Hunger."

Sie brachen auf und fuhren langsam in den schmalen Weg hinein, an dem rechts und links Ferienhäuser standen.

„Die sind ja alle frei." Michael wunderte sich, dass die Häuser zu vermieten waren. Nur vor dem Haus, das sie suchten, sahen sie schon von weitem den blauen Q 2, der Julia gehörte. Michael bückte sich tief in seinen Sitz, als sie am Haus vorbeifuhren.

Michael setzte sich wieder aufrecht hin. „Das Haus ist vom Weg aus gar nicht zu sehen." Er zeigte auf ein Haus auf der rechten Seite. „Da ist derselbe Aufkleber dran wie bei dem Haus meiner Frau. Das dürfte dieselbe Vermietungsfirma sein. Das werde ich mieten. Dann kann ich sie beobachten."

Witkowski schüttelte den Kopf. „Das wird nicht gehen, Herr Dr. Pförtner. Ich habe mich doch mit Ihrem Namen vorgestellt, weil ich dachte, Ihre Frau hätte gemietet."

„Das ist ärgerlich. Aber heute rede ich nicht mehr mit meiner Frau. Ich will das erst beobachten. Wenn es dunkel ist, will ich da nochmal hin. Wir können ja vom Strand durch die Dünen zum Haus."

„Das ist so einfach nicht." Witkowski schüttelte den Kopf. „Wenn es hier dunkel ist, dann können Sie die Hand vor Augen nicht mehr sehen. Gestern Abend war ich..."

Michael unterbrach ihn. „Dafür gibt es ja Taschenlampen. Ich will sie mal von draußen beobachten."

Auf dem Weg zurück zum Hotel schwieg er lange. Mit der Marcus. Haben die vor meinen Augen ein Verhältnis und ich denke mir nichts. Was für eine Verarschung. Ich fasse es nicht. Er fühlte das Blut in seinen Kopf steigen. Ich bin frech vor meinen Augen verarscht worden. Sie haben sich lustig gemacht über mich. Und ich habe ihr vertraut. Was für eine Schweinerei, unfassbar.

„Ah!!!" Er schrie. „Diese Dreckschlampen. Ich krieg euch."

Witkowski sah erschrocken zur Seite. Schweigend kamen sie am Hotel an.

Michael sprach ruhiger weiter. „Herr Witkowski, wir essen jetzt etwas. Dann warten wir, bis es dunkel ist."

Er schaute auf seine Uhr. „Wir brechen gegen halb acht auf, in Ordnung?"

Witkowski schwieg.

Julia

„Wie spät ist es, Svenja?" Julia drehte sich erschrocken zur Seite. Sie waren beide eingeschlafen. Jetzt war es schon dunkel draußen. Sie nahm ihr Handy vom Nachttisch. „Alter Schwede, aufwachen, Svenja es ist schon halb sieben!"

Sie schüttelte ihre Freundin. „Halb sieben, jetzt aber. Um acht sollen wir da sein." Svenja schreckte hoch. „Eine Minute, ich muss erst aufwachen." Sie ließ sich wieder auf das Bett fallen. „Du hast recht. Geh du zuerst ins Bad. Dann kann ich noch etwas liegen bleiben."

„Du kannst schon mal hinlegen, was wir anziehen. Ich bin gleich fertig."

Svenja schien immer noch müde zu sein. „Was meinst du, wie lange wird die Feier dauern heute Abend?"

Julia schaute aus dem Badezimmer und sah Svenja kopfschüttelnd an. „Du willst doch nicht, dass wir nach zwei Stunden wieder gehen. Ich freue mich so auf den Abend. Wir gehen da gemeinsam hin, das erste Mal als Paar. Ich finde, das ist etwas ganz Besonderes."

Svenja warf ihr einen Kuss zu. „Das finde ich ja auch. Und ich freue mich genauso wie du. Tut mir leid, Julia, ich war eben so müde."

Sie kam ins Badezimmer. „Das wird sehr schön und sehr entspannend heute Abend."

Julia ging ins Schlafzimmer und überlegte, ob sie wirklich anziehen sollte, was sie sich überlegt hatte. Svenja nimmt die hellblaue Bluse und die dunkelblaue Hose. Sie hat ihre Sachen schon auf das Bett gelegt. Eigentlich wollte ich meine schwarze Hose anziehen. Sie entschied sich um und zog eine enge helle Hose an. Dazu streifte sie ihren hellbraunen weichen Cashmere-Pullover über.

Sie zogen sich ihre wattierten Jacken gegen die Kälte an, die trotz des guten Wetters nicht nachließ.

Im Auto fiel Julia ein. „Svenja, hast du an den Schampus gedacht?"

„Ja ja, habe ich hier."

Pünktlich kurz vor acht parkten sie auf dem Parkplatz an der Fähre.

Michael

„Hören Sie, Herr Dr. Pförtner, Sie können gerne um das Haus herumschleichen. Ich weiß zwar nicht, was das bringen soll. Aber ich habe jetzt meinen Teil beendet. Ich muss das nicht mehr haben. Was Sie weiter tun, ist allein Ihre Sache." Sie standen im Foyer des Hotels. Witkowski schüttelte den Kopf. „Ich will mit weiteren Problemen nichts mehr zu tun haben. Ich habe meine Aufgabe erfolgreich gelöst. Ich möchte nach Hause zurück."

„Ich will nicht herumschleichen, wie Sie das ausdrücken." Wieder stiegen Wut und Aggression in ihm auf. „Ich will sehen, was die da machen. Sie müssen ja nicht mit in die Dünen. Aber Sie müssen mich hinfahren. Ich habe kein Auto hier. Und ein Taxi werde ich mir schwerlich nehmen können."

„Gut, ich fahre Sie da in die Nähe an den Strand. Ich warte dann im Wagen, bis Sie wiederkommen." Er atmete ein und sah seinen Auftraggeber an. „Aber ehrlich, ich möchte nach Hause."

„Aber heute doch nicht mehr."

„Nein." Er hob eine Hand. „Aber was Sie weiter machen, ist Ihre Sache."

„Was ich weiter mache, Herr Witkowski, ist in der Tat meine Sache." Er dachte nach. „Aber ich weiß nicht, ob ich morgen Ihr Auto brauche. Wir werden das sehen. Richten Sie sich zumindest darauf ein, dass ich Sie noch einen Tag brauchen werde."

Er zog einen kleinen Fotoapparat aus der Tasche.

„Das ist eine Rico. Meine Frau hat mir erklärt, dass die aussieht wie jeder billige Fotoapparat, aber so gut ist wie die Kameras mit Riesenobjektiven. Sie hat sie zuhause gelassen, als sie abgehauen ist. Ich werde morgen versuchen, viele Fotos zu schießen, die mir helfen werden, sie unter Druck zu setzen."

Witkowski sah sich die Kamera an. „Ja, von der habe ich schon mal gehört. Ich hatte überlegt, mir selbst so eine anzuschaffen. Sie ist aber unverschämt teuer. Was haben Sie denn dafür bezahlt?"

Michael schien die Frage überhören zu wollen. „Wenn ich die richtigen Aufnahmen habe, wird sie die Kinder nicht mehr zu sehen bekommen."

„Wenn Sie beide so an den Kindern hängen, können Sie doch ein Wechselmodell praktizieren, eine Woche Sie, eine Woche Ihre Frau."

„Darum geht es nicht, Herr Witkowski." Er unterdrückte den Impuls, laut zu werden. „Meine Frau ist abgehauen, ohne mir etwas zu sagen. Wenn sie mich nicht mehr sehen will, gilt das auch für die Kinder, Schluss!" Das letzte Wort kam gepresst aus ihm heraus.

„So, und jetzt lassen Sie uns endlich losfahren."

Sie waren auf dem Parkplatz an der Fähre in Witkowskis Wagen eingestiegen und fuhren die Straße am Hafen entlang. Ein Auto kam ihnen entgegen, das Michael im letzten Moment mit einem Seitenblick erkannte. Es war Julias Q 2. Er sah, dass neben ihr eine Person saß.

„Wo wollen die jetzt hin?" Michael war verblüfft.

„Wer?"

„Na, meine Frau, Herrgott! Die ist eben an uns vorbeigefahren. Sie hat mich nicht gesehen. Es saß jemand neben ihr, sicher die Marcus."

Er schaute sich um, sah aber den Wagen nicht mehr. „Wo wollen die hin? Scheiße!"

„Entweder mit der Fähre nach Esbjerg oder sie gehen in das Restaurant in unserem Hotel." Witkowski lachte.

„Das wäre ja was gewesen, wenn wir uns da getroffen hätten."

Michael zitterte und ballte seine beiden Fäuste. „Diese Schweine, ich werde...", er presste die Lippen zusammen. „Weg hier!"

„Herrgott ... Ich fahr ja schon."

Michael schwieg. Als sie dem Weg näher kamen, in dem Julia und Svenja wohnten, drehte er sich zu Witkowski um. „Fahren Sie rein in den Weg und halten sie ein paar Häuser weiter. Dann gehen wir in das Haus. Die sind ja jetzt nicht da."

„Herr Dr. Pförtner, ich war da doch schon drin. Da gibt es nichts Besonderes. Und ich habe schon Fotos gemacht. Die Bilder habe ich Ihnen doch auf Ihr Handy überspielt. Was sollen wir da noch einmal?"

Michael wurde lauter. „Natürlich gehen wir da rein! Ich will eigene Fotos machen und selbst sehen, was sich da abspielt."

Nach kurzer Pause fügte er hinzu. „Sie müssen mit dem Dietrich aufschließen."

Witkowski gab nach. „Gut, ich mache die Tür auf. Ich gehe aber nicht mit hinein."

„Müssen Sie auch nicht. Sie warnen mich, wenn jemand kommt."

Sie parkten den Wagen drei Häuser weiter. Schweigend gingen sie um das Haus herum, das die beiden Frauen bewohnten.

„Es kann ja sein, dass eine von beiden da ist, vorsichtig," flüsterte Witkowski.

„Nein." Michael schüttelte den Kopf. „Im Auto saßen zwei Personen. Die sind zusammen gefahren. Wir gehen jetzt rein!"

Witkowski trat einen Schritt zurück. „Sie können gern reingehen. Ich bleibe draußen."

„Ich meine, ich gehe rein. Sie passen auf."

An der Hintertür nahm Witkowski den passenden Dietrich. Sekunden später war die Tür geöffnet. Er machte die Tür weit auf und zeigte mit der anderen Hand in das dunkle Haus. „Bitte Herr Dr. Pförtner. Ich bleibe hier."

„Ja, Herrgott, aber Sie passen auf."

Witkowski nickte. Michael trat in das Wohnzimmer. Er nahm sein Handy und schaltete die Taschenlampenfunktion ein. Er sah sich um, entdeckte aber nichts Bemerkenswertes. Nach kurzem Rundblick leuchtete er die Treppe an.

Langsam ging er die Stufen hoch. Rechts ein Schlafzimmer; er öffnete die Tür, unbenutzt, ein nicht bezogenes Bett. Er leuchtete links in das zweite Schlafzimmer. Ein zerwühltes Bett, ein gerahmtes Bild der beiden auf dem Nachttisch. Schweine, Schweine. Er spürte seine kurzen schnellen Atemstöße. Aus den Augenwinkeln lenkte ihn etwas ab. Auf dem Tisch vor dem dunklen Fenster zwischen den beiden Zimmern lag ein Paket. Offenbar ein Geschenk. Hellgrünes Geschenkpapier mit dunkelgrüner dicker Schleife.

Wahrscheinlich hat diese Schlampe das Julia geschenkt. Er fühlte die weiter wachsende Wut. Er nahm den quadratischen Karton auf, schüttelte daran und holte aus, um es die Treppe hinunterwerfen. Er besann sich aber und zog an der Schleife. Schnell riss er das Geschenkpapier auseinander. In einem Karton fand er zwei Gläser. Was sollen zwei Gläser? Er horchte. War da nicht was? Es hatte angefangen zu regnen. Die Tropfen verursachten ein knirschendes Geräusch auf dem Reetdach des Hauses. Aber da ist noch etwas anderes.

Irritiert schaute Michael nach unten. In das Prasseln der Regentropfen auf das Reetdach hatte sich etwas anderes gemischt. Offenbar war jemand im Haus. War Witkowski doch nach drinnen gegangen, weil es regnete?

Julia

Julia stieg aus dem Auto. „Gut, dass hier am Fährhafen ein so großer Parkplatz ist. Da spart das Hotell Havn Parkplätze, die es sonst bräuchte."

Svenja war ebenfalls ausgestiegen.

„Julia, das Geschenk!" Svenja legte den Kopf schief. „Du hast es doch nicht vergessen?"

„Ich dachte, du hast es? Ich habe doch nach dem Champagner gefragt.!"

„Ja, den habe ich auch. Aber ich dachte, das Geschenkpaket hast DU?"

„Gott, sind wir blöd." Julia fasste sich an den Kopf.

„Komm", Svenja öffnete die Beifahrertür. „Wir fahren schnell zurück. Du bleibst im Auto. Ich hole das Paket. Ist es oben?"

Julia stieg ein und startete den Motor. „Ja, es muss oben auf dem Tisch liegen. Du holst es und ich wende schon mal."

„Das kommt davon, wenn man sich aufeinander verlässt", Svenja lachte.

„Mein Schatz, ich werde mich immer auf dich verlassen." Julia schaute ihre Freundin an. „Nur vergessen sollten wir zumindest Geschenke nicht."

„Konzentrier dich aufs Fahren bitte, Julia", Svenja klang besorgt, „es ist stockfinster."

Inzwischen hatte es angefangen, zu regnen. Dunkle

Wolken hatten die Insel in überraschendes Dunkel getaucht.

Julia hielt vor dem Haus. Svenja legte eine Hand auf Julias Oberschenkel. „Sei vorsichtig beim Wenden, man sieht nichts. Und bleib im Auto, es regnet immer stärker."

Julia sah Svenja nach, wie sie zum Haus lief und einige Zeit brauchte, die Tür aufzuschließen. Sie lächelte. Svenja hat wieder vergessen, die Türklinke nach oben zu ziehen, bevor sie den Schlüssel umdreht.

Sie wendete den Wagen. Die Einfahrt und der Weg waren so schmal, dass sie mehrfach kurbeln musste. Sie schaute zur offenen Tür. Wann kommt Svenja denn wieder? Was macht sie denn noch? Julia meinte, einen lauten Schrei gehört zu haben. Der Regen prasselte auf das Autodach. Julia horchte. Da waren doch Stimmen. War das ein Hilfeschrei? Plötzlich erfasste sie eine starke Angst. Sie sprang aus dem Wagen und lief ins Haus. „Svenja!" Es war Julia, als würde sie um Hilfe schreien.

Auf der Treppe polterte es laut. Ein Mann stürzte die Treppe hinunter, überschlug sich und blieb mit lautem Krach vor ihr liegen.

Sie schaute nach oben. Svenja lag auf der Treppe und hielt den Pfosten des Treppengeländers umklammert.

„Svenja, was..." Sie stockte und sah auf die Gestalt vor ihr. „Was ist?" Sie konnte nicht weitersprechen. Sie hörte ein Stöhnen von oben. Sie sah wieder hoch. „Was ist mit dir? Bist du verletzt?"

Julia

Svenja lag auf der Treppe, hielt sich noch immer am Geländer fest.

„Wer ist das?" Julia sprang einen Schritt zurück.

„Dein Mann!"

Jetzt erkannte sie ihn.

Michael lag auf dem Bauch, ein Bein angewinkelt, mit dem Kopf aufgeschlagen, die Augen geschlossen.

Julia stand vor ihm, unfähig, sich zu bewegen. „Was...? Wie?"

Sie schaute nach oben.

Svenja setzte sich langsam auf die oberste Stufe der Treppe. Ihr Atem ging schnell. „Ich weiß nicht."

„Das kann nicht sein." Langsam löste Julia sich aus ihrer Erstarrung. Sie trat nach vorn. „Oh Gott." Sie schaute auf ihren Mann. „Michael!" Laut rief sie seinen Namen. Er reagierte nicht. Sie ging einen Schritt auf ihn zu und sah ihn an. „Michael!" Seine Augen blieben geschlossen.

Dann schaute sie hoch zu Svenja. „Bist du verletzt?"

„Mir tut alles weh, aber nein, ich glaube nicht." Sie stützte die Hände auf die Knie. „Ist er..."

„Ich weiß nicht. Wie kommt er hierher?" Sie machte einen Bogen um Michael und ging langsam Stufe für Stufe nach oben. Sie hielt sich am Treppengeländer fest und drehte sich immer wieder nach unten um.

Svenja schüttelte den Kopf. „Er war hier oben. Wie ein Geist."

Julia nahm Svenjas zitternde Hand und setzte sich neben sie.

„Er wollte mich runterwerfen. Ich konnte mich am Treppengeländer festhalten." Svenja zeigte nach unten.

„Er ist über meine Beine gefallen."

Julia legte den Arm um ihre Freundin. „Svenja, wenn ich das Geschenk geholt hätte. Ich glaube, er wollte mich ..."

Sie begann zu zittern. „Zum Glück hast du dich festgehalten." Sie flüsterte. „Vielleicht hätte ich das nicht gekonnt."

Sie schlug ihre Hand vor den Mund. „Um Gottes willen, Svenja. Er hätte dich umbringen können."

Svenja zog sich hoch und streckte sich. „Wie hat er uns so schnell finden können?"

„Bist du wirklich nicht verletzt, Svenja?"

Svenja schüttelte den Kopf und zeigte auf Michael. „Wir müssen feststellen, ob er lebt."

„Ja, aber wir machen das zusammen. Lass uns vorsichtig an ihm vorbeigehen. Ich hole den Schürhaken vom Ofen, damit wir uns verteidigen können."

Regungslos standen sie an seinem Körper. Julia hielt den Schürhaken in der Hand. Plötzlich wurde ihr bewusst, in welcher Situation sie sich befand. Sie schaute auf ihre Waffe in der Hand. Hier stehe ich über ihm und bin bereit, auf ihn einzuschlagen. Sie erschrak vor sich selbst. Ehemann, Vater. Und jetzt das?

Sie gab Svenja den Schürhaken. „Ich will seinen Puls fühlen."

„Da." Svenja zeigte mit dem Zeigefinger auf seinen linken Arm, der verdreht zur Seite lag. „Seine Hand hat sich bewegt."

Jetzt sah sie es auch. Der Arm rutschte weiter nach außen. Die Augen blieben weiter verschlossen.

„Michael", sie sprach ihn an, „hörst du mich?"

Er reagierte nicht. Dann war ein Stöhnen zu hören.

Sie sprang einen Schritt zurück.

„Wir müssen einen Notarzt rufen. Wie macht man das

hier? Ist das die gleiche Nummer wie in Deutschland?"

Svenja schüttelte den Kopf. „Wir rufen Clara und Sophie an. Die wissen am besten, was wir machen müssen."

„Die feiern doch Rosenhochzeit. Können wir das machen, sie von da wegzuholen?"

„Ja, ich glaube eher, sie wären sauer, wenn wir sie nicht zur Hilfe holen würden. Außerdem sind wir da überfordert, Julia." Sie nahm die Hand ihrer Freundin. „Wir verstehen die Sprache nicht und wer weiß, was Michael erzählt, wie sich alles abgespielt hat. Wir brauchen ihre Hilfe."

„Du hast recht." Sie griff zu ihrem Handy und wählte Claras Nummer. Lange ertönte das Rufzeichen. Julia wollte schon aufgeben, da meldete sie sich.

„Clara, ich bin's, Julia … Es ist etwas passiert. Wir brauchen eure Hilfe … nein, wir sind in Ordnung … Hör doch mal. Als Svenja ins Haus gegangen ist, um das Geschenk zu holen, war Michael da … ja, mein Mann … ich weiß nicht, woher er weiß, dass wir hier sind … nein, ich glaube nicht, dass er reden wollte. Er hat versucht, Svenja die Treppe runterzuwerfen und ist selbst dabei hinuntergestürzt. Jetzt liegt er hier … er bewegt sich nicht … nein! Er ist nicht tot. Was sollen wir machen? … 112 … ist gut, bis gleich."

Sie legte auf. „Clara und Sophie kommen her. Ich rufe erstmal 112 an."

Auf den Anruf erklärte der diensthabende Polizist, dass er die auf Fanø praktizierende Ärztin informieren würde. Die wäre sicher schnell da. Sie sollten Michael nicht bewegen. Da mit schweren Verletzungen zu rechnen sei, würde die Mannschaft des Hubschraubers am Krankenhaus in Esbjerg informiert werden. Landen müsste er am Segelhafen. Das sei nicht der Fährhafen, sondern etwa zwei Kilometer weiter ein anderer Hafen. Die Ärztin würde entscheiden, ob ein Hubschrauber kommen müsse.

Sie schaute zu Michael. Er hatte sich nicht gerührt. Aber er stöhnte erneut.

Svenja hatte sich auf einen Stuhl am Esstisch gesetzt. Julia trat näher an Michael heran. Sie beugte sich zu ihm herunter. Da schlug er die Augen auf. Sie stolperte nach hinten und fiel auf den Boden.

„Julia!" Svenja stand langsam auf und half ihr hoch.

Es klopfte. Clara und Sophie traten ein, ohne abzuwarten, ob jemand öffnete. Sie umarmten einander. Clara blickte Svenja an. „Und du bist nicht verletzt?"

Svenja zuckte mit den Schultern. „Ich glaube nicht. Mir tut alles weh, aber sonst ist nichts."

Clara zeigte auf Michael. „Was ist mit ihm?"

„Er lebt", sagte Julia. „Ich weiß aber nicht, ob er bei Bewusstsein ist."

Sophie trat an Michael heran. „Hallo, hören Sie mich?"

Michael stöhnte erneut.

Sophie zog Julia und Svenja zur Tür. „Hört mal", flüsterte sie, „ihr müsst jetzt überlegen, was ihr sagt, wenn Krankenwagen und Polizei kommen." Sie schaute von Julia zu Svenja. „Wenn ihr sagt, dass er dich hinunterstürzen wollte, Svenja, kann das zu Problemen führen. Er könnte dann behaupten, dass du ihn hinuntergestürzt hast. Dann ist die Frage, wem die Polizei und die Staatsanwaltschaft glauben wird. Und schließlich liegt ER hier und nicht du, Svenja."

Svenja fuhr mit der Hand durch ihr Haar. „Du glaubst doch nicht."

„Nein, natürlich nicht. Vielleicht ist das seine gerechte Strafe. Aber wenn es ein Unglücksfall war, gibt es keine Probleme."

„Ich weiß nicht", Svenja sah hilfesuchend zu Julia.

„Ist vielleicht das Beste." Julia trat zu ihr und legte einen Arm um sie. „Falls er später doch behaupten sollte, dass du ihn runtergestoßen hast, werde ich beschwören, dass er versucht hat, dich umzubringen. Da kenne ich nichts!"

Clara stimmte Sophie zu. „Ja, die Polizei würde euch nicht zurückreisen lassen, wenn es sich um eine ungeklärte Straftat handelt."

Es klopfte erneut. Die Ärztin trat ein, ohne abzuwarten, dass sie hereingebeten wurde.

Sie kniete sich neben Michael, vergewisserte sich an der Halsschlagader, dass er lebte. Michael schlug die Augen auf. Die Ärztin griff zu ihrem Handy und bat darum, dass der Hubschrauber kommt und Michael in das Krankenhaus fliegt.

Sie beugte sich zu Michael. „Hallo, können Sie mich hören?"

Leise antwortete er: „Ja."

Die Ärztin nahm einen spitzen Stift aus ihrer Jacke und pikste ihn in Michaels Arm. „Ah", er zuckte.

Die Ärztin wendete sich an die vier Frauen, die um sie herumstanden. „Zu wem gehört der Mann?" Julia meldete sich fast wie in der Schule. „Es ist mein Mann. Er heißt Dr. Michael Pförtner."

„Ist er Arzt?", wollte sie wissen.

„Nein, er ist Rechtsanwalt. Er ist die Treppe heruntergefallen."

„Das können Sie nachher der Polizei erklären. Torve, der Polizist hier auf der Insel, kommt gleich. Ich hab ihn von unterwegs angerufen. Er ist auf einer Feier."

Sie sah sich um. „Clara, hvad laver du her? Er du ikke til din søsters fest?"

Clara antwortete in deutscher Sprache. „Ja, Alva, ich

241

bin auf dem Fest meiner Schwester." Sie schaute zur Seite. „Und Sophie, meine Frau auch." Sie zeigte auf Julia und Svenja. „Die beiden sind Freundinnen. Sie haben angerufen, dass Julias Mann die Treppe heruntergefallen ist. Wir wollen dabei helfen, dass ihm so schnell wie möglich geholfen wird."

Es klopfte wieder. Unmittelbar darauf trat der Polizist ein. Die Ärztin informierte ihn über den Hergang und Michaels Zustand. Torve nickte Clara zu und schaute dann auf Michael. Der hatte die Augen noch immer geöffnet, machte aber keine Anzeichen, etwas sagen zu wollen.

„Er ist die Treppe heruntergefallen?" Torve sprach die vier Frauen in deutscher Sprache an.

„Ja", antwortete Clara. „Kommt der Hubschrauber bald?"

„Torve", die Ärztin wandte sich an den Polizisten. „Du skal hjælpe mig."

„Ja selvfølgelig. Hvad skal jeg gøre?"

„Clara", Alva drehte sich zu ihr um. „Få båren ud af bilen med Torve" Sie sah Julia an. „Wir müssen deinen Mann zum Segelhafen fahren." Sie blickte noch einmal zu Michael. „Wir müssen ihn hinfahren."

Als Torve und Clara draußen waren, stand Alva auf und sah Julia an. „Ich weiß nicht, ob er sich schlimm verletzt hat. Sicher hat er eine Erschütterung des Gehirns vielleicht ein, in dänisch Traumatisk hjerneskade erlitten, ich weiß das Wort nicht auf deutsch."

Sophie meldete sich. „Hirntrauma oder Schädelhirntrauma."

Die Ärztin schaute auf den am Boden liegenden Michael. „Das wird aber nur leicht sein. Er ist wach, hat etwas gesagt und ist empfindlich bei Schmerzen." Sie drehte sich zu Julia um, die hinter ihr stand. „Aber es kann sein, dass mit seiner Wirbelsäule etwas ist. Das kann nur im Krankenhaus festgestellt werden."

Alva, Torve und Clara hoben Michael vorsichtig auf die Trage, die sie neben ihn gelegt hatten. Alva und Torve trugen ihn nach draußen. Es hatte inzwischen aufgehört zu regnen. Es roch nach Gras und Moos. So friedlich und so schlimm, dachte Julia. Sie konnte den Fluss ihrer Gedanken nicht lenken. Sie dachte daran, wie sie Michael im Krankenhaus kennengelernt hatte, wie schön alles begonnen hatte und wie schrecklich es jetzt enden würde.

„Kommst du mit, Julia?" Alva riss sie aus ihren Überlegungen.

„Ja natürlich. Aber Svenja soll auch mitkommen." Sie zeigte auf ihre Freundin.

„Im Hubschrauber ist nur Platz für eine Begleitperson." Sie wendete sich an Svenja. „Am besten ist es, wenn du mit dem Auto zum Krankenhaus fährst."

Sie nickte. „Dann kannst du sie abholen. Das Krankenhaus heißt Grindsted Sygehus. Es ist das Universitätskrankenhaus. Du musst dann fragen, wo deine Freundin ist."

Alva beschrieb den Weg vom Fährhafen in Esbjerg zum Krankenhaus.

Svenja winkte ab. „Wir haben Navi im Auto." Sie umarmte Julia. „Ich komme nach."

Beide drehten sich zu Clara und Sophie um, die mit hängenden Armen dastanden.

Julia nahm beide in ihre Arme. „Danke für eure Unterstützung." Sie sah zur Treppe. „Fahrt doch jetzt zur Feier zurück, damit die schöne Rosenhochzeit nicht verdorben ist."

Torve verabschiedet sich. Er erklärte, ein Protokoll aufnehmen zu müssen. Das habe aber Zeit, meinte er.

Julia sah Clara und Sophie an. „Bevor ihr fahrt, das Geschenk!"

Sie wollte nach oben laufen, aber Sophie hielt sie fest. „Das müsst ihr meiner Schwägerin selbst geben, Julia. Wenn du wieder da bist, wissen wir mehr über seinen Zustand. Dann treffen wir uns. Katrine und Oscar werden wissen wollen, was passiert ist."

„Ja natürlich. Ich bin ganz durcheinander."

Sophie zeigte nach draußen. „Alva wartet."

Julia drehte sich zu Svenja um. „Kommst du nach? Wird das gehen?"

Svenja nickte.

Julia

Im Krankenhaus schaute Julia dem Krankenbett hinterher, mit dem Pflegekräfte Michael wegfuhren. Eine Ärztin kam von hinten und fasste Julia am Arm. „Sie müssen hierbleiben."

Julia zuckte zusammen.

„Entschuldigung, ich wollte Sie nicht erschrecken." Die Ärztin lächelte. „Frau Pförtner? Ich bin Dr. Christiansen."

Julia unterbrach sie. „Was wird denn jetzt mit meinem Mann gemacht?"

Die Ärztin schaute sie an.

„Ich bin Krankenschwester, Frau Doktor."

Frau Christiansen nickte. „Wir fertigen eine Computertomographie, dann wird eine Magnetresonanztomographie durchgeführt. Und wir werden wegen der Wirbelsäule ein EEG machen."

Julia nickte und atmete durch. Dann schaute sie die Ärztin an. „Sie können so fließend deutsch sprechen."

Sie schüttelte den Kopf. „Ich stamme aus Deutschland. Ich bin hier verheiratet."

Ohne auf einen Kommentar zu warten, redete sie weiter. „Das wird etwa zwei Stunden dauern. Kommen Sie." Sie drehte sich um und zeigte auf einen Raum, dessen Tür offen stand. „Bitte warten Sie dort im Warteraum. Wir melden uns dann, wenn wir mehr wissen."

Julia schaute sich in dem Raum um. In einem Automaten lagerten Getränke, daneben Nüsse, Schokolade und Kekse.

Julia hatte keinen Hunger. Sie war aber durstig. Ihr fiel ein, dass sie keinerlei Kleingeld in ihrem Portemonnaie hatte. Sie trat an den Automaten. Man konnte mit Karte bezahlen. Sie schüttelte den Kopf. Dass man immer noch an Kleingeld denkt.

Die Cola, die sie kaufte, erfrischte sie und sorgte dafür, dass ihre Müdigkeit nachließ. Sie hätte sich trotzdem gern in irgendein Bett gelegt und geschlafen, nur geschlafen.

Sie streckte sich auf einem Stuhl aus und überlegte, ob sie einen anderen Stuhl heranziehen und ihre Füße darauf legen sollte. Ein etwa 40-jähriger Arzt, braun gebrannt, als wäre er aus dem Süden eingeflogen, kam zur Tür herein und sah sie an. Julia stand auf und bemerkte, dass sie einen halben Kopf größer war als der Arzt. Das war ihr peinlich. Bevor sich dieses Gefühl in ihr ausbreiten konnte, stellte sich ihr Gegenüber vor.

„Dr. Pedersen, Frau Pförtner?"

Julia nickte. Er sprach deutsch weiter.

„Ihr Mann ist auf der Intensivstation. Er braucht Ruhe. Er hat eine Erschütterung des Gehirns bekommen."

Julia sah ihn fragend an.

„Hjernerystelse dänisch. Es ist nur leicht. Zwei bis drei Tage muss er flach liegen."

Julia unterbrach den Arzt. „Ich bin Krankenschwester. Deshalb kenne ich mich ein wenig aus. Hat er ein Schädel-Hirn-Trauma erlitten?"

„Nein, aber Entschuldigung, mein deutsch ist nicht gut."

Er schaute sich um. Aus einem Gang kam die deutsche Ärztin.

Sie sprach ihn in dänischer Sprache an. Einige Zeit redeten sie miteinander. Dann wendete sich die Ärztin an Julia. „Ihr Mann hat eine Gehirnerschütterung, kein Hirntrauma. Das wird bald wieder in Ordnung sein." Sie unterbrach sich. „Etwas anderes ist wichtiger."

Julia nickte. „Ich glaube, ich weiß schon, seine Wirbelsäule."

Die Ärztin schwieg und wartete ab. Julia hob entschuldigend die Hände.

„Ja, wir haben eine Stauchung zwischen zwei Wirbeln festgestellt. Das wird sich durch Behandlung und Ruhe wieder geben." Sie sah zu ihrem Kollegen. „Aber ein Sakralwirbel ist verletzt. Sakralwirbel verlaufen vom Becken bis zum Ende der Wirbelsäule." Julia bemerkte ein IPad, das Dr. Pedersen in der Hand hielt. Er hob es hoch. Frau Dr. Christiansen zeigte auf eine Zeichnung der Wirbel. Sie deutete auf alle Bereiche bis zum Becken. „Das alles sind bei Zerstörungen Querschnittslähmungen. Aber Sie wissen sicher, wie unterschiedlich die Folgen sind."

Sie deutete auf den Kopf. „Je höher die Läsionsstelle ist, also die Verletzung, desto mehr Körperbereiche sind von Einschränkungen betroffen. Bei Ihrem Mann liegt eine Paraplegie vor, eine Verletzung im unteren Bereich der Sakralwirbel."

Sie deutete auf das Becken. „Die Sakralwirbel teilen wir in S 1 bis S 5 ein. Das ist internationaler Standard. S 1 führt zu den geringsten Folgen. Bei Ihrem Mann gehen wir von S 2 aus."

Sie machte eine Pause.

Julia atmete tief ein. „Was werden denn die Folgen sein? Kann er wieder normal gehen, zumindest nach einiger Zeit? Oder wird er auf einen Rollstuhl oder Gehilfen angewiesen sein?"

„Also, genau können wir das nicht sagen. Jeder Körper reagiert anders und entwickelt sich in der Rehabilitation anders. Wahrscheinlich wird es auf Dauer zu einem gewissen Funktionsverlust in Hüften, Beinen und Füßen kommen können. Möglich ist auch eine eingeschränkte Kontrolle von Darm und Blase. Und es wird, wie bei allen diesen Verletzungen, vielleicht zu einer Einschränkung in der Sexualfunktion kommen."

„Was meinen Sie mit gewissem Funktionsverlust der Beine, Dr. Christiansen?" Sie hielt kurz die Hand vor den Mund. „Ich meine das nicht böse, aber ich weiß ja, wie unsere Ärzte die Worte während meiner Zeit als Krankenschwester gewählt haben. Bedeutet das für meinen Mann, auf den Rollstuhl angewiesen zu sein?"

Die Ärztin schüttelte den Kopf. „So stark wird die Einschränkung auf Dauer nicht sein. Es kann gut sein, dass Gehilfen in irgendeiner Form notwendig sein werden; aber Rollstuhl, nach derzeitigem Stand, nein. Wie gesagt, wir müssen die weiteren Behandlungen abwarten."

„Julia!"

Julia drehte sich um. Svenja war hereingekommen. Bei den dreien angekommen sah sie die Ärzte an. „Bitte entschuldigen Sie, ich wollte Ihr Gespräch nicht stören,"

Julia stellte Svenja vor. Frau Dr. Christiansen nickte ihr

zu und wendete sich wieder an Julia. „Wie gesagt, wir wissen später mehr."

„Wie lange wird mein Mann hier im Krankenhaus bleiben müssen? Wird er nach Deutschland verlegt?"

„Wo wohnen Sie denn?"

Julia stutzte einen Moment. Sie wohnte aus ihrer Sicht nicht mehr in Bremen. „In Bremen."

„Das ist zwar nicht extrem weit. Aber in den nächsten Wochen kann er nicht transportiert werden. Da wird er hierbleiben müssen." Sie hob die Schultern. „Wir brauchen Geduld, Frau Pförtner."

Dr. Pedersen sprach seine Kollegin an. „Hun burde tage hjem og komme tilbage i morgen."

Sie wendete sich an Svenja. „Mein Kollege sagt zu Recht, Sie sollten ihre Freundin erst einmal zurück nach Hause fahren. Morgen sehen wir weiter."

Zu Julia gewandt erklärte sie. „Ihr Mann liegt auf einer Wachstation. Das ist nicht die Intensivstation. Aber er wird überwacht." Sie hob eine Hand. „In die Station darf immer nur eine Person allein zu Besuch kommen."

Die Ärzte wandten sich zum Gehen. Dr. Pedersen redete mit seiner Kollegin und zeigte auf Julia.

„Meinem Kollegen ist etwas eingefallen. Sie können ihren Mann jederzeit anrufen. Er hatte sein Handy in der Tasche. Das haben wir auf seinen Nachttisch gelegt."

„Vielen Dank," rief Julia ihnen nach. Sie waren ohne Gruß gegangen. Julia störte das nicht. Sie wusste, wie überlastet Ärzte sein können.

Svenja und Julia nahmen sich in den Arm und fuhren schweigend zum Fährhafen. Sie zogen ein Ticket aus dem Automaten. Aber eine Fähre war nicht zu sehen.

„Kommen wir heute Nacht noch auf die Insel?" Julia fiel es schwer, ihre Gedanken zu ordnen. Zu viel war am Abend passiert, viel zu stark waren die Gefühle, die in ihr wühlten. Sie hatte gehofft, nach einiger Zeit des Abstandes zwischen ihr und Michael mit ihm reden, eine Lösung für ihre Trennung finden zu können. Sie hatte darauf gesetzt, dass er sich im Laufe der Tage beruhigen und zugänglicher werden würde.

Julia schüttelte den Kopf. Dass er versucht hat, Svenja die Treppe herunter zu werfen. Ich kann nicht damit rechnen, irgendwann meinen Frieden mit ihm schließen zu können. Wie viele Male habe ich mir vorgestellt, die Kinder zu nehmen und zu gehen. Aber wohin? Das war immer mein Problem. Er findet mich überall.

Sie schaute zur Seite. Erst die Freundschaft und dann die Liebe zu Svenja hat mich stark genug werden lassen. Svenja stellte das Auto an der Rampe zur Fähre ab. Julia beugte sich zu ihr und küsste sie zärtlich auf den Mund. Ihre Lippen blieben aufeinander. Welch ein beruhigendes Gefühl, das ist Liebe und Glück. Sie atmete tief ein.

„Geht denn noch eine Fähre?" Sie hatte Svenjas Antwort nicht gehört.

Svenja zeigte nach rechts. „Sieh doch mal rüber zu den vielen jungen Leuten. Die haben offenbar in Esbjerg gefeiert und wollen auch rüber."

Jetzt hörte Julia das Lachen und das Stimmengewirr. Und sah die Lichter der Fähre, die näher kam. Sie atmete aus und fühlte eine große Müdigkeit.

Als beide im Haus waren und in ihrem Bett lagen, fielen Svenja die Augen zu.

„Wie ist er in das Haus gekommen?", flüsterte Julia. Morgen denken wir darüber nach, war das Letzte, was ihr durch den Kopf ging, bevor der Schlaf sie von allen Sorgen und Gedanken erlöste.

Sonntag, 22. Februar

Witkowski

Werner Witkowski konnte nicht einschlafen. Er schüttelte immer wieder den Kopf bei dem Gedanken daran, was geschehen war. Erst im letzten Moment hatte er begriffen, dass jemand zur Haustür hereinkam. Der Regen war zu laut gewesen.

Diese Schreierei im Haus. Dann schreit eine Frau laut auf und jemand fällt die Treppe hinunter. Er war sicher, die Frau ist heruntergestürzt und wenn nicht tot, dann doch schwer verletzt. Dr. Pförtner hatte die Frau ununterbrochen angebrüllt. Ihren Angstschrei hörte er immer noch.

War es Frau Pförtner oder ihre Freundin? Dann wurde es im Haus hell. Er hatte einen Blick um die Ecke gewagt. Da lag zweifellos sein Auftraggeber. Frau Pförtner lief die Treppe hoch. Von Frau Marcus war nichts zu sehen. Wieso er, der gerade noch herumgeschrien hatte?

Vorsichtig war er zu seinem Auto zurückgelaufen. Ihm war klar geworden, dass in Kürze mit dem Auftauchen von Polizei und Krankenwagen zu rechnen war. Bloß nicht in die Untersuchungen einbezogen werden. Langsam war er an dem Audi vorbeigefahren. Offenbar hatte niemand ihn bemerkt.

Durchnässt vom Regen hatte er vor sich hingeflucht und den Auftrag verwünscht, den er von Dr. Pförtner angenommen hatte. Im Wagen hatte er überlegt, wie er weiter vorgehen sollte. Er musste wissen, ob sein Auftraggeber lebte. Immer noch fluchend wischte er während der Fahrt an den Scheiben, die von seiner eigenen

Feuchtigkeit beschlagen gewesen waren und immer aufs Neue beschlugen. Auf dem Parkplatz am Fährhafen angekommen hatte es endlich aufgehört zu regnen. Er stieg aus und beobachtete von weitem einen Hubschrauber, der aus Richtung Esbjerg auf die Insel zuflog.

Jetzt lag er frisch geduscht im Bett und überlegte, wie er erfahren könnte, ob sein Auftraggeber lebt. Er stand auf, setzte sich an den Schreibtisch, nahm sich ein Blatt des Hotelpapiers und schrieb die Optionen auf.

1. Er lebt und ist nur leicht verletzt. Sie werden ihn entlassen, vielleicht ein bis zwei Tage dabehalten. Dann kommt er wieder her. Das mit seinem Hotelzimmer kann er selbst regeln. Aber ich muss auf ihn warten oder mit ihm telefonieren.
2. Er ist schwer verletzt, wird im Krankenhaus bleiben und ich muss mit ihm reden, bevor ich nach Hause fahren kann. Dann muss die Frage seines Hotelzimmers geregelt werden. Also muss ich mindestens mit ihm telefonieren.
3. Er ist tot. Dann muss ich gar nichts regeln. Dann kann ich auch nicht mit ihm telefonieren. Ich muss nur wegfahren, um keine Fragen beantworten zu müssen.

Er überlegte und legte den Stift auf den Tisch. Der Vorschuss, den ich bekommen habe, reicht nicht aus. Ich werde Frau Pförtner eine Rechnung schreiben, wenn er tot ist. Dann kommen ganz sicher Fragen. Was soll's, ich werde ihr alles wahrheitsgemäß beantworten, bis auf den Dietrich.

Witkowski lehnte sich zurück, dachte nach und schrieb auf das Blatt:

Fazit, ich muss morgen früh versuchen, ihn telefonisch zu erreichen.

Als er am Morgen aufwachte, fiel sein Blick auf das Blatt, das er in der Nacht beschrieben hatte. Telefonieren. Ich muss versuchen, ihn anzurufen. Er schaute auf seine Uhr. 8 Uhr, nicht zu früh für einen Anruf im Krankenhaus, überlegte er und wählte die Nummer von Michaels Handy. In dänischer Sprache wurde ihm Unverständliches erklärt. Er schaute auf das Display. Das war doch seine Telefonnummer. Ihm fiel ein, dass bei einer deutschen Handy-Nummer die deutsche Vorwahl mitgewählt werden muss. Neuer Versuch. Lange ertönte das Freizeichen. Witkowski wollte wieder auflegen, als sich Michael mit leiser Stimme meldete. „Pförtner". Der Detektiv war irritiert. Dr. Pförtner hatte sich bei seinen Anrufen nie mit seinem Namen aufgehalten, sondern sofort losgeredet, meistens losgepoltert.

„Werner Witkowski, guten Tag Herr Dr. Pförtner. Wie geht es Ihnen?"

„Schlecht, Sie müssen herkommen."

„Wo sind Sie denn?"

„Im Krankenhaus in Esbjerg."

„Das ist mir klar, aber auf welcher Station, welches Zimmer?"

„Weiß ich nicht, kommen Sie einfach."

Witkowski schaute auf sein Handy. Dr. Pförtner hatte offenbar aufgelegt.

Eine Stunde später war er mit der Fähre nach Esbjerg gefahren, hatte sich im Krankenhaus zum Zimmer seines Auftraggebers durchgefragt und saß an seinem Bett.

Er hatte sich erschrocken, als er in das Zimmer gekommen war, ein Einzelzimmer mit einem großen Fenster, durch das die Sonne schien. Dr. Pförtner lag blass und ausgestreckt im Bett. Er hob den Kopf hoch, als Witkowski eingetreten war. Offenbar war sein Körper am Bett fixiert. Oder er lag in einer Schale. Genauer sehen konnte man das nicht. Die Bettdecke war bis zum Kinn des Patienten hochgeschoben.

Witkowski blieb vor dem Fußende des Bettes stehen und fasste auf den Metallrahmen.

„Herr Dr. Pförtner, wie geht es Ihnen?"

„Scheiße, das sehen Sie doch, Herr Witkowski, oder?" Michael blieb ruhig liegen.

„Herr Dr. Pförtner, ich verstehe, aber ich sehe nur, dass Sie im Bett liegen." Er zog die Augenbrauen nach oben. „Was ist denn passiert?"

Ohne eine Antwort abzuwarten, nahm er sich einen Stuhl aus einer Ecke des Zimmers und setzte sich neben das Bett.

Michael schwieg, schien aber wütend zu sein. Er räusperte sich.

„Die Schlampe hat mich die Treppe runtergeworfen. Sie haben das doch gesehen, oder?"

„Nein, Herr Dr. Pförtner." Witkowski wurde förmlich. „Das habe ich nicht gesehen."

„Was haben Sie denn gesehen?"

„Nichts." Er machte eine Pause. „Ich bin gleich raus, als jemand zur Tür hereinkam."

„Sie sollten mich doch warnen." Michael versuchte, lauter zu werden.

„Das hätte ich auch getan. Aber es ging so schnell. Außerdem war der Regen auf dem Dach zu laut. Ich habe überhaupt nicht gehört, dass ein Wagen gekommen ist."

„Sie sind abgehauen und haben mich da allein gelassen."

„Was sollte ich denn tun? Es hätte doch keinen Sinn gemacht, auch noch im Haus zu sein."

„Sie haben mich in der Situation auflaufen lassen."

„Ich bitte Sie, Herr Dr. Pförtner!"

„Was haben Sie denn gemacht?"

„Ich bin um die Ecke und habe gewartet, ob ich etwas für Sie tun kann. Ich hab dann gehört, was passiert ist."

„Sie haben mich allein gelassen. Das Auto hätten Sie hören können." Er machte eine Pause. „Das müssen Sie wieder gutmachen."

„Aber Herr Dr. Pförtner, ich kann doch für das, was passiert ist, gar nichts. Was meinen Sie mit wieder gut machen?"

Michael atmete ein. „Sie müssen Ihren Fehler gutmachen und sagen, dass die Marcus mich gestoßen hat. Meinetwegen im Streit geschubst hat. Das hat sie in der Tat." Michaels Mund zuckte. „Sie ist schuld, dass ich jetzt hier liege. Damit darf sie nicht davonkommen. Das muss sie bezahlen."

„Ich habe aber gar nichts gesehen, nur gehört."

„Was haben Sie denn gehört?"

Jetzt atmete Witkowski tief ein. „Ich habe gehört, wie Sie geschrien haben. Dauernd denselben Satz. Zuerst konnte ich es nicht genau verstehen. Es war wohl ‚Ich mache, was ich will'. Und das haben Sie immer wieder geschrien. Dann hat Frau Marcus laut geschrien."

Michael unterbrach ihn. „Ja, vor Wut hat die geschrien."

„Das klang eher nach Angstschreien. ‚Bitte' hat sie noch gesagt. Und dann habe ich das Poltern auf der Treppe gehört."

„Vor Angst geschrien ist Unsinn, Witkowski." Michael schien nicht mehr höflich bleiben zu wollen. „Quatsch ‚Bitte'. Das hat sie nie gesagt." Nach kurzer Pause sah er ihn an. „Auf welcher Seite stehen Sie eigentlich?"

Witkowski war irritiert. „Auf keiner Seite."

„Aber ich bin Ihr Auftraggeber und nicht diese Schlampe, die meine Familie zerstört."

„Herr Dr. Pförtner," Witkowski hatte das Gefühl, alle

Kraft für die Antwort sammeln zu müssen. „Es tut mir leid, was Ihnen passiert ist. Und ich habe den Auftrag, den ich von Ihnen bekommen habe, gut ausgeführt, wie ich finde. Aber zu dem Auftrag gehören", er atmete kurz ein und aus, „entschuldigen Sie meine Offenheit, dazu gehören keine Falschaussagen für Sie. Dazu bin ich nicht bereit."

„Falschaussage?" Michael bemühte sich, eine größere Lautstärke zu vermeiden. „Sie sollen nichts Falsches sagen, sondern nur bestätigen, was passiert ist. Und passiert ist, dass diese Schlampe mich die Treppe heruntergeworfen hat."

„Kann sein, Herr Dr. Pförtner, ich weiß es nicht. Gesehen habe ich nichts, nur gehört. Um das klar zu sagen. Wenn Sie planen sollten, Frau Marcus anzuzeigen, werde ich Ihnen keine Hilfe sein, eher im Gegenteil."

„Wieso denn im Gegenteil?" Michael schaute ihn überrascht an.

„Ich müsste doch als Zeuge aussagen, was ich gehört habe. Nämlich, dass sich Ihre Stimme wütend anhörte und Frau Marcus vor Angst geschrien und Bitte gerufen hat." Nach einer Pause fügte er hinzu. „Das klang alles nicht so, als würden Sie die Treppe heruntergeworfen werden."

Michael schwieg.

„Was ist denn wirklich passiert? Sind Sie gestolpert? War es ein Unfall?"

Michael schwieg weiter.

„Was hat denn Frau Marcus gesagt, wie es passiert ist?"

„Meine Frau hat den Ärzten gesagt, ich sei die Treppe heruntergefallen." Er schien nachzudenken. „Offenbar hat die Marcus ihr nicht erzählt, dass ich sie die Treppe runterwerfen wollte. Das versteh' ich nicht."

„Oh Gott." Witkowski sprach mehr zu sich selbst. „Herr Dr. Pförtner", er pustete hörbar Luft aus dem Mund, „seien Sie doch froh, dass offenbar niemand Anschuldigungen gegen Sie erhebt."

Beide schwiegen wieder. Schließlich fragte Witkowski direkt. „Was haben Sie denn für Verletzungen erlitten?"

„Gehirnerschütterung." Nach einer Pause fügte er hinzu. „Und es ist etwas mit meiner Wirbelsäule, eine Verstauchung, glaube ich. Der Arzt hat gesagt, das brauche seine Zeit."

„Wie lange müssen Sie denn hierbleiben?"

„Weiß ich nicht, sicher einige Zeit."

„Also Herr Dr. Pförtner, ich kann ja nicht hierbleiben. Zum einen ist mein Auftrag beendet, zum anderen habe ich anderes, was in Bremen auf mich wartet."

Gar nichts wartet auf mich, dachte er. Aus meiner Sicht hätte die Suche nach Frau Pförtner länger dauern können.

Michael schwieg erneut. Offenbar wollte er nichts zu dem sagen, was Witkowski ihm erzählte. Der Detektiv setzte neu an, nachdem ihm klar war, dass sein Auftraggeber nicht reagieren würde. „Ich werde Ihr Hotelzimmer erst einmal bezahlen. Ich setze es auf meine Abschlussrechnung. Ihre Sachen nehme ich mit, wenn Sie einverstanden sind. Ich gebe sie dann im Büro ab."

„Nein, das tun Sie nicht."

„Was meinen Sie, das Hotelzimmer?"

„Nein, Sie geben die Sachen nicht in Bremen ab. Ich brauche sie hier. Bringen Sie alles her. Ich habe hier einen Schrank. Da kann ich es verstauen."

Er dachte nach.

„Mein Wagen steht auf dem Parkplatz an der Fähre. Da parkt er kostenlos. Da kann er bleiben. Ich werde ihn zum Zurückfahren brauchen."

„Was ist mit Ihrer Verstauchung? Meinen Sie, damit können Sie Auto fahren?"

„Das werde ich sehen. Herr Witkowski," Michael schien höflicher werden zu wollen. „Ich werde Ihre Unterstützung vielleicht noch brauchen. Wir bleiben telefonisch in Kontakt. Sie müssen eventuell noch einmal herkommen. Wir werden sehen."

Witkowski wollte auf seinen freundlichen Tonfall eingehen. „Ja, in Ordnung. So machen wir es."

Er wandte sich zum Gehen. „Kann ich sonst etwas für Sie tun? Ich hole jetzt Ihre Sachen aus dem Hotel und bringe sie her. Falls Sie irgendetwas brauchen, rufen Sie mich jederzeit an." Dann fiel ihm etwas ein. „Soll ich Ihnen eine Zeitschrift mitbringen?"

„Nein danke, bis später."

Witkowski stellte den Stuhl zurück in die Ecke des Zimmers. Auf dem Weg zur Tür drehte er sich um und trat näher an das Bett. Er sah auf Michael herab. „Freunden Sie sich damit an, dass es ein Unfall war, Herr Dr. Pförtner. Meinen Sie nicht, Ihre Frau könnte auf die Idee kommen, dass sie gesehen hat, wie Sie versucht haben, Frau Marcus die Treppe herunterzuwerfen? Sie könnte Zeugin dafür sein, dass Ihnen das misslungen ist und Sie dabei die Treppe heruntergefallen sind."

„Unsinn, Mann, die war doch gar nicht dabei."

„Sind Sie sicher, dass sie nicht dazugekommen ist, als Sie Frau Marcus runterschubsen wollten?" Witkowski hielt sich mit einer Hand am Bettpfosten fest. „Jetzt hat sie was von Unfall gesagt. Das ist gut. Wenn Sie dann von Mordversuch reden, könnte das nach hinten losgehen. Bedenken Sie, Sie haben keinen Zeugen, Frau Marcus vielleicht schon."

Er löste sich vom Bett, winkte mit seiner Hand und ging aus dem Zimmer.

Als er draußen war, atmete er tief ein. Er hatte kein Problem damit, die Grenzen der Legalität zu überschreiten. Irgendwo reingehen, etwas mitgehen lassen, kein Problem. Hier soll ich aber in eine Mordgeschichte reingezogen werden. Das geht zu weit. Ich muss vorsichtig sein. Der Mann kennt keine Grenzen.

Witkowski lief vom Krankenhaus in die Stadt. Er wollte einen Kaffee trinken und sich beruhigen. Es war Sonntag, fiel ihm ein. Da werden die Cafés geschlossen sein. Er lief trotzdem weiter. Er sah, dass jemand in einer Seitenstraße einen großen Kasten vor die Tür stellte. Darüber hing ein ovales Schild: Café Vivaldi. Er ging auf das Café zu. Vivaldi wird einen Cappuccino für mich haben, dachte er. Interessiert schaute er in den Kasten, den der Betreiber aufgestellt hatte. Er enthielt viele auf Pappe und Folie gezogene Briefmarken, ausnahmslos deutsche Briefmarken. Er war verblüfft. Der Inhaber kam aus einem nicht mehr als zehn Quadratmeter umfassenden Café, an dessen Theke man sich setzen musste, wollte man nicht auf der Straße stehen.

„Do you sell these stamps?"

„Sie können deutsch mit mir sprechen. Ja, ich verkaufe Briefmarken und Kaffee." Er stellte einen Stuhl auf den Gehweg. „Sammeln Sie Briefmarken?"

Er spürte einen Stich in seinem Herzen und brauchte eine Weile, bis er antwortete. Als ärgerlich an seinem Rauswurf hatte er immer die danach fehlende Möglichkeit empfunden, bei Durchsuchungen nach Alben zu suchen. Er hatte früher viele Marken an sich bringen können. Mal nahm er einzelne Briefmarken aus Alben, mal nahm er ganze Alben mit. Es war niemals aufgefallen. Hätte ich das mit dem Koks und dem Geld nicht gemacht, wäre meine Briefmarkensammlung noch viel umfangreicher, zu ärgerlich, dachte er.

„Ja," erwiderte er. „Ich sammle Briefmarken." Er sah sich die einzelnen Seiten voller alter Serien deutscher Briefmarken an. Die meisten stammten aus der ersten Zeit der Bundesrepublik, den 50er Jahren. Er entdeckte zwei Seiten mit Marken aus der Zeit zwischen den beiden Weltkriegen, zum Teil kleine Serien, zum größten Teil einzelne Marken.

„Was sollen die kosten?"

„Ich habe hinten den Katalogwert und meinen Preis aufgeschrieben."

Die Preise lagen bei etwa zehn Prozent des Katalogwertes.

„Ich nehme die beiden." Er hielt die Seiten hoch in der Hand. „Aber ich suche noch weiter. Und einen Cappuccino bitte."

Witkowski entspannte sich. Doch noch ein guter Tag, dachte er. Nachher werde ich sein Zimmer räumen, ihm die Sachen bringen und nach Hause fahren. Dann ist dieser Auftrag für mich erledigt. Und ich mache drei Kreuze.

Julia

Julia lag schon einige Zeit wach. Sie horchte auf die gleichmäßigen Atemzüge ihrer Freundin und dachte über den katastrophalen Abend nach.

In ihr tobten die unterschiedlichsten Gefühle. Erleichterung, dass Svenja unverletzt war, Entsetzen über den Versuch, sie zu töten, Verwirrung über Michaels auftauchen; ja, auch Mitgefühl über die Schwere von Michaels Verletzungen, Sehnsucht nach den Kindern und über allem Selbstvorwürfe darüber, das Leben mit ihm so lange hingenommen zu haben, derart lange, dass es jetzt zu einem heftigen Urknall hatte kommen müssen. Schuldgefühle begannen sie zu beherrschen. Svenja drehte sich um. „Woran denkst du?" Sie stockte. „Du weinst ja."

Sie schlang ihr Arme um ihre Freundin „Es wird alles gut." Sie wiegte sie hin und her.

Da brachen die Tränen aus Julia heraus mit einer Heftigkeit, die sie nie gekannt hatte. Es war, als würde die Trauer der vielen Jahre in einem Strom von Tränen aus ihr herausgeschwemmt werden. Sie hielt sich an Svenja fest und ließ sich fallen, immer tiefer, immer weiter. Sie fühlte sich, als würde sie in dem Meer ihrer Tränen ertrinken. Langsam, ganz langsam entspannte sich ihr Körper. Sie spürte, wie nass ihr T-Shirt war.

Sie sah Svenja verschwommen an. „Ich weiß nicht." Sie versuchte, etwas zu sagen, schwieg dann aber.

„Es ist alles gut. Ich liebe dich so." Sie fühlte an ihrer Haut, dass Svenjas Hand zitterte, als sie ihr Gesicht und ihren Hals streichelte.

Julia schaute Svenja in die Augen. Nie hatte sie das Gefühl, stärker geliebt zu werden wie in diesem Augenblick. Lange blieben sie im Bett liegen, eng aneinander, ohne ein Wort zu sagen. Julia fühlte, wie die Ruhe und die Liebe, die sie an Svenjas Körper spürte, auf sie überging. Langsam entspannte sie sich. Ihre Stärke und Sicherheit kehrten Stück für Stück zurück.

Sie setzte sich auf, zog ihr nasses T-Shirt aus und schlüpfte unter die Bettdecke. Ihre Gedanken wanderten zu dem zurück, was sich am Abend ereignet hatte. „Du sag mal, wie ist der reingekommen? Und wie hat er uns überhaupt gefunden? Verstehe ich nicht. Er muss uns verfolgt haben."

„Ob er jemanden auf uns angesetzt hat?" Svenja machte eine Pause. „Vielleicht ist mir jemand gefolgt. Oder dir, als du Mittwoch in Bremen warst."

„Ich kann gar nicht glauben, was er da tun wollte, gestern Abend." Julia schüttelte den Kopf. „Und du wärst um ein Haar die Treppe hinunter gestürzt. Wenn du jetzt im Krankenhaus liegen würdest? Du hättest sterben können bei dem Sturz."

Svenja schien das gelassen zu nehmen. „Ist ja nicht passiert."

„Aber wenn?" Julia sah Svenja an. „Er wollte unser Leben zerstören. Dein Leben und mein Leben. Und ich habe geglaubt, man könnte nach ein paar Tagen mit ihm reden." Sie presste die Lippen aufeinander. „Das war eine Fehleinschätzung."

Sie atmete tief ein und schaute nach draußen. „Die Sonne scheint. Lass uns auf der Terrasse frühstücken."

Svenja versuchte, aufzuspringen, stieg dann aber langsam aus dem Bett. „Oha, tut doch noch weh, überall. Ich geh als Erste ins Bad. Dafür hole ich Brötchen."

Langsam lief Julia die Treppe herunter. Die hat sie fast das Leben gekostet.

Sie öffnete die Hintertür, um die Sonne und den Wind auf der Terrasse zu spüren.

„Svenja", rief sie nach oben, „die Tür ist nicht abgeschlossen."

„Welche Tür?" Svenja beugte sich über das Treppengeländer. Julia stand an der Tür zur Terrasse. „Ich habe sie nicht aufgeschlossen." Sie dachte nach. „Gestern Abend war sie abgeschlossen. Das weiß ich."

Svenja kam die Treppe herunter. Sie war nackt, weil sie in die Dusche gehen wollte. Sie fuhr mit der Hand über das Schloss und die Türzarge. „Beschädigt ist nichts, merkwürdig."

„Svenja!" Julia gab ihr einen Klaps auf die Schulter. „Willst du dir im Nachhinein den Tod holen? Das Thermometer zeigt fünf Grad!"

Svenja lachte, nahm sich eine Wolldecke vom Sofa und wickelte sich damit ein.

Julia zeigte auf das Schloss. „Das ist kein Sicherheitsschloss. Das bekommt man doch mit einem Dietrich auf."

Sie überlegte. „Woher hat Michael denn einen Dietrich? Mit so etwas kennt der sich nicht aus. Das wüsste ich."

Svenja zuckte mit den Schultern. „Ist nicht unser größtes Problem, Julia, oder?"

„Du hast recht, geh du duschen und hol Brötchen. Ich mache das Frühstück." Dann stockte sie. „Die Kinder, ich rufe bei seinen Eltern an."

„Das wird er schon gemacht haben, Julia, denke ich."

Es meldete sich der Anrufbeantworter. „Falls ihr noch zuhause seid, bitte meldet euch bei mir." Sie gab ihre Handynummer durch.

„Vielleicht sind sie mit den Kindern unterwegs hierher."

Julia nickte. „Warten wir ab. Ich bin ja nachher im Krankenhaus. Ich versuch's anschließend noch einmal."

Eine halbe Stunde später saßen die beiden in Pullovern auf der sonnigen Terrasse, blickten auf das Meer und hörten dem Rauschen zu. Der Wind kam vom Wasser. Es roch nach Salz und Tang.

Julia seufzte und nahm sich ein Brötchen. „Frau Dr. Christiansen, gestern Abend."

„Was ist mit ihr?"

„Ich glaube, sie hat mir klar machen wollen, dass der Sturz von Michael Folgen hat." Sie klopfte mit ihrem senkrecht gestellten Messer auf den Tisch. „Dauerfolgen, Svenja."

Svenja sah von ihrem Teller hoch. Sie fuchtelte mit ihrem Messer in der Luft herum. „Wenn du das mit seiner Sexualfunktion meinst." Sie machte eine Pause. „Entschuldige, aber damit geht es der Welt besser als vorher."

„Nein, das meine ich nicht. Das hat sie nur gesagt, weil sie nicht wissen konnte, dass wir getrennt sind. Wir müssen mal googeln, aber ich glaube, er wird Schwierigkeiten beim Gehen bekommen."

„Ja, das klang so." Svenja schaute ihre Freundin an. „Das wird bei ihm große psychische Probleme auslösen, denke ich."

„Du hast recht." Sie stutzte. „Im Krankenhaus und in der Reha wird er die Kinder nicht betreuen können. Dann sind sie erstmal bei uns. Und wenn sie sich eingewöhnt haben, bleiben sie bestimmt beide." Sie nahm ihre Tasse und umfasste sie mit beiden Händen. „Lasse auf jeden Fall, das ist klar. Bei Sina können wir nur hoffen."

Svenja legte die Hand auf ihren Arm. „Wir werden alles tun, dass sie sich bei uns wohlfühlt."

Julia nickte. „Wie wollen wir das aufteilen in Hamburg? Wir haben das noch gar nicht besprochen."

Svenja legte das Messer auf den Tisch, das sie in der Hand gehalten hatte. „Ich hab darüber nachgedacht. Wir brauchen ein Wohnzimmer, ein Schlafzimmer und ein Arbeitszimmer, weil ich die meiste Zeit in Homeoffice arbeiten werde. Und du vielleicht auch. Die Kinder müssen sich dann ein Zimmer teilen." Sie schüttelte den Kopf. „Ich finde das nicht schlimm, auch wenn es eine Umgewöhnung für die beiden ist."

Julia stupste mit dem Finger an Svenjas Nase. „Schlimm ist das natürlich nicht. Aber sie müssen sich auch an uns gewöhnen, daran, dass wir ein Paar sind.

Dann ziehen sie in eine neue Stadt." Julia pustete laut aus. „Ich werde mich viel um die beiden kümmern, damit sie nicht so viel Schaden davontragen."

Svenja nickte. „Für Sina wird es vielleicht noch schwieriger werden."

„Ja, das glaube ich auch." Sie wiegte den Kopf hin und her. „Die neue Stadt. Und in Bremen ist ihr Freund. In ihrem Alter geradezu lebenswichtig."

Sie schwieg eine Weile. „Wir können es nur hoffen." Sie seufzte. „Ich weiß, du brauchst ein Arbeitszimmer, weil du viel Homeoffice machst. Wir müssen aber eines der beiden großen Zimmer für die Kinder nehmen. Wir können da getrennte Bereiche schaffen."

Sie hob eine Hand. „Aber klar ist, Svenja, dass ich nicht mehr in das Haus nach Bremen zurückgehe, auch nicht auf Zeit, etwa, solange er im Krankenhaus liegt. Wir ziehen sofort nach Hamburg."

Svenja nahm ihre Hand. „Wir müssen sie dann in Hamburg zur Schule anmelden."

„Richtig. Aber bald sind Osterferien. Wenn sie vorher in der neuen Klasse sind, wissen wir, was vor allem Sina eventuell zusätzlich lernen muss, um die Klasse nicht zu wiederholen. Bei Lasse sehe ich in der ersten Klasse kein Problem."

„Ach Julia, kommt Zeit, kommt Rat. Lass uns erstmal auf die nächsten Schritte konzentrieren. Vor allem auf heute. Du musst ja nochmal ins Krankenhaus. Und wir müssen mit Katrine reden und mit Clara und Sophie. Und wir müssen überlegen, was jetzt mit diesem Haus hier ist. Donnerstag könnten wir schon in Hamburg einziehen."

„Ja, das geht alles schnell."

Svenja zählte weiter auf. „Dann müssen wir die Kinder von seinen Eltern abholen. Und wir müssen organisieren, die Sachen der Kinder und die Möbel, die du aus Bremen mitnehmen willst, nach Hamburg zu bringen. Und ich muss meine Wohnung in Bremen auflösen. Und ich muss, ach ich weiß nicht, was noch alles."

Svenja ließ die Schultern hängen.

„Etwas viel für heute. Wir machen eine Liste." Julia strich ihr über die Arme. „Wir können doch das Haus hier erstmal behalten, holen die Kinder her und regeln alles, was wir können, von hier aus, finde ich."

Svenja lehnte sich zurück. „Ja natürlich, wir bleiben ein paar Tage mit den Kindern hier. Dann können wir mit ihnen reden und sie können sich etwas erholen.".

„Und sie können ihren Vater besuchen." Julia seufzte. „Das ist alles nicht einfach für die Kinder." Sie stand auf und schaute nach draußen. „Jetzt sind die Kinder elf Tage ohne mich, ihr Vater liegt im Krankenhaus, jetzt sollen sie mit uns nach Hamburg ziehen. Wirklich ganz schön viel für die beiden."

Sie drehte sich zu Svenja um. „Ich mache mir einen Kaffee. Willst du auch einen?"

„Ja." Svenja stand auf. Julia goss Wasser in die Kaffeemaschine. Svenja stellte sich hinter sie, nahm mit einer Hand ihre Haare, schob sie beiseite und gab ihren einen sanften Kuss in den Nacken. „Wir bekommen das hin mit den beiden, mein Schatz. Du hast sie lieb. Ich mag sie sehr."

Julias Telefon klingelte. Torve, der Polizist, rief an. Sie schaltete den Lautsprecher an, damit Svenja mithören konnte.

„Wir müssen ein Protokoll vom Unfall aufnehmen. Willst du kommen oder willst du mir einen Bericht schreiben? Das genügt auch."

„Vielen Dank." Julia war erleichtert. „Ich komme morgen auf jeden Fall. Ist das in Ordnung?"

Torve war einverstanden.

Als sie das Telefongespräch beendet hatte, fiel ihr etwas ein. „Svenja, wir werden einen Bericht aber erst schreiben, wenn ich mit Michael geredet habe. Ich will wissen, was er sagen will."

Sie hielt das Handy in der Hand, als es erneut klingelte.

„Pförtner."

„Clara hier, Julia, wie ist die Stimmung bei euch?"

Julia stellte wieder den Lautsprecher an.

„Clara, schön, dass du anrufst. Was soll ich sagen? Wir beraten hier über die Situation."

„Sollen Sophie und ich kommen und mit euch besprechen?"

„Ja gern, aber was ist mit Katrine und Oscar? Sind die zuhause? Wir haben ja immer noch das Geschenk. Das wollen wir den beiden geben."

„Weißt du was? Kommt doch ins Kaffehuset. Katrine hat geschlossen. Kommt zur Hintertür. Da ist eine Klingel."

Svenja und Julia nickten sich zu.

„Dann kommen wir jetzt. Und dann reden wir über alles."

Julia legte auf und sah Svenja an. „Ins Krankenhaus fahre ich anschließend."

Julia

Julia klingelte an der Hintertür des Kaffehuset. In der Hand hielt sie den grauen Pappkarton, in dem die Champagnergläser verpackt worden waren. Das Geschenkpapier war zerrissen und nicht mehr zu gebrauchen gewesen. Aber das Band hatte sie wiedergefunden und neu um den Karton gewickelt. Dunkelgrüne Schleife auf grauem Karton. Na ja, dachte Julia, muss gehen.

Katrine öffnete und breitete ihre Arme aus. „Kommt herein." Sie nahm beide in die Arme. Julia hatte Mühe, das Geschenk in der Hand zu halten.

Sie zeigte auf die Tür links von der Treppe. Dahinter befand sich offenbar das Café. „Da ist es etwas kalt. Heute will ich nicht aufmachen. Im Wohnzimmer ist es gemütlich."

Sie ging die Stufen nach oben und winkte. Julia und Svenja liefen ihr nach. Am Ende der Treppe führten drei Türen zu verschiedenen Zimmern. Katrine öffnete eine Tür. Sie hatten vorher schon Lachen aus dem Zimmer gehört.

Clara lachte offenbar über etwas, was Oscar erzählt hatte.

„Willkommen!", rief Sophie. Alle umarmten sich und sahen sich schweigend an.

Julia drehte sich zu Katrine um und gab ihr das graue Geschenk. „Herzlichen Glückwunsch zur Rosenhochzeit, ihr beiden. Und ein langes glückliches Leben miteinander."

„Jawohl." Svenja legte ihren Arm um Julia. „Wir wünschen euch viele gemeinsame wunderbare Erlebnisse und dass all eure gemeinsamen Träume wahr werden."

„Oha, Svenja." Katrine schaute sie strahlend an. „Das hast du aber schön gesagt."

Sie packte das Paket aus. „Das Geschenkpapier ist gestern Abend leider kaputt gegangen", erklärte Julia.

Oscar lachte. „Finde ich sehr schön."

Julia sah sich um. „Gemütlich ist es bei euch, wirklich."

Tatsächlich schien alles im Raum davon bestimmt zu sein, es für die Bewohner bequem zu machen, dachte Julia. Ein großes dunkelrotes Samtsofa, zwei bunte Sessel, ein Schaukelstuhl mit einem hellen Fell darin. In der Ecke ein kleiner Kachelofen mit dunkelblauen Ornamenten; die Wand hinter dem Ofen mit Fliesen versehen, die aus Holland stammen konnten, auf dem Couchtisch eine große Schale mit Zimtschnecken. Es roch nach Kaffee.

Oscar und Katrine sahen sich die Champagnergläser an. Offensichtlich gefielen sie ihnen. Die Stiele waren mit roten und blauen Ornamenten versehen. Der Boden eines der Gläser trug einen blauen, der andere einen roten Rand.

„Sie sind wunderschön, ihr beiden, vielen Dank." Die vier nahmen sich noch einmal kurz in den Arm.

„Jetzt aber genug der Freundlichkeiten." Katrine wurde bestimmend. „Jetzt setzt euch. Ich hole den Kaffee. Nehmt euch schon mal kanelsnegle."

Sophie lachte. „Zimtschnecken auf deutsch, Katrine."

Julia und Svenja setzten sich auf das dunkelrote Samtsofa.

Als der Kaffee eingeschenkt und die erste Zimtschnecke gegessen war, sah Katrine von Julia zu Svenja. „Also, wie war das gestern Abend? Clara und Sophie haben schon erklärt, aber wie war das für euch?"

„Erzähl du, Svenja." Julia sah ihre Freundin an. „Für dich war es am schlimmsten."

Svenja sah Julia an und schüttelte den Kopf. „Nein, vom Gefühl her war es für dich schlimmer."

Sie wendete sich an die anderen. „Aber ja, es war furchtbar. Wenn wir das Geschenk nicht vergessen hätten." Sie unterbrach sich. „Wenn, wenn, ist egal. Also, wir sind zurückgefahren. Julia ist im Auto geblieben. Ich wollte es nur schnell von oben holen. Ich bin die Treppe hinaufgelaufen."

Julia dachte an die Nacht zurück. War das alles wirklich kein Traum? Es kommt mir so fremd vor, so weit weg.

Sie schreckte hoch. Svenja war laut geworden. „Er hat mich angestarrt, die Augen aufgerissen, voller Hass und Wut. Ich werde das nie vergessen."

Svenja stockte und schwieg. Julia legte ihren Arm um sie. Clara sah Svenja an und schüttelte den Kopf. „Du musst das nicht erzählen."

„Geht schon. Aber es ist so schockierend gewesen. Ich habe so etwas nicht für möglich gehalten." Svenja nahm einen Schluck Kaffee und atmete ein. „Als er mit beiden Händen zugestoßen hat, hatte ich mich mit einer Hand schon an seiner Jacke festgehalten. Mit der anderen Hand war ich am Treppengeländer. Ich bin dann schräg nach links an das Geländer geprallt. Ich dachte, das bricht jetzt. Und er ist durch den Schwung kopfüber die Treppe heruntergestürzt."

Julia löste sich von Svenja. „Und dann bin ich in das Haus gekommen. Die Tür stand offen. Es hatte so lange gedauert. Außerdem war da ein Brüllen zu hören. Ich bin zur Tür gelaufen. Svenja hat geschrien. Als ich reinkam, lag Michael unten und Svenja lag oben und hielt sich am Geländer fest." Sie sah Clara an. „Und dann habe ich dich angerufen."

Sophie schaute in die Runde. „Und wir haben geraten, es nicht auf einen ungeklärten Mordversuch ankommen zu lassen." Sie sah Katrine und Oscar an. „Aber das wisst ihr ja."

Sie drehte sich zu Julia um. „Aber ich weiß nicht, ob das richtig war. Er hat versucht, Svenja zu töten. Dafür darf er eigentlich nicht straffrei bleiben."

„Bei den Folgen bleibt er nicht straffrei, Sophie. Er wird was übrig behalten nach dem, was die Ärzte sagen. Und wie hätte man ihm das nachweisen können. Aber", sie stockte, „nachher muss ich in die Klinik, mit ihm reden. Da kann er mir ja nichts tun. Wenn er meint, Svenja die Schuld geben zu müssen, leiste ich jeden Meineid zu seinen Lasten. Das werde ich ihm sagen, egal, ob ich das tun würde." Sie hob einen Finger. „Ich muss unbedingt von ihm wissen, ob die Kinder informiert sind, was sie wissen und wo sie sind. Ich will mit ihnen telefonieren und dann zu ihnen."

Svenja legte den Arm um Julia. „Machen wir alles, mein Schatz. Mir fällt da etwas ein, Julia." Svenja setzte sich aufrecht hin. „Das kann wichtig sein. Meinst du nicht, dass seine Berufsunfähigkeitsversicherung Probleme machen wird, wenn der Verdacht besteht, dass er sich seine Berufsunfähigkeit bei einem Mordversuch zugezogen hat?"

Julias Augen leuchteten. „Aber ja. Das wird er auf keinen Fall wollen! Wir formulieren seine Unfallversion schon zuhause. Ich bringe sie ihm mit und lasse ihn unterschreiben."

Katrine stand auf. „Gut. Und jetzt hole ich Kaffee und wir unterhalten uns über schönere Sachen."

Julia

Zurück im Haus formulierte Svenja die Unfallversion für Michael. „Wer Kurzgeschichten schreibt, der kann auch Tatsachenberichte schreiben" war ein gutes Argument für Julia gewesen, diesen Teil Svenja zu überlassen.

270

Sie las vor.

Unfallbericht
Hiermit erkläre ich, Dr. Michael Pförtner, zum Unfallher-
gang am gestrigen Tag den folgenden Hergang.
Ich stand oben an der Treppe des Ferienhauses, als die
Freundin meiner Frau, Frau Svenja Marcus, ein Geschenk
für ein Ehepaar aus der oberen Etage holen wollte. Bei
dem Versuch, ihr das Geschenk zu übergeben, bin ich
zu nahe an die Treppe geraten, habe das Gleichgewicht
verloren und bin von der Treppe gestürzt.
Die Unfallfolgen werden derzeit im Krankenhaus abge-
klärt.
Esbjerg, den ....

Dr. Michael Pförtner

„Das passt und stimmt ja fast." Julia war zufrieden.

Als sie vor dem Krankenhaus ankamen, blieben beide
zunächst im Wagen sitzen.

„Julia, das ist jetzt schwer, ich weiß. Ich kann ja nicht
mitkommen, weil sie nur eine Person reinlassen. Oder
soll ich vor seiner Tür warten?"

Julia schüttelte den Kopf. „Da muss ich allein durch.
Und ich schaffe das. Er liegt im Bett und kann nichts machen, gute Perspektive. Ich hab gestern Abend gesehen,
dass es drinnen ein Café gibt, da kannst du ja warten."

„Ach, ich warte hier im Wagen auf dich. Bis gleich."

Julia schaute zum Eingang des Krankenhauses. Allein
mit ihm, hoffentlich halte ich das aus. Aber ich kann jederzeit weg. Und das werde ich auch tun. Sie seufzte.

Sie hatte sich zu Michaels Zimmer durchgefragt. Jetzt
stand sie vor der Tür, ihre Hand auf der Türklinke und
konnte sich nicht überwinden, sie herunterzudrücken.

Alles war still. Sie sah sich um. Keine Schwester, kein Arzt. Sie horchte. Aus dem Zimmer drang kein Geräusch. Sie legte sich ihre ersten Worte zurecht. Ich will ihn nach seinem Zustand fragen, dann zur Sache mit der Treppe kommen und ihm mitteilen, dass ich die Kinder aus Kiel holen und sie zumindest vorläufig bei mir wohnen werden, drei Gedanken. Sie hörte ihr Herz klopfen. Nimm dich zusammen, er kann dir nichts tun. Nochmal: Gesundheit, Treppe, Kinder.

„Leder du efter nogen? Kan jeg hjælpe dig?"

Erschrocken drehte Julia sich um. Ihre Tasche fiel zu Boden. Die Tür sprang auf. Sie hatte den Griff heruntergedrückt.

„Ich heiße Pförtner. Ich suche meinen Mann."

Die Schwester kam näher. „Entschuldigung für das Erschrecken." Sie zeigte auf die offene Tür. „Das ist die richtige Tür."

„Danke." Julia hob ihre Tasche auf und betrat zögernd das Zimmer. Sie sah zu seinem Bett. Es hatte zu beiden Seiten niedrige Gitter, die verhinderten, dass der Patient versehentlich herausfällt. Aus dem großen Fenster fiel die Sonne auf den unteren Teil des Bettes. Auf dem Nachttisch lag sein Handy. Neben einer Flasche Mineralwasser stand eine Schnabeltasse, wie sie zum Trinken benötigt wird, wenn man den Kopf nicht heben darf. Keine Blumen. Sie war irritiert über den Gedanken.

Michael hatte sein Gesicht zu ihr gedreht und sah sie durch die Gitterstäbe an.

Julia trat an sein Bett. „Wie geht es dir?"

Er schwieg. Dann schien er es sich anders überlegt zu haben. „Das fragst du? Ausgerechnet du? Du bist doch schuld, dass ich hier liege."

Julia war überrascht, dass er für seine Verhältnisse leise gesprochen hatte. Sie straffte sich innerlich. Nur kein Mitgefühl, nicht in die alte Rolle drängen lassen. Sie bemühte sich, fest, aber gelassen zu klingen. „Das ist Unsinn und das weißt du."

„Es muss eine Genugtuung für dich sein, mich hier im Krankenhaus zu sehen, während du mit deiner," er stockte. Es schien Julia, als suche er nach dem passenden Schimpfwort. „Deiner Schwuchtel auf meine Kosten lebst."

Er schüttelte leicht den Kopf. „Verantwortungslos, undankbar, gierig. Soll ich dir noch mehr Wahrheiten sagen?"

„Nein, das genügt schon. Ich habe dir etwas mitgebracht." Sie gab ihm den Zettel, nahm den Besucherstuhl von der Wand und setzte sich etwa einen Meter entfernt von seinem Bett.

„Was ist das?" Er las sich den Text durch. „Du glaubst doch nicht, dass ich das unterschreibe." Er warf das Blatt aus dem Bett. Es landete auf dem Boden vor Julias Füßen.

„Doch, das glaube ich, und zwar aus drei Gründen."

Michael unterbrach sie und verzog den Mund zu einem Lächeln. „Da bin ich gespannt."

Julia sah ihn an. Was für ein schiefes, hässliches Grinsen. Dass ich diesen Menschen einmal geliebt habe, kommt mir vor wie aus einem früheren Leben. Sie hatte sich die Gründe gemerkt, weil sie wusste, dass es ihr schwerfallen würde, konzentriert zu sprechen. Schwören, Versicherung, Kinder, schwören, Versicherung, Kinder. Sie hob den Zettel auf und wiederholte. „Drei Gründe." Sie zeigt ihm drei Finger ihrer rechten Hand.

„Der erste Grund", sie hob den Zeigefinger. „Der erste Grund wird für dich am wichtigsten sein. Wenn du die Unfallversion nicht aufrecht erhältst, werde ich schwören, dass ich gesehen habe, wie du versucht hast,

Svenja die Treppe hinunter zu werfen. Sie hat sich am Geländer und an dir festgehalten, als sie das Gleichgewicht verloren hat. Durch den Schwung deines Stoßes bist du selbst die Treppe heruntergefallen."

Sie hielt kurz inne. „Was bekommt man für versuchten Mord, Michael? Du bist doch Anwalt. Du wirst mir das sagen können."

Sie hörte, wie er so etwas wie ‚Schwein' zischte. Sie tat so, als hätte sie nichts gehört. Sie spürte, wie ihre Anspannung wuchs. Keine Angst haben, keine Angst haben, dachte sie. Sie vermied es, auf ihre Hand zu schauen. Sie wusste, dass sie zitterte. Weiter, nimm dich zusammen.

„Der zweite Grund." Sie hob einen weiteren Finger. „Der zweite Grund ist materieller Natur. Vielleicht nicht so wichtig für dich, du hast ja genug. Auch wenn du das mit mir teilen musst." Michael reagierte nicht. „Du wirst Schwierigkeiten mit der Versicherung bekommen, sowohl mit der Krankenversicherung als vor allem mit der Berufsunfähigkeitsversicherung, die du vielleicht in Anspruch nehmen willst. Ich glaube kaum, dass die bei fehlgeschlagenem Mordversuch zahlen werden. Und das wäre doch zu schade, oder?"

Sie fühlte sich selbstsicherer. Sie verzog ihren Mund zum Anflug eines Lächelns. Beide schwiegen lange. Michael schaute die Lampe an, die über ihm hing. „Du hattest einen dritten Grund auf Lager, oder?"

„Ja, der dritte Grund." Wieder legte sie eine Pause ein, hielt aber die Finger nicht mehr hoch. „Die Kinder. Was meinst du, was die Kinder zu einem mordsüchtigen Vater sagen werden? Die Kinder kannst du dann vergessen." Die Worte kamen immer lauter aus ihr heraus. Julia hatte das Gefühl, es länger in diesem Zimmer nicht auszuhalten.

Sie stand auf und gab ihm den Zettel. Sie nahm einen Kugelschreiber aus ihrer Tasche und hielt sie ihm als Unterlage für die Unterschrift hin. „Chance," zischte sie kaum hörbar durch die Zähne. Michael ließ nicht erkennen, was er dachte. Er unterschrieb und warf den Stift aus dem Bett. „Jetzt raus!", brach es aus ihm heraus. Julia nahm ihre Tasche und das Papier.

„Wo sind die Kinder?"

„Bei meinen Eltern, wie es sich gehört. Sie sind auf dem Weg hierher."

Julia trat an das Bett und beugte sich über Michael. „Es gehört sich, dass sie bei mir sind!" Sie trat einen Schritt zurück, ging dann aber wieder zu ihm zurück. „Deinetwegen habe ich die Kinder ein paar Tage dalassen müssen." Sie ballte eine Faust. „Aber das ist jetzt vorbei, damit du es nur weißt."

Sie atmete ein. Die Anspannung fiel von ihr ab. Sie ging langsam zur Wand, an dem der Kugelschreiber gelandet war, hob ihn auf, nahm sich den Besucherstuhl und setzte sich etwa einen Meter von seinem Bett entfernt hin. „Ich bin noch nicht fertig."

Sie drehte sich um, weil Geräusche an der Tür zu hören waren.

Die Tür öffnete sich. Sie war offenbar mit dem Rücken aufgestoßen worden. Ein Mann kam rückwärts in das Zimmer, eine Tasche und einen Rollkoffer hinter sich her ziehend.

„Ich bringe Ihnen Ihre Sachen. Ich habe das Hotel...", er stockte und sah Julia an. „Frau Pförtner! Guten Tag. Ich bin gleich wieder weg."

Julia war irritiert. „Wer sind Sie und woher kennen Sie mich überhaupt?"

Sie bekam keine Antwort. „Herr Dr. Pförtner, ich lege die Sachen in den Schrank und dann fahre ich."

„Ist gut", antwortete Michael kurz.

„Hallo, ich habe Sie etwas gefragt." Julia stand auf und ging einen Schritt auf den Mann zu.

Der Mann wendete sich ihr zu. „Fragen Sie Ihren Mann. Ich bin nicht befugt, Ihnen Auskunft zu geben."

Er drehte sich um und verließ das Zimmer.

Julia sah Michael an. „Was war das denn?"

„Das geht dich nichts an. Und jetzt hau ab."

„Nicht, bevor ich dir erzählt habe, was jetzt passiert. Ich werde die Kinder abholen. Sie werden bei mir wohnen. Und zwar in Hamburg," Sie betrachtete sein Bett. Michael sah sie an. Er weiß das mit Hamburg. Er hat mir nachspioniert. Julia durchfuhr eine Hitzewelle. Sie atmete tief ein. „Und um dir das gleich zu sagen. Die Kinder werden bei mir wohnen, egal, ob du das willst oder nicht."

Julia wusste, dass sie das zumindest bei Sina nicht ohne ihre Zustimmung zu entscheiden hatte. Das war ihr aber gleichgültig. Sollte er sich doch ausnahmsweise mal Sorgen machen.

Sie nahm ihre Tasche und ging zur Tür. Michael schaute wieder hoch zur Lampe. „Das werden wir ja sehen!"

Julia tat, als habe sie ihn nicht gehört und schloss die Tür hinter sich.

Sie blieb einen Moment stehen. Sie war stolz auf sich. Er hat mir keine Angst gemacht. Er hat mich nicht kleingekriegt. Sie jubelte innerlich. Und die Kinder sind auf dem Weg hierher. Sie freute sich darauf, Svenja zu berichten. Da fiel ihr der Fremde ein. Er hat seine Sachen gebracht. Was hat er mit dem Hotel gemeint? Hat der mir nachspioniert?

Schnell lief sie die Treppen hinunter und aus dem Krankenhaus. Sie sah sich um. Der Mann war nirgendwo zu entdecken. Sie lief zum Wagen. Svenja stieg aus.

„Wie war es?"

„Erzähl ich dir später. Hast du den Typen gesehen, der hier rausgegangen ist? Stämmig, kahlgeschorener Kopf! Er muss kurz vorher mit einem Koffer und einer Tasche reingegangen sein, Michaels Sachen. Er hat sie ihm gebracht."

„Ja, habe ich; Typ Türsteher. Sein Wagen war mir wegen des Bremer Nummernschildes aufgefallen."

„Ist er weggefahren?"

„Nein, da hinten steht sein Auto." Sie zeigte auf seinen dunkelgrauen Mercedes 190. „Er wollte zuerst dahin, hat es sich anders überlegt und ist in die Stadt gegangen."

„Komm, los, hinterher. Er war bei Michael."

Sie liefen in die Richtung, in der er verschwunden war. Julia erklärte Svenja, was sie im Zimmer erlebt hatte.

„Der hatte seine Sachen gebracht, offenbar aus einem Hotel. Das ist sein Helfer. Ich glaube, der hat uns verfolgt. Wir müssen mit ihm reden."

Sie liefen die Einkaufsstraße entlang und schauten nach rechts und links in die Seitenstraßen. „Michael wusste von Hamburg. Er war überhaupt nicht überrascht, als ich das erwähnt habe."

Svenja schüttelte den Kopf. „Sein Helfershelfer. Wir müssen ihn finden."

Nach einer Viertelstunde und der Suche in drei Cafés waren sie am Marktplatz fast am Ende der Straße angekommen. Den Mann hatten sie nicht gesehen.

„Er muss in eine Seitenstraße eingebogen sein. Da sind auch Cafés." Julia war ratlos. „Oder er ist in ein Haus gegangen.!"

„Kann sein. Lass uns die Cafés in den Seitenstraßen überprüfen. Du rechts, ich links."

Im Laufschritt liefen sie die Straße wieder zurück.

„Halt, da ist er." Svenja zeigte in eine kleine Seitengasse. „Er wühlt in einem Kasten vor einem Haus." ,

„Café Vivaldi." Julia zeigte auf ein Schild über ihm.

Die beiden näherten sich langsam, um zu vermeiden, dass er etwas bemerken und versuchen würde, zu verschwinden. Er war aber zu vertieft in das Anschauen von Briefmarken, wie sie beim Näherkommen feststellten.

Svenja flüsterte Julia zu: „Ein Briefmarkensammler?"

Julia sprach ihn an. „Jetzt werden Sie mir aber sagen, wer Sie sind und was Sie hier machen."

Erschrocken drehte sich der Mann um und sah von Julia zu Svenja.

„Witkowski, guten Tag. Ich suche mir Briefmarken aus, das sehen Sie doch."

Svenja fasste ihm an den Oberarm. „Seien Sie nicht albern, Herr Witkowski. Entweder setzen wir drei uns jetzt gemütlich hin, trinken einen Kaffee und reden vernünftig oder..."

„Was oder?" Witkowski unterbrach sie.

„Oder", Julia nahm das Wort auf und redete weiter, „oder wir rufen die Polizei und beschuldigen Sie, gemeinsam mit Herrn Dr. Pförtner in unser Haus eingebrochen und versucht zu haben, sie die Treppe hinunter zu stoßen." Sie zeigte auf Svenja.

Witkowski öffnete den Mund. Dann schüttelte er den Kopf. „Hören Sie", er stockte, „ich habe nichts damit zu tun." Er drehte das Blatt mit den Briefmarken, das er in der Hand hielt, hin und her. „Ich war nicht dabei."

Julia rief dem Betreiber des Cafés zu: „Drei Cappuccinos bitte."

Sie setzten sich an den einzigen kleinen Tisch, der trotz der Jahreszeit schon draußen stand.

„Ich habe meine Schweigepflicht, das müssen Sie doch verstehen." Witkowski wiederholte, dass er nichts sagen könne. Er wäre nicht dabei gewesen.

Julia unterbrach ihn. „Wieso Schweigepflicht? Was ist ihr Beruf?"

Er zuckte mit den Schultern. „Ja, ich bin Privatdetektiv."

Er holte eine Visitenkarte aus seinem Portemonnaie und gab sie Julia. „Ihr Mann hat mich beauftragt, Sie ausfindig zu machen."

Er schien stolz darauf zu sein, dass ihm das gelungen war.

„Sie waren es, der mit dem Dietrich die Hintertür aufgeschlossen hat. Mein Mann kann das gar nicht." Julia sah Witkowski streng an. Der schüttelte mit dem Kopf.

„Hören Sie auf, mit dem Kopf zu schütteln!" Svenja schlug mit der flachen Hand auf den Tisch.

„Ich wusste doch nicht."

„Also doch. Aber Sie müssen das nicht leugnen." Julia versuchte, das Gespräch in ruhigere Bahnen zu lenken. „Ich habe mich mit Ihrem Auftraggeber auf die Version Unfall geeinigt."

Svenja schaute ihn mit zusammengezogenen Augenbrauen an. „Seien Sie doch froh. Niemand wird Ihre Rolle in der Sache untersuchen."

Witkowski schien ein Stein vom Herzen zu fallen. „Ich konnte doch nicht ahnen, was passieren würde." Er sah die Frauen an. „Aber ich sage jetzt nichts mehr. Mein Auftrag ist beendet. Ich will nach Hause fahren."

„Und was machen Sie dann hier?" Julia sah sich in der Straße um.

„Ich sammle Briefmarken und war heute Morgen schon einmal bei Ihrem Mann. Da habe ich das Café mit den Briefmarken entdeckt."

Er stand auf. „So, und jetzt will ich fahren." Er nahm einen Bogen mit Briefmarken aus dem Ständer und ging zum Betreiber des Cafés.

Julia und Svenja blieben sitzen. Sie lehnten sich zurück und bestellten einen zweiten Cappuccino.

Dann stießen sie mit ihren Tassen an. „Prost, Svenja. Wir werden alles gemeinsam lösen."

„Genau, eins nach dem anderen, das kriegen wir hin." Svenja ließ ihre Tasse sinken und lachte. „Hatte Angst, der Herr Privatdetektiv. Er soll froh sein. In fremde Häuser einbrechen, damit kann er seine Lizenz verlieren."

„Ach lass ihn." Julia lehnte sich zurück. „Es wird alles gut."

Julia

Zurück auf Fanø schrieb Julia die nächsten Aufgaben auf einen großen Zettel.

1. *Pförtners anrufen, regeln, dass die Kinder abgeholt werden*
2. *Lena und Johanna anrufen, informieren*
3. *Bericht für Polizei? Mit Clara für Montag/Polizei verabreden*
4. *Hausratsliste (jetzt nur Notwendiges)*
   Montag:
– *Spedition für Umzug organisieren (1) Svenja (2)*
   ½ Hausrat (Julia)
– *Polizei Nordby*
– *Kinder abholen*

Sie zeigte Svenja den Zettel. „Haben wir etwas vergessen?"

„Nicht, dass ich wüsste." Svenja legte ihre Hand auf Julias Arm. „Das schwerste wird für dich das Telefonat mit deinen Schwiegereltern sein."

Julia dachte an die Kinder. Dann sah sie ihre Freundin an. „Ich werde klar sagen, was ich will. Das einzige Problem wird Sina sein, denke ich."

„Du, sie wird bald vierzehn. Da müssen wir akzeptieren, was sie will. Und sie kennt mich nur oberflächlich." Svenja atmete tief ein. „Ich bin diejenige, die dich ihrem Vater weggenommen hat. Das wird nicht einfach mit ihr, fürchte ich."

Julia schüttelte den Kopf. „Das größere Problem ist ihr Vater. Er beeinflusst sie extrem. Er hat seine Gewalttätigkeit vor Sina immer gut versteckt. Michael ist ihr großes Idol."

Svenja stimmte ihr zu. „Aber sie wird später erkennen, was für ein Monster er in Wirklichkeit ist, warte ab."

„Wir werden sehen." Julia nahm ihr Handy und stand auf. „Ich gehe auf die Veranda und rufe meine Schwiegereltern an. Hauptsache, ich erreiche sie endlich."

Sie setzte sich auf einen Gartenstuhl und legte einen Arm auf den Gartentisch. Sie wählte die Telefonnummer und wartete. Mit den Fingern trommelte sie auf das Holz. Julia wollte schon auflegen, als sich ihre Schwiegermutter meldete.

„Hier auch Pförtner. Guten Tag, Helga. Du weißt sicher, dass Michael im Krankenhaus liegt. ... Ich will die Kinder abholen. ... Morgen früh kommt ihr, gut. ... Ich bin auf Fanø ... Du weißt alles? Was meinst du damit?"

Julia stand auf und lief auf der Veranda langsam hin und her. „Hör zu, Helga. Ich habe jetzt keinen Nerv für Geschichten. Ich will, dass die Kinder zu mir kommen.

... Du musst da nicht lachen. Die Kinder kommen zu mir. ... Nach Bremen mit den Kindern? Was soll das? ... Zur Schule? Du entscheidest nicht, wann die Kinder wo wohnen und wo sie zur Schule gehen, Helga, du nicht. ... Michael? Der hat das, ohne meine Zustimmung, auch nicht zu entscheiden." Julia drehte sich um. Svenja hatte ihr eine Tasse Kaffee gebracht. Sie setzte sich wieder in den Gartenstuhl. Sie schwieg und hörte ihrer Schwiegermutter zu. „Ja, Hamburg. Das diskutiere ich jetzt nicht mit dir. Ich will mit Sina ... Schade, aber gut, ich werde morgen selbst mit Sina reden. Und wenn sie das immer noch will, soll das so sein."

Julia wurde lauter. „Aber ich werde mit ihr allein reden. Sag ihr das. Auf Wiederhören." Sie beendete das Gespräch.

Svenja setzte sich ebenfalls. „Was war das denn?"

Julia stöhnte auf. „Ah, ich könnte schreien! Was für furchtbare Ignoranten!"

„Erzähl mal in Ruhe, mein Schatz."

Julia berichtete, was ihre Schwiegereltern ihr erzählt hatten. Sina wolle nicht zu ihrer Mutter; sie wollten vorläufig nach Bremen in das Haus ziehen; die Kinder sollten dort wieder zur Schule gehen. Sie würden bleiben, zumindest sie, ihre Schwiegermutter, bis Michael aus dem Krankenhaus kommt.

„Jetzt reicht es. Die Kinder werden hin und her geschoben. Das wollte ich nicht." Sie zog ihr Gesicht zusammen. „Sie werden ein Trauma davontragen, wenn ich nicht aufpasse. Das geht gar nicht."

Sie schwieg und seufzte. Dann schlug sie mit der Faust auf den Tisch. „Das haben sie alles mit Michael abgesprochen." Julia sah Svenja an und zuckte mit den Schultern. „Und morgen wollen sie mit den Kindern kommen, um Michael zu besuchen."

„Und Lasse?" – „Lasse hat wohl gesagt, er will zu mir. Meine Schwiegermutter hat sich etwas nebulös ausgedrückt. Ich habe das aber so verstanden."

„Und wann wollen sie in das Haus ziehen?"

„Anscheinend am nächsten Wochenende."

„Das heißt aber nicht, dass es so kommen wird, Julia. Du bist die Miteigentümerin des Hauses. Und wenn du es nicht willst, werden deine Schwiegereltern überhaupt nicht ins Haus dürfen. Die haben doch kein Hausrecht."

„Ab morgen haben sie erst mal für drei Tage Zimmer in einem Hotel in Esbjerg gebucht."

Svenja hob ihre Hand. „Die Kinder können doch hier bei uns im Haus wohnen! Und dann redest du oder wir mit ihnen. Wir haben Zeit genug. Dann sehen wir ja, was sie wirklich wollen."

Julia schwieg und klatschte dann in die Hände. „Lass uns zu Clara und Sophie fahren und mit denen reden."

Svenja stand auf. „Du hast recht. Es ist immer gut, Freundinnen zu Rate zu ziehen."

Im Tre Soestre angekommen nahm Katrine beide in den Arm. „Kommt nach oben, da sind wir ungestört."

„Und das Café?" Julia sah sie fragend an.

„Du bist immer so rücksichtsvoll, Julia." Katrine schüttelte den Kopf. „Oscar kann das allein."

Clara saß auf dem roten Samtsofa. Sophie lag darauf und hatte die Beine über Claras Schoß gelegt. Sie standen auf, als die beiden Freundinnen kamen.

Clara wurde ungeduldig. „Nun erzähl mal, Julia."

Sie berichtete von den Ereignissen im Krankenhaus. „Und dieser Detektiv." Sie schüttelte den Kopf. „Der war ganz schön kleinlaut, als es um Einbruch und Mithilfe bei Mordversuch ging."

Svenja lachte. „Der wird so schnell keinen Auftrag mehr von deinem Noch-Ehemann annehmen."

Julia berichtete von dem Telefongespräch, das sie geführt hatte. „Unangenehmes Gespräch mit unangenehmen Menschen," schloss sie.

Sie drehte sich zu Svenja um. Wir werden die Kinder bitten, zu uns nach Fanø zu kommen. „Aber", sie sah Clara an, „ich werde auf Sina keinen Druck ausüben. Die Kinder sind verstört genug durch das, was passiert ist."

„Ja", Svenja nickte, „lass es doch ruhig angehen. Das wird schon mit Sina."

Julia presste die Lippen zusammen. „Lasse nehme ich auf jeden Fall mit."

Sophie setzte sich aufrecht auf das Sofa. „Und deine Schwiegereltern wollen in euer Haus nach Bremen ziehen?"

„Jedenfalls wollen sie da bleiben, bis Michael wieder zuhause ist." Sie schüttelte den Kopf. „Sollen sie, meinetwegen."

„Julia", Svenja schaute zu ihr, „du musst unbedingt aus dem Haus holen, was du für dich und die Kinder brauchst. Wenn Michael erst einmal wieder da ist, wird er dir Schwierigkeiten ohne Ende machen, nur ein einziges Stück aus dem Haus zu bekommen."

Julia winkte ab. „Der ist noch einige Zeit im Krankenhaus." Sie lachte. „Aber dann sollen seine Eltern gern in einem halbleeren Haus wohnen." Nach kurzer Pause, „Sina natürlich nicht."

Sei schwiegen eine Weile. Julia hatte die Tasse Kaffee vergessen, die vor ihr stand. Sie nippte. Der Kaffee war lauwarm. Sophie sah sie an. „Soll ich dir eine frische Tasse bringen?"

Julia schüttelte den Kopf. Sie wendete sich Svenja zu. „Ich will mit dem Kasten nichts mehr zu tun haben. Zu viele schlimme Erinnerungen."

Sie atmete tief ein. „Und ich will grundsätzlich mit seinen Eltern nichts mehr zu tun haben. Wenn die Kinder nicht wären...“

Sophie unterbrach sie. „Wie kommt es, dass dein Verhältnis zu seinen Eltern so schlecht ist? Haben sie denn nicht gewusst, wie er dich behandelt hat?“

„Da waren seine Eltern immer blind. Die waren zu Anfang mal bei uns. Wir haben schon zusammen gewohnt. Da war ich mit seiner Mutter allein. Ich wollte ein gutes Verhältnis zu ihr haben und habe ihr gesagt, dass ich mich freue, nette Schwiegereltern zu bekommen. Weißt du, was sie mir da gesagt hat?“ Julia wurde lauter. „Du musst dir eins merken, Julia; zuerst kommt Michael, dann kommt noch einmal Michael. Dann kommt lange gar nichts. Und dann kommt nochmal Michael. Merk dir das.“

Alle schwiegen. Julia atmete ein. „Sie hat dabei nicht gelächelt.“

Svenja schüttelte den Kopf. „Komm, Liebes, das ist vorbei.“

Oscar kam nach oben „Ihr seid ja so still. Ich wollte nur ‚guten Tag‘ sagen.“

„Nein, alles gut.“ Julia stand auf und nahm Oscar in den Arm. „Es ging um meine Schwiegereltern. Die sind nicht so nett. Vor allem meine Schwiegermutter.“

Svenja machte Anstalten, aufzustehen.

Clara meldete sich. „Svenja, bevor ihr jetzt aufbrecht, denkt an Torve.“

Julia sah sie an. „Torve hat schon angerufen. Svenja kann einen Bericht schreiben, sagt er. Wir bringen ihm aber erst einmal den Bericht von Michael.“

„Ich komme mit. Dann kann ich übersetzen, obwohl Torve gut deutsch spricht.“

Julia umarmte Clara. „10 Uhr hier bei euch?“

Sie fuhren zum Haus zurück. Julia ließ sich auf einen Stuhl fallen. „Was für ein Tag."

„Ja", Svenja fuhr sich durch die Haare. „Jetzt müssen wir nur noch deine Schwiegereltern überstehen."

Julia stand auf. „Weißt du was? Ich habe Michael heute überstanden. Da werde ich auch seine Eltern überstehen. Sie wollen früh losfahren. Von Kiel sind es nur zweieinhalb Stunden. Sie werden vormittags da sein." Sie ballte eine Faust. „Ich bin so sauer. Wollen einfach einziehen, ohne mich zu fragen." Sie seufzte. „Aber ich werde versuchen, ruhig zu bleiben. Es geht um die Kinder. Die sollen möglichst wenig Schaden erleiden."

Sie wandte sich dem Kühlschrank zu. „So, und jetzt trinken wir eine Flasche Weißwein auf uns."

Montag, 23. Februar

Julia

Pünktlich um 10 Uhr klingelten Julia und Svenja an der Hintertür des Tre Soestre.

Es dauerte einige Zeit, bis die Tür geöffnet wurde. Clara hatte ihre Handtasche über den Arm gelegt und schloss hinter sich die Haustür zu. „Wir können hinterher einen Kaffee trinken. Lasst uns erst einmal zu Torve gehen."

„Gehen? Ist die Polizeistation nicht weit von hier?" Julia war überrascht.

„Nein, sie ist gleich hier drüben neben dem Rathaus." Clara zeigte auf ein flaches reetgedecktes Haus in der

Nebenstraße gegenüber dem Tre Soestre.

Torve saß im Büro. Er war mit den letzten Bissen eines vermutlich zweiten Frühstücks beschäftigt. Den Rest seines Brotes legte er in die hellgraue Blechdose zurück, die neben dem Kaffeebecher lag und schob sie in seine Schreibtischschublade.

„Dann wollen wir mal das Protokoll schreiben." Er schob die Tastatur seines Rechners vor sich und schaute auf den Bildschirm.

Clara legte eine Hand auf seinen Arm. „Torve, vielleicht geht das einfacher. Julia, gib ihm mal den Zettel."

Der Polizist las sich das Papier durch, das Julia ihm gereicht hatte. „Hat er das im Krankenhaus unterschrieben?"

„Ja", Julia meldete sich. „Ich habe ihm das gestern in das Krankenhaus mitgebracht."

Er wandte sich an Clara. „Gut." Dann drehte er sich zu Svenja um. „Kannst du das bestätigen?"

Svenja nickte. Torve dachte kurz nach. „Dann machen wir das so. Du schreibst unter das Papier, das das so richtig ist mit dem Unfall. Ich nehme das Papier zu den Akten und kann die Sache abschließen."

Er reichte Svenja das Blatt und gab ihr einen Kugelschreiber.

Sie stockte kurz. Dann schrieb sie unter Michaels Unterschrift:

Hiermit bestätige ich die Richtigkeit der Erklärung.

Sie unterschrieb und gab Torve das Schreiben zurück.

Clara zeigt auf Torve. „Er ist Ureinwohner, hier geboren, Julia."

„Wirklich?" Sie sah Torve an. „Hast du immer hier gelebt?"

Torve schüttelte den Kopf. „Nach meiner Ausbildung in Esbjerg wollte ich hierher zurück. Aber die Stelle war besetzt." Er lachte. „Ich musste nach Billund, bis der alte Frederik in Rente gegangen ist." Er sah Clara an. „Du kennst ihn doch noch, oder?"

„Ja, wir hatten als Kinder Angst vor ihm. Dabei war er ganz nett."

Torve fasste an seinen Bauch. „Seitdem ich hier bin, genieße ich das Leben."

Er lächelte. „Dich habe ich ja in der Schule attraktiv gefunden. Aber für Jungens hattest du schon damals nichts übrig." Er lächelte. „Meine Frau habe ich dann in Billund kennen gelernt. Gott sei Dank liebt sie inzwischen Fanø so wie ich."

Auf dem Weg zum Tre Soestre sprach Julia Clara an. „Wer auf der Insel geboren ist, den zieht es wohl immer hierher zurück, oder?"

„Ja", Clara sah Julia an. „Sophie und ich wollen ein Sommerhaus kaufen und viel Zeit hier verbringen."

Sie blieb stehen. „Siehst du das Haus dort hinten?" Sie zeigte auf ein reetgedecktes Haus in der Seitenstraße, das von einem wild bewachsenen Garten umgeben war. „Wir würden es gern kaufen. Vor einigen Jahren ist es renoviert worden. Die Eigentümerin ist Witwe und zieht jetzt zu ihrer Tochter nach Ribe." Clara seufzte. „Aber sie will viel Geld dafür haben. Mal sehen."

Svenja schaute hinüber zum Haus und ging ein paar Schritte darauf zu. Julia stellte sich zu ihr. „Die dunkelblauen Fenster! Welch schöner Kontrast zu den roten Ziegelsteinen."

Sie sah sich nach Clara um. Die war stehen geblieben. „Kommt, ihr beiden, sie wohnt da. Lasst uns nicht stören." Schweigend gingen sie zurück.

Svenja schaute Julia an. „Wie schön", flüsterte sie.

Im Tre Soestre angekommen, tranken alle gemeinsam einen Kaffee in der Gaststube.

Nach kurzer Zeit sah Julia zu Svenja und stand auf.

Sophie schaute hoch. „Ihr müsst euch auf die Eltern von Michael vorbereiten, oder?"

Julia zuckte mit den Schultern. „Da gibt es nichts vorzubereiten. Aber sie können jederzeit anrufen und da sein. Da will ich lieber im Haus sein."

Auf dem Weg zu ihrem Ferienhaus schlug Svenja mit ihren Händen auf die Oberschenkel. „Wir Deutschen dürfen ja leider keine Immobilien auf dänischen Inseln kaufen. Schade."

„Wieso schade?"

„Ich wollte schon immer ein Haus im Norden haben. Früher hab ich von Schweden geträumt. Ich hatte als Schülerin ein Poster an der Wand. Ein reetgedecktes Haus an einem See. Da hab ich mich oft reingeträumt."

Julia fuhr, legte aber ihren rechten Arm um Svenja. „Das hast du mir nie erzählt."

„Ich hatte es schon vergessen. Als Clara mir vorhin das Haus gezeigt hat, das sie mit Sophie kaufen möchte, hab ich schwer atmen müssen."

„Svenja, was meinst du?"

„Ich würde gern ein Haus mit dir im Norden haben, vielleicht auf Fanø. Hier in der Natur, nur für uns." Sie schwieg einen Moment. „Natürlich auch für die Kinder, wenn sie wollen."

Svenja lehnte ihren Kopf an Julias Schulter. „Ich träume."

Kaum hatten die beiden das Haus erreicht und den Schlüssel in die Haustür gesteckt, klingelte Julias Handy. Sie sah auf das Display. „Michaels Mutter."

Svenja sah auf die Uhr. „So früh. Es ist erst 12."

„Guten Tag, Helga!" Die Worte kamen lauter aus ihr

heraus, als sie geplant hatte. Sie stellte den Lautsprecher an, damit Svenja mithören konnte.

„Pförtner. Guten Tag, Julia." Ihre Schwiegermutter machte eine Pause. „Wir sind schon eine Weile hier. Ich durfte nur allein zu Michael. Er hat mir alles erzählt."

„Jedenfalls die Geschichte aus seiner Sicht."

„Nein, Julia, da irrst du dich." Frau Pförtner wurde lauter. „Er hat deine...", sie unterbrach sich, „deine Freundin in Schutz genommen. Er sagt, er weiß nicht, ob sie ihn absichtlich die Treppe hinunter gestoßen hat. Das könnte ein Versehen von ihr gewesen sein."

Julia begann zu stottern. „Das, das...hat er gesagt?" Sie atmete durch. „Ich fasse es nicht. Das ist das Gegenteil."

„Ich will deine Ausreden oder die deiner Freundin nicht hören, Julia. Wir machen hier einen Punkt."

„Ja, Helga, es macht keinen Sinn, dir etwas erklären zu wollen. Es geht um die Kinder. Gib mir mal die Kinder ans Telefon."

„Kannst du haben." Im Hintergrund war Frau Pförtner zu hören. „Hier Sina, nimm das Telefon, sag's ihr selber." Julia erschien die Zeit endlos, bis Sina den Hörer nahm.

„Hier ist Sina."

Ihr Herz klopfte laut. Es rauschte in ihrem Kopf. Sie war irritiert. Zu lange habe ich ihre Stimme nicht gehört. Sie räusperte sich und atmete ein. „Sina, ich bin's, Mama." Sie machte eine Pause. Sina schwieg. „Sina, wir müssen reden. Komm doch mit Lasse auf die Insel. Hier sind Strand und Dünen. Da haben wir Zeit, über alles zu sprechen." Sina hustete.

Julia nahm einen neuen Anlauf.

„Sina, ich weiß, ich hätte vielleicht nicht einfach abhauen sollen, ohne euch. Das hat aber seinen Grund gehabt. Ich kann dir das erklären. Und ich wusste ja, dass es nur für kurze Zeit sein würde. Kommt erst einmal her. Ich hole euch vom Hafen in Esbjerg ab."

Sina schwieg.

„Hör zu Sina, du kannst jederzeit wieder zu Oma und Opa in das Hotel in Esbjerg zurück. Aber ich muss mit dir reden."

„Lasse will mir den Hörer wegnehmen, Mama, ich geb ihn dir mal."

„Mama", Lasse schrie fast ins Telefon.

„Ja mein Schatz, ich bin da." Julia begann, zu schlucken, um zu verhindern, in Tränen auszubrechen.

„Mama, ich will zu dir."

„Lasse, Lasse, ich hol dich vom Hafen ab. Gib mir noch mal Sina. Dann rede ich mit Oma."

„Ja, Mama." Julia hörte, dass Lasse Sinas Namen rief.

„Ich bin's, Mama." Sina machte eine Pause. „Ich will jetzt nicht zur Insel kommen. Ich weiß nicht, vielleicht morgen oder übermorgen. Ich kann heute zu Papa ins Krankenhaus."

Julia ahnte, dass dann aus ihrem Gespräch nichts werden würde. „Wie du willst, Sina. Schade, ich hätte gern heute länger Zeit mit dir gehabt. Hör zu, ich hole nachher Lasse vom Hafen ab. Du kannst dir ja nochmal überlegen, ob du nicht doch mitkommen willst. Ich würde mich freuen."

„Ich bin's, Helga." Sina hatte offenbar das Telefon weitergereicht. Vielleicht war es ihr auch abgenommen worden.

Julia atmete aus. Wie viel ist noch bei Sina angekommen?

„Helga, ich fahre jetzt zum Hafen, nehme die nächste Fähre und hole dann die Kinder ab. Wenn Sina partout nicht mit will, werde ich sie nicht zwingen. Kommt erst einmal alle zum Hafen. Auf Wiederhören."

Svenja nahm sie in den Arm. „Du zitterst ja. Beruhige

dich. Das hast du toll gemacht." Sie stockte einen Moment. „Sag mal, dein Schwiegervater hat überhaupt nichts gesagt."

„Ich weiß nicht, ob er als Richter viel geredet hat. Zuhause hat er nie den Mund aufbekommen, wenn ich da war. Da hat er alles seiner Frau überlassen. Zeitung lesen und Schach spielen, mehr kenne ich nicht von ihm."

Sie schüttelte den Kopf. „Komm, lass uns losfahren. Wir müssen die nächste Fähre nehmen."

Svenja nahm den Haustürschlüssel, der noch immer im Schloss steckte. „Ich warte lieber in Nordby im Hafen auf euch. Fahr allein rüber. Sonst gibt es noch mehr Stress mit deiner Schwiegermutter."

Sie hob eine Hand. „Ich werde inzwischen zur Vermietungsfirma gehen und Bettzeug für Sina und Lasse ausleihen."

„Gute Idee." Julia presste ihre Lippen zusammen. „Hoffentlich kommen beide Kinder mit. Zwingen werde ich Sina nicht."

Sie hob den Kopf. „Sie ist hin und hergerissen. Ich glaube", sie machte eine Pause, „sie ist langsam komplett überfordert." Sie nickte vor sich hin.

Svenja seufzte. „Du kannst nur versuchen, sie aufzufangen." Es schien, als wollte sie noch etwas sagen. Sie schwieg einen Moment. „Wir werden sehen. Komm, lass uns fahren."

Julia

Julia stand oben auf dem Deck, um zu sehen, ob die Kinder am Hafen sein würden. Schon von weitem sah sie die Gruppe warten. Ihre Schwiegermutter mit ihren blond gefärbten Locken, in einen hellbraunen Ledermantel mit Fellbesatz gehüllt, daneben ihr Mann in dunkelgrauem Wollmantel, eine schwarze Ballonmütze auf dem Kopf, vor ihnen die Kinder. Sie hatten gleiche Steppjacken an, Sina in schwarz, Lasse in dunkelblau. Julia kannte die Jacken nicht. Ihre Großeltern hatten sie offenbar gekauft. Sina stand dicht bei ihrer Großmutter, Lasse einen Schritt nach vorn.

Er winkte seiner Mutter zu, als er sie auf dem Schiff erkannte.

Julias Herz klopfte, als sie die Fähre verließ. Sie hatte sich keine Worte zurechtgelegt. Sie war entschlossen, der Mutter von Michael fest entgegenzutreten und sich nicht auf Diskussion einzulassen. Nur um die Kinder sollte es gehen. Svenja hatte ihr, bevor sie fuhr, noch einmal gesagt: „Du bist die Mutter, vergiss das nicht. Du, und nicht seine Mutter."

Lasse lief ihr entgegen und schlang seine Arme um ihre Beine. Warum habe ich ihn nur dagelassen? Sie hatte das Gefühl, ihr Herz tue ihr weh. Sie beugte sich zu ihm herunter und küsste seinen Kopf. Tränen drohten sich ihren Weg zu bahnen. Sie kniete sich hin, schlang ihre Arme um ihren Sohn, nahm sein Gesicht in ihre Hände und küsste ihn immer wieder, auf den Mund auf die Augen. Dann umarmte sie ihn. Sie schaute auf. Nun hatte sich auch Sina von ihrer Großmutter gelöst. Julia stand auf, zog Lasse mit sich und ging mit schnellen Schritten auf sie zu.

„Oh Sina. Ich habe dich vermisst."

Sina trat einen Schritt nach vorn. „Mama."

Julia sah sie einen Moment lang an. Dann breitete sie ihre Arme aus und drückte ihre Tochter an sich. Die erwiderte den Druck. Sina noch im Arm schaute sie ihre Schwiegereltern an.

„Guten Tag, Helga, guten Tag, Hans-Joachim." Sie ließ Sina los und wendete sich den Kindern zu. „Hört mal ihr beiden. Ich möchte gern, dass ihr mit auf die Insel kommt. Da sind Meer, Strand und Dünen. Da können wir uns erholen und miteinander reden." Lasse hielt sich an seiner Mutter fest. Julia schaute Sina an.

Sina trat von einem Bein auf das andere, öffnete den Mund, sagte aber nichts.

„Sina will nicht mit dir gehen, Julia. Sie bleibt bei mir."

Julia atmete tief ein. Kein Streit. Das können die Kinder jetzt nicht verkraften. Ich muss mich zusammennehmen. „Helga, ich will mit Sina und Lasse allein reden. Ich muss ihnen alles erklären, sonst bleibt etwas zurück. Das geht am besten auf Fanø. Da haben wir Zeit."

„Ihr Vater dürfte wichtiger sein bei dem, was ihm mit dir passiert ist."

Julia atmete heftig ein. Nein, zusammennehmen. Ihre Schwiegermutter schwieg.

Julia spürte, dass ihre Augen glänzten. Sie schluckte. „Sina, ich werde dich nicht zwingen, mitzukommen. Ich fände es aber schön, damit wir endlich mal reden können. Deinen Vater kannst du morgen sehen."

Sina sah kurz zu ihrer Großmutter. „Ich will erst zu Papa, Mama, ich kann ja morgen kommen."

Julia wendete sich an ihre Schwiegermutter. „Ich möchte mit Sina allein reden."

Sie sah Sina an und streichelte über ihren Arm. „Lass uns ein Stück gehen."

„Helga", Julia zeigte auf das Hafenbüro. „Darin ist ein kleines Café. Da könnt ihr warten."

„Ich komme mit, Mama." Lasse hielt Julias Bein fest.

„Ist gut." Sie streichelte über seinen Kopf.

„Nein, wir warten hier." Helga Pförtner verschränkte die Arme vor ihrem Körper. Ihre Handtasche hing vor ihrem Bauch.

Julia und Sina gingen in Richtung der im Hafen liegenden Schiffe. Lasse lief um die beiden herum.

Sie blieben vor einem kleinen Kutter stehen. Er war mit Tauen festgemacht und schaukelte, als wollte er gern aufs Meer hinaus.

„Warum willst du nicht mitkommen, Sina? Wir könnten über alles reden."

„Ich darf gleich zu Papa. Oma hat ihm gesagt, dass ich komme. Er wartet doch auf mich." Sina schaute zu dem schaukelnden Schiff.

„Soll ich dich heute Abend abholen?"

Sie drehte sich zu ihrer Mutter und schaute sie an. „Warum bist du von zuhause weg, Mama?"

Julia atmete tief ein. „Ich habe deinen Vater nicht mehr ausgehalten, Sina."

„Aber einfach weg? Und wir?"

Julia hörte ihr Herz klopfen. Wie kann ich ihr das erklären, ohne dass sie gleich wegläuft? Warum habe ich mir nicht vorher überlegt, was ich darauf antworte? Sie soll nicht zwischen ihrem Vater und mir wählen müssen. Wir brauchen Zeit und Ruhe zum Reden.

Sina zog die Schultern hoch. „Was, Mama?"

Julia räusperte sich. „Ich wollte euch das Zuhause nicht gleich wegnehmen. Ich dachte, ein paar Tage ginge das auch ohne mich." Sie fühlte selbst, wie banal das klingen musste. „Ich habe euch doch auch geschrieben, dass ich in ein paar Tagen wieder da bin." Sie stockte. „Ich hätte euch vielleicht gleich zu Oma und Opa bringen sollen. Aber dann wäre dein Papa allein gewesen."

Sie atmete tief ein. Sie fasste Sina an die Oberarme und suchte Augenkontakt mit ihr. Sina schaute zunächst auf den Boden und sah dann zu Julia auf.

„Sina, es ist schwer für mich, dir das so kurz zu erklären. Aber glaub mir, ich hab dich lieb und ich hätte dich nie für länger verlassen."

Lasse hatte die ganze Zeit Julias Windjacke angefasst. Jetzt nahm er mit der anderen Hand Sinas Jacke und schaute von einer zur anderen.

Sina kämpfte mit den Tränen. Julia sah Sina an. Sie konnte ihre Tränen nicht mehr zurückhalten. Mit einer schnellen Bewegung nahm sie Sina in die Arme. „Sina, Sina."

Lange standen sie still. Lasse zog an Julias Jacke. Sina löste sich etwas von Julia.

„Mama, Oma hat Papa versprochen, dass ich heute zu ihm komme."

„Ach Sina." Julia strich ihr über die Wange. Seine Mutter hat das absichtlich so eingefädelt. Mein Gott, warum habe ich das zugelassen? Schuldgefühle und das Gefühl tiefer Liebe zu ihrer Tochter begannen, sie zu beherrschen. Sie atmete mehrmals laut ein und aus. Ich muss ihr die Belastung nehmen. Julia setzte an, unterbrach sich wieder und atmete noch einmal tief ein.

„Es ist alles gut, Sina. Du sollst natürlich deinen Vater besuchen." Sie legte ihr eine Hand auf die Schulter. „Wir lassen das heute. Ich möchte gern, dass du morgen nach Fanø kommst. Ruf mich jederzeit an. Spätestens morgen Mittag melde ich mich sonst bei dir." Sie schüttelte kurz Sinas Schulter. „Ist das in Ordnung für dich?"

„Ja Mama." Sina nickte. Julia drückte Sina noch einmal

an sich. Lasse presste seinen Körper an die beiden.

„Dann lass uns zurück zu Oma und Opa gehen." Julia nahm Sina an die eine, Lasse an die andere Hand.

Ihre Schwiegermutter und ihr Mann standen an derselben Stelle, an der Julia sie mit den Kindern verlassen hatte. Die Hände hatte Helga Pförtner in die Manteltaschen gesteckt. Sie verschränkte die Arme erneut vor ihrer Brust, als Julia näher kam.

Julia ließ die Kinder los. Sie wendete sich an ihre Schwiegermutter.

„Sina bleibt heute bei euch. Ich telefoniere heute Abend oder morgen früh mit ihr." Sie hob den Finger einer Hand. „Ich will, dass sie morgen zu mir nach Fanø kommt." Sina schaute zu Boden. Alle schwiegen.

Julia sah sich um. „Helga, wo hast du die Sachen von Lasse?"

Frau Pförtner trat einen Schritt vor und streckte die Arme vor. Es schien, als wollte sie Julia anfassen. „Die sind im Hotel. Und ich will dir mal was sagen." Sie presste die Lippen zusammen. „Ich bin nicht deine Befehlsempfängerin. Vielleicht hättest du Sachen für die Kinder mitnehmen sollen, als du dich weggestohlen hast. Aber da waren die Kinder wohl nicht vorgesehen."

Wie unverschämt, bösartig und falsch. „Helga!" Sie hatte das Gefühl, gleich platzen zu müssen, wenn sie sich nicht wehren würde.

Zu ihrer Überraschung hob ihr Schwiegervater seine Hand. „Nun beruhigt euch, Julia. Das hat doch keinen Sinn." Seine Frau drehte sich mit einer heftigen Bewegung zu ihm um. Er verstummte.

Sie nahm Sinas Hand. „Wir gehen. Mit den Sachen, das können wir irgendwann klären."

„Nicht irgendwann, Helga, die nehme ich morgen mit, wenn ich Sina abhole."

Ihre Schwiegermutter schwieg, wendete sich zu Lasse und verzog ihre Mundwinkel zu einem Lächeln. Ihr Lippen blieben aufeinandergepresst. „Wenn du Oma und Opa sehen willst, komm gerne zu uns. Wir sind immer für dich da." Sie drehte sich weg. „Los jetzt."

Lasse atmete tief ein. „Sina!"

Sina schien etwas sagen zu wollen. Sie blieb stehen und winkte. Ihre Großmutter fasste sie an die Hand. Sie drehte sich um und ging zwischen ihren Großeltern vom Hafen weg.

Julia hatte den Arm um Lasse gelegt, schüttelte den Kopf und sah ihnen nach. Ihre Schwiegermutter hatte sich zu Sina hinübergebeugt und redete mit ihr.

Julia streichelte ihrem Sohn über den Kopf. „Du siehst sie ja bald wieder."

„Morgen kommt Sina bestimmt mit", flüsterte Lasse.

Sie drehten sich um. Die nächste Fähre lief in den Hafen ein.

Julia seufzte. „Da kommt unser Schiff, Lasse. Und drüben wartet Svenja auf uns."

Sie liefen auf das Oberdeck. Julia zeigte auf die Insel. „Da liegt Fanø, Lasse. Und wenn wir näher kommen, siehst du Svenja."

Lasse hielt sich mit den Händen an der Reling fest und schaukelte mit den Wellen hin und zurück. Der Wind wehte kräftig durch seine kurzen lockigen Haare. Julia betrachtete ihn von der Seite. Sie ist mit ihm zum Friseur gegangen. Seine schönen langen Haare. Das hat sie das letzte Mal getan. „Wir müssen dir auf Fanø eine Mütze kaufen, Lasse. Auf der Insel ist es immer stürmisch." Lasse zeigte nach vorn. „Da ist Svenja. Ich sehe sie."

Julia war nicht sicher, ob Lasse ihre Freundin unter den vielen kleinen Punkten am Hafen herausgesehen hatte. Sie dachte über Sina nach. Wann hat sie sich so entfernt von mir? Ich hatte gehofft, Michaels Einfluss würde sich nach der ersten Zeit der Pubertät ändern. Ich hoffe immer noch, trotz dieser bösartigen Großmutter. Helga, der hätte ich gern ein paar Wahrheiten gesagt. Aber die Kinder waren dabei. Sie seufzte. Schlimm genug für die Kinder, sich die furchtbaren Sprüche ihrer Oma anzuhören.

„Komm Mama, lass uns zum Ausgang gehen. Ich will als Erster raus." Er zog seine Mutter zur Treppe. Unten an der Reling warteten schon Passagiere, ein paar mit ihren Fahrrädern, andere mit Taschen und Koffern, die zu Fuß auf die Insel wollten. Die beiden standen hinter den Leuten, die von Bord wollten. Lasse schaute zwischen den Erwachsenen hin und her.

Julia beugte sich zu ihrem Sohn hinunter. „Wenn du willst, lauf zwischen den Leuten durch nach vorn. Dann bist du als Erster draußen und bei Svenja. Ich bin zu groß. Ich warte hier hinten. Ich sehe dich aber von hier."

„Ja, Mama." Lasse lief vorsichtig zwischen den Leuten hindurch, bis er neben einem anderen Jungen an der Reling stand. Julia beobachtete, dass das Kind etwas zu ihm sagte. Lasse schien zu antworten. Offenbar verstanden sie sich nicht. Der andere Junge zuckte mit den Schultern.

Das Gitter öffnete sich vor den beiden Kindern. Sie liefen hinaus, Lasse in Svenjas ausgebreitete Arme.

„Kommt, wir fahren zum Haus." Julia nahm ihren Autoschlüssel. „Und danach gehen wir an den Strand, Bernstein suchen, Lasse."

Am Strand versuchte Lasse vergeblich, einen Bernstein zu finden.

„Wir suchen morgen nach einem Bernstein, Lasse. Es ist schon dämmrig. Da sieht man sie nicht so gut."

Sie machten sich auf den Heimweg. „Morgen suchen wir nochmal, Mama." Er schaute Julia an.

„Ja, Lasse. Und morgen finden wir bestimmt einen Bernstein." Sie drückte seine Hand. „Ganz bestimmt."

Wenig später lag Lasse im Bett. Julia und Svenja saßen an beiden Seiten. Er schaute von einer zur anderen. Julia streichelte über seinen Kopf. „Wir schlafen gegenüber in dem anderen Zimmer, Lasse. Wir lassen deine Zimmertür offen." Sie zeigte nach draußen. „Und unsere Tür lassen wir auch offen. Wenn etwas ist, kannst du immer schnell bei uns sein." Sie schaute ihn an. „Ist das in Ordnung für dich?" Er streckte eine Hand aus. „Wenn ich aufwache, komme ich zu dir, Mama."

Julia küsste seine Hand und streichelte mit dem Handrücken über seine Wange.

Lasse schaute Svenja an. „Oma hat gesagt, du bist böse."

„Warum denn?" Svenja nahm seine Hand.

„Ich weiß nicht. Aber das stimmt nicht." Nach einer Pause fügte er hinzu. „Das habe ich Oma gesagt."

„Das war mutig von dir." Julia freute sich. „Was hat Oma dann gesagt?"

„Nichts." Er schüttelte den Kopf. „Aber Oma war böse mit mir. Sie hat so geguckt. Und dann ist sie weggegangen."

Svenja nahm seine Hand. „Ach Lasse, ich hab dich lieb, seitdem du auf der Welt bist. Gleich nachdem du geboren warst, hab ich dich auf dem Arm gehabt. Daran kannst du dich nicht erinnern. Du warst ja ein Baby." Julia nahm Lasses andere Hand. „Jetzt schlaf erst einmal, mein Schatz. Es war ein langer Tag."

„Du sollst mir etwas vorlesen, Mama."

„Das ist schlecht, Lasse. Oma hat deine Sachen ja nicht mitgebracht zum Hafen."

„Aber ich kann dir eine Geschichte erzählen." Svenja schlenkerte seine Hand in der Luft. „Von Schnuffel, als er sich verlaufen hatte."

„Das ist ja ein witziger Name. Wer ist Schnuffel?"

„Schnuffel ist ein kleiner Löwe. Alle nannten ihn so, weil er besonders gut riechen konnte."

„Die Geschichte möchte ich auch hören." Julia sah ihren Sohn an. „Den Namen finde ich lustig, Schnuffel."

Svenja erzählte die Geschichte. Lasse wurde immer stiller. Julia stieß sie an. „Pst." Sie legte den Finger an den Mund. „Er ist eingeschlafen."

Leise standen sie auf und gingen aus dem Zimmer. „Lass die Tür angelehnt", flüsterte Julia. Svenja nickte und faltete die Hände. Es schien Julia, als würde sie beten. „Schön, dass Lasse da ist."

Julia nahm ihre Hände. „Und morgen holen wir Sina."

Dienstag, 24. Februar

Julia

Julia schlug die Augen auf. Einen Moment musste sie überlegen, wo sie war. Lasse schläft bei uns. Sie horchte. Kein Geräusch war zu hören. Er war auch so müde gestern Abend. Sie drehte sich zur Seite und schaute in die offenen Augen ihrer Freundin.

„Julia, wir müssen planen." Svenja streichelte Julias Arm. „Ich muss morgen nach Hamburg fahren. Wir sind da um 12 Uhr zur Übergabe verabredet. Ich kann das allein machen. Wenn Sina kommt, kannst du mit den Kindern hierbleiben und mit ihnen reden." Sie hob ihren

Kopf und schaute zur Tür. Immer noch kein Geräusch. Nur das Rauschen der Wellen und dann und wann ein Möwenschrei. „Und dann sollten wir planen, wann wir in Hamburg einziehen. Wir können mit Lasse und Sina ja nicht allzu lange hierbleiben."

Sie ließ ihren Kopf wieder auf das Kissen fallen und drehte sich auf den Rücken. „Ja, und ich muss sehen, wann ich meine und die Sachen der Kinder aus der Wohnung in Bremen nach Hamburg bringe."

„Ich hab mir schon etwas überlegt."

„Ach ja? Wohl während ich geschlafen habe."

„Ja." Svenja stützte sich auf und küsste ihre Freundin auf die Nase. „Ich kenne ein Umzugsunternehmen in Bremen. Die haben für die Messe gearbeitet. Die übernehmen das komplett, packen meine Wohnung zusammen und bauen in Hamburg alles wieder auf. Das könnten die Samstag machen."

„Das wäre nicht schlecht. Aber da müsstest du sicher dabei sein." Julia überlegte. „Und wann holen wir meine Sachen?"

„Das Beste wäre, wir könnten alles rausholen, bevor seine Eltern da einziehen. Aber ich fürchte, das wird zeitlich nicht klappen. Die wollen ja schon am nächsten Wochenende rein."

Julia unterbrach ihre Freundin. „Sie wollen mit den Kindern nach Bremen, damit sie zur Schule gehen können. Wenn die bei uns bleiben, werden seine Eltern nach Kiel zurückfahren."

„Also kommt es darauf an, ob Sina zu uns kommt. Oder?" Svenja hob beide Arme.

„So ist es. Ich werde Sina anrufen und dann nach Esbjerg fahren. Danach können wir planen."

Svenja schien etwas einzufallen. „Sag mal, dürfen die denn ohne deine Erlaubnis in euer Haus einziehen?

Oder ist das egal, weil du ausgezogen bist?"

„Das hatte ich schon mit Frau Thalheim besprochen, weil ich dachte, Michael könnte machen, was er wollte, wenn ich ausgezogen bin."

„Und? Stimmt das nicht?"

„Nein, sie hat gesagt, das Haus sei bis zur Scheidung eine Ehewohnung. Und in eine Ehewohnung darf nur der rein, der von beiden Eheleuten die Erlaubnis hat."

„Das heißt, du könntest deinen Schwiegereltern verbieten, in das Haus in Bremen zu ziehen, selbst wenn Michael das erlaubt."

„Ja, das hat mir Frau Thalheim gesagt."

„Dann könntest du Sina ja zwingen, bei uns zu wohnen, solange Michael im Krankenhaus ist."

„Ja." Julia wiegte den Kopf hin und her. „Aber Sina zu zwingen..."

„Nein, das kannst du nicht machen. Du hast recht."

Julia dachte an die Wohnung in Hamburg. „Was machen wir denn mit einem Bett für Lasse? Und für Sina? Und mit Schreibtisch und allem für das Kinderzimmer."

Svenja schüttelte den Kopf. „Ja, sie brauchen das alles. Aber das ist kein großes Problem, denke ich. Lass uns die Sachen online bei IKEA aussuchen. Die bringen uns das dann in die Wohnung."

Julia nickte. „Perfekt, machen wir, nur...", sie zögerte. „Wir müssen wissen, ob Sina mitkommt."

Svenja rückte ganz dicht an Julia heran. „Liebes, mach dir da nicht die größten Hoffnungen. Sina ist von ihrem Vater und von ihrer Großmutter beeinflusst. Es kann sein, dass sie in Bremen bleiben will." Ihr fiel etwas ein. „Und sie hat ja einen Freund in Bremen."

„Ja, und das ist in ihrem Alter so wichtig, wie nichts anderes, das stimmt. Aber ich hoffe trotzdem sehr, dass Sina mitkommt."

Svenja rieb ihre Nase an Julias Gesicht. „Aber erst einmal müssen wir die nächsten Tage planen." Sie machte eine Pause. „Ich muss Freitag mit dem Zug nach Bremen fahren und in meiner Wohnung den Umzug vorbereiten. Jedenfalls, wenn das mit Samstag klappt. Dann fahre ich mit meinen Wagen nach Hamburg und kann Sonntag wiederkommen."

Julia überlegte weiter. „Wir können dich doch Sonntag aus Hamburg abholen."

„Na ja, oder wir ziehen dann zusammen in Hamburg ein."

„Wo ziehen wir ein?" Erschrocken sah Julia zur Tür. Lasse war hereingekommen und hatte seine Hand auf die Türklinke gelegt. Mit einem Hechtsprung warf er sich auf das Bett.

„Aua, Hilfe." Julia nahm ein Kissen. „Das sollst du büßen." Sie tat so, als ob sie mit ihm kämpfen wollte. Sie kitzelte ihn dabei. Er lachte und ruderte mit den Armen.

„Svenja, hilf mir gegen Mama!"

Es entspann sich ein ungleicher Kampf von Lasse und Svenja gegen Julia. Die ergab sich. Als sich alle beruhigt hatten, fragte Lasse wieder.

„Wo ziehen wir hin, Mama?"

„Wir ziehen zusammen mit Svenja nach Hamburg, Lasse. Das ist eine Stadt nicht weit weg. Sie ist fast genauso wie Bremen, nur etwas größer."

„Und Papa?"

Julia überlegte, wie sie es formulieren sollte. Lasse kam ihr zuvor. „Oma hat gesagt, Papa würde im Haus in Bremen bleiben und du nicht, Mama."

„Das stimmt, Lasse. Und du hast dann zwei Zimmer, eins bei Papa und eins bei uns."

Lasse wurde still. „Sina soll mitkommen."

Svenja meldete sich „Das hoffen wir, Lasse. Aber das muss sie selbst entscheiden. Sie ist ja schon 13 und deshalb darf man, wenn man so alt ist, selbst sagen, ob man die meiste Zeit bei Mama oder bei Papa bleiben will."

„Ab wann darf man das denn sagen?"

Julia schüttelte ihn liebevoll. „Jedenfalls nicht, wenn man so ein kleiner Süßer ist wie du."

Svenja mischte sich ein. „Das bedeutet aber nicht, dass du Papa nicht mehr siehst. Den kannst du oft besuchen. Und du behältst ja dein Zimmer zuhause. Zwei Zimmer, eins in Hamburg und eins in Bremen, das ist doch toll."

Lasse stockte, dann nickte er. „Ich habe Hunger."

„Oha, dann müssen wir aufstehen." Julia schlug die Bettdecke zur Seite. „Erst einmal frühstücken und dann Bernstein suchen, was meinst du, Lasse?"

„Jaaa, anziehen!" Er lief in sein Schlafzimmer.

Nach dem Frühstück machten sie sich fertig, um an den Strand zu gehen. Lasse hatte seinen Overall und seine Stiefel schon an.

Svenja flüsterte ihrer Freundin zu. „Ich habe den kleinen Bernstein eingesteckt, den wir letzten Montag gefunden haben. Lasse soll ihn finden."

Julia lächelte und küsste sie auf die Nase.

Julia

Julia war dabei, sich nach dem Spaziergang die Jacke auszuziehen.

„Sina hat sich immer noch nicht gemeldet. Ich werde sie jetzt mal anrufen, Svenja."

„Ich mache Kaffee." Svenja half Lasse aus seinem Overall.

Julia ging nach draußen auf die Terrasse und wählte Sinas Nummer. Ihr Herz klopfte so laut, dass Julia meinte, das müsse im Telefon zu hören sein.

Sina meldete sich.

„Hallo Sina, hier ist Mama. Ich wollte dich fragen, ob du jetzt nach Fanø kommen willst. Wir können dann reden. Du kannst hier etwas das Meer genießen ... Ja, nach Hamburg. Hat dir das dein Vater erzählt? ... Hamburg und Bremen sind so weit nicht voneinander entfernt, Sina ... das müssen wir nicht jetzt entscheiden ... Wenn du unbedingt willst ... Nein, ich werde dich nicht nach Hamburg zwingen, aber ... Papa hat was gesagt? ... Hör zu, ich werde mich nicht mit deinem Vater darüber streiten, wo du leben wirst ... Ich würde aber gern mit dir in Hamburg ... Ja, Oma und Opa können da erstmal mit dir bleiben. Aber ich möchte, dass wir vorher miteinander reden ... Ich finde, da gibt es sehr viel zu reden ... Du hast recht. Ich will dich nicht zwingen. Aber ich bin schon traurig, dass du dir erstmal nicht anhören willst, wie ich das sehe ... Na gut, dann später. Ich rufe dich wieder an ... Und ruf mich jederzeit an, wenn dir danach ist ... ich hab dich lieb."

Julia blieb auf der Terrasse sitzen und schaute auf das Meer. Eine ihr unbekannte Trauer überfiel sie. Sie hatte das Gefühl, sie müsse sich übergeben. Die Glieder wurden ihr schwer. Sie fühlte sich außerstande, aufzustehen.

Lasse kam zu ihr. „Was ist, Mama?"

„Sina will erst einmal bei Oma und Opa bleiben, Lasse." Sie hob ihren Sohn auf den Schoß. „Sie wird uns in Hamburg besuchen. Aber erst einmal fährt sie nach Bremen zurück."

„Und Papa?" Lasse sah sie fragend an.

„Der muss längere Zeit im Krankenhaus bleiben."

„Wie lange ist längere Zeit?"

„Ich denke, vier Wochen wird es mindestens dauern. Schauen wir mal. Das steht nicht fest."

Svenja kam auf die Terrasse. „Hast du mit Helga telefoniert wegen Lasses Sachen?"

„Nein, ich hätte das im Gespräch mit Sina klären sollen. Ihre Großmutter stand ja daneben. Sie hat dann und wann einen Spruch gemacht."

„Was denn für einen Spruch?"

„Ist egal. Ich rufe sie an."

Julia wählte die Telefonnummer ihrer Schwiegermutter.

„Pförtner."

Typisch. Sie sieht auf dem Display, dass ich anrufe. Und meldet sich mit ihrem Nachnamen. Julia schüttelte den Kopf. „Hallo Helga, hier ist Julia. Ich brauche die Sachen für Lasse. Hör zu, ich werde die nächste Fähre nehmen." Sie sah auf die Uhr. „Die fährt in einer Viertelstunde. Zwölf Minuten später bin ich am Hafen. Ich möchte dann die Sachen von Lasse haben."

„Kommandier hier nicht herum. Aber meinetwegen. Ich bringe die Tasche zum Hafen. Wiederhören."

„Ich wollte noch sagen...", Julia hielt den Hörer von sich entfernt und sah Svenja an. „Sie hat aufgelegt."

„Ach Julia, soll sie. Fahr zum Hafen. Ich bleibe mit Lasse hier." Sie streichelte Lasse über den Kopf. „Wir schalten mal den Fernseher ein. Vielleicht gibt es eine gute Sendung."

Julia fuhr zum Hafen. Auf der Fähre lief sie, wie immer, nach oben auf das Deck und schaute in Richtung Esbjerg. Sie sah ihre Schwiegermutter schon von weitem. Sie stand allein, eine Handtasche über der Schulter, die Hände in die Taschen ihres Ledermantels gesteckt. Sie hielt sich kerzengerade. Regungslos, so steht sie immer schon. Wie ein Soldat bei der Parade.

Julia erfasste ein Schaudern, als würde sie ihre Schwiegermutter das erste Mal so sehen, wie sie wirklich war. Diese blond gefärbten Haare, damit sie jünger wirkt als ihre 71 Jahre. Ihre Härte sieht man dem Gesicht schon von weitem an. Disziplin, das hat sie ständig gepredigt. Gelacht hat sie nicht oft in ihrem Leben.

Julia schüttelte den Kopf. Unbarmherzig trifft es am besten.

Julia verließ die Fähre. Je näher sie ihrer Schwiegermutter kam, desto deutlicher sah sie die Zeichen des Alters. Die Furchen in ihrer Haut zeigten an beiden Seiten des Gesichts schräg nach unten. Was für eine schreckliche Schwiegermutter. Und ich hab mich immer um Freundlichkeit bemüht. Wie konnte ich nur? Neben ihr stand ein Handkoffer.

Julia ging auf sie zu. „Guten Tag, Helga. Händeschütteln sollten wir uns sparen. Lass die Hände ruhig in den Taschen."

Sie bückte sich und zog den Griff des Handkoffers nach oben.

Helga nickte zum Gruß. „Ich verstehe dich nicht, Julia."

Julia ließ den Koffer los und richtete sich langsam auf. Der Wind hatte zugenommen und wehte ihr die offenen Haare in das Gesicht. Sie strich mit der linken Hand die Strähnen hinter ihr Ohr. Die rechte Hand steckte sie in ihre Windjacke. Beide standen voreinander und schwiegen.

Julia wartete darauf, was ihre Schwiegermutter nach dem Gesprächsauftakt erklären würde. Sie wappnete sich innerlich gegen den Angriff, den sie erwartete, streckte ihren Körper und steckte auch die andere Hand in ihre Jackentasche. Ich werde nicht anfangen. Sag, was du sagen willst. Du wirst alles gleich besser wissen, wie immer. Nicht mehr mit mir. Das ist vorbei. Ich werde dir schon erzählen, was ich davon halte.

Endlich schien Frau Pförtner die Worte gefunden zu haben, die sie Julia zugedacht hatte und schüttelte heftig den Kopf. „Du hattest ein Leben, von dem andere nur träumen. Einen Mann, der viel verdient, Kinder, Haus, Garten alles. Und das wirfst du weg? Für was?"

Julia sah, dass der Mund ihrer Schwiegermutter zu einem schmalen Strich geworden war. Es fiel ihr schwer, sich von dem Bild zu lösen und auf ihre Antwort zu konzentrieren. Zu sehr verkörperten die schmalen Lippen, die zusammen gezogenen Augenbrauen und die klein gewordenen grünen Augen die Aggressivität, die sie auch bei ihrem Mann erlebt hatte.

„Ich werfe nichts weg, Helga, ich werfe ab." Julia wurde lauter. „Und zwar die Klammern von Gewalt und Unterdrückung durch deinen Sohn."

„Das ist doch Quatsch. Und eine Unverschämtheit. Klammern von Gewalt. Weißt du überhaupt, was du da redest?" Frau Pförtner schüttelte wieder den Kopf. „Gewalt, Gewalt, wenn ich das schon höre. Er hat mir alles erzählt. Aber ein paar Ohrfeigen haben weder Michael geschadet, noch schaden sie dir. Eine Ohrfeige ist doch kein Weltuntergang."

„Das ist doch...", Julia stockte, griff mit einer Hand in ihr Haar und holte tief Luft. „Du rühmst dich auch noch, Michael geschlagen zu haben?"

„Ich könnte mich in der Tat rühmen, wie du das geschraubt formulierst. Mein Sohn Matthias ist Studienrat, Michael ist Rechtsanwalt. Da habe ich dann wohl einiges richtig gemacht."

Julia rang sich zu einem Grinsen durch. „Glückwunsch zum Examen."

„Du bist einfach nur unverschämt, Julia."

„Nein, aber es geht nicht um Berufe. Michael hast du durch Schläge zu einem Schläger gemacht. Und Matthias läuft auf seine dritte Scheidung zu. Du merkst auch gar nichts, Helga."

„Jetzt soll ich noch schuld sein, wenn sich meine Söhne durch schwache und unfähige Frauen ins Unglück stürzen?" Frau Pförtner machte eine Pause. „Und was heißt hier Schläger und schlagen? Das ist doch kompletter Unsinn. Meine Kinder haben jedenfalls pariert und sich benommen." Sie nickte mehrmals energisch.

Julia wurde lauter. „Weil du sie oft genug geschlagen hast."

„Was heißt hier geschlagen? Ich hatte einen Rohrstock in der Ecke. Der kam aber nur zum Einsatz, wenn es nötig war. Kinder müssen doch lernen, wo die Grenzen sind." Sie breitete die Arme aus. „Hat Michael dich mit einem Rohrstock geschlagen? Nein, also, was redest du?"

Julia atmete tief ein. Ich sollte mich umdrehen und gehen, statt mir solchen Schwachsinn anzuhören. Bevor sie etwas sagen konnte, redete ihre Schwiegermutter weiter. „Du hast durch deinen Quatsch alles verloren, Michael und auch Sina."

Julia unterbrach sie. „Ich habe nicht verloren, Helga. Ich habe gewonnen. Ein glückliches Leben." Sie schüttelte sich. „Verloren habe ich ein Monstrum, wie schön."

Sie zielte mit dem Finger auf die Brust ihrer Schwiegermutter. „Bei Sina ist das letzte Wort nicht gesprochen, auch wenn sie immer noch ein sehr einseitiges Bild von ihrem Vater hat." Sie trat einen halben Schritt auf ihre Schwiegermutter zu und hob ihre Stimme. „Ich sage dir aber eines zu Sina. Höre ich ein einziges Mal, dass du gegen sie die Hand erhoben hast oder sie in irgendeiner Weise schlecht behandelst, hast du Sina das letzte Mal gesehen, ist das klar?"

„Ich habe weder Sina noch Lasse jemals eine Ohrfeige gegeben, obwohl es Anlass dazu genug gab, Julia, um das auch ganz klar zu sagen. Bei meinen Enkelkindern gilt, dass die Eltern zu erziehen haben, nicht wir als Großeltern. Dabei ist gleich, ob sie in der Erziehung versagen, wie es bei dir der Fall ist." Frau Pförtner nahm ihre rechte Hand aus der Tasche und richtete den Zeigefinger auf Julia. „Dein Laissez-Faire ist unerträglich. Aber du musst selbst verantworten, wenn aus den Kindern nichts Anständiges werden sollte."

Julia schüttelte den Kopf. „Du bist einfach unerträglich, Helga. Ich wiederhole, schlägst du Sina oder wird sie in irgendeiner Weise gedemütigt oder sonst schlecht behandelt, siehst du sie nicht wieder, ist das klar?"

Ihre Schwiegermutter antwortete nicht. Ihre Augen irrten vom Koffer zu Julia. Dann rang sie sich doch zu einer Antwort durch. „Darüber hast du nicht allein zu entscheiden."

Julia trat dicht an sie heran und sah ihr in die Augen. „Da irrst du dich. Großeltern haben keinerlei Rechte, wenn sie sich mit einem der Elternteile streiten. Das hat dir doch bestimmt schon dein Super-Rechtsanwaltssohn erzählt. Schreib dir das hinter die Ohren, Helga."

Frau Pförtner trat einen Schritt zurück. „Du machst mir keine Angst, du nicht. Sina ist alt genug; sie entscheidet selbst, wen sie sieht und wen nicht." Sie ging wieder auf Julia zu. „Pass du nur auf, dass dich deine Tochter überhaupt noch einmal sehen will." Nach kurzer Pause fügte sie hinzu. „So verrückt, wie du dich verhältst."

Julia wurde laut und betonte jedes Wort: „Darauf

kommt es nicht an, wenn ich dir den Kontakt zu Sina verbieten lasse." Sie trat zurück und bückte sich nach dem Handkoffer. „Ich habe jetzt genug von deinen Unverschämtheiten. Ich weigere mich, weiter mit dir zu reden."

„Ja, geh nur. Das ist typisch für dich. Ausweichen, bloß weg, wenn es ein Problem gibt." Frau Pförtner wurde lauter und winkte mit der Hand von sich weg. „Begib dich zu deiner widernatürlichen...", sie suchte nach dem passenden Wort, „zu deiner lesbischen Brut." Sie verzog die Mundwinkel, als hätte sie auf eine Zitrone gebissen.

Darauf habe ich gewartet. Das Argument fehlte, diese bösartige Frau. Julia sah ihre Schwiegermutter an. „Auch noch homophob. Du bist so armselig, so erbärmlich. Du solltest dir mal zuhören."

Frau Pförtner zitterte und begann zu schreien. „Du bist so abgrundtief egoistisch. Immer nur ich, ich, ich, ohne Rücksicht auf deinen Mann." Sie machte eine Pause. „Michael hat den ganzen Tag Jahr um Jahr für dein bequemes Leben gearbeitet. Wie sensibel er ist, hast du nie verstanden."

Julia zog ihre Kapuze über den Kopf. „Sensibel? Ich fasse es nicht." Sie schüttelte den Kopf. „Seine ach so sensible Art hat er wohl von dir." Sie fasste den Griff des Koffers und drehte sich weg. Dann stockte sie und drehte sich wieder um. „Du weißt genau, was du da herangezogen hast. Du willst es um nichts in der Welt wahrhaben." Frau Pförtner presste die Lippen aufeinander und schaute Julia mit zugekniffenen Augen an.

Julia winkte ab. „Denk doch, was du willst."

Sie begann zu gehen, blieb dann aber stehen und sah ihre Schwiegermutter an. „Folgendes noch: Ich werde Sachen aus dem Haus holen. Dazu werde ich demnächst nach Bremen kommen. Wenn ich bemerke, dass du mir irgendwelche Probleme machst, wirst du das Haus verlassen. Merk dir das."

„Wie meinst du das?"

Julia antwortete nicht und lief zur Kasse an der Fähre. Sie zwang sich, langsam zu gehen und sich nicht umzudrehen. Erst auf dem Schiff schaute sie nach ihrer Schwiegermutter. Sie war verschwunden.

V.

5 Monate später
Montag, 4. August

Michael

Er fühlte sich unwohl. Fünf Monate war er nicht im Büro gewesen. Jetzt saß er das erste Mal wieder an seinem Schreibtisch, als wäre nichts geschehen. Aber die Welt fühlte sich für ihn anders an, ungewohnt, fremd.

Er schaute sich um. Die Bilder an der Wand. Das untergehende Schiff mit zwei rauchenden Schornsteinen, das Porträt eines unbekannten Kaufmanns mit pelzbesetztem Umhang, die Augen in die Ferne gerichtet, in der Hand einen Geldbeutel. Sein Blick fiel auf das dritte Gemälde, ‚Fichtendickicht im Walde' von Caspar David Friedrich. Warum liebe ich dieses Bild so? Fichten ohne jedes Leben. Kein Mensch mag es. Er sah genauer hin, konnte aber nicht erkennen, was ihn daran so faszinierte. Es war nicht das Original. Aber es war perfekt nachgemalt. Er schaute auf seinen Schreibtisch. Rechts lag ein Stapel Akten. Vor dem Anschlag hat Nellie sie immer auf den runden Tisch gelegt, Sie nimmt still-schweigend Rücksicht auf mich. Ich muss nicht mehr aufstehen. Auf die kann ich mich verlassen.

Gut, dass ich die Sachen nicht bearbeiten muss. Jessica hat sich Unterstützung geholt mit dem neuen Referendar, den sie für ein halbes Jahr eingestellt hatten. Jan Tellermann, was hat der für einen blöden Nachnamen, dachte er. Er schüttelte den Kopf.

Die Akten lagen „zur Kenntnisnahme" da.

Michael griff nach dem ersten Vorgang auf dem Stapel, zog die Hand aber wieder zurück. Das interessiert mich im Moment überhaupt nicht. Später, nicht jetzt. Er drehte sich zum Fenster und schaute hinaus. Seine Stimmung wurde durch den Regen, der auf den Balkon vor seinem Zimmer prasselte, nicht besser.

„Ist doch gut, dass es regnet." Er drehte sich zur Tür. Jessica war hereingekommen. Michael war irritiert. Er war es nicht mehr gewohnt, dass jemand zur Tür herein-kommt, ohne zu klopfen.

Jessica Thomas setzte sich stöhnend auf einen Stuhl vor seinen Schreibtisch. „Es hat lange nicht geregnet."

Michael schaute sie an. „Hast du zugenommen, Jessica?"

„Eine unhöfliche Frage, Michael." Er zuckte mit den Schultern. Sie schaute ihn an. „Ich bin schwanger."

„Nein!" Er warf sich an die Rücklehne seines Stuhls und schüttelte den Kopf.

„Doch." Jessica blieb ruhig sitzen und lächelte. „Gleich fragst du mich, ob ich von meinem Mann schwanger bin."

„Und? Bist du von Oliver schwanger?"

Jessica zögerte. Michael sah sie an. Er wusste, dass seine Kollegin die Ehe nicht so ernst nahm und gern flirtete. „Also nicht!"

Jessica schüttelte den Kopf. Michael lachte. „Du weißt es nicht, oder?"

„Hör zu, Michael. Das ist mein Problem, wenn es überhaupt eines ist. Ich will zwei Sachen, erstens wissen, wie es dir geht und zweitens über deine Ehesache mit dir reden."

Michael schwieg und atmete tief ein. „Scheiße geht es mir. Warum bin ich wohl mit dem Fahrstuhl direkt in mein Zimmer gefahren?" Er wurde lauter. „Meinst du, es ist angenehm, mit Rollator herumzulaufen?"

„Ist ja gut, Michael. Das kann jeder verstehen. Aber du musst dich nicht verstecken. Es sind doch unsere Angestellten."

Er blieb laut. „Ja, und ich verstecke mich nicht, verdammt." Er machte eine Pause und wurde leiser. „Ich kann und ich will mich an Krücken und Rollator nicht gewöhnen."

„Trotzdem musst du in jedes Zimmer gehen und unsere Leute begrüßen. Du warst fünf Monate weg."

„Weiß ich, mach ich noch. Aber dass ich genervt bin, ist doch klar."

„Hauptsache, dein Kopf ist in Ordnung, Michael. Das ist das Wichtigste."

Jessica schlug die Akte auf, die sie vor sich auf dem Schoß hatte, sah dann aber zu ihm auf.

„Michael, ich habe für heute Nachmittag eine Rechtsanwaltsrunde im Terminkalender eingetragen, weil ich wusste, dass du heute wiederkommst." Sie sah ihn an. „Einverstanden?" Sie wartete eine Antwort nicht ab. „Ich denke, wir sollten dir berichten, was zwischenzeitlich so gelaufen ist. Und wir müssen besprechen, wie es weitergeht." Nach einer Pause fügte sie hinzu: „Also, inwieweit du dich in der Lage fühlst, wieder reinzukommen."

Michael hatte daran nicht gedacht, wollte aber seine

Führungsrolle betonen. „Das ist gut, Jessica. Ich hätte die Besprechung angesetzt, wenn du es nicht schon getan hättest."

Sie sah ihn an und schwieg. Dann schaute sie wieder auf die Akte in ihrem Schoß. „Hör zu, in deiner Sache müssen wir auf das letzte Schreiben von Rechtsanwältin Thalheim reagieren. Das datiert von Anfang Juni. Du weißt, ich habe sie hingehalten. Jetzt müssen wir aber Stellung nehmen."

Jessica zeigte auf eine Akte, die links von Michael auf dem Schreibtisch lag. „Da ist der komplette Schriftverkehr in Kopie drin, den wir mit der Rechtsanwältin deiner Frau haben. Hast du das letzte Schreiben überhaupt gelesen? Ich hatte es dir in die Kur geschickt."

Michael hatte es bekommen, aber ungelesen zusammengeknüllt und in einer Schale auf seinem Balkon im Kurhotel verbrannt. Er dachte daran, dass ihm dies trotz der Tatsache, dass er als Privatpatient freundlich behandelt worden war, eine Abmahnung eingebracht hatte. „Ich hab's nur überflogen. Ich lese es gleich noch einmal und dann reden wir über die Antwort."

„Ist gut, Michael. Ich muss zu unserem Referendar, eine Sache mit ihm besprechen. Ich komme in zehn Minuten wieder."

„Warte, Jessica, was ist denn mit deiner Schwangerschaft? Wann ist es soweit und wie lange gedenkst du auszufallen?"

Jessica winkte ab. „Ich bin im dritten Monat. Mein Mann wird zuhause bleiben. Aber das besprechen wir später."

„Na denn; sag Nellie, sie soll mir einen Kaffee bringen."

Jessica stand auf. „Würde sie auch tun, wenn ich ihr nichts sagen würde."

Tatsächlich kam seine Sekretärin zur Tür herein, ehe Jessica sie hinter sich schließen konnte. „Möchtest du einen Kaffee, Michael?"

„Ja. Hör zu Nellie, wir reden später über die Akten und wie es weitergeht. Heute Nachmittag haben wir eine Anwaltsrunde angesetzt. Und erst einmal muss ich mit Jessica meine Ehesache besprechen."

Annelie Behrendt nickte. „Ich habe für heute keine Mandantentermine für dich angenommen. Das hast du bestimmt schon am Terminkalender gesehen."

„Habe ich mir nicht angesehen. Aber gut, Nellie."

Michael schlug den Aktenordner mit seiner Ehesache auf. Seine Sekretärin zögerte, ging und brachte ihm dann den Kaffee. Er fing an, das letzte Schreiben von Rechtsanwältin Thalheim zu lesen.

Michael lehnte sich zurück. Scheiße, scheiße. Er schlug mit der flachen Hand auf den Schreibtisch. Hätte ich mir denken können, dass sie solche Forderungen stellt. Kommt nicht infrage. Wieder schlug er auf die Tischplatte. Vorher mache ich mit ihr, was ihre Freundin mit mir gemacht hat. Sie soll die Treppe... Er kam mit seinen Gedanken nicht weiter.

Die Tür öffnete sich einen Spalt. Jessica schaute herein. „Bist du soweit? Oder soll ich." Sie redete nicht weiter. Michael winkte. Hinter ihr kam der Referendar in das Zimmer. Er hielt sich im Hintergrund. Sie zeigte auf ihn. „Das ist Jan Tellermann." Sie schaute ihn an. „Na ja, so neu bist du nicht mehr."

„Ja, ich bin schon drei Monate da." Er ging auf Michael zu und blieb am Schreibtisch stehen. „Guten Tag Herr Dr. Pförtner. Ich freue mich, dass wir uns endlich kennenlernen. Vielen Dank, dass Sie mich als Referendar aufgenommen haben."

Wenigstens benehmen kann er sich. Michael stützte

einen Arm auf der Stuhllehne ab. „Ja, das passte gut, weil ich zeitweise ausgefallen bin. Wir duzen uns auf Anwaltsebene alle. Und da gehörst du für uns dazu."

Mit dem dunklen Anzug und dem offenen weißen Hemd sieht er seriös aus, dachte er. Nickelbrille, kurze schwarze Haare und 3-Tage-Bart, das passt zu Rechtsanwalt. Mindestens 1 Meter 90, dünn, aber perfekt. Wenn er etwas taugt, könnten wir ihn nach dem zweiten Examen gebrauchen.

Er wendete sich Jessica zu, die sich inzwischen auf einen Stuhl am Schreibtisch gesetzt hatte. „Wie macht er sich denn, Jessica?"

„Er macht sich gut. Seine Entwürfe sind zu gebrauchen."

Sie sah den Referendar an, der aufrecht dastand und die Hände gefaltet vor sich hielt.

„Du kannst jetzt gehen, Jan."

Der winkte zum Abschied und verschwand, ohne etwas zu sagen.

Michael wendete sich Jessica zu. „Kollegin Thalheim hat das ganze Programm aufgefahren." Er schüttelte den Kopf. „Über 4.000 Euro Unterhalt. Die spinnt."

„Arbeitet deine Frau denn nicht?"

„Doch, halbtags, in einer Klinik." Er stockte. „Wir müssen Druck machen, Druck ohne Ende."

Michael hatte Mühe, nicht zu schreien. Er atmete tief ein.

Jessica runzelte sichtbar die Stirn. „Michael, wir müssen ruhig bleiben." Sie schien weiterreden zu wollen, schwieg dann aber.

„Ok, ok, also." Er atmete noch einmal ein. „Ich habe mir etwas überlegt." Er schaute auf und lehnte sich zurück. „Wir stellen den Antrag auf alleinige elterliche Sorge für Lasse."

Michael machte eine Pause. „Vielleicht sollten wir einen Eilantrag stellen."

„Eilantrag? Mit welcher Begründung?"

„Na, wegen Kindesentführung. Sie hat meinen Krankenhausaufenthalt genutzt, um Lasse aus dem Elternhaus zu entführen. Dahin muss er wieder zurück. Entführung kann doch nicht belohnt werden damit, dass er bei ihr bleibt." Michael war laut geworden. „Und er muss zurück, damit die Geschwister nicht auseinandergerissen werden. Geschwisterbindung ist nach der Rechtsprechung wichtig. Das können wir gut ausschmücken." Er machte eine Pause.

Jessica hob die Hand. „Nun komm mal zurück, Michael. Ein Eilantrag ist doch schon deshalb sinnlos, weil Anträge zum Sorgerecht sowieso innerhalb eines Monats bei Gericht verhandelt werden."

„Das ist mir doch klar, Jessica. Aber ich zeige damit, wie wichtig mir die Sache ist."

Jessica schüttelte den Kopf.

„Was ist?" Michael war es nicht gewohnt, bei Anträgen im Familienrecht keinen Beifall zu bekommen.

„Überleg das nochmal mit dem Eilantrag. Du hast dich früher lustig darüber gemacht, wenn Kollegen bei Kindschaftssachen Eilanträge gestellt haben."

„Da muss ich dir ausnahmsweise recht geben. Ich überleg das nochmal. Aber hilfsweise beantragen wir das Aufenthaltsbestimmungsrecht. Damit können wir bestimmen, wo und bei wem Lasse lebt."

Jessica sah ihn lange an. „Du bist der bessere Fachanwalt für Familienrecht von uns beiden. Aber du glaubst doch nicht im Ernst, dass das Amtsgericht dir die alleinige elterliche Sorge zuspricht."

„Darum gehts nicht, Jessica. Es geht um den Druck, den wir machen."

Jessica wiegte den Kopf hin und her. „Meinst du, das funktioniert?" Sie nickte. „Dann lass uns beantragen, ein Gutachten dazu einzuholen. Das dauert und das verunsichert."

Michael ballte die Faust. „Super, das machen wir. Hätte ich dir noch gesagt."

Sie zog die Augenbrauen nach oben und sah ihn an. Michael redete weiter. „Aber Jessica, du musst unbedingt mit dem Amtsgericht telefonieren, damit wir wissen, wann meiner Frau der Antrag zugestellt wird. Kurze Zeit später muss sie dann unser Schreiben bekommen, mit dem wir den Druck erhöhen."

Jessica unterbrach ihn. „Michael, das ist viel Arbeit. Ich hab das bisher gemacht und mache das grundsätzlich weiter für dich." Sie machte eine Pause. Michael schaute sie an und hob die Schultern. „Ja und?"

„Wir haben durch deinen Ausfall unheimlich viel zu tun. Ich nehme mir oft abends Akten mit nach Hause. Das kann auf Dauer so nicht gehen."

„Ich weiß nicht, was du sagen willst, Jessica." Michael lehnte sich zurück. Der Stuhl federte nach hinten.

„Wir besprechen das im Einzelnen ja heute Nachmittag. Aber die Anträge, die du dir vorstellst, das Schreiben an Frau Thalheim, das ist." Sie presste die Lippen zusammen. „Und ich hab selbst einen Haufen Akten auf dem Tisch."

Michael schüttelte den Kopf. „Ja stellst du dir vor, dass ich das alles selbst mache?"

„Offen gestanden, ja, Michael." Sie zuckte mit den Schultern. „Ich weiß, dass man sich nicht selbst vertreten sollte wegen der Emotionen, die damit verbunden sind. Ich hab aber einfach zu viel Arbeit, Michael."

„Also Jessica, ich kann das zwar juristisch, aber die Emotionen sind natürlich da."

„Ja." Sie lehnte sich zurück. „Und nimm es mir nicht übel, Michael. Ich finde das schon heftig, wie du mit deiner Frau umgehen willst."

„Du übertreibst." Er schüttelte den Kopf. „Aber wenn schon, das spielt doch zwischen uns keine Rolle."

„Nein, das ist deine Sache, klar." Sie machte eine Pause. „Aber wenn Kinder da sind, wie bei euch, ist es doch sinnvoll, sich zumindest in einzelnen Fragen zu einigen."

„Mit meiner Frau werde ich mich nicht einigen." Michael schlug mit der flachen Hand auf seinen Schreibtisch. „In keinem einzigen Punkt, niemals." Er schüttelte heftig den Kopf.

Jessica hob beide Hände. „Ist gut, komm runter, Herrgott."

Sie legte die Hände auf den Tisch. „Lass es uns so machen. Du schreibst die Sachen und ich lese das nochmal durch, um dich vor zu vielen Emotionen zu schützen."

Michael lehnte sich im Stuhl zurück. „Wenn du es nicht schaffst."

Jessica unterbrach ihn. „Einverstanden. Und wenn du voll wieder drin bist und ich entlastet bin, kann ich deine Schreiben wieder entwerfen."

Sie stand auf. „Ich bin froh, dass wir uns so einigen können, Michael."

Sie wandte sich zum Gehen. „Den Rest besprechen wir heute Nachmittag."

Michael war unzufrieden. Jessica drehte sich um. „Jetzt geh doch mal im Büro herum, um dich zu zeigen."

Michael stand auf. Er stützte sich mit einer Hand am Schreibtisch ab, mit der anderen Hand am Rollator.

Jessica sah ihm dabei zu. „Kann ich dir helfen?"

„Nein, mach mir die Tür auf, dann geht das schon."

Langsam ging Michael von Zimmer zu Zimmer. Er ging langsam, stützte sich auf den Rollator und zog sein linkes Bein nach.

Zurück in seinem Büro ließ er sich in seinen Stuhl fallen. Er schüttelte den Kopf. Die einen sehen mich peinlich berührt an, die anderen tun so, als wären sie fröhlich. Furchtbar. Das mache ich nicht nochmal. Er schlug mit der Hand auf die Stuhllehne. Dann rief er seine Sekretärin zu sich.

„Hör zu, Nellie." Er zeigte auf den Stuhl vor seinem Schreibtisch. „Setz dich." Zögernd setzte sie sich auf den Rand des Stuhls.

„Du musst mich in der nächsten Zeit abschirmen. Beurkundungen als Notar mache ich, wenn nicht mehr als zwei Leute dabei sind, vor allem Testamente und so etwas. Das kann ich dann hier im Zimmer machen." Er überlegte. „Das bespreche ich am besten mit Manfred." Er zeigte mit dem Finger auf seine Sekretärin. „Du musst alle Termine, die die Leute haben wollen, vorher mit mir besprechen, Nellie. Frag sie bitte genau, was sie für ein Problem haben, damit ich entscheiden kann, ob ich das mache. Wenn nicht, musst du das auf die anderen verteilen."

Sie schaute ihn an. „Sind die damit einverstanden?"

Michael zog eine Augenbraue nach oben. „Das ist meine Sache, Nellie, ja?"

Sie zog die Augenbrauen nach oben. „Und du willst zunächst wenig Sachen haben, ist das richtig?"

„Genau. Ich muss alle zwei Tage zur Physiotherapie, damit das mit meinem linken Bein besser wird. Und ich muss mich schonen." Er spürte erneut, wie aggressiv er sein würde, wenn er die Gelegenheit dazu hätte, das Gefühl auszuleben. Er wartete nicht ab, bis sich die aufkommende Wut legen würde. „Und ich muss die Frau zur Rechenschaft ziehen, der ich das alles zu verdanken habe."

„Was meinst du?" Annelie Behrendt sah ihn erschrocken an.

Michael atmete ein und hatte sich wieder gefangen. „Ich meine die Scheidung, die muss ich erst durchziehen."

Er ballte die Fäuste. „Sie will im Grunde alles haben, was ich aufgebaut habe. Meine Gesundheit hat sie mir schon genommen. Jetzt will sie mein Geld."

Seine Sekretärin zögerte. „Bring mir einen Kaffee, Nellie. Den brauche ich jetzt."

Sie stand auf und ließ ihn mit seinem Zorn auf Julia allein zurück.

Michael versuchte, sich auf die Besprechung am Nachmittag zu konzentrieren. Ich werde klar machen, dass ich zunächst nur ausgewählte Fälle und wenige Beurkundungen übernehmen kann. Gott sei Dank ist Holger Altmann Notar geworden, kurz bevor die Marcus mich von der Treppe gestoßen hat.

Jessica Thomas, Holger Altmann und Janina Walter saßen schon im Besprechungsraum, tranken Kaffee und unterhielten sich, als Michael mit seinem Rollator ins Zimmer kam.

„Möchtest du einen Kaffee, Michael?"

Er nickte und setzte sich an die Stirnseite des Besprechungstisches. Jessica nahm ihr Telefon. „Frau Brandt, lassen Sie bitte Herrn Dr. Pförtner einen Kaffee bringen."

Sie legte das Telefon zur Seite und sah Michael an. „Am besten schilderst du erst einmal, wie deine gesundheitliche Situation ist und worauf wir uns einstellen müssen."

Michael erklärte, dass sich seine körperliche Verfassung sicher verbessern würde. „Ich kann aber zunächst nur ausgewählte Fälle übernehmen. Beurkundungen will ich nur in Anwesenheit von maximal zwei Personen in meinem Zimmer durchführen. Außerdem muss ich jeden zweiten Tag zur Physiotherapie." Er unterbrach sich und sah sich um. „Dass ich jetzt schon jeden Tag von früh bis spät in der Kanzlei sein kann, halte ich für zweifelhaft." Er fügte noch einmal hinzu. „Aber es wird sich stetig verbessern."

Als er endete, herrschte im Raum eine Stille, die Michael unangenehm war. Jessica räusperte sich. „Michael, letztlich bedeutet das doch, dass wir wenig auf dich zählen können. Wie lange meinst du, dass deine eingeschränkte Arbeitstätigkeit dauern wird?"

Michael zuckte mit den Schultern. „Das kann ich nicht sagen. Ich kann froh sein, mit dem Leben davongekommen zu sein."

Jessica unterbrach ihn. „Ja. Aber wir müssen planen, Michael. Wir können nicht weiter Mandanten verlieren, weil du ausfällst."

Holger Altmann, der an der Seite hinter Jessica saß, beugte sich nach vorn, sah Michael an und schwieg. Der bemerkte, wie alle ihn anblickten. Das Gefühl von Wut, das er so gut kannte, erfasste ihn wie ein Strudel. Offenbar erwarten alle, dass ich was zu der Scheiße sage. Diese Affen alle, die haben keine Ahnung. Aber Sprüche machen.

„Dafür kann ich doch wohl nichts, die Treppe hinunter geworfen zu werden."

Die anderen sahen ihn mit aufgerissenen Augen an. Holger Altmann fasste sich als Erster. „Wieso die Treppe heruntergeworfen? Ich denke, es war ein Unfall?"

Michael winkte ab. Er hatte sich wieder im Griff. „Das

ist die offizielle Version und die gilt weiter. Alles andere ist nur meine eigene Sache."

Janina Walter hob die Hand, als wollte sie sich zu Wort melden. „Gibt es denn eine Strafanzeige?"

Michael schüttelte den Kopf. „Nein, und das ist besser so. Da würde Aussage gegen Aussage stehen und ich habe keine Zeugen." Er breitete die Arme aus. „Da waren nur meine Frau und ihre Freundin." Wieder kam seine Wut. „Kapiert ihr das? Kein Zeuge auf meiner Seite!"

Jessica ergriff das Wort. „Du musst wissen, was du da tust, Michael. Wir können das gern irgendwann gesondert mit dir besprechen, wenn du das willst." Sie hob beschwichtigend die Hände. „Jetzt lasst uns auf das Büro konzentrieren, Michael", sie sah ihn an, „Holger und ich sind deine Partner in der Kanzlei. Wir haben jetzt rund ein halbes Jahr deinen Ausfall getragen. Ich muss dir deutlich sagen, dass bei einem weiteren Ausfall deinerseits besprochen werden muss, wie wir das auf der Ergebnisseite kompensieren."

Michael setzte sich ruckartig auf, beugte sich vor und schaute sie zusammen gekniffenen Augen an. „Wie meinst du das jetzt, Jessica?"

„Nun sei nicht gleich sauer, Michael." Jessica schüttelte den Kopf. „Dazu gibt es keinen Grund. Wir wünschen uns, dass du selbst einen Vorschlag unterbreitest, wie wir für dieses Jahr verfahren. Wir gehen davon aus, dass du im nächsten Jahr wieder voll einsatzfähig bist."

Michael drehte seine Handflächen nach oben. „Das weiß ich jetzt noch nicht." Dann faltete er die Hände. „Ich gehe aber davon aus, dass das der Fall sein wird."

Jessica schwieg. Dann sah sie ihn an.

„Auch wenn du hundertprozentig berufsunfähig eingestuft wirst?"

„Ja, darauf kommt es nicht an. Ich erinnere euch daran, dass wir in unseren Partnerschaftsvertrag geschrieben haben, dass es nicht auf die amtliche Berufsunfähigkeit, sondern auf die tatsächliche Arbeitsfähigkeit in unserem Beruf ankommt."

Jessica versuchte, zu beschwichtigen. „Ja, du hast ja recht. Es geht uns nur darum, dass du dir für dieses Jahr einen Ausgleich für deinen Ausfall überlegst. Lass es uns fair und offen machen."

Sie schaute in die Runde. „Du überlegst etwas und wir werden deinen Vorschlag sicher akzeptieren können. Wir werden das freundschaftlich lösen."

Sie schaute Michael an. „Und du versuchst, mehr und mehr Fälle zu übernehmen."

Sie schaute auf seinen Rollator. „An den Anblick werden sich die Leute schnell gewöhnen, Michael. Du kannst sehr gut im großen Besprechungszimmer beurkunden. Holger kommt ja fast zu nichts anderem mehr, der braucht Unterstützung."

Holger nickte. „Entlastung im Notariat wäre wirklich wichtig, Michael."

„Wir werden sehen." Michael war wütend und schockiert davon, dass er die Diskussion nicht hatte lenken können. Er versuchte, gelassen zu erscheinen.

„Nein, Michael, nicht ʼwir werden sehenʻ." Jessica hatte wieder das Wort ergriffen. „Wir brauchen einen konkreten Plan. Wann bist du im Büro? Das musst du konkret festlegen, so dass Termine danach gemacht werden können." Sie unterbrach sich und sah Michael lächelnd an. „Und, ehrlich gesagt, du bist doch grundsätzlich wieder voll belastbar, wenn auch nicht körperlich. Aber darum geht es ja nicht bei unserer Arbeit, stimmtʼs?"

Sie sah sich um. „Sind wir uns alle einig?"

Sie drehte sich zu Michael. „Du machst bitte schnellstmöglich einen konkreten Plan für die Woche, wann deine Behandlungen sind und so." Sie zuckte mit den Schultern. „Und du denkst an den Vorschlag zu den Gewinnanteilen für dieses Jahr?"

Alle nickten, standen auf und verschwanden in ihren Zimmern. Michael blieb eine Weile sitzen. Komm runter, dachte er. Nicht ausrasten, ruhig werden, planen. Frau Brandt kam herein. „Herr Dr. Pförtner, wir brauchen jetzt das Zimmer für eine Beurkundung. Kann ich Ihnen helfen?"

Michael sah sie an. „Wollen Sie meinen Rollator schieben? Oder was? Ich gehe schon."

Langsam ging er zum Fahrstuhl, um in sein Zimmer im ersten Stock zu fahren. Ich gehe jetzt. Ich muss mich schonen. Mit Nellie rede ich morgen. Die muss mich abschirmen.

Er nahm seine Aktentasche aus seinem Büro, legte sie in den Rollator und fuhr wieder in das Erdgeschoss. Er hatte das Gefühl, aus dem Bürogebäude fliehen zu wollen.

Michael fasste die Griffe seines Rollators, als würde er versuchen, sie zu zerquetschen. Ich Idiot bin davon ausgegangen, dass alles nach meinen Wünschen verlaufen würde. Aber sie wollen mir meine Führung streitig machen. Und reden in Anwesenheit von angestellten Rechtsanwälten über Gewinnanteile. Das geht gar nicht. Das ist respektlos.

Beunruhigt und schwer atmend setzte sich Michael in seinen Mercedes. Gott sei Dank funktioniert mein rechtes Bein normal. Sonst hätte ich Umbauten oder Hilfen beim Autofahren benötigt. Scheiße elende. Er schlug mit der Faust auf das Lenkrad. Jetzt auch noch Probleme im Büro. Das alles hat mir meine Ehefrau eingebrockt. Er strich über seinen linken Oberschenkel. Mein Bein tut weh. Vielleicht sollte ich ihr das linke Bein abhacken. Nein, das reicht nicht.

Er kam an seiner Garage an. Er öffnete das Tor mit seiner Fernbedienung. Da steht mein schöner SL. Auch das hat sie mir verdorben. Da bekomme ich keine Automatik rein. Er blieb im Auto sitzen, krallte sich am Lenkrad fest und wiegte sich vor und zurück. Schließlich blieb er still sitzen, als würde er träumen. Damit kommt sie nicht durch. Dann öffnete er die Tür, stützte sich auf den Rahmen des Wagens und holte den zusammen gefalteten Rollator aus der hinteren Tür. Das wird sie büßen. Bei jedem Schritt zum Haus stieß er ein Wort nach dem anderen hervor. Das ... wird ... sie ... büßen.

Julia

„Lasse, zieh dich an, wir müssen bald los." Julia saß mit Svenja beim Frühstück in der Küche. Sie biss in ihren Toast und sah auf die Uhr. „Es wird Zeit."

Fertig angezogen und mit dem Schulranzen auf dem Rücken kam Lasse in die Küche. Svenja musste lachen. „Du musst dich beeilen, Julia. Dein Sohn ist vor dir fertig."

Julia nahm Lasses Hand. „Toll, was du alles schon alleine kannst. Ich bin stolz auf dich." Sie zog am Reißverschluss seiner Jacke. „Aber es wird warm heute. Ich glaube, die Jacke brauchst du nicht."

„Sie ist aber so schön. Ich will sie anbehalten." Lasse schaute an sich herunter. Sie wusste, dass er das kräftige Rot seiner Jacke mochte.

Julia legte ihre Hände auf seine Schultern. „Heute ist dein erster Schultag in der zweiten Klasse. Jetzt gehörst du nicht mehr zu den Kleinen. Freust du dich auf die Schule?"

Lasse strahlte. „Ja, Mama, und alle meine Freunde sind auch in der zweiten Klasse."

„Es ist toll, Lasse, dass du so viele Freunde in der Klasse gefunden hast."

Sie nahm ihn in den Arm. „Ich hab dich lieb."

„Ich dich auch, Mama."

Sie dachte an die erste Zeit in Hamburg zurück. Die Traurigkeit, die Lasse so oft ausgestrahlt hatte, war jetzt fast verschwunden. Sie lebt immer nur auf, wenn er von Michael kommt, kein Wunder. Die Therapie hat sehr geholfen. Einige Zeit muss sie noch weitergehen.

Sie gab Svenja einen Kuss. „Bleibst du zuhause?"

„Ja klar. Ich habe die Termine auf Mittwoch und Donnerstag geschoben. Ich will viel Homeoffice machen."

„Ich wünschte, ich könnte mit dir Homeoffice machen." Julia schüttelte den Kopf. „Mein Chef hat gesagt, Ärzte und Krankenschwestern könnten kein Homeoffice machen. Dann können es Mitarbeiterinnen der Geschäftsführung auch nicht."

„Der Mann ist völlig aus der Zeit gefallen. Kann ich nicht begreifen." Svenja stand auf. „Aber man gut, Homeoffice im gleichen Zimmer geht nicht. Dann müssten wir uns noch eine Wohnung im Haus anmieten."

Julia hob eine Augenbraue. „Wenn ich meinen Job wechsele, müssten wir darüber reden. Ist alles etwas enger geworden hier."

Svenja nickte und schwieg.

Julia nickte ebenfalls. „Du weißt, ich denke darüber nach, mich selbständig zu machen, Porträts. Das würde ich aber nicht hier in unserer Wohnung machen."

Sie gab Svenja einen Kuss auf die Nase. „Kommt Zeit, kommt Tat. Auch wenn's länger dauert, wie meine Trennung." Sie schob Lasse zur Tür. Der drehte sich um und lief zu Svenja.

„Viel Spaß in der Schule, Großer." Svenja gab ihm einen Kuss auf den Kopf.

Lasse ließ Svenja los und lief zur Tür. Julia gab ihm einen Klaps. „Ab geht's."

Michael

„Wo willst du hin?" Michael sah von der Zeitschrift auf. Seine Mutter hatte ihm am Sonntag Gemüseeintopf gekocht, bevor sie wieder gefahren war. Er hatte keinen Hunger.

Er schaute zu Sina. Sie hatte ihre Lieblingsjacke an, eine rote Lederjacke, die ihr die Großmutter in Esbjerg gekauft hatte, als er dort im Krankenhaus lag. „Dein schwarzer Minirock ist nach meinem Geschmack etwas zu kurz geraten."

Sina reagierte nicht darauf. „Ich muss noch Mathe machen. Fabian hilft mir dabei."

„Um diese Zeit? Es ist gleich 7." Er stutzte. „Fabian ist doch gar nicht in deiner Klasse. Du willst zu deinem Freund."

„Nein, Papa, Fabian ist nicht in meiner Klasse. Er ist in die Zehnte gekommen. Aber er ist gut in Mathe und wir schreiben nächste Woche eine Arbeit." Sie nahm ihren Rucksack vom Boden auf. „Mach's gut. Ich weiß nicht, wann ich wiederkomme."

„Nein Sina, um zehn bist du spätestens wieder da."

„Papa, ich bin kein Kind mehr. In ein paar Wochen werde ich 14."

„Eben, erst 14... Zehn Uhr." Michael vertiefte sich in die Zeitschrift. Sina murmelte etwas, das Michael nicht verstand, drehte sich um und schlug die Tür hörbar hinter sich zu.

Er schaute ihr hinterher und lächelte. Sie kommt nach mir. Ihm fiel ein, dass er sie nicht gefragt hatte, ob sie schon etwas gegessen hatte. Dafür sollte sie alt genug sein. Er las den Artikel über die wirtschaftliche Lage der deutschen Autobauer zu Ende.

Sein Handy klingelte. Er schaute auf das Display; es war Kerstin.

„Hallo Kerstin ... ja, den ersten Tag. Ist ja immer etwas ungewohnt und schwierig...na ja, schwierig ist vielleicht der falsche Ausdruck, etwas fremd ... ja, du hast recht, das legt sich schnell ... Heute Abend bin ich mit Jens verabredet. Der müsste jeden Moment da sein ... klar, morgen Abend gern."

Es klingelte. Er sah auf die Uhr.

„Kerstin, es hat geklingelt. Das wird Jens sein. Warte, ich mache ihm eben auf ... na gut, um 7? ... aber du musst doch nichts zum Essen mitbringen ... aber natürlich freue ich mich ... bis dann."

Er legte auf, stützte sich auf seine Gehilfen und öffnete die Tür. „Pünktlich wie die Maurer."

„Sollte ich vor der Tür warten?" Jens kam rein, ging in die Küche zum Kühlschrank, nahm sich ein Bier und setzte sich auf einen Sessel. „Alter, was ist? Warum sollte ich zu dir kommen? Ist was passiert?"

Er trank einen Schluck, stellte die Flasche hin und sah Michael fragend an.

Michael setzte sich auf seinen Sessel.

„Ich bin heute das erste Mal wieder im Büro gewesen."

Jens unterbrach ihn. „Weiß ich. Und, wie war's?"

„Es geht. Ich habe mit Jessica besprochen, wie wir gegen Julia vorgehen."

„Und?"

„Ich stelle den Antrag, das alleinige Sorgerecht für Lasse zu bekommen."

Jens schüttelte den Kopf. „Verstehe ich nicht. Ich dachte, du willst ihn bei seiner Mutter lassen?"

„Doch, klar. Natürlich soll er dableiben."

„Verstehe ich nicht."

„Also: Ich beantrage das alleinige Sorgerecht, um ihr Angst zu machen und dadurch mein Geld zu retten. Sie bekommt kurz nach dem Antrag ein Schreiben mit Vorschlägen zu den Finanzen von uns. Wenn sie denen zustimmt, nehme ich den Antrag zurück." Michael lehnte sich in den Sessel zurück.

„Das klingt nach Erpressung." Jens sah Michael fragend an.

„Deal, nicht Erpressung. Was für ein Wort." Michael grinste.

„Meinst du, das klappt?"

„Werden wir sehen."

„Und wofür brauchst du mich?"

„Für Lasse. Du weißt, wann wir beide ihn gezeugt haben."

„Wieso wir beide? Was meinst du? Das kann ja wohl nur einer." Jens rieb seine Handflächen aneinander.

Michael lächelte. „So ist es, du oder ich."

„Was meinst du zum Teufel? Du willst doch nicht sagen, dass an dem Abend..."

Michael unterbrach ihn. „Du hast ins Schwarze getroffen."

Jens stotterte. „Das war doch...das war nur so...wir wollten doch alle den Dreier."

„Jedenfalls ist es so", Michael machte eine bedeutungsvolle Pause und grinste Jens an, „dass wir beide nicht wissen, wer von uns Lasses Vater ist."

„Was?" Jens starrte ihn an. „Aber ich dachte immer, du bist es. Du hast doch nie etwas gesagt."

„Natürlich nicht."

„Wieso natürlich? Was ist daran natürlich?" Jens fuhr sich durchs Haar. „Ich habe gedacht, das ist später passiert mit Lasse."

„Nein, und dass das zeitlich genau passt, hättest du an zehn Fingern ausrechnen können." Er zeigte mit dem Finger auf ihn. „Du bist doch Arzt, Herrgott. Tu nicht so ahnungslos. Hast du nie daran gedacht?"

„Aber dann hättest du doch...", er stockte.

„Was hätte ich?" Michael beugte sich vor und sah Jens erwartungsvoll an.

„Du hättest doch", Jens unterbrach sich. „Wenn du es nicht wusstest, dann hättest du doch irgendwann mal was gesagt. Oder einen Test machen lassen."

„Hätte ich machen können." Michael lehnte sich wieder zurück. „Aber es war mir egal, ob er von mir oder von dir war."

„Egal? Verstehe ich nicht." Jens sah Michael mit offenem Mund an. Dann schüttelte er den Kopf.

„Alter, du bist mein bester Freund. Wir haben das zusammen gemacht. Da ist das doch egal."

Jens stand auf und begann, im Zimmer umher zu gehen. „Und nun? Was soll ich denn jetzt machen?"

Er blieb stehen. „Das kannst du mir nicht antun. Du musst mich aus der Sache heraushalten."

„Das kann ich nicht entscheiden." Michael sah ihn an. „Mir ist das erst jetzt eingefallen. Meine Frau kann mich zu einer genetischen Abstammungsuntersuchung zwingen. Und wenn sich dann herausstellt, dass ich nicht der leibliche Vater bin", er breitete seine Arme aus, „dann wirst du das sein."

„Echt, das kann ich jetzt gar nicht gebrauchen."

„Wieso gerade jetzt? Hast du was am Laufen?"

„Ja, aber das ist egal."

„Mit wem denn?"

„Ich sag doch, ist egal."

„Komm, ich bin dein bester Freund. Mir kannst du das doch sagen."

„Nein, später."

„Na gut, Geheimniskrämer. Ich will nur sagen, da könnte etwas auf dich zukommen. Muss aber nicht sein."

Jens setzte sich in den Sessel und ließ einen Moment den Kopf hängen. Dann sah er Michael an.

„Bitte Michael, halt mich aus der Sache raus. Macht das mit Lasse unter euch aus. Ich will damit nichts zu tun haben."

„Ich werde es versuchen, Jens." Dann nickte er mit dem Kopf in Richtung Schrank. „Hol mal den Whisky aus dem Schrank. Da stehen auch Gläser. Lass uns über Erfreulicheres reden."

Sie prosteten sich zu.

„Hast du immer noch deine Blauphase? Oder malst du gar nicht mehr?" Er hob sein Glas. „Ist natürlich praktisch für gewisse Stunden, Atelier hinter der Praxis."

„Quatsch. Natürlich male ich noch. Ich hab auch keine Blauphase. Jeder hat doch seine Lieblingsfarbe." Er grinste. „Aber man muss auch mal Pause machen. Dafür habe ich das Sofa im Atelier."

Es war fast 23 Uhr, als sich ein Schlüssel im Türschloss drehte. Michael sah auf die Uhr.

„Sina kommt, Jens. Kein Wort."

Jens nickte.

Sina schaute in das Zimmer. „Hallo Jens, hallo Papa. Wir haben etwas länger geübt. Ich gehe ins Bett. Ich muss früh aufstehen."

Bevor Michael etwas sagen konnte, hatte sie die Zimmertür geschlossen.

„Schlaf schön," rief Michael ihr hinterher.

Jens grinste. „Geübt?"

Dann stand er auf. „Ich muss noch mit dem Auto zurück. Wenn ich erwischt werde, verteidigst du mich, klar?"

„Klar." Michael bemühte sich, aufzustehen.

„Bleib sitzen, ich finde raus." Jens ging zur Tür und hob seine Hand. „Mach's gut. Wir telefonieren."

Michael murmelte. „Ja, gut." Da war Jens schon gegangen. Er schaute zur Tür. Jens mit seinen Sprüchen. Quatsch, sie ist erst 13.

Montag, 11. August

Julia

„Ich denke, Svenja ist im Arbeitszimmer, Lasse." Julia gab ihrem Sohn einen Klaps auf den Po. Lasse lief los. Wie schön, dass es ihn gibt, dachte sie. Alles, was schlimm war, ist Vergangenheit.

„Svenja, ich habe ein Geschenk für dich."

Svenja trat aus dem Zimmer. „Ein Geschenk?"

„Ja," Lasse kramte in seiner Schultasche und zog ein Bild heraus. „Das habe ich für dich gemalt."

Svenja sah es sich an. Ein großes buntes Haus mit drei kleinen Personen davor. Lasse zeigte auf ein Fenster in dem großen Gebäude. „Hier wohnen wir."

„Bist du der Große in der Mitte?"

„Ja, und da du und da Mama."

Sie nahm Lasse in den Arm. „Das hängen wir über meinem Schreibtisch an die Wand. Dann kann ich immer an dich denken."

Nach dem Mittagessen räumten Julia und Svenja den Tisch ab. Lasse war in seinem Zimmer verschwunden.

„Julia, du hast Post vom Amtsgericht Bremen, auf deinem Schreibtisch."

Julia setzte sich an ihren Schreibtisch, öffnete den Brief und las lange an den vier Seiten, die gekommen waren.

Svenja hatte sich ebenfalls an ihren Schreibtisch gesetzt und drehte sich auf ihrem Stuhl um. „Schlimm?"

„Ja." Julia ließ das Schreiben auf ihre Knie sinken. „Er hat bei dem Amtsgericht beantragt, das Sorgerecht für Lasse zu bekommen. Und er hat beantragt, dass Lasse sofort zu ihm zieht."

„Mit welcher Begründung denn?"

„Er sagt, ich hätte die Geschwister auseinandergerissen und Lasse ohne seine Erlaubnis aus seiner Umgebung entführt, wie die Anwältin schreibt."

„Das ist doch Unsinn." Svenja schüttelte den Kopf. „Entführt, so etwas Bescheuertes. Das ist bösartig."

Ihr fiel etwas ein. „Warum denn Amtsgericht Bremen? Lasse lebt doch in Hamburg."

Julia las vor: „Gemäß § 154 FamFG ist das Amtsgericht – Familiengericht – Bremen zuständig, da die Antragsgegnerin", sie unterbrach sich. „Das bin ich... Da die Antragsgegnerin das Kind ohne Einverständnis des Antragstellers nach Hamburg verbracht hat. Sie hat zu diesem Zweck den Krankenhausaufenthalt des Antragstellers genutzt, um gegen seinen Willen das Kind aus der ehelichen Wohnung zu entfernen."

Julia presste die Lippen zusammen und schaute auf. „Auf dem Schreiben des Gerichts steht, dass die Verhandlung am Dienstag, 26. August, 14 Uhr stattfindet." Sie schaute auf. „Ich muss mit Frau Thalheim telefonieren."

Julia nahm ihr Handy, wählte die Telefonnummer ihrer Rechtsanwältin und schilderte die Situation.

„Was sollen wir denn jetzt machen, Frau Thalheim?" Julia stand vom Schreibtisch auf und lief zum Fenster, drehte sich um und ging langsam wieder zurück.

Sie stellte den Lautsprecher an, um Svenja mithören zu lassen.

„Jetzt beruhigen Sie sich erst einmal, Frau Pförtner. Die Verhandlung findet so schnell statt, weil Kindschaftssachen nach dem Gesetz innerhalb eines Monats nach Antragstellung verhandelt werden müssen. Kinder gehen allen anderen Sachen vor." Sie stockte und flüsterte etwas. „Entschuldigen Sie die Unterbrechung. Scannen Sie bitte den Brief ein und schicken Sie ihn mir. Ich werde beantragen, dass das Verfahren nach Hamburg abgegeben wird. Aber da steht Aussage gegen Aussage. Deshalb wird die erste Gerichtsverhandlung in Bremen stattfinden."

Julia unterbrach sie. „Wieso erste Verhandlung? Gibt es denn mehrere Gerichtstermine?"

„Das muss nicht sein, Frau Pförtner." Rechtsanwältin Thalheim redete ruhig weiter. „Ich denke, das Gericht wird Ihrem Mann zu verstehen geben, dass sein Antrag keine Aussicht auf Erfolg hat. Dann wird gleich entschieden oder er nimmt den Antrag zurück."

„Und wenn nicht?"

„Es kann sein, dass das Gericht ein psychologisches

Sachverständigengutachten in Auftrag gibt. Damit soll festgestellt werden, was für das Kindeswohl am besten ist."

Julia unterbrach sie. „Am besten für das Kindeswohl ist, dass Lasse bei mir lebt." Sie stockte. „Und Sina auch."

„Ja natürlich. Ich werde beantragen, dass der Antrag zurückgewiesen wird. Ich sehe da wenig Aussichten für Ihren Mann. Ich glaube, er will nur Druck machen und Angst verbreiten."

Julia atmete aus. „Ich schicke Ihnen rüber, was ich vom Amtsgericht bekommen habe."

Sie wollte sich schon von ihrer Rechtsanwältin verabschieden. Da fiel ihr etwas ein. „Frau Thalheim, haben Sie keine Antwort auf unser Schreiben von Anfang Juni bekommen? Er hat immer noch keinerlei Unterhalt gezahlt. Wie geht das denn weiter?"

„Er hat seine Anwältin ja erklären lassen, er brauche Zeit. Aber offenbar arbeitet er wieder. Ich habe das von einer Kollegin gehört. Ich werde da Druck machen und eine letzte Frist setzen. Sonst müssen wir klagen."

„Und was ist mit den Beträgen für die vergangene Zeit?"

„Die muss er nachzahlen. Da kommt viel auf ihn zu. Ich werde mit der Kollegin Thomas telefonieren und ihr das schon einmal sagen."

„Gut, Frau Thalheim. Ich habe ehrlich gesagt keine Lust mehr, noch länger darauf zu warten, dass er sich rührt."

„Frau Pförtner, etwas anderes." Die Rechtsanwältin machte eine Pause. „Sie haben mir ja erzählt, wie das damals mit Lasse gewesen ist. Wollen wir nicht erst einmal feststellen lassen, ob ihr Mann wirklich sein Vater ist? Ich würde dann zusätzlich beantragen, dass das Verfahren über das Sorgerecht ausgesetzt wird, bis festgestellt ist, ob er der Vater ist."

„Was müssen wir denn dann machen?" Julia atmete tief aus. „Noch ein Gerichtsverfahren?"

„Nein. Ich schreibe Ihrem Mann und fordere ihn auf, mit einer genetischen Abstammungsuntersuchung einverstanden zu sein. Damit klären wir, ob er überhaupt der Vater ist. Darauf haben Mutter, Vater und auch das Kind einen Anspruch. Ein Paragraph 1598a BGB, muss Sie aber nicht interessieren. Den gibt es seit ein paar Jahren. Und wenn er nicht der Vater ist, bekommt er die elterliche Sorge ohnehin nicht."

„Ich will das gar nicht offiziell feststellen lassen, Frau Thalheim, aber ich überlege es mir."

Michael

Michaels Telefon auf seinem Schreibtisch klingelte. Auf dem Display erschien die Zahl 112. Er wusste, dass die 112 zu Jessicas Telefon gehörte.

Ja ja, ich werde angerufen. Früher kamen sie in mein Büro, wenn sie etwas wollten. Jetzt rufen sie nur an. Er presste die Lippen aufeinander und stellte seinen Lautsprecher an.

„Hallo Jessica, was gibt's?"

„Ich bin eben von meiner Bekannten im Amtsgericht angerufen worden, Michael. Der Antrag ist gestern rausgegangen und wird deiner Frau heute zugestellt."

„Perfekt."

„Verhandlungstermin ist am 26., morgen in 14 Tagen."

„Dann schieben wir morgen das Schreiben hinterher."

„Gut."

„Hast du es gelesen?"

„Ja, ich habe es überflogen; ist aus meiner Sicht in Ordnung."

„Wieso überflogen?"

„Michael", er hörte sie einatmen, „ich habe sehr viel zu tun."

„Das hat jeder."

„Ich will jetzt nicht diskutieren. Ich schicke es Frau Thalheim morgen als Anhang einer Mail."

„Danke."

„Warte Michael, ich hab etwas vergessen. Hast du dir über die Frage der Gewinnverteilung Gedanken gemacht?"

Michael schüttelte den Kopf. „Nein, hab ich nicht."

Er machte eine Pause. Jessica schwieg.

„Hör zu, Michael, wir müssen das doch klären." Sie atmete hörbar aus. „Ich komme mal zu dir."

Kurze Zeit später saß sie vor ihm am Schreibtisch. Sie setzte zu einer Erklärung an. „Hör zu, Michael."

Michael unterbrach sie. „Dieses ‚hör zu' nervt, Jessica. Kannst du dir das bitte mal abgewöhnen? Ich höre dir zu, wenn du etwas sagst. Da musst du mir nicht extra sagen, dass ich zuhören soll."

„Herrgott, sei nicht schon wieder so gereizt, Michael." Sie verdrehte die Augen. „Es ist so anstrengend, mit dir zu reden. Du bist sofort beleidigt oder wütend. In normalem Zustand sehe ich dich gar nicht mehr."

Jessica hatte ihre Augenbrauen zusammengezogen, schwieg und schaute Michael an.

Michael hob eine Hand. „Ist ja gut." Er wiederholte sich. „Ist ja gut." Er schaute sie mit ernster Miene an. „Also, Jessica, was wolltest du mit mir besprechen?"

„Gut, Michael, sei's drum." Sie lehnte sich zurück. „Es

geht um deinen Zeitplan für die kommenden Wochen und die Zeit, die du insgesamt in diesem Jahr arbeitest." Sie zog ein Blatt aus ihrer Jackentasche und entfaltete es. „Du machst Physiotherapie zweimal die Woche und hier steht zusätzlich ein anderer wöchentlicher Termin. Was das ist, sieht man nicht im Terminkalender; ist ja deine Sache. Nach deinem Plan arbeitest du in der nächsten Zeit drei Tage in der Woche. Fast 6 Monate hast du gar nicht gearbeitet."

Michael unterbrach sie. „5 Monate und 1 Woche."

„Meinetwegen. Mit den restlichen drei Tagen in diesem Jahr hast du nicht einmal die Hälfte der Arbeitszeit hier verbracht."

Michael richtete sich in seinem Stuhl auf. „Du vergisst, dass ich überhaupt keinen Urlaub gemacht habe."

Jessica schwieg. Michael schlug mit der flachen Hand auf den Schreibtisch. Jessica zuckte zusammen. „So laut sollte das nicht sein, Jessica." Michael beruhigte sich nicht. Er sprach laut weiter. „Was soll so ein kleinliches Gehabe, Jessica? Muss ich dich daran erinnern, dass ich es bin, der die Kanzlei aufgebaut hat? Die Leute kommen oft wegen meines Namens, nicht wegen deines Namens oder wegen Holger."

„Michael!" Jessica sah ihm in die Augen. „Niemand vergisst deine Rolle hier. Du hast deshalb immer schon Privilegien gehabt. Du bist gekommen und gegangen, wann du wolltest. Das wusste jeder und das haben wir hingenommen." Sie wartete.

„Weil du genug Umsatz gemacht hast." Sie stand auf, setzte sich aber gleich wieder. „Aber alles hat seine Grenzen." Sie machte eine Pause. „Es ist doch ganz einfach. Arbeitsleistung und Ertrag stehen in direktem Zusammenhang." Nun breitete sie die Arme aus und wurde lauter. „Das ist doch eine Binsenweisheit."

„Nein Jessica, nein." Michael rutschte auf seinem Bürostuhl nach vorn und zurück. Er nahm einen Kugelschreiber vom Tisch und drückte die Mine herein und heraus. Dann knallte er den Stift auf den Tisch. „Ich habe zu der Art von Diskussion keine Lust."

Er nahm den Kugelschreiber wieder auf. „Was willst du von mir?"

Jessica hob ihre Stimme. „Einen Vorschlag, Michael, einen Vorschlag!" Sie war aufgestanden und trat ans Fenster. Sie schaute nach draußen, drehte sich um, sah ihn mit zusammen gekniffenen Lippen an und schwieg.

Michael hob die Schultern. „Habe ich nicht. Mach du einen Vorschlag."

„Gut, wenn es sein muss." Ihre Hand zitterte, mit der sie auf ihn zeigte. „Also", sie stockte, „ich halte es für fair, wenn du für dieses Jahr auf die Hälfte des Gewinns verzichtest."

Sie ließ ihren Arm fallen. „Holger ist damit einverstanden."

Michael nahm den Stift vom Schreibtisch und warf ihn wieder hin. „Ach, das habt ihr vorher schon abgesprochen, ohne mich."

„Michael, was denkst du denn?" Jessica ging vom Fenster zu ihrem Stuhl und stützte ihre Hände auf die Rücklehne. „Natürlich machen wir uns Gedanken. Das müssen wir doch. Und ich sage dir ganz klar: Wenn du nicht wieder voll einsteigen kannst, was ich verstehen könnte", Jessica machte eine Pause,. „dann werden wir uns überlegen müssen, wie es weitergehen soll mit dir, also mit uns."

Michael schaute Jessica in die Augen. „Ach, so ist das." Er schwieg, atmete ein und aus. Er schwieg weiter und schaute Jessica an. Sie erwiderte seinen Blick. „Michael, das ist verdammt nochmal normal. Die Kanzlei ist wichtiger als jeder Einzelne von uns. Das hast du selbst mal gesagt." Nach einer Pause: „Ist lange her."

Michael schaute auf seinen Schreibtisch und schüttelte den Kopf. „Ich bin aus schwerer Krankheit wieder halbwegs lebendig im Büro." Er schaute auf. „Da ist jetzt nicht der richtige Zeitpunkt, so etwas zu diskutieren."

„Wann ist denn der richtige Zeitpunkt, Michael?" Sie hob die Arme. „Wir haben Mitte August. Wenn wir jemanden ins Boot holen müssen." Sie beendete den Satz nicht, atmete aus und redete leiser weiter. „Lass uns abwarten, wie sich das mit dir entwickelt, Michael. Wir müssen aber spätestens im Oktober über das nächste Jahr reden."

Jessica ging zur Tür, hielt den Türgriff fest und blieb stehen. „Mit der Gewinnverteilung, Michael, lass uns das so machen. Ich hoffe, du bist mit unserem Vorschlag einverstanden. Der Vorschlag ist doch fair."

Sie schüttelte den Kopf. „Wenn du nicht einverstanden bist, müssen wir noch im August zusammen mit Holger ein Gespräch führen. Aber gib dir einen Ruck und wir begraben das Thema."

Sie ging aus dem Zimmer, ohne eine Antwort abzuwarten.

Mittwoch, 13. August

Julia

Julia schloss die Haustür auf.

„Na, hast du Lasse bei Noah abgeliefert?", hörte sie Svenjas Stimme aus dem Arbeitszimmer. Sie ging zu ihr und lehnte sich an den Schreibtisch.

„Der Hauseingang war mit Girlanden geschmückt. Auf den Treppen waren überall Luftballons. Das haben seine Eltern schön gemacht."

„Wann sollst du ihn wieder abholen?"

„Um sieben hat mir seine Mutter gesagt." Julia sah auf die Uhr, es war halb vier. „Hast du Zeit für einen Kaffee?"

„Ich muss nur eben eine Mail zu Ende schreiben."

Julia wandte sich um. „Ich mach' den Kaffee. Ich hab Brot geholt. Da habe ich schöne Kekse gesehen. Die können wir dabei essen."

„Super", hörte sie, als sie schon in der Küche war.

Ihr Handy klingelte. Sie sah auf ihr Display. Thalheim, na, da bin ich aber gespannt.

„Guten Tag Frau Thalheim. Gibt es etwas Neues?"

Sie stellte das Mikrophon ihres Handys an und begann, Wasser in die Kaffeemaschine zu schütten.

„Ja, Frau Pförtner. Ich habe ja gestern mit Frau Kollegin Thomas telefoniert. Sie hat mir das Schreiben für Ihren Mann angekündigt. Es ist eben per Mail gekommen."

„Was steht denn drin?"

„Das müssen wir besprechen. Ich schicke Ihnen die Mail zu. Aber erschrecken Sie nicht. Wir reden über alles. In einer Stunde habe ich Zeit. Wenn Sie einverstanden sind, rufe ich Sie an."

Svenja war in die Küche gekommen und sah Julia an. „Na, da haben wir zum Kaffeetrinken ja etwas zu lesen."

Julia lächelte. „Soll er doch Theater machen. Ich bin sicher, dass wir klagen müssen. Freiwillig tut der gar nichts."

Svenja streichelte Julias Arm. „Ich mach den Kaffee fertig."

Julia öffnete das Postfach ihres Laptops. Frau Thalheim hatte das Schreiben hinterlegt.

Svenja stellte die Tassen hin. „Na, was schreibt seine Anwältin?"

Sie scrollte zum Anfang des Schreibens, las und schüttelte den Kopf.

„Was denn, mein Schatz?"

„Seine Anwältin schreibt, er ist arbeitsunfähig. Hör mal, was er zu seiner Rente sagt.

‚Es handelt sich um einen Betrag, dessen Höhe noch nicht feststeht, der aber gerade zur Existenzsicherung ausreichen wird'. Nicht zu fassen."

„Er ist und bleibt ein Arschloch."

„Weißt du was, Svenja, ich habe da überhaupt keine Hemmungen mehr. Wir werden klagen und dann muss er nachweisen, was er an Einkommen hat. Ich habe seine Lügereien so satt."

Sie beugte sich nach hinten. Sie konnte nicht verhindern, dass ihr die Tränen kamen. Svenja schlang die Arme um ihren Hals und küsste sie auf den Kopf. „Hey, der kann uns doch gar nichts mehr."

„Du hast ja recht. Dass mich das immer so mitnimmt." Julia seufzte. „Ich frage mich, wann das mal endet." Sie zuckte mit den Schultern. Mehr zu sich selbst flüsterte sie: „Wenn er tot ist."

Svenja drehte Julias Stuhl zur Seite und hockte sich vor sie hin. „Es ist jetzt vorbei, mein Schatz. Wir sind weit weg. Und abhängig sind wir erst recht nicht von ihm. Ich hab genug Geld für uns beide. Wegen Geld müsste ich doch gar nicht arbeiten. Die beiden Mietshäuser, die ich von Oma habe, bringen genug ein."

„Darum geht's nicht."

„Und ich habe nicht einmal Arbeit, weil die Hausverwaltung alles macht."

„Es geht doch nicht so sehr um das Geld, Svenja. Es geht um die ständige Drohkulisse."

Svenja unterbrach sie. „Ich weiß, aber auch die werden wir eines Tages los sein. Und wenn du Geld einklagst, dann vor allem um der Gerechtigkeit willen. Es steht dir zu."

Julia nickte. Sie drehte sich zum Bildschirm, um weiterzulesen. „Außerdem ist das mit Existenz totaler Quatsch. Er hat sich immer damit gebrüstet, dass er maximal abgesichert ist und bei Krankheit die höchstmöglichen Zahlungen bekommt."

Svenja grinste und stand auf. „Ach, der arme Mann. Wir sollten ihm etwas dazugeben."

Julia lachte, las weiter und schrie auf. „Hör dir den Spruch an, Svenja. ‚Soweit unser Mandant trotz seiner schweren Erkrankung gelegentlich in der Kanzlei arbeiten wird, liegt das in erster Linie an seinem Verantwortungsbewusstsein gegenüber den Mitarbeiterinnen und Mitarbeitern der Kanzlei‘."

Julia fasste sich an den Kopf. „Der wird doch garantiert weiter den Gewinn aus der Kanzlei ziehen. Ich kenne ihn. Das sind sechsstellige Beträge." Sie schaute Svenja an. „Seltenes Exemplar eines Oberarschloches."

Julia überflog die nächsten Passagen.

„Weiter, was schreibt er?"

„Er will keinen Unterhalt zahlen, weder für Lasse, noch für mich." Sie ballte eine Faust. „Der soll mich kennenlernen."

„Schatz, mach dir keinen so großen Stress. Überlass es Frau Thalheim. Die ist Fachanwältin für Familienrecht. Die macht das schon."

„Ja, ja, Svenja." Sie zuckte mit den Schultern. „Trotzdem nerven solche Anwaltsschreiben höllisch."

Svenja stellte sich hinter Julia und massierte ihren Nacken. Julia zeigte auf den Bildschirm. „Sieh dir das an. Er will das Haus für sich, um zukünftige Krankheitskosten zu bezahlen. Sonst hat er angeblich kein Geld." Sie klappte den Laptop zu. „So ein bösartiger Widerling."

„War's das oder kommt noch etwas?"

„Ach Svenja, nur die üblichen Sprüche."

Svenja nahm die Hände von ihren Schultern. „Na ja, zu Ende lesen würde ich schon."

Julia zog die Mundwinkel herunter und öffnete den Bildschirm. „Ist ja richtig. Blah, Blah, Blah, oha, nein, hier kommt es, pass auf, jetzt kommt ein typischer Anwaltsspruch: ,Sicher werden gütliche Vereinbarungen der Eltern in den Bereichen des Unterhalts und des Zugewinnausgleichs dazu führen können, hinsichtlich der Frage des Verbleibs von Lasse eine Lösung zu finden.' Ah ja."

Sie schaute auf und schlug mit der flachen Hand auf den Tisch. Die Kaffeetassen klapperten. „Jetzt verstehe ich. Das Verfahren mit der elterlichen Sorge wird fallengelassen, wenn ich auf seine Forderungen eingehe."

Sie schüttelte den Kopf. „Wie kann sich eine Anwältin dafür hergeben, solch einen Scheiß zu schreiben?"

„Ist halt ihr Job."

Sie zuckte mit den Schultern. „Jedem das seine. Aber ich kann mir nicht vorstellen, dass Lasse Michael zugesprochen wird."

Svenja schüttelte den Kopf. „Nein, sagt doch Frau Thalheim auch."

„Und sie hat gesagt, es würde vielleicht ein Gutachten eingeholt werden." Sie richtete sich auf und presste die Lippen zusammen. „Ich glaube zwar nicht, dass bei solchen Gutachten mehr für Michael herauskommt. Aber das dauert dann alles endlos." Sie atmete aus. „Und das nervt, aber wie!"

„Immerhin hat Frau Thalheim gesagt, dass er nur drohen will."

Julia stand auf und streckte sich. „Weißt du was? Lasse möchte bei uns bleiben und Michael kann das gar nicht mit Kinderbetreuung. Der will nur Angst machen, um sein geliebtes Geld zu retten." Sie schaute ihre Freundin an. „Und Sina kommt dann hoffentlich auch zu uns."

Julia streichelte mit der Hand über Svenjas Wange. „Nein, nein, Svenja, ich lasse mir keine Angst mehr machen."

Sie hielt ihre Hand an, nahm sie langsam herunter und setzte sich wieder. „Und weißt du was? Wenn es problematisch werden könnte, lasse ich die Vaterschaft doch feststellen. Mir ist ja klar, was dabei herauskommt."

Svenja lächelte. „Mir auch."

Michael

Das Telefon klingelte. Michael schaute auf das Display und war irritiert. Wer hat meine Durchwahl im Büro? Er nahm den Telefonhörer nicht ab und vertiefte sich in eine Fachzeitschrift, zu deren Beirat er gehörte.

Kurze Zeit später rief ihn seine Sekretärin an. „Frau Michalski ist am Apparat. Sie fragt, ob du sie nicht mehr sprechen willst."

„Wie kommt sie denn darauf?"

„Du hast den Hörer nicht abgenommen. Sie hat ja deine Durchwahl."

„Ach so, gib sie mir mal." Die Sekretärin leitete den Anruf weiter.

„Hallo Anna, welch seltenes Vergnügen."

„Hallo Michael. Na ja, das liegt doch eher an dir. Du

warst ja monatelang verschwunden. Ein Kollege von dir hat eben bei Hollmann erzählt, dass du wieder da bist."

Michael lehnte sich in seinem Bürostuhl zurück. „Ich hätte dich angerufen. Aber dein Arndt ist doch aus Frankfurt hergezogen."

„Na ja, manchmal ist er ja weg. Da hätte ich schon Lust gehabt."

Nach einer Pause setzte sie hinzu. „Jetzt ist er weg. Hast du Zeit?"

„Wo bist du, im Café?"

„Ja. Ich fahre jetzt nach Hause. Die Tür lasse ich offen."

„In zwanzig Minuten bin ich da."

Er sah an sich herunter. Attraktiv fand er sich nicht. Mein neuer dunkelbrauner Cordanzug, ein Alter-Mann-Anzug, aber was soll's. Frustkauf. Umziehen macht keinen Sinn. Anna hat die Vorhänge zugezogen und die Augen verbunden, also egal.

Er stützte sich am Schreibtisch ab, zog sich daran hoch und schob seinen Stuhl etwas zu heftig nach hinten. Er prallte gegen das Bücherregal. Scheißbehinderung. Das wird sie büßen. Er murmelte lauter vor sich hin. „Das wird sie büßen."

„Wer wird was büßen?" Seine Sekretärin war hereingekommen.

„Nichts, niemand, Nellie. Oder doch, meine Frau." Er griff nach seinem Rollator, der immer rechts neben seinem Schreibtisch stand. „Wolltest du was, Nellie?"

„Ja, unten im Beurkundungszimmer wartet die Familie mit dem Erbvertrag."

„Ach, Mist, habe ich vergessen. Ist Holger nicht da?"

„Doch."

Michael unterbrach sie. „Sag ihm, er soll das machen. Ich muss weg."

Seine Sekretärin grinste ihn an. „Beratungstermin bei Frau Michalski?"

Michael wurde ernst. „Sei nicht so frech, Nellie."

Sie drehte sich um. Im Gehen rief sie ihm zu. „Das weiß doch jeder hier. Du musst nicht so tun."

Als sie draußen war, stützte sich Michael auf den Rollator und schaute zur Tür. Sie setzt sich von mir ab. Ich muss mal ein ernstes Wort mit ihr reden. Jetzt aber erstmal los.

Er war fast schon am Ausgang der Kanzlei, als er hinter sich eine Stimme hörte.

„Michael, warte mal."

Er drehte sich um. Holger Altmann war hinter ihm hergekommen. Er atmete hastig. „Michael, so geht das nicht."

Michael unterbrach ihn, sah ihn mit ernster Miene an und betonte jedes Wort. „Was geht nicht, Holger?"

„Dass du jetzt zu deiner Freundin gehst und unten warten Mandanten. Das geht nicht, Michael."

„Wie kommst du darauf, dass ich zu einer Freundin gehe?"

„Das hat mir Frau Behrendt erzählt."

„Das ist Unsinn. Ich muss zum Arzt. Ich hab vergessen, das in den Terminkalender zu schreiben."

„Und wie kommt Frau Behrendt darauf…"

Michael unterbrach ihn. „Wahrscheinlich, weil ich kurz zuvor mit einer Freundin telefoniert habe. Die Frage ist eher, wie sie dazu kommt, so etwas zu sagen."

Holger Altmann schien irritiert zu sein. „Zum Arzt, tut mir leid. Gut, ich mache dann die Beurkundung."

Michael drehte sich wortlos um und ging zu seinem Wagen. Ich muss bei Nellie die Daumenschrauben anziehen. So geht das nicht. Die spinnt wohl.

Die Tür stand offen, als er bei Anna ankam. Inzwischen war fast eine halbe Stunde vergangen. Michael ging langsam in das verdunkelte Schlafzimmer.

Da lag sie, nackt, ausgestreckt, die Augen verbunden, um die Handgelenke Ledermanschetten, mit Karabinerhaken an der Querstange des Bettgestells befestigt.

Attraktiv wie immer. Er betrachtete sie. Ihre blonden langen welligen Haare hatte sie um ihr Gesicht herum auf ein Kissen gelegt. Michael hatte den Verdacht, dass sie die Haare bewusst für ihn drapierte. Ihre üppigen Brüste ragten rechts und links über ihren Körper hinaus. Er musste sich zusammen nehmen, um sie nicht gleich fest anzufassen. Sein Blick glitt an ihr herunter. Das ist perfekt. Keine Rederei, keine Umwege. Er sah zu den Gegenständen auf ihrer Anrichte, zu den Federn, Kugeln, Stricken, Klammern, Dildos. Die Dildos werde ich brauchen. Ich hab ja keine Zeit gehabt, etwas zu nehmen. Zwei Unterstützer wären jetzt gut gewesen. Aber was nicht ist, ist nicht.

Die Vorhänge waren zugezogen. Die Sonne, die auf das Fenster fiel, tauchte den Raum kaum verdunkelt durch das helle Leinen in ein fast milchiges Licht.

Michael zog sein Cordsakko aus. Beide schwiegen, wie immer zu Beginn solcher Stunden. Michael hielt sich mit einer Hand an seiner Gehhilfe fest und nahm eine Feder von der Anrichte. Dann zog er den Rollator zu sich heran. Ein Rad prallte an das Bett.

Er setzte sich auf den Ledersitz an der Rückseite. Das Leder spannte sich unter seinem Gewicht. Es quietschte,

Anna zuckte zusammen. „Was ist das? Was machst du da?"

Michael ließ die Feder sinken und schwieg.

„Was machst du?" Sie drehte ihren Kopf zu einer Hand und schob die Augenbinde nach oben.

Sie schaute ihn an. Ihr Mund öffnete sich. Es schien, als würde sie nicht wahrhaben wollen, was sie sah.

„Worauf sitzt du da?"

„Na, das ist mein Rollator. Ich habe Schwierigkeiten beim Gehen."

„Wieso das?" Anna hob den Kopf.

„Weißt du das nicht? Das weiß doch inzwischen jeder. Durch den Mordversuch an mir. Der Sturz von der Treppe. Mein linkes Bein funktioniert noch nicht richtig." Er winkte ihr mit der Feder zu. „Aber ich bin sicher, das gibt sich bald."

Er wusste, dass das nicht der Fall sein würde. Er konnte aber den Gedanken nicht ertragen, dass Anna in ihm keinen vollwertigen Liebhaber sehen würde. Sie schaute ihn weiter an. Dann löste sie ihre Ledermanschetten von den Armen und stützte sich im Bett ab.

„Nein, das wusste ich nicht. Ich wusste nur, dass du einen Unfall hattest. Ich dachte, es wäre alles wieder in Ordnung."

Sie setzte sich auf den Bettrand und massierte ihre Handgelenke. „Mordversuch? Wieso Mordversuch?" Sie hob den Kopf.

„Vergiss es. Offizielle Version ist Unfall. Die Freundin meiner Frau hat mich von der Treppe gestoßen. Aber es gibt keine Zeugen." Er zuckte mit den Schultern. „Problem mit der Wirbelsäule."

Sie betrachtete die Anrichte. „Oh Gott. Wirbelsäule? Du meinst Lähmung." Sie stockte. „Kannst du dann überhaupt selbst...?" Sie ließ den Satz unvollendet.

Michael blieb auf dem Rollator sitzen. Wie soll ich das erklären?

„Doch, das geht schon."

Anna stand auf und nahm einen seidenen Bademantel aus dem Schrank. Sie zog ihn an und sah in den Spiegel.

„Entschuldige Michael, aber ehrlich gesagt, mir vergeht dabei die Lust." Sie sah ihn an. „Lass es uns fortsetzen, wenn du wieder fit bist."

Michael war aufgestanden und stützte sich auf seinen Rollator. Er presste die Lippen zusammen. Was soll ich sagen? Er stockte. „Ich seh das anders, Anna."

Was rede ich da? Wie demütigend. Raus hier, raus! Er drehte er sich um und ging langsam zur Tür.

„Nun mach hier doch nicht auf beleidigt, Michael." Anna stöhnte. „Tut mir leid, was dir passiert ist. Aber mein Gott, entweder hat man Lust oder nicht."

Sie wurde lauter. „Wo ist das Problem?"

Michael nahm eine Hand vom Rollator und machte eine wegwerfende Handbewegung. Dann ging er weiter auf die Haustür zu.

Anna rief lautstark hinter ihm her. „Verdammte Kiste, Michael. SM mit Rollator ist nicht. Das musst du doch verstehen!"

Michael ging aus dem Haus, ohne sich umzudrehen. Die Tür ließ er offen. Er hatte sein Cordsakko vergessen. Es fiel ihm erst ein, als er das Auto aufschließen wollte. Ein Gong ertönte auf seinem Handy. Eine WhatsApp war gekommen. Er nahm das Handy und schaute darauf. Will sie sich entschuldigen? Nicht mit mir! Er las:

Du hast dein Sakko vergessen. Ich hänge es an die Türklinke. Ich kann im Bademantel nicht rauskommen.

Er stöhnte. Warum bin ich überhaupt gekommen? Was für eine dämliche Schlampe. Da tut man alles, was sonst ihr Macker nicht kann und das ist dann der Dank. Er ging langsam zur Tür zurück, nahm sein Sakko, zog es an und lief zum Auto, so schnell er eben konnte. Soll sie mir doch nachglotzen. Ich werde mich nicht umdrehen.

Als er den Wagen startete, schaute er nach vorn auf die Straße, ohne den Kopf zu bewegen.

Der Radfahrer, der an ihm vorbeifahren wollte, fluchte, konnte aber dem Wagen ausweichen. Michael zeigte ihm den ausgestreckten Mittelfinger.

Michael

Michael hatte sich ein Glas Wein eingeschenkt, im Sessel ausgestreckt und die Füße auf den Schemel vor sich gelegt.

Er hielt das Glas gegen das Licht der Stehlampe neben sich. Welch tiefe rote Farbe. Er steckte seine Nase in das Glas und sog den Duft ein. Das riecht so gut, beruhigend. Er lehnte sich zurück. Was für ein Katastrophentag. Und Nellie ist abgehauen. Meldet sich bei Jessica für den Nachmittag ab. Musste angeblich zum Arzt. Wer's glaubt. Die wollte nicht, dass ich sie zur Rede stelle. Und jetzt will Jens unbedingt mit mir reden. Diskussionen kann ich heute nicht mehr gebrauchen.

Es klingelte. Michael schaute auf die Uhr. Zehn vor acht. Er kommt zu früh. Das ist sonst gar nicht seine Art.

Sina rief von oben. „Das ist für mich. Bleib sitzen, Papa."

„Jetzt noch?"

„Fabian, er will Mathe mit mir üben."

Sie kam die Treppe herunter. „Wir schreiben morgen eine Arbeit und wollen alles nochmal durchgehen."

Sie öffnete die Haustür.

„Ah, die Schönheit des Hauses öffnet mir persönlich."

„Hallo Jens."

Sina ließ die Tür offen und lief wieder nach oben.

„Mach die Tür zu und hol dir ein Glas aus der Küche. Den Wein habe ich hier."

„Hallo Michael." Jens betrat das Wohnzimmer und zog seinen blauen Parka aus. Michael sah, dass er in weiß gekleidet war.

„Kommst du direkt aus der Praxis? Heute ist doch Mittwoch. Ich dachte, da machst du mittags zu?"

Bevor Jens antworten konnte, klingelte es wieder.

„Kannst du mal bitte aufmachen? Das wird Fabian sein. Will mit Sina Mathe machen."

Jens wandte sich wieder zur Tür und rief über die Schulter „Mathe nennt man das heute?"

Er machte auf, trat zur Seite, zeigte mit der Hand zur Treppe nach oben und ließ ihn schweigend gehen. Fabian stockte und trat ein. „Guten Abend."

Sina winkte ihm von oben.

Im Vorbeigehen schaute er zu Michael. „Guten Abend, Herr Pförtner."

Michael nickte und zeigte zur Treppe. Zögernd ging Fabian die Stufen hoch und verschwand mit Sina im Zimmer.

Jens bog in die Küche ab. Mit einem Glas setzte er sich Michael gegenüber auf das Sofa und goss sich den Rotwein ein.

Michael grinste. „Also, was hast du heute Nachmittag getrieben?"

Doch Jens blieb ernst. „Ich war heute Nachmittag im Atelier."

Michael lachte. „Aha. Wie heißt sie denn?"

Jens hob die Hand. „No comment."

Michael war nicht in der Stimmung, lange raten zu wollen. „Also, was ist los? Hast du Ärger, den ich dir als Anwalt vom Hals schaffen soll?"

Jens beugte sich nach vorn. Er hatte seine Hände gefaltet und die Arme auf die Oberschenkel gelegt. Es schien, als wollte er beten.

„Du sollst mir tatsächlich etwas vom Hals schaffen. Ehrlich gesagt, bestehe ich sogar darauf."

„Oh, oh, oh. Vorsichtig, Jens. Jetzt mach mal halblang." Michael versuchte aufzustehen, stützte sich mit den Armen ab, ließ sie dann aber auf die Lehne fallen. Er hob einen Zeigefinger. „Ich bin heute schlecht drauf, Jens. Ärger im Büro, Stress mit Anna. Ich kann heute keine Nerverei mehr ertragen. Nimm dich zusammen."

Er schaute Jens an. Der erwiderte seinen Blick, stand auf und lief im Wohnzimmer umher. „Hör zu, Michael, das Problem ist Folgendes. Ich lasse mich scheiden. Ich werde mit meiner Freundin zusammenziehen. Und da kann ich den Ärger mit deiner Frau überhaupt nicht gebrauchen."

„Du lässt dich scheiden? Endlich. Mach einen Termin mit Nellie, dann ziehen wir das durch."

Jens schaute aus dem Fenster. „Ich will nicht, dass du mich vertrittst."

„Häh?" Michael schüttelte den Kopf. „Warum das denn nicht?"

„Na, warum wohl?" Jens drehte sich um. „Wir sind zu eng befreundet. Ich brauche jemanden, der objektiv ist, mit Abstand."

„Na gut, muss ich nicht verstehen. Dann mach halt einen Termin mit Jessica."

„Nein Michael, ich gehe damit in eine andere Anwaltspraxis."

Michael lehnte sich zurück. „Zu wem denn?"

Jens trat zwei Schritte auf Michael zu. „Das musst du doch verstehen, Michael. Meine Freundin hat mir jemanden empfohlen."

„Wen denn?"

Jens breitete die Arme aus. „Rechtsanwältin Thal-heim."

„Das ist jetzt nicht dein Ernst, Jens." Michael stellte sein Weinglas auf den Tisch. „Die Anwältin, die ver-sucht, mich zu zerstören? Die beauftragst du?"

„Verdammt, Michael." Jens schnaufte hörbar. „Erstens versucht sie nicht, dich zu zerstören. Sie nimmt nur die Interessen ihrer Mandantin wahr. Und zweitens hat mein Fall mit deinem nicht das Geringste zu tun. Komm mal runter."

Michael schwieg. Er nahm erneut sein Glas in die Hand. „Das nehme ich dir übel, Jens."

Sein Freund setzte sich auf den Sessel. „Das hat mir meine Freundin zwar schon prophezeit, aber das glaube ich einfach nicht. Wo ist denn zur Hölle dein Pro-blem?" Jetzt wurde Jens laut. „Es ist meine Scheidung, nicht deine!"

Michael stellte das Glas wieder auf den Tisch. „Und wer ist diese Freundin, die dich aus der Ehe ziehen will und dir dafür Frau Thalheim empfohlen hat?"

„Ist doch egal jetzt. Jedenfalls kann ich den Ärger mit unserem,", er suchte das richtige Wort, „mit Julia damals überhaupt nicht gebrauchen. Wenn meine Frau das er-fährt, verwendet sie das gegen mich. Dann kann ich fi-nanziell einpacken."

„Weiß das denn deine Freundin mit unserem Dreier?"

„Ja, ich habe es ihr heute Nachmittag erzählt."

„Und?"

Jens blieb stehen und drehte sich zu Michael um. „Sie hat gesagt, ich soll mit dir reden, von Freund zu Freund. Und Freunde helfen sich. Hat sie gesagt."

„Kluge Frau. Kenne ich sie? Wie lange seid ihr schon zusammen?"

„Seit kurz nach deinem Unfall."

„Wer ist sie denn? Nun rede doch, Jens."

Jens holte tief Luft. „Michael, lass uns erst einmal das Problem lösen. Das belastet mich extrem. Über meine Freundin können wir später reden."

„Scheint ja ein Geheimnis zu sein." Michael schüttelte den Kopf. „Da gibt es nichts zu lösen, Jens. Wir waren beide dabei. Also werden wir beide den Test machen müssen, falls deine Anwältin das für Julia beantragt."

„Kannst du die Sache nicht draußen lassen? Du warst die ganze Zeit der Vater. Das kann doch so bleiben." Jens faltete wieder die Hände.

„Nein, das steht nicht in meiner Macht. Gestern hat deine Rechtsanwältin Thalheim mit Jessica telefoniert und wollte eine Aussetzung des Verfahrens, bis der Test mit mir gemacht worden ist."

Jens setzte sich auf. „Und, seid ihr einverstanden?"

„Nein, sind wir nicht. Dann ist ja der Druck weg."

Jens ließ die Arme hängen und schaute auf den Glastisch, der zwischen ihm und seinem Freund stand. Michael nahm sein Weinglas in die Hand. „Vielleicht hast du Glück. Frau Thalheim hat einen Antrag an das Gericht angekündigt. Vielleicht, hat sie gesagt. Davon muss deine Frau nichts erfahren."

Michael nahm einen Schluck Wein. „Und wenn ich der Vater bin, ist doch für dich alles in Ordnung."

„Und wenn nicht?"

„Na, dann bist du dran, das ist klar."

„Und auf all das kommst du nach so vielen Jahren." Jens stand auf, setzte sich aber gleich wieder. „Nein, nein, so geht das nicht, Michael. Muss ich dich daran erinnern, wie das abgelaufen ist?" Jens stand wieder auf.

Michael zuckte mit den Schultern. „Was meinst du denn zur Hölle?"

Jens breitete die Arme aus. „Ich war stockbetrunken."

„Nicht so betrunken, dass du keinen mehr hoch-bekommen hättest." Michael lachte. „Wir waren alle voll. Aber gebracht haben wir es doch trotzdem, mein Freund."

Jens schüttelte den Kopf. „Gebracht, gebracht, wie re-dest du." Er zeigte mit dem Zeigefinger auf Michael. „Du hast doch bestimmt, was dann abgelaufen ist."

„Quatsch nicht rum. Was meinst du?"

„Das wäre gar nicht so gelaufen, wenn du nicht gesagt hättest, was ich machen soll." Er ging an das Fenster und schaute hinaus.

„Was wäre denn gewesen, Monopoly spielen?"

Jens drehte sich um. „Ich wollte sie im besoffenen Kopf nur mal anfassen. Das hast du mit meiner Frau auch schon mal gemacht, wenn du dich erinnerst. Wenn ich damals nicht dazu gekommen wäre." Er stockte. „Da wolltest du sie vögeln, das weiß ich. Sie hat mir erzählt, dass sie Angst vor dir hatte. Ich hab das für Blödsinn gehalten. Aber jetzt glaube ich schon."

Michael unterbrach ihn. „„Was glaubst du jetzt? Dass sie aus Angst die Beine breit gemacht hätte." Er lachte auf. „Die war heiß auf mich wie Frittenfett, um es dir klar zu sagen."

„Und deshalb war ihre Bluse eingerissen?" Jens schlug die Hand vor den Kopf. „Scheiße was!"

Michael stützte sich mit den Armen am Stuhl ab und ging mit dem Rollator zum Flur. „Ich muss mal. Und hör auf mit den Sachen von früher. Das interessiert keinen mehr."

Michael kam zurück, setzte sich auf seinen Sessel und schaute Jens an. Der hatte sich auf das Sofa gesetzt und starrte vor sich hin.

„Jens, was soll die Diskussion? Das bringt nichts."

Jens hob den Kopf. „Du hast gesagt, ‚los, fick sie'.", sagte er leise.

„Was? Ja und?"

Er hob die Arme und wurde lauter. „Michael, wir haben gemacht, was du wolltest. Deshalb trägst du die Verantwortung." Er machte eine Pause und wurde wieder leiser. „Das ist doch bis jetzt gut gelaufen."

Michael hob sein Weinglas und wedelte damit hin und her. „Wenn du ihr dabei ein Kind gemacht hast, ist es eben nicht gut gelaufen." Er machte eine Pause. „Es kann jeder von uns gewesen sein."

„Du hattest doch aber", Jens unterbrach sich, „oder?"

„Natürlich hatte ich." Er verdrehte die Augen. „Und du auch."

Jens stockte und ging erneut an das Fenster. Er wurde leiser. „Sie kann doch in den nächsten Tagen von dir schwanger geworden sein."

Michael schüttelte den Kopf. „Du hast keine Ahnung. Sie hat danach nicht mehr mit mir schlafen wollen. Sie wollte freiwillig gar nichts mehr. Und ich sag dir was, je mehr Zwang, desto mehr Lust." Er wurde lauter. „So ist das bei mir!"

„Ich... verstehe nicht."

„Was gibt es daran nicht zu verstehen? Blümchensex bringt mir gar nichts."

Jens presste die Lippen aufeinander und drehte sich zum Fenster. Er schüttelte den Kopf „Wo bin ich hier nur?"

„So ist die Lage, mein Freund, so, und nicht anders."

Jens blickte zu Michael. Der hob sein Glas. „Auch wenn seitdem gar nichts mehr läuft mit ihr."

Jens zog die Augenbrauen hoch. „Du wolltest den Dreier. Du hast gesagt, was ich machen soll. Es war deine Frau, also bist du verantwortlich."

Michael lachte auf. „Gleich sagst du, ich hätte dich reingestoßen. Totaler Quatsch, vergiss es."

Jens stellte sich hinter das Sofa und stützte die Arme auf die Rücklehne. „Du willst mir also nicht helfen?"

Michael nahm einen Schluck Rotwein. „Da gibt es nichts zu helfen, Jens. Mitgegangen, mitgefangen, mitgehangen. Ende der Debatte." Er stellte das Glas auf den Tisch. „Und wer ist nun die Glückliche, die meint, ich müsse dir helfen?"

Jens zog seinen Parka an und wandte sich zum Gehen. „Das will ich dir sagen, Michael, Annelie Behrendt." Er zeigte auf Michael. „Die, die du nur Nellie nennst."

Er ging zur Tür, ohne sich umzudrehen. Er schloss sie hinter sich lauter, als er vielleicht beabsichtigt hatte.

„Ist was passiert, Papa?" Sina stand an der Treppe. „Papa?" Michael schüttelte den Kopf. Sina ging in ihr Zimmer zurück.

Freitag, 15. August

Julia

Julia saß im Auto und wartete auf Lasse. Es hatte schon zum Ende der Schulstunde geklingelt. Gleich kommt er. Dann werde ich es ihm erzählen. Hoffentlich hat er damit kein Problem.

„Mama, mach die Tür auf." Sie hatte nicht bemerkt, dass er schon gekommen war.

Sie entriegelte die Tür. Lasse stieg hinten in den Sitz auf der Beifahrerseite und schnallte sich an.

„Los Mama, nach Hause.“

Julia fuhr los. Lasse schaute aus dem Fenster.

„Lasse.“

Lasse schwieg.

„Lasse.“

„Ja, Mama.“

„Wir bekommen heute Besuch von Sophie und Carla aus Fanø. Du hast sie kennengelernt, als wir auf Fanø waren. Erinnerst du dich?“

„Nicht genau.“

„Ach, du wirst sie schon erkennen, wenn du sie siehst. Sie sind schon da, wenn wir nach Hause kommen.“ Sie drehte sich um. „Lasse, sie bleiben bis Sonntag. Und sie müssen bei uns schlafen.“

„Gut.“

„Also, sie müssen in deinem Zimmer schlafen. Da haben wir ja das Bett für dich und für Sina, wenn sie bei uns ist. Und du musst zwischen Svenja und mir schlafen.“

„Bei dir und Svenja? Jaaa! Du musst mir Geschichten vorlesen, die ganze Nacht.“

„Nee, nee, mein Freund, schlafen müssen wir ja auch noch.“ Julia drehte sich zu Lasse um und lächelte. „Aber ich lese dir natürlich vor.“

„Aber jetzt kann ich doch in mein Zimmer?“

„Ja klar, sie schlafen da nur nachts.“

Julia schaute zu Lasse in den Rückspiegel. Sie dachte nach. Lasse ist so verändert, seitdem er von Sina und Michael weg ist. Und selbst Sina macht keine Probleme, wenn sie da ist. Sie schnaufte. Vielleicht ist das Problem die Verliebtheit in Fabian. Ich muss unbedingt einmal mit ihr darüber reden.

Als die beiden zuhause angekommen waren, lief Lasse die Treppe hoch. Svenja war aus der Haustür gekommen und schaute zu ihm runter.

„Nicht so schnell. Sonst stolperst du noch."

Ohne ein Wort lief er an ihr vorbei in die Wohnung und in sein Zimmer.

„Wo sind sie denn?"

Julia war inzwischen nachgekommen. „Doch nicht in deinem Zimmer." Sie streichelte über seine Haare. „Da schlafen sie nur heute Nacht."

Svenja war dazugekommen und nahm Lasse in den Arm. „Und du schläfst bei mir."

Lasse schaute zu ihr hoch. „Und bei Mama."

„Ganz genau. Komm ins Wohnzimmer."

Zögernd ging Lasse an der Hand von Svenja in das Wohnzimmer.

„Ihr kennt doch Lasse, meinen Sohn." Julia fühlte, wie ihre Augen glänzten. Sie nahm Lasse in die Arme und schleuderte ihn einmal um die eigene Achse. Dann hielt sie ihn vor sich fest und zeigte auf den Besuch. „Kennst du Sophie und Clara noch, Lasse?"

„Wir kennen dich noch, Lasse." Sophie zeigte auf ihre Frau. „Du erinnerst dich nicht mehr an Clara und mich, oder? Ist ja schon lange her."

„Doch, ich habe eine Cola bei euch getrunken."

Clara lachte. „Ja, die hat dir aber meine Schwester Katrine gegeben." Sie sah Julia an. „Obwohl deine Mama das nicht wollte."

Julia winkte ab. „Das weiß ich nicht mehr. Aber zu viel Cola ist schädlich."

Sie wendete sich an Lasse. „Du hast ja keine Schularbeiten auf, weil heute Freitag ist, Lasse, oder?"

„Doch, habe ich. Ich soll einen Hund oder eine Katze malen."

„Bis Montag?" Julia war überrascht.

„Nein, bis Mittwoch."

Svenja meldete sich. „Na dann geht es ja. Lasst uns in den Hafen fahren und etwas essen. Ich habe einen Tisch mit Blick auf die Elbe bestellt, für Viertel vor Zwei. Seid ihr einverstanden?"

Alle nickten.

Zwei Stunden später hatten alle gegessen und die Neuigkeiten ausgetauscht. Julia trank einen Espresso. Clara richtete sich auf, als würde sie eine Ansprache halten wollen.

„Ich freue mich, dass wir endlich da sind und nicht nur über Skype miteinander reden."

Julia unterbrach sie. „Ich finde es aber toll, dass wir miteinander telefonieren und uns dabei sehen können. So wissen wir, was ihr macht."

„Ja, du hast recht. Aber es ist schöner, sich persönlich zu sehen."

Julia nahm Claras Hand. „Ich denke noch an unsere gemeinsame Woche im Juni auf Fanø. Toll, dass ihr Urlaub machen konntet. Das war so eine schöne Zeit."

Svenja seufzte. „Ehrlich gesagt, vermisse ich Fanø. Es zieht mich ja immer schon nach Norden. Und ich finde die Insel wunderbar."

Julia nickte ihr zu. „Das geht mir auch so, obwohl der Anlass meiner Flucht ja schlimm genug war. Aber ich hab mich da zuhause gefühlt."

„Was ist eine Flucht, Mama?" Sie drehte sich zu ihrem Sohn. Ich habe vergessen, dass Lasse am Tisch sitzt und jedes Wort mithört. „Das ist nur eine Redewendung. Ich meine, das sagt man nur so, wenn man schnell irgendwo hinfährt. Und mit dem Auto sind wir ja schnell gefahren."

Lasse schaute von seiner Mutter zu Svenja und wieder zurück. Er schien mit der Antwort nicht zufrieden zu sein, aber auch nicht länger interessiert. Er widmete sich wieder dem Zeichenblatt und den Buntstiften, die ihm der Kellner gegeben hatte.

Clara redete weiter. „Also, ich wollte etwas sagen und euch etwas vorschlagen." Sie sah von Julia zu Svenja. „Es geht um das Haus, das wir im Juni auf Fanø besichtigt haben." Sie machte eine Pause. „Das, was Sophie und ich gern kaufen wollen."

Julia lächelte. „Ja, das reetgedeckte Haus mit dem wunderschönen Garten, traumhaft. Wir sehen uns manchmal die Fotos an, die ich gemacht habe."

Clara nickte. „Ja, aber das ist teuer. Ihr erinnert euch?"

Svenja setzte sich auf. „Die Eigentümerin wollte 300.000 Euro haben, stimmt's?"

„Und da haben wir uns etwas überlegt." Clara sah Sophie an. „Wie wäre es, wenn wir vier das Haus gemeinsam kaufen würden?"

Julia und Svenja lehnten sich zur gleichen Zeit auf ihren Stühlen zurück und sahen sich an. Dann drehte Svenja sich zu Clara um. „Ihr wisst gar nicht, wie sehr wir uns so etwas wünschen würden."

„Aber", Julia schüttelte den Kopf, „Deutsche dürfen auf den dänischen Inseln keine Immobilien kaufen. Deshalb haben wir das gar nicht weiter überlegt."

Sophie lächelte Julia zu. „Wir haben mit einem Notar in Esbjerg gesprochen. Er hat eine Lösung vorgeschlagen."

„Erzähl."

„Durch notarielle Verträge. Er hat es uns so erklärt. Zunächst kaufen Clara und ich das Haus von der jetzigen Eigentümerin. Danach machen wir einen Vertrag, durch den wir euch je ein Viertel weiter verkaufen. Die Übertragung an euch wird durchgeführt werden, sobald der dänische Staat das erlaubt. Zusätzlich machen wir einen Erbvertrag, durch den ihr je ein Viertel bekommt, falls

Clara oder mir etwas passiert. Und ihr bekommt eine Vollmacht für das Haus."

Sie nahm einen Zettel aus ihrer Tasche. „Das ist so kompliziert, das habe ich aufgeschrieben."

Sie las sich den Zettel durch. „Ach ja, und wir tragen das, was ihr bezahlt, die hälftigen Kosten, als Hypothek im Grundbuch ein, so dass wir nur zu viert mit dem Haus etwas machen können, verkaufen oder so."

Sophie sah zuerst zu Julia, dann zu Svenja. „Was sagt ihr zu der Idee?"

Eine Zeitlang schwiegen alle.

Julia hatte sich zuerst gefangen. „Wie phantastisch!" Sie sah Svenja an.

„Ja," Svenja lächelte und legte ihre Hand auf Julias Arm. „Ich habe immer schon von einem Haus im Norden geträumt. Ein Haus am See mit Ruderboot oder ein Haus mit Reetdach hinterm Deich. Da kannte ich Fanø nicht."

Julia unterbrach sie. „Wir müssen das miteinander besprechen. Und wie wir das finanziell hinbekommen. Ich vor allen Dingen." Sie atmete aus. „Ich hab ja meine Scheidung vor mir. Aber toll, dass ihr das mit uns machen wollt."

Clara sah zu Sophie. „Ja. Wir haben uns lange darüber unterhalten. Das eine ist, dass wir das Haus allein nicht kaufen könnten. Es ist zu teuer. Das andere ist, dass es groß genug für uns vier ist. Und für die Kinder." Sie legte ihre Hand auf Julias Arm. „Und das Wichtigste ist, dass wir euch sehr gern mögen. Ihr seid so ähnlich wie wir. Ich kann mir nicht vorstellen, dass wir uns jemals über Sachen mit dem Haus streiten würden."

Sophie lachte. „Oha, das war eine lange Rede." Sie machte eine Pause. „Und eine Liebeserklärung."

Julia und Svenja fingen beide an zu lachen. Julia nahm

Sophies Hand. „Die können wir euch auch machen."

„Ja," Svenja sah sich nach dem Kellner um. „Schampus bitte." Der Kellner war nicht zu sehen. Julia winkte ab. „Ich muss uns nach Hause fahren. Den Champagner trinken wir zuhause."

Svenja hob ihr Glas. „Der Rest von unserem Weißwein muss vorläufig genügen. Prost!"

Alle hoben das Glas. Lasse schaute von seiner Zeichnung auf. „Du auch, Lasse, Prost."

Lasse nahm sein Glas und schaute auf den Rest seiner Cola.

„Prost", rief er. „Prost, Prost, Prost."

Sophie sah zu Lasse. „Was hast du denn da gezeichnet?"

Lasse hob das Zeichenblatt hoch. „Eine Katze. Die muss ich bis nächste Woche für Kunst zeichnen."

Julia lachte. „Raffiniert, mein Sohn. Da hast du gleich deine Hausaufgabe mitgemacht. Toll." Sie gab Lasse einen Kuss auf den Kopf.

Svenja breitete die Arme aus. „Was für ein herrliches Essen." Nach einer Pause schaute sie die anderen an und fing an zu lachen. „Dabei war die Pizza gar nicht so gut."

Michael

Michael war enttäuscht. Sie ist wieder nicht gekommen. Seitdem sie Mittwoch angeblich beim Arzt war, ist sie krank. Sie hat Angst vor mir. Er stand von seinem Bürostuhl auf und ging mit seinem Rollator ans Fenster. Und sie hat recht. Ich werde ihr zeigen, wer hier das Sagen hat. Die wird sich wundern. Mich so zu hintergehen. Aber das soll sie bitter bereuen.

Sein Telefon klingelte. Er wendete sich zu seinem Schreibtisch und nahm den Hörer ab. „Jessica ... ja, können wir machen ... Nein, ihr müsst nicht hochkommen. Ich komme in den Besprechungsraum."

Er legte auf. Was gibt es jetzt wieder zu besprechen? Wahrscheinlich werden sie auf die Gewinnverteilung zurückkommen. Aber ich werde sie hinhalten. Ich lasse mich doch nicht zum Narren halten.

Auf dem Weg nach unten legte er sich die Worte zurecht, mit denen er auf die zu erwartende Frage nach den Gewinnen für dieses Jahr antworten würde.

Im Besprechungsraum setzte er sich auf den Platz, den er schon immer gewählt hatte, am Kopfende mit dem Rücken zum großen Fenster. Ich will die Gesichter, die Mimik und Gestik meiner Partner beobachten können. Gegen das Licht bin ich dagegen nicht so deutlich zu erkennen. Wenigstens haben sie mir meinen Platz nicht weggenommen. Sonst hätte ich aber Theater gemacht. Und jetzt wollen wir mal sehen, wer hier die Oberhand behält.

„Michael, was ist?" Jessica sah ihn fragend an.

„Hast du was gefragt?"

„Ja, ob du einen Kaffee willst."

„Ja, immer."

Jessica bestellte einen Kaffee bei Frau Brandt. Er sah sich um. Jessica und Holger saßen sich wie immer gegenüber, rechts und links von ihm, Janina hatte sich neben Jessica gesetzt. Er war irritiert. Janina hatte sonst immer neben Holger gesessen. Heute hatte sie den Platz gewechselt.

Er sah sie an. „Hat es einen Grund, dass du heute neben Jessica sitzt, Janina?" Janina schaute zu Jessica, danach zu Michael. „Nein." Sie setzte zu einer weiteren Erklärung an, schwieg aber.

„Ich wundere mich nur." Michael sah Janina in die Augen. „Wir nehmen immer dieselben Plätze. Nur du wechselst heute von Holgers Seite zu Jessica." Das Wild wittert den Rudelführer, dachte er.

„Haben wir das jetzt mit der Sitzordnung geklärt, ihr beiden?" Jessica schien etwas genervt zu sein. Sie schaute von einem zum anderen. „Es dauert ja nicht lange."

Sie sprach in die Runde. „Es geht um die notwendige Neuordnung der Mitarbeiterinnen." Sie machte eine Pause. „Meine Sekretärin hat gekündigt. Eine Neue haben wir nicht und werden wir so schnell nicht bekommen."

Er lehnte sich zurück. Meine hat nicht gekündigt, dachte er. Kann aber noch kommen, wenn ich mit ihr geredet habe.

Sie wendete sich Michael zu. „Und Frau Behrendt ist bei dir nicht ausgelastet, Michael."

Er setzte sich auf. „Hey, Moment mal, Jessica. Wie meinst du das? Auf die Vergangenheit bezogen ist das richtig. Aber ich bin jetzt wieder da."

„Ja, Michael. Aber eben nur in Teilzeit." Sie schaute ihn an. „Und du kannst nicht sagen, wann und ob das überhaupt einmal anders werden wird."

Er unterbrach sie. „Das ist Quatsch. Das wird nächstes Jahr anders werden."

Eine Weile schwiegen alle. Er fuhr fort. „Und spätestens nächstes Jahr wird meine Sekretärin", er betonte die letzten beiden Worte und machte eine Pause, „mehr als genug zu tun haben."

Janina meldete sich. „Wie soll denn das jetzt umorganisiert werden?"

„Gleich, Janina." Jessica sah Holger an. Der wandte sich an Michael. „Über nächstes Jahr können wir noch reden, Michael. Jetzt geht es um eine sofortige Lösung."

Jessica unterbrach ihn. „Ich musste meine Sekretärin sofort freistellen. Sonst kopiert sie hier alles, was ihr in die Hände kommt. Das bedeutet, wir brauchen sofort eine Lösung." Sie machte eine Pause und sah Michael an. „Zumindest eine vorläufige Lösung."

Er umfasste die Stuhllehnen mit den Händen und sah Jessica an. „Und wie soll diese Lösung aussehen?"

„Nach meiner Ansicht sieht die einzig vernünftige Lösung so aus: Holger behält seine Sekretärin. Da gibt es ja keinen Änderungsbedarf. Janina bekommt Jana aus dem dritten Lehrjahr. Die ist gut und die sollten wir nach der Ausbildung als Angestellte übernehmen."

Er lachte. „Na, herzlichen Glückwunsch zu einer Azubi, Janina."

Janina blieb ernst. „Das ist für mich in Ordnung. Jessica hat mir zugesagt, dass Frau Behrendt ihr etwas hilft."

Michael kniff die Augen zusammen. „Wie kann Jessica dir zusagen, dass meine Sekretärin dir hilft?"

Jessica griff ein. „Weil Frau Behrendt meine Sekretärin werden soll. Du bekommst dafür Laura, Janinas bisherige Sekretärin."

„Das geht überhaupt nicht." Er schüttelte den Kopf. „Janinas Sekretärin hat erst ein Jahr ausgelernt. Die ist für mich überhaupt nicht geeignet."

Er schaute Jessica an. „Mit Frau Behrendt arbeite ich seit Jahren gut zusammen. Es kommt für mich nicht infrage, das auseinanderzureißen. Das ist auch gar nicht notwendig."

Er legte seine Hände mit gespreizten Fingern auf den Tisch. „Wenn meine Sekretärin angeblich bei mir nicht genug zu tun hat, ist es doch umso besser. Dann kann sie der Auszubildenden, die Janina haben soll, bei der Einarbeitung helfen."

Jessica sah Holger an. „Da ist was dran, an dem, was du sagst, Michael."

Sie atmete ein. „Frau Behrendt hat den Wunsch geäußert, versetzt werden. Ich weiß nicht, was zwischen euch war oder ist, aber sie hat angedeutet, gegebenenfalls die Kanzlei wechseln zu wollen."

„Was heißt das denn?" Er nahm die Hände wieder vom Tisch und stützte sie auf die Armlehnen.

„Das heißt im Klartext, dass sie kündigen würde, wenn sie deine Sekretärin bleiben müsste, Michael!" Jessica war lauter geworden. „Und eine weitere Kündigung können wir uns nicht leisten."

„Hat sie das gesagt?" Er riss seine Augen auf und beugte sich vor. „Sie hat dir gesagt, sie würde kündigen?" Er stockte. „Mir hat sie nichts gesagt."

Sie legte eine Faust auf den Tisch und redete ruhiger weiter. „Ich hab sie gefragt, ob sie mit dir geredet hat. Hat sie nicht, will sie offenbar nicht. Habt ihr da was Privates?"

„Blödsinn." Er schüttelte den Kopf. „Ich werde mit ihr reden."

„Nein, lass sie erst einmal." Sie sah Michael an. Sie schien zu überlegen, ob sie aussprechen sollte, was sie dachte. Dann redete sie doch. „Und wenn du irgendwann später mit ihr redest, bitte so, dass sie nicht heulend aus dem Büro läuft."

Wut kam in ihm hoch, als würde ein Aufzug mit hoher Geschwindigkeit nach oben rasen. „Jetzt reicht es mir aber, Jessica." Die anderen zuckten wegen der Lautstärke seines Ausbruchs auf den Stühlen zurück.

Holger fasste sich als erster. „Michael."

Jessica schüttelte den Kopf. „Das meine ich, Michael, deine Wutausbrüche. Ich sag dir ehrlich, das ist so schlimm geworden." Sie sah ihn an und schüttelte den Kopf „Das mag seine Gründe haben. Aber das musst du in den Griff bekommen."

„Das hat allerdings seine Gründe, Jessica. Wenn man dich zum Krüppel gemacht hätte." Er überlegte kurz. „Wenn auch nur vorübergehend. Da ist man nicht die pure Fröhlichkeit."

„Natürlich nicht." Wieder machte Jessica eine Pause. „Aber unsere Auszubildende aus dem zweiten Lehrjahr hat gestern heulend an ihrem Tisch gesessen. Weil du sie angeschrien hast."

„Ach, da ist sie gleich zu dir gelaufen? Typisch."

„Nein, Michael, ich habe sie gesehen und solange gefragt, bis sie es mir erzählt hat."

Alle schwiegen und schauten vor sich hin. Holger atmete hörbar aus. „Jetzt lasst uns mal runterkommen. Wir müssen das jetzt so organisieren, wie wir gesagt haben." Er sah Michael an. „Was nächstes Jahr ist, werden wir sehen, Michael. Ich hoffe, dass du wieder voll da sein wirst."

Michael nickte, schüttelte dann aber den Kopf. „Das mit meiner Sekretärin muss ein Missverständnis sein. Wir vertagen das und ich rede erstmal mit ihr."

„Nein, Michael, nein." Jessica legte beide Fäuste auf den Tisch. „Wir können das nicht vertagen. Und sie möchte vorläufig nicht mit dir reden. Das habe ich doch gesagt." Sie schaute zu Holger. „Sie hat lange mit Holger und mir geredet. Wir haben das Gefühl", sie stockte und sah Michael an, „sie hat Angst vor dir, um es dir ehrlich zu sagen."

„Angst, das ist lächerlich." Er wischte mit der Hand über die Tischplatte.

„Wie auch immer, Michael. Es mag lächerlich sein." Holger hatte die Ellbogen auf den Tisch gestützt. „Sie hat gesagt, sie hat jeden Morgen Bauchschmerzen, wenn sie kommt."

„Mit Bauchschmerzen muss sie zum Arzt gehen. Ich habe wohl kaum etwas damit zu tun.."

„Michael!" Holger nahm die Hände auseinander. „Jedenfalls fühlt sie sich so unwohl, dass sie mit Kündigung gedroht hat."

Michael beugte sich nach vorn. „Das wird ja immer schöner mit Angestellten. Jetzt wird gedroht."

„Nein," Holger winkte ab. „Sie hat nicht gedroht, sondern gesagt, dass sie kündigen würde, wenn sie deine Sekretärin bleibt."

Jessica ballte die Faust. „Wenn wir sie nicht verlieren wollen." Sie schaute Michael an. „Und wir wollen sie nicht verlieren. Sie ist gut, wie du weißt."

Michael zuckte mit den Schultern.

Jessica schaute in die Runde. „Wir müssen das so machen. Eine andere Lösung gibt es im Moment nicht. Lasst uns damit zu einem Ende kommen. Meine Mandanten warten."

Sie sah Michael an. „Und ich hoffe, das entscheiden wir jetzt einvernehmlich, oder Michael?"

Er schüttelte den Kopf. „Ich muss mir das durch den Kopf gehen lassen. Offenbar habt ihr schon länger darüber nachgedacht und Gespräche geführt." Nach einer Pause: „Ohne mich."

Jessica verdrehte die Augen. „Herrgott, das schon wieder. Michael, ehrlich, ich kann es nicht mehr hören." Sie atmete ein und sah Michael an. Sie schien etwas sagen zu wollen, winkte dann aber ab.

Janina hob die Hand, als wollte sie sich melden. „Wie wird es denn nun?"

Jessica sah sie mit zusammen gekniffenen Augen an. „Das entscheiden wir jetzt." Sie drehte sich zu Holger um. „Was sagst du?"

Holger sprach Michael an. „Wir müssen das so machen. Ich bin einverstanden. Es wäre schön, wenn du das mittragen würdest, Michael."

Er schüttelte den Kopf. „Das kann ich jetzt nicht sagen."

Jessica klopfte auf die Tischplatte. „Heute ist Freitag. Am Montag muss das so laufen. Und ich muss später Frau Behrendt informieren. Das müssen wir jetzt entscheiden." Sie schaute Michael an. Der sah Jessica mit zusammen gekniffenen Augen an.

„Michael!"

Er schüttelte den Kopf.

„Also gut, Michael, mit der Mehrheit von Holger und mir entschieden."

Sie stand auf. Langsam standen auch die anderen auf. Er blieb sitzen und stützte sich auf die Armlehnen. Jessica beugte sich zu ihm herunter und flüsterte ihm zu. „Wir ziehen offenbar derzeit nicht an einem Strang, Michael. Das geht nicht."

Sie wartete seine Reaktion nicht ab und lief hinaus.

Dienstag, 19. August

Julia

„Julia, du hast Post." Sie hörte Svenjas Stimme aus dem Arbeitszimmer. „Hier muss jemand viel geschrieben haben."

„Lass uns erst einmal reinkommen." Julia zog Lasses Jacke aus und hängte ihre Handtasche an einen Kleiderhaken.

„Halt, Schuhe aus." Sie hielt Lasse am Pullover fest. Schnell streifte er die Schuhe von den Füßen und lief in sein Zimmer. Julia ging zum Arbeitszimmer. Svenja lehnte sich auf ihrem Bürostuhl zurück und wedelte mit einem dicken Briefumschlag DIN A 5.

„Wie wäre es erst einmal mit einer Begrüßung?" Sie zog Svenja aus dem Stuhl hoch, nahm sie in den Arm und küsste sie länger als sonst bei einer Begrüßung.

„Ist etwas passiert?"

„Nein." Julia schüttelte den Kopf. „Ich bin so genervt von der Arbeit. Da brauchte ich etwas Zuwendung von dir."

Svenja nahm sie in die Arme und drückte sie fest an sich. „Aber gerne, mein Schatz. So viel du willst." Sie wiegte Julia hin und her. „Gab's Ärger im Büro?"

„Ach Svenja." Julia löste sich von ihrer Freundin und ließ sich in den Stuhl vor ihrem eigenen Schreibtisch fallen. „Mein Vorgesetzter, gegen alles Neue." Sie schüttelte den Kopf. „Das haben wir immer so gemacht. Wenn ich solch einen Spruch schon höre." Sie nahm den Briefumschlag, den Svenja inzwischen auf ihren Schreibtisch gelegt hatte. „Aber was soll's. Ich werde den bis zu seiner Pensionierung nicht mehr ändern."

Dann lachte sie auf. „Die ist aber erst in zehn Jahren."

Sie sah sich den Umschlag an. „Von Frau Thalheim, endlich."

Svenja drehte sich zu ihr. „Michaels Anwältin hatte doch erst vor einer knappen Woche geschrieben. Dagegen ist deine schnell, finde ich."

Julia riss den Brief auf. „Ein Anschreiben an mich und eine Kopie des Schreibens an Michaels Anwältin."

„Was schreibt sie denn?"

„Dass wir uns eine halbe Stunde vor dem Termin treffen sollen. Am Gerichtssaal." Sie schaute auf. „Dann kann sie mir den Ablauf erklären."

„Du sagst es. Ich komme auf jeden Fall mit."

Julia nickte, setzte sich an ihren Schreibtisch und las das lange Schreiben. Schließlich schaute sie auf und sah zu Svenja herüber.

„Ganz schön heftig."

„Erzähl." Svenja klappte ihren Rechner zu, an dem sie geschrieben hatte.

„Rund 1.000 Euro soll er monatlich für Lasse zahlen. Und für mich über 4.000."

„Das ist wirklich heftig. Aber hat sie das nicht schon von Anfang an gefordert?"

„Ja, und sie schreibt, sie hätte deswegen schon eine Klage eingereicht."

„Aber du hast doch keine Klage bekommen, oder?"

„Nein, sie schreibt", Julia nahm das Schreiben hoch und las: „Da Herr Dr. Pförtner Zahlungen ablehnt, haben wir insoweit Klage erhoben. Der gerichtliche Antrag wird Ihnen ebenfalls demnächst zugestellt."

Sie ließ das Schreiben sinken. Svenja verzog die Mundwinkel. „Frau Thalheim wird klar und deutlich. Mit Klagen hat Michael wahrscheinlich nicht gerechnet."

„Aber mir reicht das auch mit seiner Verzögerung. Er

hat doch bisher keinen Cent gezahlt." Sie schüttelte den Kopf.

„Was ist denn mit der elterlichen Sorge für Lasse, Julia?"

„Er soll den Antrag zurücknehmen, schreibt Frau Thalheim. Sonst würden wir uns gar nicht weiter...", sie suchte die entsprechende Stelle im Brief, „gar nicht weiter um in wirtschaftlicher Hinsicht für beide Beteiligte vernünftige Regelungen bemühen."

Julia schaute auf. „Was für ein Schreiben. Na, mal sehen, ob er bis zur nächsten Woche reagiert. Vielleicht findet die Verhandlung ja gar nicht statt."

Svenja fiel etwas ein. „Aber du wolltest doch bei der Gelegenheit wegen der Fotos deinen alten Rechner holen und mit Sina reden."

Julia nickte. „Ich habe gestern mit Frau Thalheim telefoniert. Sie hat mir erzählt, dass sie mit Frau Thomas gesprochen hat. Ich kann nach der Verhandlung in das Haus, um meinen Rechner zu holen und mit Sina zu reden."

„Na, abwarten. Ich bin da skeptisch. Wenn die Verhandlung stattfindet, komme ich auf jeden Fall mit, damit dir nichts passiert."

„Na, mir wird schon nichts passieren. Das kann der körperlich im Moment gar nicht." Sie schüttelte den Kopf. „Und wenn Sina dabei ist, da wird er nichts tun. Hat er ja nie, wenn die Kinder dabei waren."

„Trotzdem, dem traue ich alles zu." Svenja stand auf und streckte sich. „Komm, lass uns etwas essen. Mich wundert, dass Lasse sich nicht beschwert."

Julia lachte. „Seitdem er das neue Computerspiel hat, nutzt er doch jede Zeit aus, die wir nicht aufpassen."

Sie lächelte. „Na denn, holen wir ihn mal raus aus dem Zimmer."

Michael

Michael stand auf. Seit gestern ist sie ja wieder hier. Sie muss ihren Schreibtisch am Wochenende umgeräumt haben. Gestern Morgen war alles weg. Hat Angst gehabt, dass ich sie mir vornehme. Gestern habe ich ihr eine Schonfrist gegeben. Ich war ja kaum da. Meine Physiotherapie. Aber ich hatte auch keine Lust. Kein Wunder nach dem Freitag. Lust habe ich auch jetzt nicht. Mit Laura kann man nicht reden. Die bekommt ja den Mund nicht auf. Na, die werde ich mir schon zurechtbiegen. Dann wird sie funktionieren. Jetzt gehe ich erstmal zu Nellie. Das wird zwar an der Sache nichts ändern. Aber sie soll mir mal erklären, was sie da geritten hat.

Michael setzte sich wieder hin. Erst einmal nachsehen, ob Jessica weg ist. Er rief Jessicas Kalender auf seinem Rechner auf. Sie hatte um 10 Uhr einen Termin vor dem Landgericht in einer Erbsache. Er schaute auf die Uhr, 10 Uhr 15. Er stand auf, lief mit seinem Rollator über den Flur. Mit dem Fahrstuhl fuhr er in den zweiten Stock. Die Tür des Fahrstuhls öffnete sich. Er hörte sie telefonieren. „Ja, machen wir so. Auf Wiederhören Frau Rodewald."

Michael räusperte sich laut. Er lehnte sich an den Türrahmen.

„War das eben Frau Rodewald, die Richterin?"

Annelie Behrendt zuckte zusammen und schaute dann auf. „Ja, sie wollte dich sprechen und hat sich zu mir durchstellen lassen. Ich habe ihr erklärt, dass ich nicht mehr für dich arbeite."

„Und du leitest jetzt meine Gespräche nicht einmal mehr weiter?"

„Äh, ja. Ich habe ihr gesagt, dass sie zukünftig Laura anrufen muss."

„Und dann hast du zu Kerstin gesagt: Das machen wir so. Ging es da um mich? Soll ich irgendwas beachten?"

„Nein, nein, da musst du dich verhört haben."

„Hmmm." Michael nahm eine Hand aus der Tasche und strich über seinen kurzen Bart. „Ich bin dennoch enttäuscht, dass du nicht mehr für mich arbeiten willst... das habe ich doch richtig verstanden."

Annelie Behrendt schwieg.

„Das ist schade. Wie gesagt, ich bin echt enttäuscht."

Sie schwieg weiter.

„Du hättest doch mit mir reden können", er sah sie durchdringend an. „Oder hat Jens das nicht gewollt? Vielleicht, weil er mein Freund ist und nicht will, dass du so eng mit mir arbeitest?"

Sie schüttelte den Kopf.

„Hat der dir den Kopf schon so vernebelt, dass du nicht mehr geradeaus denken kannst?" Wie in einem startenden Flugzeug stieg die Wut in ihm auf. Wieso antwortet die nicht? Ihre Augen glänzen. Sie kämpft offenbar mit Tränen. Soll sie nur heulen.

„Hat es dir die Sprache verschlagen? Du quatschst doch sonst so viel."

„Michael!" Holger war in den zweiten Stock gekommen. „Hör bitte auf und lass Frau Behrendt zufrieden." Er fasste Michael am Oberarm. „Wir haben dir doch gesagt, dass sie erstmal nicht mit dir reden will."

Holger versuchte, Michael aus dem Zimmer zu ziehen. Der riss sich los, stolperte und hielt sich an seinem Rollator fest. „Bist du völlig bescheuert?"

„Tut mir leid, aber Frau Behrendt." Holger stockte.

Michael fuhr langsam mit dem Rollator auf den Flur. „Ich rede mit wem und wann ich will. Das hast du nicht zu bestimmen, Holger."

Beide standen sich im Flur gegenüber. Zwischen

ihnen stand Michaels Rollator. Annelie Behrendt schloss ihre Tür von innen.

„Was willst du überhaupt, Holger? Dein Büro ist doch im Erdgeschoss. Spionierst du mir nach?" Er schob den Rollator an Holger heran.

„Jetzt ist aber gut, Michael." Holger schüttelte den Kopf. „Janina hat mich angerufen und Ärger befürchtet, als du hochgekommen bist."

Michael schaute hinüber zu Janinas Zimmer, das auch im 2. Stockwerk lag. Sie stand im Türrahmen.

„Ach, so ist das. Weißt du was? Leckt mich, alle beide." Michael drehte sich um und stieg in den Fahrstuhl. Er sah, wie sich Holger und Janina anschauten, während sich die Tür zum Fahrstuhl schloss.

Zurück in seinem Büro dachte Michael darüber nach, was sich abgespielt hatte. Offenbar haben sich alle gegen mich zusammengeschlossen. Ich kann Jessica und Holger nicht rauswerfen. Sie sind Partner. Umgekehrt können sie mir nicht kündigen. Und wenn ich gehe und ein neues Büro aufmache? Nach dem Partnerschaftsvertrag bekomme ich dann etwa die Hälfte der Abfindung, die ich bei Renteneintritt bekomme. Das wäre immer noch ein Betrag, den ich in einem Jahr hier verdiene. Er überlegte weiter. Das Geld müsste ich aber versteuern, so dass mir etwa die Hälfte bleibt. Und das brauche ich, um ein neues Büro einzurichten. Das lohnt sich nicht. Er schaute auf seinen Schreibtisch, auf dem früher ein hoher Stapel Akten lag. Jetzt waren nur drei dünne Ordner zu sehen. Die Alternative ist, sich hier ein bequemes Leben zu machen. Hier sein, aber wenig tun. Ich halte das aus. Mal sehen, wie die anderen klarkommen.

Kerstin Rodewald fiel ihm ein. Er nahm den Telefonhörer und wählte ihre Büronummer.

„Hallo Kerstin, hier ist Michael. Wie geht es dir? Wie ist dein Tag? ... Hast du Lust, mit mir Mittagessen zu gehen? ... Du bist schon verabredet?" Er lachte. „Muss ich eifersüchtig sein? ... Sei nicht so ernst. Das war ein Scherz. Sehen wir uns heute Abend? ... 18 Uhr. So früh? ... Willst du zum Essen kommen? ... Nein? ... Dann lass uns später ... Wie ist es mit 20 Uhr? Bei mir? ... Im Shakespeares? ... Ich hab, ehrlich gesagt, nicht so Lust, heute Abend in einer Bar zu sitzen. Lass uns doch bei mir treffen .... Gut, ja, ich freue mich drauf. Bis später."

Michael

„Papa, ist das in Ordnung, wenn ich nächsten Dienstag nicht da bin?" Sina stand oben an der Treppe und schaute auf Michael herunter.

Der saß in seinem Lieblingssessel und hatte sich in die Tageszeitung vertieft.

„Was hast du gesagt?"

„Ich hab gefragt, ob das ok ist, wenn ich nächsten Dienstag nicht da bin. Da ist doch die Verhandlung beim Amtsgericht und Mama kommt her."

Michael schaute nach oben. „Deine Mutter kommt aber nur zum Gerichtstermin und fährt gleich wieder weg. Du siehst sie da ohnehin nicht."

„Ich hab trotzdem ein schlechtes Gewissen, dass ich nicht da bin."

„Da mach dir keine Sorgen. Bei dem Gerichtstermin passiert nichts Besonderes. Da werden nur Anträge ausgetauscht und das Gericht wird irgendwann einen neuen Termin machen."

Sina kam langsam die Treppe herunter. „Worum geht es da überhaupt?"

„Vergiss es, Sina. Es geht um unsere Trennung. Das ist nur ein formaler Termin ohne große Bedeutung. Wir wollen euch da raushalten."

„Na gut. Ausgerechnet am Dienstag ist Fabians Geburtstag."

„Das hatten wir doch schon vor einer Woche besprochen. Wann kommst du denn abends wieder?"

Sina setzte sich auf das Sofa. „Ich weiß nicht. Nicht so spät. Ich fahre ja gleich nach der Schule mit ihm nach Hause. Party steigt erst am Sonnabend. Wir fahren vielleicht nachmittags an den Uni-See. Die Wetter-App sagt, dass es warm wird."

„Das ist ok, Sina." Michael wendete sich wieder seiner Zeitung zu, ließ sie aber wieder sinken. „Willst du weg?" Sina hatte eine Jeansjacke angezogen.

„Ja, ich fahre zu Fabian. Wir wollen die Party besprechen."

Er schaute auf die Uhr, kurz vor 19 Uhr. „Viel Spaß. Und komm nicht zu spät."

Michael war stolz darauf, dass er seiner Tochter nicht vorgab, wann sie zu Hause sein sollte. Er sah ihr hinterher. Ich nehme sie ernst und erziehe sie zur Eigenverantwortlichkeit. Da ist kein Platz für Anweisungen. Sie wird bald 14 Jahre alt.

Sina ließ die Tür laut hinter sich zuschlagen. Michael legte die Zeitung zusammen.

Er stand auf und holte zwei Tabletten aus der Schachtel, die er in seiner Aktentasche aufbewahrte. Er spülte sie mit einem Glas Wasser herunter. Ich muss etwas draufhaben, wenn Kerstin kommt. Er drehte sich um und ging ins Wohnzimmer zurück. Zeit, zu proben. Ich bin allein. Gott sei Dank ist Sina Dienstag nicht da. Also, schnell die Treppe hochgehen. Mist mit dem linken Bein. Linkes Bein stehen lassen, mit dem rechten Bein eine Stufe höher, linkes Bein auf die Stufe nachziehen. Das muss doch auch mit zwei Stufen funktionieren.

Er stellte seinen Rollator an die Treppe. Jetzt zwei Stufen hoch, am Geländer hochziehen, linkes Bein nach, zwei Stufen hoch, am Geländer hochziehen, linkes Bein nach.

Es funktionierte. Oben angekommen, hielt er sich rechts und links am Geländer fest und sprang auf jeder zweiten Stufe herunter.

Er probierte es wieder und stoppte die Zeit. 18 Sekunden. Er war nicht zufrieden. Um das Quietschen der Treppe zu verhindern, lief er noch einmal nach oben, jetzt den linken Fuß nach links an die Kante, den rechten Fuß ganz nach rechts. Fast lautlos, bis auf das Ächzen des Geländers. Durch den seitlichen Halt der Füße komme ich schneller nach oben. Wieder stoppte er die Zeit: 15 Sekunden. Das muss genügen, wenn ich ihren Rechner woanders in das Regal stelle. Nicht so, dass sie ihn gar nicht findet und mich ruft, aber so, dass sie Zeit braucht. Das funktioniert. Noch einmal lief er die Treppe hoch, machte eine Pause und versuchte es erneut. Unter 15 Sekunden komme ich nicht. Und das Ächzen, vor allem an zwei Stellen, ist ein Problem.

Musik, das Weihnachtskonzert von Corelli, das ich Heiligabend auflege. Das wird die Restgeräusche übertönen. Und sie wird denken, dass ich das ihretwegen auflege. Ich muss das vorbereitet haben, die Fernbedienung in der Tasche.

Er probierte es aus. Perfekt. Nach ein paar Takten kommt eine leisere Stelle. Aber das macht nichts. Besser, als wenn ich die Fünfte von Beethoven auflege. Dann ahnt sie etwas.

Michael war zufrieden. Es klingelte. Er schaute auf die Uhr. 20 Uhr, Kerstin.

Er hatte die Zeit vergessen. Mit seinem Rollator ging er zur Tür und ließ Kerstin herein. Sie hatte den grauen Hosenanzug an, den sie gern im Büro trug. Mit der weißen Bluse sieht das langweilig aus, dachte er. Egal.

Sie fasste ihn zur Begrüßung über den Rollator hinweg an beiden Schultern und lief an ihm vorbei in das Wohnzimmer. Sie setzte sich auf einen Sessel.

Michael kam hinter ihr her. Er blieb vor ihr stehen. „Was darf ich dir bringen? Rotwein, Weißwein? Oder soll ich dir einen Cocktail mischen?"

„Nein, Michael, kein Alkohol. Ich muss noch fahren."

„Du kannst doch hierbleiben, Kerstin. Sina macht das nichts aus."

„Aber mir." Sie schwieg. Michael stutzte. „Was meinst du?"

„Bring mir erst einmal ein Wasser und setz dich hin, dann reden wir weiter."

In der Küche stellte er eine Flasche Wasser und ein Glas auf die Ablage seines Rollators. Für sich schenkte er einen Whisky in ein Glas.

Als er im Sessel saß, lächelte er und prostete Kerstin zu. Sie presste ihre Lippen kurz aufeinander, bevor sie ebenfalls lächelte, hob ihr Glas und nahm einen Schluck Wasser.

„Michael", Kerstin setzte sich aufrecht in den Sessel. Langsam lehnte sie sich zurück und schlug die Beine übereinander.

Michael beobachtete sie.

Kerstin setzte erneut an. „Michael, ich muss mit dir reden."

„Du sagst das so formal, Kerstin, was ist denn los, Herrgott?"

„Also, ich war heute Mittag verabredet."

„Das sagtest du schon."

„Lass mich doch mal aussprechen. Mit Frau Behrendt."

Er stützte sich mit den Ellbogen auf seinem Sessel ab und setzte sich nach vorn. „Wieso mit meiner Sekretärin? Was hast du mit ihr zu tun?"

„Deiner früheren Sekretärin. Sie hat mir erzählt, dass sie sich hat versetzen lassen."

„Wie kommst du dazu..." Er vollendete den Satz nicht.

„Wir hatten heute Vormittag telefoniert. Ich wollte dich sprechen und habe mich automatisch mit ihr verbinden lassen."

Michael fiel ihr ins Wort. „Das weiß ich schon. Ich bin dazu gekommen, als ihr telefoniert habt."

„Dann weißt du, dass ich heute mit ihr Mittagessen war."

„Nein, das weiß ich nicht. Das hat Nellie mir nicht gesagt."

„Wie auch immer." Kerstin schaute Michael in die Augen und presste ihre Lippen aufeinander. „Frau Behrendt hat mir erzählt, was ich schon als Gerücht gehört hatte."

Michael schüttelte den Kopf. „Gerüchte sind meistens unwahr. Und Nellie und ich sind in verschiedener Hinsicht sehr unterschiedlicher Auffassung. Deshalb habe ich sie versetzen lassen. Ich weiß nicht, was sie gerade reitet."

„Ach Michael, hör auf, sie unglaubwürdig zu schildern."

Er hob die Hände. „Was hat sie denn von sich gegeben?"

„Also gut; sie hat von sich gegeben, dass du ein Verhältnis mit Frau Michalski hast, der Architektin."

Michael ließ die Hände auf die Sessellehnen fallen.

„Völliger Blödsinn, wie kommt sie denn darauf?"

Kerstin lehnte sich nach vorn und zog an beiden Enden ihres Sakkos. „Sie sagt, das ginge schon lange so. Meistens würde sie vormittags anrufen und du wärst dann eine Stunde oder länger weg. So würde das laufen."

„Was ist das denn für ein Unsinn. Ich fasse es nicht. Ich hab nie auch nur das Geringste mit Anna Michalski gehabt. Das musst du mir glauben." Er machte eine Pause. „Das behauptet Nellie aus Rache, weil ich sie nicht mehr als Sekretärin haben wollte."

Kerstin schüttelte den Kopf. „Das erzählt sie aber genau anders herum." Sie atmete tief ein. „Sie sagt sogar, sie hat Angst vor dir."

Michael stützte sich mit den Händen am Sessel ab und stand auf. Er wurde laut. „Angst? Angst? Das...", er unterbrach sich, „das schlägt ja wohl dem Fass..."

Er stockte, nahm den Rollator und begann, im Zimmer herum zu fahren. Er blieb stehen und hob einen Arm. „Wovor sollte sie in drei Gottes Namen Angst haben können?"

„Sie sagt, du wirst manchmal plötzlich so wütend. Das kann sie nicht verstehen."

„Ich werde nur wütend, wenn jemand dauernd Fehler macht. Das ist doch normal."

„Das kenne ich von dir von früher, Michael. Deshalb ist das damals ja auseinandergegangen mit uns."

„Das ist Unsinn, Kerstin. Es ist auseinandergegangen, weil wir uns voneinander entfernt hatten. Wir waren jung, in Göttingen unter lauter Studenten."

Sie unterbrach ihn. „Ja, vor allem Studentinnen. Du hast mich damals schon betrogen." Kerstin atmete tief ein. „Und als es mit uns zu Ende war, hast du gesagt, das wäre langweiliger Blümchensex mit mir gewesen, wörtlich." Sie schaute auf den leeren Sessel vor ihr. „Das habe ich dir nicht einmal übel genommen. Paare verletzen sich gern, wenn sie sich trennen." Sie schwieg.

„Aber von deinen Affären habe ich erst hinterher erfahren. Das war nicht der Grund unserer Trennung. Wenn du dich bitte erinnerst: Du hattest mich gegen die Wand geschubst. Ich bin hingefallen."

Michael unterbrach sie. „Hol doch nicht die alten Sachen raus. Eher verjährt ja Mord, bevor du etwas vergisst." Er blieb stehen. „Ich hab ja auch eine Therapie gemacht."

Kerstin drehte sich zu ihm um. „Ja? Das hattest du mir zwar später erzählt, als wir uns zufällig im Café im Amtsgericht getroffen hatten. Frau Behrendt hat mir aber erklärt, dass du ein Coaching gemacht hast."

„Da ist ja kein großer Unterschied."

„Doch! Bei einem Coaching geht es darum, dass du dich in der Öffentlichkeit im Griff hast. Das hast du deiner Sekretärin selbst so gesagt." Sie sah zu ihm hin. „Das ist etwas anderes als die Erforschung der Ursachen deiner Wutanfälle."

„Kerstin, jetzt hör mal auf. Oder soll das eine Diskussion über psychologische Spitzfindigkeiten werden?"

„Nein. Aber der Unterschied ist schon klar, oder?"

Michael war am Fenster stehen geblieben. Er sah in die Dämmerung. Niemand war auf der Straße. Trostlos wie dieses furchtbare Gespräch. Mit was für Frauen umgebe ich mich. Das Allerletzte. Er drehte sich um und sah Kerstin an. Sie wird meine Wut gleich sehen. Ich kenne mich gut. Runterkommen, runterkommen, runterkommen. Michael schwieg.

Kerstin schien das Thema nicht weiter verfolgen zu wollen. „Jedenfalls kann Frau Behrendt mit deiner Wut nicht umgehen. Sie sagt, sie bekommt Angst. Es ist so ein Gefühl bei ihr."

Michael lief weiter. „So ein Gefühl, so ein Gefühl." Er schüttelte den Kopf.

„Bitte setz dich wieder hin, Michael." Kerstin zeigte auf seinen Sessel. Michael bemerkte, wie ihre Hand zitterte.

„Fängst du jetzt auch damit an?"

„Was meinst du?"

Michael ließ sich in seinen Sessel fallen. „Mit den Angstneurosen der Frau Behrendt. Deine Hand zittert."

Kerstin schwieg.

Michael atmete aus und ein. Er bemühte sich, langsamer und leiser zu sprechen.

„Glaub mir, da war nie was. Anna und ich haben ein rein freundschaftliches Verhältnis. Wir haben uns dann und wann im Café Hollmann getroffen und einen Kaffee getrunken. Das ist bei dem Stress, den ich täglich im Büro habe, meine kurze Auszeit."

Er schaute Kerstin lächelnd an. „Den Kaffee hätte ich liebend gern mit dir getrunken. Aber du bist ja immer in der Kantine im Gericht."

Kerstin blieb ernst. „Ich habe heute Nachmittag mit Frau Michalski telefoniert."

„Was hast du? Statt mit mir zu reden?" Michael schnappte hörbar nach Luft und schüttelte heftig den Kopf. „Kerstin!" Er hatte das etwas laut gesagt. Jetzt senkte er die Stimme. „Kerstin. Wie lange kennen wir uns schon? Warum redest du nicht mit mir?"

Kerstin zuckte mit den Schultern. „Das tue ich ja jetzt." Sie atmete tief ein.

„Sie hat nicht ausdrücklich zugegeben, ein Verhältnis mit dir zu haben." Sie zuckte wieder mit den Schultern. „Oder gehabt zu haben."

Michael breitete die Arme aus. „Ja, was denn?"

„Sie hat gesagt, du seist letzte Woche bei ihr gewesen. Aber nur kurz, hat sie gesagt. Und wörtlich: Mit Behinderten mache ich nichts." Sie ließ die Worte bei Michael nachwirken. „Schlimm, der Spruch. Aber was heißt denn das im Umkehrschluss?"

Sie stützte ihre Ellbogen auf, legte die Hände aneinander und sah ihn an.

Er schwieg. Er wusste nicht, was er sagen sollte.

Kerstin redete weiter. „Ich hab sie daraufhin gefragt, ob sie früher dann und wann Schäferstündchen mit dir gehabt hat, bevor du den Unfall hattest."

„Du meinst, bevor ich die Treppe."

Kerstin redete weiter. „Schäferstündchen, das habe ich wörtlich gesagt. Weißt du, was dann war?" Sie machte eine kurze Pause. „Sie hat gelacht. Sie hat gar nicht aufgehört, zu lachen und hat dauernd Schäferstündchen gesagt. Als ich gefragt habe, was das denn soll, hat sie sich beruhigt und entschuldigt."

Kerstin machte eine Pause und atmete aus und ein. Michael lehnte sich nach hinten.

„Entschuldigt, wieso entschuldigt?"

„Sie hatte wohl Mitleid mit mir." Etwas leise ergänzte sie dann wie mit sich selbst redend. „Das war das Schlimmste."

Sie sah auf und räusperte sich. „Weißt du, was sie gesagt hat, Michael, und zwar wörtlich?" Sie wurde laut. „Schäferstündchen waren das nicht, vorher."

Kerstin war blass geworden. Sie stand auf. „Ich muss dringend auf die Toilette."

Michael, überlegte, wie er die Situation retten könnte. Bestreiten mit Anna. An die Gemeinsamkeit, an die gemeinsame Zukunft appellieren. Wenn ich sie ins Bett bekomme, habe ich sie.

Kerstin kam ins Wohnzimmer. Mit festem Schritt ging sie auf ihren Sessel zu. Bevor sie sich setzte, fing sie an zu reden. „Frau Behrendt hat mir übrigens noch mehr erzählt."

„Was denn nun noch, die Lügenhexe? Tut mir leid, aber das ist sie. Da war gar nichts mit Anna. Und was sie gesagt hat, hast du nur falsch bewertet. Oder hat sie gesagt, dass sie etwas mit mir hatte? Nein, also." Er ballte die Fäuste. „Kerstin, nun lass dir doch nichts von Nellie einreden."

„Du hattest auch was mit ihr."

„Hat sie das behauptet? Jetzt spinnt sie ja völlig."

„Nein, Michael, das war schon glaubwürdig. Sie hat das gar nicht vorwurfsvoll gesagt. Sie hat ja mitgemacht. Sie hat gelacht und gesagt, du wärst so, wenn man nicht bei drei auf dem Baum ist. Da war so ein bewundernder Unterton."

„Bewundernder Unterton, das sollte mir gefallen." Michael lächelte.

„Mir gefällt das aber nicht, Michael. Mit ihrer Angst, das ist das Eine. Aber deine Frauengeschichten. Und Anna, das war in der Zeit, in der wir wieder zusammen waren." Kerstin schüttelte den Kopf und blieb bewegungslos sitzen. Sie ließ die Schultern hängen. Ihr Mund zuckte, als sie etwas sagen wollte. „Ich", sie setzte neu an, „ich hatte mir sogar eine Zukunft mit dir vorgestellt." Sie setzte sich aufrecht hin. „Ich kann das nicht mehr, Michael."

Mühsam stand Michael auf und ging zum Fenster. Es war dunkel geworden. Er sah die gebogenen Straßenlaternen, die runde helle Flecken auf die Straße warfen. Niemand war zu sehen. Ein Auto fuhr vorbei. Die roten Rücklichter verschwanden hinter der Kurve. Er hatte die Hände auf die Gehhilfe gestützt und schaute in die leere

Dunkelheit. Dann drehte er sich um. Er sah, dass Kerstin ihn beobachtete.

Langsam ging er zu seinem Sessel zurück. Mit einem Stöhnen setzte er sich. „Kerstin." Er hob eine Hand.

Sie schüttete den Kopf. „Ich will nicht mehr, Michael. Ich brauche erst einmal einen großen Abstand zu dir."

Sie stand auf, ging zwei Schritte in Richtung Haustür und blieb stehen. Er sah die Tränen in ihren Augen. „Bleib bitte sitzen. Ich finde allein raus. Vielleicht können wir irgendwann mal darüber reden, warum es mit uns nicht geklappt hat, Michael. Aber jetzt muss ich erst einmal Zeit für mich haben."

Er blieb sitzen, seinen Blick auf den leeren Sessel ihm gegenüber gerichtet.

Kerstin lief zur Tür. „Ich wünsche dir alles Gute, Michael."

Sie ließ die Tür offen. Sina war wiedergekommen.

„Papa?" Sina lief ins Wohnzimmer. Sie setzte sich auf den Sessel, auf dem Kerstin zuvor gesessen hatte. „Was ist los? Frau Rodewald ist eben an mir vorbei gelaufen. Sie sah aus, als wenn sie heulen würde."

Er beugte sich in seinem Sessel vor. „Ich habe mit ihr Schluss gemacht."

„Warum denn? Habt ihr euch gestritten?"

„Nein, Sina." Er schüttelte den Kopf und lächelte seine Tochter an. „Wir sind zu verschieden."

„Das tut mir leid, Papa. Ich fand sie in Ordnung, etwas streng, aber in Ordnung."

Er lehnte sich zurück.

„Papa", Sina sprach nicht weiter.

„Was denn Sina, raus damit." Michael schien wieder fröhlicher zu werden.

Sina rutschte auf ihrem Sessel nach vorn. „Nächsten Dienstag, Fabians Geburtstag. Ich darf da bei seinen

Eltern übernachten. Erlaub es bitte. Wir haben am Mittwoch Praktikumstag. Da bin ich doch zusammen mit Fabian bei Jens in der Praxis."

Michael unterbrach seine Tochter. „Ja, weiß ich."

„Ich kann dann zusammen mit Fabian hinfahren."

„Sina, du bist 13. Da dürfen seine Eltern gar nicht erlauben, dass ihr zusammen übernachtet." Michael lehnte sich im Sessel zurück.

Sina wurde lauter. „Papa! Das tun wir doch nicht. Was denkst du denn? Ich schlafe im Gästezimmer." Sie machte eine Pause. „Ich schlafe doch auch manchmal bei Freundinnen."

„Das dürfte ein Unterschied sein." Michael zog die Augenbrauen nach oben. „Sind seine Eltern denn da? Wie heißen die überhaupt? Ich hab das vergessen."

„Drechsler. Ich schicke dir die Adresse auf dein Handy."

Sina machte eine kurze Pause. „Und wir wollen abends grillen."

Er schwieg, wurde müde und wollte die Diskussion beenden. „Na gut, meinetwegen."

Sina sprang auf, lief zu seinem Sessel und nahm seinen Kopf in die Arme. „Danke Papa."

Sie ging zur Treppe und drehte sich noch einmal um. „Du bist der beste Papa der Welt."

Michael sah ihr nach. Wenigstens eine, die zu mir hält. Langsam stand er auf. Ich sollte mich mal schlaumachen, was für Dating-Apps es gibt. Jens meinte, eine heißt poppen.de. Das google ich morgen mal.

Dienstag, 26. August

Julia

„Wie spät ist es?" Svenja hatte die Beifahrertür zugeschlagen und beugte sich zu Julia. „Wo ist denn bei deinem Wagen die Uhr?"

Julia zeigte auf den Bildschirm in der Mitte des Cock-
pits. „Na da, kurz nach halb 12."

Sie startete den Wagen. Svenja schaute auf ihre Freundin. „Du hast dich fein gemacht, mein Schatz. Schwarzer Anzug, weiße Bluse." Sie lächelte. „Wäre perfekt für
eine Beerdigung."

Julia schaute zur Seite und lachte. „Na dann passt es
ja."

Sie zeigte auf die Uhr. „Ich habe auf Google Maps
nachgesehen, wie lange wir brauchen. Kurzer Stau vor
dem Elbtunnel, aber sonst kommen wir gut durch.
1 Stunde 32 Minuten."

Svenja hob den Daumen. „Wir können in Bremen vor
dem Termin einen Kaffee trinken."

„Das können wir machen. Wir treffen Frau Thalheim
um halb 2." Sie unterbrach sich. „Für das Bootshaus ist
keine Zeit. Aber wir waren lange nicht im Café in der
Bibliothek gegenüber dem Amtsgericht. Lass uns dahin
gehen."

„Super." Svenja rutschte auf dem Beifahrersitz in eine
bequeme Lage.

Sie fuhr zur Autobahnauffahrt direkt vor dem Elbtunnel. Sie sah nach links, als sie die Autobahn überquer-
ten.

„Da stehen sie schon. Ich werde nie begreifen, warum
hier ein ewiger Stau herrscht. Du fährst dreispurig rein

und dreispurig raus. Kein Unfall, nichts. Erst wenn du fast wieder aus dem Tunnel draußen bist, wird Gas gegeben und der Stau löst sich auf."

Eine Weile schwiegen die beiden.

Julia lächelte vor sich hin. Svenja schaute sie an. „Woran denkst du, meine Schöne?"

„Ach du, ich freue mich, wie gut sich Lasse eingelebt hat und wie gut es uns geht."

„Du hast recht. Dass er freiwillig bis heute Abend bei seinem Freund Paul bleibt, finde ich toll. Das wäre vor einem Jahr nicht gegangen."

„Und in den Ferien, die eine Woche bei seinen Großeltern in Kiel, war auch kein Problem." Svenja begann, mit der linken Hand Julias Nacken zu kraulen. Julia mochte das gern und es störte sie nicht beim Fahren. „Ich hatte ja schon gedacht, das gibt Stress, als ich ihn nach Kiel gefahren habe. Aber Helga war lammfromm, völlig unverständlich."

„Na ja," Svenja lächelte. „Du hast ja kaum einen Satz mit ihr geredet, hast du erzählt."

„Ergibt auch keinen Sinn. Es war mir wichtiger, mit Sina zu reden."

Svenja war eher skeptisch. „Aber sie wollte ja trotzdem zu ihrem Vater zurück, wenn der aus der Kur kommt."

Julia zuckte mit den Schultern. „Ich kann es nicht ändern. Sie hat gesagt, er hat nur mich und sie wollte nach Hause, nach Bremen." Sie presste die Lippen aufeinander. „Immerhin ist sie ja für eine Woche mitgekommen, als ich Lasse abgeholt habe. Aber sie will regelmäßiger zu uns kommen, hat sie gesagt, als ich sie weggebracht habe."

Svenja schüttele den Kopf. „Was so regelmäßig heißt in Sinas Alter."

Julia schaute zu Svenja. „Ich rede heute mit ihr."

„Aber hat sie versprochen, die ganzen Herbstferien zu uns zu kommen."

„Das wird schön. Weißt du", Julia drehte sich zur Seite, „ich möchte, dass wir einen Jahresplan machen. Sie soll alle drei Wochen für ein Wochenende zu uns kommen."

„Eine gute Idee mit dem Plan, Julia. Darauf kann sich Lasse gut einstellen. Er freut sich so, wenn sie kommt."

„Ja. Ich werde mit ihr einen Jahresplan machen, erst einmal für dieses Jahr."

Julia schwieg und dachte an Sina.

Svenja schaute zur Seite. „Ich denke an unsere Woche auf Fanø. Das war wundervoll und ist jetzt schon wieder zwei Monate her."

„Ja, das war eine schöne Zeit. Dass Sophie und Clara zu derselben Zeit Urlaub machen konnten, war optimal."

Svenja nahm die Hand vom Julias Nacken. „Und das Haus! Ich freu mich so darauf."

Julia lächelte. „Wir haben es schon gut."

Dann schwieg sie und wurde ernst.

„Was denn, Julia?"

„Ach Svenja, ich habe schon etwas Angst vor dem Termin heute. Diese Lügereien und Verdrehungen von Michael."

„Der hat doch überhaupt keine Chance, dir das Sorgerecht für Lasse zu nehmen, Julia." Sie legte ihre linke Hand auf Julias Oberschenkel. „Frau Thalheim hat ja nur den Kopf geschüttelt."

„Ja", Julia atmete aus. „Aber so ein Verfahren ist nervig. Ich will Michael am liebsten überhaupt nicht wiedersehen. Es schüttelt mich jetzt schon. Aber wenn sich das hinziehen soll durch ein Gutachten."

Svenja unterbrach sie. „Das glaube ich nicht. Wozu denn ein Gutachten? Du hast Lasse zeit seines Lebens betreut. Und das bleibt so, hat Frau Thalheim gesagt."

Julia legte eine Hand auf Svenjas Oberschenkel. „Ja, nur wenn, dann lasse ich doch einen Abstammungstest machen."

Dann nahm sie die Hand wieder an das Steuerrad. „Du hast recht, er will Druck machen. Aber Herzklopfen habe ich schon."

„Wer hätte das nicht? Ich bin bei dir, mein Schatz." Svenja kraulte wieder Julias Nacken. Dann hielt sie die Hand still. „Mich beschäftigt eher, dass du nach dem Termin zu ihm ins Haus gehst."

„Ach Svenja," Julia schaute sie kopfschüttelnd an. „Das ist gar kein Problem, finde ich. Sina ist da. Mit der will ich sprechen. Und ich hole meinen alten Rechner. Da sind halt Fotos drauf, die ich auswerten will. Ich werde sicher einige davon ins Instagram setzen."

„Trotzdem könnte er dir etwas tun."

„Hat er nie gemacht, wenn Sina dabei war. Das macht er nicht. Außerdem ist er körperlich so eingeschränkt, dass er mir gar nichts tun kann."

„Na gut, aber ich bin dabei."

„Er wird dich nicht ins Haus lassen wollen. Da bin ich sicher. Das geht gegen seine Ehre."

„Der und Ehre." Svenja schnaubte hörbar. „Geh mir weg mit Ehre bei dem Arschloch, entschuldige."

„Ein Superarschloch." Julia schaute lächelnd zur Seite. „Das uns überhaupt nicht mehr interessieren soll, wenn ich erst einmal geschieden bin, meine Svenja."

Michael

Es war kurz nach seinem zweiten Frühstück, das er gegen 10 Uhr in seinem Büro eingenommen hatte. Eine Auszubildende hatte ihm weisungsgemäß ein mit Ei belegtes Brötchen von der Bäckerei Hollmann geholt. Inzwischen ging er nicht mehr selbst in die Bäckerei. Er wollte Anna nicht treffen. Er hatte gehört, dass sie dort immer noch fast jeden Vormittag ihren Cappuccino trank. Außerdem wollte er die Blicke der anderen nicht sehen, wenn er mit Rollator auftauchte.

Er hatte sein Brötchen aufgegessen, als Jessica unangekündigt in sein Büro kam und ihm erklärte, er könne doch den Gerichtstermin am Nachmittag allein wahrnehmen.

„Das verstehe ich nicht!" Michael schlug mit der Faust auf seinen Schreibtisch. „Willst du mich da hängen lassen?" Sie zuckte zusammen.

„Michael, spinnst du? Was schlägst du da mit der Faust auf den Schreibtisch?" Sie wurde ebenso laut, wie Michael es eben gewesen war. „Nimm dich mal zusammen, Herrgott."

Sie machte eine Pause und sprach ruhiger weiter. „Du weißt doch genau, dass du als Anwalt selbst alle Anträge stellen kannst. Du brauchst in der ganzen Scheidungssache keinen anderen Anwalt."

„Ja und?" Auch Michael wurde etwas ruhiger.

„Anwälte sind nun einmal die Einzigen, die ihre Scheidung durchziehen können, ohne andere Anwälte zu bezahlen."

„Wollen wir uns jetzt gegenseitig bezahlen oder was?"

„Quatsch." Jessica atmete aus. „Es geht darum, dass ich in dem Termin nicht gebraucht werde. Und vertreten kannst du dich besser selbst. Soll ich da meinen Senf dazugeben?"

„Genau das sollst du, Jessica." Michael wartete. „Es geht darum, dass wir geballt auftreten. Reden kann ich allein."

„Eben, Michael. Und die Anträge stellen kannst du allein." Jessica wedelte mit einer Hand in der Luft. „Und geballt auftreten, Michael, es geht da um Kindeswohl und elterliche Sorge, nicht um Firmenverkäufe oder...", sie suchte offenbar nach einem Vergleich, „oder um Mord und Totschlag. Geballt auftreten, das ist daneben."

Michael schwieg kurz. Er atmete tief ein. „Gut, du willst nicht mitkommen."

Jessica unterbrach ihn. „Weil es nicht nötig ist." Sie machte eine Pause und schien mit sich zu ringen, ob sie sagen sollte, was sie dachte. Sie rückte auf ihrem Stuhl zurück. „Ehrlich gesagt, ist es mir auch unangenehm, um es deutlich zu sagen."

„Unangenehm? Unangenehm?" Michael wurde lauter. „Was bitte schön, ist bei einem Gerichtstermin über elterliche Sorge denn unangenehm?"

Jessica stand auf. „Weißt du was, Michael, ich bin deinen Ton leid. Es ist so anstrengend mit dir. Ich komme nicht mit und Schluss." Sie stand auf und stützte sich auf die Rücklehne des Stuhls, der vor ihr stand.

Michael lehnte sich zurück. „Setz dich wieder hin. Dass mich das ganze Verfahren aufregt, ist doch wohl klar."

Jessica blieb stehen. Michael redete weiter. „Was ist dir denn unangenehm?"

„Mir ist unangenehm, welche Anträge ich stellen soll." Sie betonte deutlich jedes Wort. „Unangenehm ist, einen Antrag auf alleinige elterliche Sorge zu stellen, wenn man genau weiß, dass er völlig aussichtslos ist."

„Aussichtslos?"

„Ja, und das weißt du genauso gut wie ich." Sie atmete ein. „Michael, ich habe mir gestern nochmal angesehen, nach welchen Grundsätzen die alleinige elterliche Sorge verteilt wird. Ich darf dir das mal vor Augen halten."

Michael unterbrach sie. „Ich kenne die Prinzipien."

„Wie du weißt, ist der Kontinuitätsgrundsatz der Wichtigste. Also, wer hat das Kind durchgängig betreut? Das war doch deine Frau und nicht du. Grundsätzlich bekommt derjenige das Kind."

„Du hast doch gelesen, was ich dagegen geschrieben habe." Michael schüttelte den Kopf. „Außerdem geht es mir um den Druck, wie du weißt."

Jessica nahm die Hände von der Stuhllehne. „Darauf reagiert sie nicht, wie du an dem letzten Schreiben von Frau Thalheim siehst." Sie drehte sich zum Fenster. „Hätte ich auch nicht.", murmelte sie.

Michael legte eine Akte von der rechten Seite des Schreibtisches vor sich hin. „Du kommst also nicht mit?"

„Nein." Sie wandte sich zum Gehen. „Außerdem hat Annelie mir für heute Nachmittag schon andere Termine eingetragen."

„Ach", Michael stützte sich mit den Händen an den Stuhllehnen ab, „es stand vorher schon fest, dass ich da allein hingehen soll?"

Jessica ging zum Stuhl zurück. „Ja, Michael. Wir müssen Geld verdienen. Zwei Rechtsanwälte den ganzen Nachmittag mit", sie unterbrach sich kurz, „mit solchen sinnlosen Terminen zu beschäftigen, ist, gelinde gesagt, etwas viel."

„Sinnlos? Sinnlos?" Michael steigerte seine Lautstärke.

Jessica hob eine Hand. „Nicht schon wieder, Michael." Sie presste die Lippen zusammen. „Ich hab jetzt genug von dem Gespräch. Sinnlos, weil aussichtslos. Das ist doch nur ein Rachekampf von dir."

Jessica drückte die Hände fest auf die Stuhllehne vor ihr. „Ich will dir mal was sagen. Du machst das genaue Gegenteil von dem, was wir in Familiensachen dringend empfehlen: Vernünftig sein, aufeinander zugehen, Kompromisse schließen. Gerade wenn Kinder da eine Rolle spielen."

Sie verschränkte ihre Arme. „Du führst einen Feldzug ohne Rücksicht auf Verluste. Das will ich nicht und das unterschreibe ich auch nicht mehr. Das kannst du selbst unterschreiben." Sie wandte sich zum Gehen, drehte sich aber noch einmal um. „Weißt du was? Und das meine ich ernst. Such mal einen Psychiater auf. Den brauchst du dringend."

Sie schloss die Tür geräuschvoll hinter sich.

Er nahm die Akte, die vor ihm auf dem Tisch lag und schleuderte sie an die Tür. Seine Sekretärin öffnete die Tür. Michael zeigte auf die Akte, deren Inhalt verstreut auf dem Boden lag.

„Ist mir hingefallen."

Wortlos sammelte sie die Blätter ein, legte ihm alles auf den Tisch und ging hinaus.

Er dachte nach. Ich werde meinen Plan allein durchziehen. Ist sogar besser so. Jessica würde auffallen, wenn ich mich langsam bewege. Langsam in den Gerichtssaal, damit Julia nachher nicht misstrauisch wird. Hinsetzen, bevor die Richterin kommt. Die hat mich neulich schon gesehen. Da war ich etwas flotter unterwegs.

Er dachte an den Morgen zurück. Er hatte alles vorbereitet, als seine Tochter zur Schule aufgebrochen war. Corelli ist aufgelegt. Die Fernbedienung habe ich im Flur. Der Rechner ist im anderen Regal im Zimmer.

Nicht gleich zu erkennen. Sie muss eine Zeit brauchen, bis sie ihn findet; mindestens zwischen 13 und 18 Sekunden.

Er war zufrieden. Sehen wir mal, wie sie den Sturz verkraftet. Wenn ich Glück habe, bricht sie sich den Hals. Aber so viel Glück werde ich nicht haben, mal sehen. Auf jeden Fall darf ihre Lesbe nicht mit ins Haus. Da muss ich mich zusammennehmen, damit die nicht misstrauisch wird. Die könnte mir alles verderben.

Erneut stieg Wut in ihm hoch. Er hatte die Akte schon in der Hand, den die Sekretärin aufgehoben hatte. Er ließ die Arme sinken. Zusammennehmen, zusammennehmen...bis. Er ballte die Fäuste zusammen. Es dauerte lange, bis er bemerkte, wie weh sie ihm taten.

Julia

Julia sah auf die Uhr. 13:40 Uhr. Sie saßen auf der Bank vor dem Gerichtssaal und warteten jetzt seit fünfzehn Minuten auf ihre Rechtsanwältin. Julia schaute sich um. Vor 30 Jahren musste das Gebäude modern gewesen sein. Inzwischen war aber eine Renovierung überfällig. Der Teppichboden war abgewetzt, Wände und Türen hatten einen Anstrich nötig. Nur die harte Metallbank sah aus wie neu.

„Sie wird schon kommen." Svenja legte Julia ihre Hand auf den Arm. Sie hörte, wie sich die Glastür zur Treppe öffnete. Frau Thalheim hielt ihre Aktentasche hoch. „Ich habe in einer anderen Sache lange mit einem Richter telefonieren müssen. Den konnte ich nicht abwürgen. Tut mir leid, dass Sie warten mussten."

Sie nickten sich zu. Frau Thalheim öffnete den Knopf am Sakko ihres blauen Hosenanzuges und setzte sich neben Julia. „Wir haben ja schon besprochen, wie es ablaufen wird. Sie erklären bitte nur etwas, wenn Sie von der Richterin oder von mir darum gebeten werden, ja? Ich werde ansonsten für Sie sprechen."

Julia nickte. „Ist mir recht so. Ich bin ohnehin schon aufgeregt. Ich habe noch nie eine Gerichtsverhandlung erlebt."

„Das geht den meisten Menschen so. Aber dafür bin ich ja da." Die Rechtsanwältin unterbrach sich und sah Julia in die Augen. „Frau Pförtner, Rechtsanwälte sollten ja vorsichtig sein bei Prognosen über die Erfolgsaussichten eines Prozesses. Es gibt da den Spruch ‚Auf See und bei Gericht bist du in Gottes Hand'. Aber ich sag Ihnen deutlich, ich halte es nicht für möglich, dass in seinem Sinne entschieden wird."

„Sind Sie sicher?"

„Ja, und ein wichtiger Punkt ist, dass Lasse nicht zum Termin geladen worden ist."

„Warum steht es deshalb schlecht für ihn?"

„Weil die Entscheidung des Gerichts offenbar nicht davon abhängt, was Lasse sagt. Der Beschluss des Gerichts steht nach meiner Einschätzung fest."

Julia schaute den Gang hinunter, von dem andere Gerichtssäle abgingen. „Kann das Gericht nicht ohne die Verhandlung entscheiden?"

„Nein. Das Gericht muss versuchen, eine Einigung zwischen Ihnen und Ihrem Mann herbeizuführen. Dazu ist es gesetzlich verpflichtet. In Verhandlungen mit Kindern ist eine Einigung der Eltern für die Kinder immer besser als eine Entscheidung des Gerichts im Streit."

Julia sah ihre Rechtsanwältin an. „Ich weiß nicht, Frau Thalheim, worüber ich mich einigen soll."

„Sollen Sie nicht. Das sind allgemeine Prinzipien solcher Gerichtsverfahren, wo das Kindeswohl eine Rolle spielt. In unserem Verfahren werde ich Ihrem Mann nur raten, den Antrag zurückzunehmen."

Julia schwieg. Sie sah zu Svenja, die ihr wieder über den Arm strich.

Einen Moment schwiegen alle. Svenja meldete sich, indem sie eine Hand hob. „Darf ich etwas fragen?"

Frau Thalheim sah Svenja fragend an.

„Warum haben wir, ich meine Sie für Julia nicht umgekehrt die alleinige Sorge für Lasse beantragt? Er ist gewalttätig und mit den Einschränkungen."

Frau Thalheim unterbrach sie. „Gleich beginnt der Termin. Deshalb nur kurz: Gewalttätig war er gegenüber den Kindern nie." Sie sah Julia an. „Wenn ich Sie recht verstanden habe, Frau Pförtner." Sie nickte zustimmend. „Und mit der körperlichen Beeinträchtigung, das lassen wir unbedingt außen vor. Kein Wort davon nachher, Frau Pförtner." Sie wandte sich Svenja zu. „Ernsthaft, Frau Marcus, Warum soll das seine Fähigkeit zur elterlichen Sorge beeinträchtigen oder verhindern? Um Gottes willen." Frau Thalheim schüttelte den Kopf.

Svenja schien mehr zu sich selbst zu sprechen. „Hab ich ja nicht so gemeint."

Da öffnete sich die Glastür. Michael kam langsam herein. Er versuchte, die Tür mit Hilfe des Rollators offen zu halten. Frau Thalheim stand auf und lief zu ihm. Wortlos hielt sie die Tür auf. Mit kleinen Schritten näherte er sich dem Gerichtssaal. Julia war überrascht. Er hatte einen dunkelgrauen Anzug angezogen. Sonst trug er vor Gericht Sakko und Jeans. Auch ein weißes Hemd trug er selten. Die Krawatte kannte sie; ein blau-rot kariertes Schottenmuster. Meine Eltern haben sie ihm letzten Weihnachten geschenkt, zusammen mit einem

hellblauen Hemd. Wahrscheinlich will er auf Familie an-
spielen. Als er an Julia und Svenja vorbeiging, schaute
er Julia an. „Guten Tag, Julia."

„Guten Tag Michael." Sie ärgerte sich sofort, dass sie
seinen Vornamen ausgesprochen hatte.

Svenja schwieg und schaute Julia an.

Michael ging weiter zur Tür des Gerichtssaals und verschwand langsam im Inneren.

Frau Thalheim sah auf die Uhr. Es war genau 14 Uhr.
„Lassen Sie uns reingehen, Frau Pförtner." Sie wendete
sich an Svenja. „Frau Marcus, Sie müssen draußen bleiben. Gerichtsverhandlungen sind zwar in der Regel öffentlich, Familiensachen aber nicht."

Svenja nickte. Julia war aufgestanden. Svenja umfasste
Julias Arm mit beiden Händen. „Wird alles gut."

Es war Julia, als würde jeder Schritt zum Gerichtssaal
schwerer werden. Ihr Herz schlug schneller. Sie dachte
an den Anfang ihrer Beziehung zurück. Im Krankenhaus. Es war ihr, als raste in Sekundenschnelle eine
Welle von Angst und Verzweiflung darüber hinweg. Sie
blieb stehen. Wut erfasste sie. Sie biss die Zähne aufeinander. Ihre Anwältin war stehen geblieben und
schaute sie fragend an.

„Nein, alles in Ordnung." Sie schüttelte den Kopf. „Na
los, gehen wir rein."

Julia

Schweigend warteten Frau Thalheim und die Eheleute
im Gerichtssaal auf das Erscheinen der Richterin. Julia
sah sich um. Der Saal war hufeisenförmig eingerichtet.

Vorn der lange Richtertisch, der Platz für drei Richter bot. Am Tisch eine hohe Kante, offensichtlich, um zu verdecken, was Richter aufschreiben oder lesen, dachte sie. Rechts und links vom Richtertisch waren längs je zwei Tische aufgestellt, um mehreren Personen Platz zu bieten. Sie sah auf die andere Seite. Michael sitzt da allein. Kommt seine Anwältin zu spät?

Julia beugte sich zu Frau Thalheim. „Müssen Sie nicht eine schwarze Robe tragen?"

„Nein." Sie schaute an sich herunter. „Meine weiße Bluse genügt. Tatsächlich gibt es Vorschriften dazu. In Familiensachen tragen nur Richter eine Robe, können sie aber auch weglassen." Sie schüttelte den Kopf.

Sie setzte sich zurück und sah Michael an. „Kommt Frau Kollegin Thomas nicht?"

Michael zuckte mit den Schultern. „Nein, das mache ich selbst. Ein zusätzlicher anwaltlicher Beistand ist ja nicht erforderlich. Die Anträge kann ich selbst stellen."

„Das weiß ich, Herr Kollege. Ich frage nur, weil sie die Schriftsätze an das Gericht unterschrieben hat."

Michael antwortete nicht. Die Richterin kam zur Tür herein. Sie trug ebenfalls keine Robe, dafür einen grauen Hosenanzug und eine weiße Bluse mit großer Schleife am Kragen. Julia sah auf die Uhr: 14 Uhr 10.

„Entschuldigen Sie die Verspätung."

Den Grund nannte sie nicht.

Rechtsanwältin Thalheim und Julia standen auf. Michael hatte sich aufgestützt und wollte ebenfalls aufstehen. Die Richterin sah zu ihm hin und senkte eine Hand nach unten.

„Bleiben Sie bitte sitzen, Herr Dr. Pförtner. Das ist in Ordnung."

Sie setzte sich auf ihren Stuhl, legte die Akte, die sie mitgebracht hatte, vor sich hin und schaute dann die

Anwesenden an. „Ich habe den Termin auf 14 Uhr gelegt, weil das der letzte Termin für heute sein soll. Dadurch haben wir genügend Zeit, über die Sache zu reden und eine Lösung zu finden."

Sie wandte sich an Michael. „Herr Dr. Pförtner, Sie haben den Antrag auf alleinige elterliche Sorge gestellt, hilfsweise, Ihnen das Aufenthaltsbestimmungsrecht für Lasse zu übertragen."

Michael unterbrach sie. „Ich weiß, Frau Vorsitzende, Hilfsanträge zu stellen ist gefährlich. Das Gericht könnte geneigt sein, sich auf den Hilfsantrag zu konzentrieren, weil man damit ja auch einverstanden wäre." Er machte eine Pause. „Es geht mir aber vor allem um die elterliche Sorge."

„Darauf will ich kommen."

Michael atmete ein, um etwas zu sagen. Die Richterin hob die Hand, um zu verdeutlichen, dass sie etwas zu sagen beabsichtigte. Sie wendete sich an Michael. „Herr Dr. Pförtner, warum funktioniert denn aus Ihrer Sicht die gemeinsame elterliche Sorge nicht.?"

„Frau Vorsitzende," Michael setzte sich auf. „Ich denke, das habe ich in meiner Antragsbegründung erläutert."

Jetzt unterbrach ihn die Richterin. „Das finde ich nicht. Deshalb frage ich Sie ja."

Michael tat, als hätte er den Einwand nicht gehört. „Meine Frau hat das Haus mit unbekanntem Ziel verlassen und die Kinder unversorgt zurückgelassen. Was, wenn ich zum Beispiel einen Unfall gehabt hätte. Die Kinder wären hilflos gewesen."

Frau Thalheim schien empört zu sein. „Also, das ist doch." Sie schüttelte den Kopf. Die Richterin hob die Hand. Sie wollte etwas sagen, ließ Michael aber weitersprechen. „Und sie hat Lasse ohne mein Einverständnis in das Ausland auf die Insel Fanø in Dänemark verbracht, schlicht entführt."

Jetzt wurde er doch unterbrochen. Frau Thalheim wurde etwas lauter. „Bei allem guten Willen, aber das geht zu weit."

„Gleich Frau Rechtsanwältin. Bleiben Sie doch bitte ruhig." Die Richterin wendete sich wieder Michael zu. „Von Entführung kann doch keine Rede sein. Sie lagen da doch im Krankenhaus. Da ist es doch normal, wenn sich die Mutter um das Kind kümmert. Ihre gemeinsame Tochter wollte dagegen bei den Großeltern bleiben, wenn ich das richtig gelesen habe."

Julia hörte ihr Herz klopfen. Gott sei Dank, hat die Richterin es mal gesagt, dachte sie. Hoffentlich ist das bald zu Ende.

„Ja, Frau Vorsitzende, Frau Pförtner hat doch völlig korrekt..." Frau Thalheim wurde unterbrochen.

„Frau Thalheim, lassen Sie mich doch zunächst einmal den Antrag von Herrn Dr. Pförtner verstehen." Sie lächelte der Rechtsanwältin zu. „Sie werden gleich Gelegenheit haben, den Standpunkt Ihrer Mandantin deutlich zu machen." Nach einer Pause sah sie sich nach beiden Seiten um. „Lassen Sie uns das alles in ruhigem Ton besprechen."

Sie wendete sich wieder Michael zu. „Ich muss doch feststellen, ob die gemeinsame elterliche Sorge funktioniert oder nicht. Und ich sehe nicht, dass Sie in Angelegenheiten, die die Kinder betreffen, bisher große Probleme hatten, also in Erziehungsfragen heillos zerstritten wären." Fragend sah sie Michael an.

Der atmete ein. „Das sehe ich anders, Frau Vorsitzende. Wir reden überhaupt nicht mehr miteinander."

Das werde ich auch niemals mehr. Julia sah auf ihre Hände. Sie legte sie auf ihren Schoß.

Die Richterin drehte sich zu Julia um. „Ich spreche Sie einmal direkt an, Frau Pförtner. Gab es denn aus Ihrer Sicht Probleme hinsichtlich wesentlicher Entscheidungen für die Kinder? Sie haben die alleinige elterliche Sorge nicht beantragt."

Julia stockte zunächst. Die Richterin ergänzte. „Zum Beispiel mit der Schule; haben Sie denn Lasse gemeinsam in Hamburg in der Schule angemeldet."

Julia schüttelte den Kopf. „Das habe ich allein gemacht. Dort hat ihnen meine Unterschrift genügt. Nach meinem Mann haben sie gar nicht gefragt."

Die Richterin schüttelte den Kopf. „Hätten sie tun müssen."

Michael meldete sich. „Der Alleingang ist typisch dafür, dass es gemeinsam nicht geht."

„Haben Sie denn der Anmeldung an der Schule widersprochen?"

„Nein, das nicht."

Die Richterin blätterte in der Akte. „Dann war es kein Problem."

Julia bemerkte, dass beide Rechtsanwälte anfingen, etwas dazu sagen zu wollen.

„Bitte!" Die Richterin wurde lauter. „Wenn beide reden, versteht niemand etwas."

Sie machte eine Pause. „Überspringen wir vorläufig diesen Punkt." Sie wendete sich wieder an Michael. „Sagen Sie, Herr Dr. Pförtner, warum sollte das Kind nicht von Ihrer Frau, sondern von Ihnen betreut werden?"

Michael beugte sich nach vorn. „Frau Vorsitzende."

Die unterbrach ihn. „Herr Dr. Pförtner, bitte. Ich war noch nicht am Ende." Sie machte eine Pause. „Das Kind ist seit der Geburt in der Obhut Ihrer Frau. Sie wissen, wie wichtig der Kontinuitätsgrundsatz ist. Ich kann nicht sehen, warum Ihrer Frau die Betreuung genommen werden sollte. Das gilt trotz der Vorkommnisse, die Sie beschrieben haben."

Michael sprach in ruhigerem Ton weiter. „Die Bindungen des Kindes an das Haus in Bremen, vor allem aber an seine Schwester."

Jetzt griff Frau Thalheim ein. „Das mit der Geschwisterbindung gilt aber nach ständiger Rechtsprechung nicht, wenn der Altersunterschied hoch ist. Und der beträgt hier sieben Jahre." Sie schüttelte den Kopf. „Selbst wenn das anders wäre." Sie schaute die Richterin an. „Selbst dann würde damit der Kontinuitätsgrundsatz nicht ausgehebelt werden können."

Ich verstehe gar nicht, was die reden. Ich muss auch mal etwas sagen. Ich platze sonst. Julia meldete sich. „Ich hätte Sina gern bei mir. Sie hat sich aber entschieden, bei ihrem Vater zu wohnen. Ich habe das akzeptiert, weil sie bald 14 Jahre alt wird. Aber das kann doch nicht dazu führen, dass ich Lasse verliere."

Die Richterin sah Michael an, der eine Weile geschwiegen hatte. „Wie kommen wir denn zu einer Lösung? Können wir über das Umgangsrecht zu einer Einigung kommen? Könnten wir die Besuchskontakte zwischen Lasse und Ihnen, Herr Dr. Pförtner, vernünftig und großzügig regeln und Sie nehmen den Antrag zurück?"

Michael sprach betont langsam. „Ich bin zu Vereinbarungen und Kompromissen bereit, Frau Vorsitzende. Ich hatte Vorschläge zu Unterhalt und ehelichem Zugewinn gemacht und gehofft, wir würden uns."

Frau Thalheim unterbrach ihn. „Das ist doch die Höhe. Die Angebote liefen auf einen Totalverzicht seitens Frau Pförtner hinaus. Da kann von Vorschlägen keine Rede sein."

„Aber man hätte sich.."

„Nein, man hätte sich nicht. Und außerdem", sie wendete sich an die Richterin und schüttelte den Kopf, „er wollte einen Totalverzicht und dafür auf seine Anträge in diesem Verfahren verzichten. Das nennt der Kollege Kindeswohl."

Michael hob seine Stimme. „Das ist verleumderisch, Frau Kollegin. Wir haben nur erklärt, bei einer Einigung über die übrigen Sachen würde sicher auch eine Einigung in der Frage des Sorgerechts möglich sein."

Michael setzte nach. „Das ist doch eine Binsenweisheit."

Die Richterin schlug mit der flachen Hand auf den Tisch. „Jetzt ist es aber genug, Frau Thalheim, Herr Dr. Pförtner. Wenn Sie sich nicht einigen können, werde ich entscheiden müssen."

Ja, er will, dass ich auf alles verzichte, dachte Julia. Sie sah Michael an. Wie verzerrt sein Gesicht ist. Und den habe ich geheiratet.

Die Richterin blätterte in einem Terminkalender. „Entscheidungstermin in drei Wochen?"

Michael meldete sich. „Frau Vorsitzende, ich wäre dankbar, wenn sie drei Wochen länger warten würden." Er schaute Frau Thalheim an. „Ich werde mich sehr schnell an Sie wenden, Frau Kollegin, und einen Gesamtvorschlag unterbreiten. Ich bin zuversichtlich, dass wir zu einem Ergebnis kommen."

Die Richterin sprach Frau Thalheim an. „Einverstanden? Auf drei Wochen soll es mir nicht ankommen."

„Ungern, Frau Vorsitzende." Sie machte eine Pause und sah Michael an. „Ich erwarte aber ernst zu nehmende Vorschläge, Herr Kollege."

Michael biss die Lippen aufeinander und schwieg.

Niemals wird er vernünftige Vorschläge machen,

dachte Julia. Ich will, dass das aufhört. Sie beugte sich zu Frau Thalheim und flüsterte ihr zu. „Muss das sein, die Verzögerung?"

Die Rechtsanwältin nickte ihr zu.

„Gut", die Richterin sah sich um. „Wenn alle damit einverstanden sind. Termin zur Verkündung einer Entscheidung Dienstag, 7. Oktober, 9 Uhr, Saal 2."

Sie sah Julia an. „Frau Pförtner, zu dem Termin müssen Sie nicht erscheinen. Meine Entscheidung wird Ihrer Anwältin schriftlich zugestellt."

Sie schaute auf beide Seiten des Gerichtssaals. „Und versuchen Sie doch, eine Einigung herbeizuführen. Kinder sollten nicht in den Streit der Eltern geraten. Und im Übrigen ist Streit teurer als eine Einigung."

Sie stand auf. Frau Thalheim verstaute die Akte in Ihrer Tasche. „Frau Pförtner, Sie wollen jetzt in das Haus, den Rechner holen und mit Sina reden. Sie sollten sich mal umsehen, was Sie vom Hausrat brauchen oder haben wollen."

Julia schüttelte den Kopf. „Als Michael im Krankenhaus war, habe ich einiges herausgeholt. Seine Mutter hat da Gott sei Dank keinen Stress gemacht. Ich will im Grunde nichts. Nur meine alten Rechner, den hatte ich vergessen."

Die Richterin ging aus dem Gerichtssaal nach draußen.

Alle waren aufgestanden. Michael schien Mühe damit zu haben und blieb mit seinem Rollator stehen. Er winkte. „Geht vor, ich brauche eine Weile."

Julia verabschiedete sich von Frau Thalheim. „Vielen Dank für Ihre Hilfe."

Die Rechtsanwältin gab ihr die Hand. „Sobald die Entscheidung da ist, werde ich Sie informieren. Kommen Sie gut zurück nach Hamburg."

Sie winkten sich zu. Frau Thalheim schien es eilig zu haben. Mit schnellen Schritten lief sie in das Treppenhaus.

Julia und Svenja umarmten sich. Michael ging langsam an ihnen vorbei. „Ich gehe schon einmal. Es dauert bei mir. Wenn du vorher da bist, klingele schon mal." Er wendete sich, mühsam, wie es schien, an Svenja. „Frau Marcus, ich bitte um Verständnis, draußen zu warten. Das ist die Ehewohnung."

Michael lief weiter, ohne eine Antwort abzuwarten.

Julia

Julia war überrascht, dass Michaels Mercedes schon an der Auffahrt zum Haus stand, als sie ankamen. Die Frauen stiegen aus und blieben am Wagen stehen.

Michael stieg langsam aus dem Auto.

Julia und Svenja schauten sich an und nickten einander zu. Svenja lehnte sich an den Wagen. Julia näherte sich dem Haus.

Michael war inzwischen an der Tür angekommen. Er winkte mit dem Arm, um sie vor ihm das Haus betreten zu lassen.

Ihr Herz klopfte so laut, dass sie meinte, Michael müsste es hören. Sie ärgerte sich darüber. Blödsinn, über meine Ängste bin ich weg. Sie schaute sich um. Michael hatte alles so gelassen, wie es bei ihrem Abschied gewesen war. Wie leblos es hier aussieht. Sie schüttelte den Kopf. Sina und der Rechner und raus hier.

„Sina!", rief sie nach oben in Richtung ihres Zimmers.

„Wieso, Julia? Sina ist doch heute nicht da." Michael

zog die Augenbrauen nach oben und schloss langsam die Haustür.

Julia sah ihn an. „Wir haben vereinbart, dass ich heute mit Sina reden kann. Was soll das, Michael?"

„Das tut mir leid, Julia." Michael ging langsam ein paar kleine Schritte in den Flur. Er blieb stehen und nahm eine Hand vom Rollator. „Ich dachte, du hättest mit Sina darüber geredet. Hat sie dich nicht angerufen?"

„Nein, hat sie nicht. Du hättest mir Bescheid sagen sollen. Wir haben das über unsere Anwälte miteinander vereinbart."

Michael zuckte mit den Schultern. „Ich dachte, das wüsstest du."

„Wo ist sie denn?"

Er drehte den Rollator und ließ sich langsam auf die Sitzfläche fallen. „Ihr Freund Fabian hat heute Geburtstag. Deshalb ist sie gleich nach der Schule zu ihm gefahren."

„Und wann kommt sie wieder?"

„Morgen Nachmittag."

„Morgen Nachmittag? Schläft sie etwa bei ihrem Freund?"

Michael war wieder aufgestanden. „Nein, bei Familie Drechsler, in einem Gästezimmer natürlich. Sie ist ja keine 14 Jahre alt."

Julia sah ihn an. Mit nach vorn gebeugter Haltung hatte er sich auf seinen Rollator gestützt. Was ist von seiner Stärke, von seinen 1 Meter 90 übriggeblieben?

„Gut." Sie wollte das Gespräch nicht ausdehnen. „Ich werde mit ihr telefonieren, wenn ich wieder in Hamburg bin."

Michael setzte sich wieder auf den Rollator und hielt sich mit den Händen an den Griffen fest. „Entschuldige, ich kann nicht so lange stehen."

Julia ging darauf nicht ein. „Wie auch immer. Ich finde, das geht mit 13 nicht. Aber ich will darüber nicht diskutieren." Sie ging einen Schritt auf Michael zu.

„Wo hast du meinen Rechner?"

„Ich hab den gar nicht." Michael zeigte auf den Rollator. „Ich gehe nicht nach oben. Der muss in deinem Arbeitszimmer sein."

Julia drehte sich wortlos um und ging zur Treppe. Als sie fast oben war, hörte sie die ersten Takte von Corellis Weihnachtskonzert. Sie drehte sich um und sah nach unten. Michael saß auf dem Rollator und schaute nach oben. Jetzt macht er auf Nostalgie und will mich an Weihnachten erinnern. Julia schüttelte den Kopf. Erst ist Sina nicht da und jetzt Stimmungsmusik. Er ist und bleibt ein Arschloch. Bloß her mit dem Rechner und raus hier.

Julia ging in ihr früheres Arbeitszimmer und lehnte die Tür an. Er soll merken, dass ich seine Musik nicht hören will.

Sie schaute nach links in das Regal. Dort muss der Rechner sein. Ist er aber nicht. Julia sah sich um. Wo habe ich denn zuletzt den Rechner hingelegt? Im gesamten Regal war nichts zu finden. Als ich den Hausrat geholt habe, hätte ich gleich alle Sachen aus den Regalen in Kisten mitnehmen sollen. Ich werde das später mal machen lassen. Dazu gibt es ja Umzugsunternehmen. Wiederkommen, nein, das muss ich nicht haben. Nicht mit ihm im Haus. Wo ist der Rechner, verdammte Kiste?

Sie schaute sich auf der gegenüberliegenden Seite um. Unter einem Papierstapel entdeckte sie ihn. Wann hab ich den denn hier hingelegt? Egal, ich hab ihn. Jetzt raus aus diesem Haus.

Julia nahm den Rechner unter den Arm und öffnete

die Tür. Immer noch war das Weihnachtskonzert zu hören. Sie schüttelte den Kopf und schaute nach unten. Michael war nicht zu sehen.

Sie holte Luft, um nach ihm zu rufen. Die Tür, aus der sie herausgetreten war, schlug mit einem heftigen Stoß zu. Julia drehte sich erschrocken um.

Michael stand unmittelbar hinter ihr.

„Wie du mir, so ich dir!", schrie er ihr zu.

Julia ließ den Rechner fallen.

„Was?" Sie fühlte sich vor Schreck wie gelähmt. Michael fasste mit beiden Händen an ihr Sakko und ging einen Schritt auf die Treppe zu.

Das ist doch nicht wahr? Wie kann er hier oben sein? Er kann doch nicht laufen. Ihre Gedanken rasten. Ist das alles gespielt? Will er mich umbringen?

Sie griff an seine Hände, die ihre Jacke fest umklammert hielten. „Lass mich los!", schrie sie ihm entgegen. „Lass mich los!"

Michael schüttelte Julia mit festen Griffen am Sakko hin und zurück. „DU!" Laut und langgezogen schrie er wieder und wieder: „DU, DU!" Rhythmisch bewegte er seine Arme hin und her. Wieder ging er einen Schritt auf die Treppe zu.

„Du bist schuld!"

„Lass mich!" Sie schlug auf seinen Arm, versuchte, an sein Sakko zu fassen.

Julia sah in seine Augen. Sie waren weit aufgerissen. Sie spürte, dass er außer sich war, unerreichbar, in der Welt seiner Wut, seiner unkontrollierbaren Aggression. Sie ballte ihre Fäuste und schlug auf ihn ein. „Nein, lass!"

Es war ihr, als würde er keinen Schmerz fühlen können. Er stellte einen Fuß zwischen ihre Beine. Sie drohte das Gleichgewicht zu verlieren. Sie versuchte, mit beiden Händen an seine Kleider zu fassen. Mit einer Hand hielt sie sich am Sakko fest. Die andere Hand ruderte in der Luft und hielt sich dann an seinem Arm fest.

Wieder ein Schritt, abgehackt. Sie fühlte, wie er auf seiner linken Seite bei jedem Schritt nach unten abknickte. Die Treppe konnte nicht weit entfernt sein. Noch ein paar Schritte und er wirft mich runter. Nein, ich will nicht. Julia drehte ihren Kopf. Sie sah nichts, was Michael auf dem kurzen Weg zu Treppe aufhalten konnte.

„NEIN!" Julia schrie alle Angst, alle Panik aus sich heraus. „NEIN, NEIN!"

Sie schlug mit der Faust nach seinem Gesicht. Er wich aus. „Schlampe!" Er zog sie mit den Händen an sich heran. „Miststück!" Er zog die Arme zusammen und hielt ihr Gesicht vor sein eigenes. „Schwein!" Er schrie es so laut, dass ihr Kopf dröhnte.

Sie schlug mit den Fäusten nach vorn, trommelte zwischen den Armen auf seine Brust. Er schien es nicht zu bemerken. So fest sie konnte, ballte sie die Hände zusammen, um ihn zurückzustoßen. Ich schaffe es nicht. Sie versuchte erneut, Michael an seinem Sakko zu fassen. Mit einer Hand griff sie zwischen seine Hände, mit der anderen fasste sie unter seinen Arm durch. Mit der linken Hand hielt sie sein Sakko fest, mit der rechten Hand hatte sie sein Hemd gegriffen. Michael hatte aufgehört, zu schreien. Stumm hielt er Julia fest im Griff. Ein Meter bis zur obersten Stufe der Treppe. Michael schaute an Julia vorbei. Einen Moment hielt er inne. Es schien Julia, als würde er lächeln. Die Zeit blieb für sie stehen. Er stieß mit beiden Händen zu.

Julia fiel nicht. „Ah." Sie röchelte und hielt sich an ihm fest. Michael versuchte, sie abzuschütteln und auf die Treppe zu werfen. Mit dem linken Bein ging er einen Schritt nach vorn, knickte ein.

Beide fielen vor die oberste Stufe der Treppe. Ein starker Schmerz am Hinterkopf ließ sie einen Moment lang nichts mehr sehen. Es flimmerte vor ihren Augen. Julia hatte das Fallen nicht erwartet. Er lag auf ihr. Sie drehte ihren Kopf zur Seite, um Luft holen zu können.

Beide hatten ihre Griffe losgelassen. Ihr rechter Arm lag ausgestreckt. Ihre Hand umklammerte die oberste Stufe der Treppe.

Julia versuchte mit dem linken Arm, Michael von sich herunter zu stoßen. Er hielt ihren Arm fest. Mit einer Hand umfasste er ihren Hals. „Du bist schuld. Du bist schuld." Wie ein Mantra wiederholte er diesen Satz, mal schreiend, mal fast murmelnd. „Du bist schuld."

Ich bekomme keine Luft mehr. Sie versuchte, den Kopf und den Körper so zu bewegen, dass Michael nicht zu fest zugreifen konnte. Da hörte sie die Klingel an der Haustür. Julia wollte schreien. „Svenja," wurde nicht mehr als ein gurgelndes Geräusch. Michael drückte mit seiner freien Hand weiter auf ihren Hals. Er schrie wieder und wieder „Du bist schuld!"

Jetzt nahm er seine rechte Hand von Julias Arm und drückte mit beiden Händen ihren Hals zu. Ich kann meinen Kopf nicht bewegen. Es klingelt, es klingelt, Svenja. Sie schlägt an die Tür. Ich kann nicht mehr atmen. Sie wusste, dass ihre Kraft in wenigen Augenblicken nachlassen würde. Sie hielt sich mit ihrer rechten Hand an der Treppenstufe fest. Die linke Hand hatte sie zur Faust geballt. Sie schlug zu und traf seinen Kopf an der Seite. Wieder und wieder schlug sie mit der Faust zu. Sie traf seine Schulter, seinen Hals, seine Schläfe. Es schien ihm nicht auszumachen. Er drückte fester. Ihre Kraft ließ nach. Nein, ich will nicht aufgeben, Svenja hilf mir. Mit einem Mal lockerte sich sein Griff. Julia sog Luft ein. Sie schaute nach oben. Seine Augen sahen in die Ferne.

Jetzt riss sie das linke Bein und den linken Arm nach oben. Die Finger ihrer rechten Hand krallten sich um die oberste Treppenstufe. Er hielt sich nicht fest. Sein Körper kippte seitlich von ihr auf die Treppe und fiel die Stufen herunter. Es war Julia, als würde er in Zeitlupe fallen, von einer Stufe auf die andere. Sein Kopf schlug gegen das Geländer. Sein Körper wehrte sich nicht gegen den Absturz. Er verdrehte sich, kugelte herunter und blieb auf den unteren Stufen liegen.

Einen Moment lang schien für Julia die Zeit stehen zu bleiben. Es rauschte in ihren Ohren. Sonst hörte sie kein Geräusch.

„Julia!"

Sie schaute auf. „Svenja.", sagte sie leise.

Sie drehte sich zur Tür. Das Klopfen hörte nicht auf.

Julia zog sich mit einem Arm am Pfosten des Treppengeländers hoch.

„Julia!"

„Ja, ja." Sie hustete, wurde lauter. „Ja, ja, ich komme. Warte."

Langsam ging sie eine Stufe nach der anderen hinunter, einen Arm um das Geländer gelegt.

Sie schaute auf Michael. Regungslos lag er da. Julia beobachtete alle Gliedmaßen, ob sich etwas bewegen würde. Sie stand auf der Stufe über ihm. Das Klopfen an der Tür hörte nicht auf.

„Svenja!" Sie schluckte. „Warte, ich komme."

Nein, ich kann nicht an ihm vorbei. Nein.

„Warte." Jetzt schrie sie es heraus.

Nimm dich zusammen. Anstoßen, ist er tot, ohnmächtig? Schnell, bevor er aufwacht,

Julia stieß mit dem Fuß an sein rechtes Bein, das nach oben angewinkelt lag. Es fiel eine Stufe herab. Michael regte sich nicht.

Julia hielt sich mit beiden Händen am Geländer fest, trat auf die übernächste Stufe und zwei Stufen weiter auf den Boden. Das Klopfen an der Tür hatte aufgehört.

Schwankend ging sie zur Tür und machte sie auf.

„Svenja?" Julia atmete tief ein. Frische Luft! Sie ging um das Haus herum. Svenja hatte einen großen Stein in der Hand.

„Svenja."

Svenja stürzte auf sie zu und ließ den Stein fallen. „Was ist passiert? Julia, wie siehst du denn aus?"

Julia konnte nicht antworten.

„Ich habe dein Schreien gehört."

Langsam gingen sie zurück zum Hauseingang. Im Flur stand der Rollator, den Michael zurückgelassen hatte, bevor er hinaufgekommen war.

Sie zeigte nach oben. „Er wollte. Die Treppe."

Michaels Körper lag auf den unteren Treppenstufen, der Kopf abgeknickt auf dem Boden. Svenja kniete sich hin und sah ihm in die Augen.

„Er ist tot, Julia." Sie umarmte ihre Freundin und schaukelte sie sanft hin und her. „Er kann dir nichts mehr tun." Mein Kopf, mein Arm. Sie fasste sich mit einer Hand an den Hals. Sie hatte das Gefühl, nicht sprechen zu können. Sie öffnete den Mund, röchelte und berichtete flüsternd, was passiert war.

Sie schaute auf ihn. „Ich war fast nicht mehr bei Bewusstsein, glaube ich." Sie stockte. „Da lockerte sich sein Griff." Sie löste sich aus der Umarmung. „Als wenn er ohnmächtig wird. Sonst hätte ich ihn nicht." Sie presste die Lippen zusammen.

Svenja streichelte Julia über die Haare. Sie strich die Strähnen, die ihr in die Augen gefallen waren, aus dem Gesicht. „Ein Herzinfarkt?"

„Aber sein Kopf?" Julia ging einen Schritt auf Michaels

Körper zu. „Hat er sich den Hals gebrochen?"

Sie schüttelte fast unmerklich den Kopf. „Er ist einfach gefallen. Er hat sich nicht festgehalten."

Svenja umarmte sie wieder und wiegte sie hin und her.

„Weißt du", Julia sah sich um und setzte sich auf den Stuhl, der neben der Garderobe stand. „Es ist mir gleich, ob es erst sein Herz oder erst sein Kopf war."

Svenja fiel etwas ein. „Wo ist denn Sina?"

„Die kommt morgen Nachmittag erst wieder."

Julia nickte. „Das wusste er genau."

„Dabei hat er gesagt, dass du klingeln sollst, wenn wir früher beim Haus sind."

„Deshalb war er früher da." Julia faltete die Hände. „Was machen wir denn jetzt?"

Svenja nahm Julias Hände. „Du bist ganz durcheinander."

Julia stand auf. „Mein Kopf tut weh."

Svenja stellte sich hinter Julia und schob vorsichtig die Haare zur Seite. „Es blutet nicht. Vielleicht hast du eine Gehirnerschütterung."

„Glaube ich nicht. Es geht mir schon besser." Sie fasste an ihren rechten Arm. „Mein Ellbogen tut weh."

Svenja schaute auf den Körper vor ihr. „Müssen wir einen Krankenwagen rufen?"

Julia schüttelte den Kopf, dann hielt sie ihn still. Schließlich nickte sie.

„Was, Julia?"

„Krankenwagen nützt ja nichts mehr. Weißt du was, wir tun gar nichts."

„Wie?" Svenja hob die Schultern.

„Mittwochs kommt die Putzfrau. Das ist schon seit damals so. Die hat mich neulich angerufen wegen meiner Sachen, die im Haus sind. Da hat sie mir gesagt, dass das immer noch so ist."

„Und Sina?"

„Die kommt erst am Nachmittag, schläft bei den Eltern ihres Freundes."

Svenja nickte. „Du hast recht. Der soll uns keine Scherereien mehr machen."

Julia stand auf. „Komm, wir gehen." Dann fiel ihr ein. „Mein Rechner."

„Hol ich dir."

Julia schaute auf den Körper vor ihr. „Niemand hat den Tod verdient, dachte ich früher." Dann kniete sie sich neben ihn und legte zwei Finger an seinen Hals. „Ach, Michael."

Vorsichtig stieg Svenja die Treppe hoch, ohne Michael zu berühren. Der Laptop lag vor der Tür des Arbeitszimmers.

Julia wartete unten. Sie fühlte, wie ihr Kreislauf sich erholte. Gleichzeitig fühlte sie eine Mischung aus Trauer und Erleichterung. Sie setzte sich wieder auf den Stuhl.

„Was habe ich getan? Warum hast du mir das alles angetan?" Sie flüsterte vor sich hin. „Warum musste ich dich runterstoßen?"

Svenja bleib neben ihr stehen. Julia spürte den Arm ihrer Freundin auf ihrer Schulter und blickte zu ihr hoch. „Warum wird jemand so wie er?"

Sie stand auf und sah auf Michael herunter. „So wollte ich mich nicht von dir trennen." Sie schüttelte den Kopf. Ihre Arme hingen herunter. Sie drehte sich zu Svenja um. „Ich will ihn nicht mehr sehen, Svenja. Lass uns gehen."

Svenja schaute auf Michael. Dann nickte sie.

Leise zog Julia die Tür hinter sich zu.

VI. Epilog

Gespräch des Autors mit Julia Marcus-Pförtner am 26. August, fünf Jahre nach dem Tod von Dr. Pförtner.
Sie treffen sich in Nordby, Insel Fanø, Dänemark. Svenja Marcus und Julias Sohn Lasse sind an den Strand gefahren, um einen Drachen steigen zu lassen. Der Autor und Julia sitzen auf der Terrasse des Hauses bei einer Kanne Tee und schauen in den Garten. Sonne und Wolken wechseln sich ab. Es ist warm, aber nicht heiß.
Autor: *Zunächst möchte ich mich bei dir bedanken, Julia, dass du dich an deinem Wochenende für das Interview zur Verfügung stellst. Euer Sommerhaus ist wirklich sehr schön.*
Julia: *Das finde ich auch. Wir sind oft für ein verlängertes Wochenende hier. Von Hamburg ist es ja nicht weit. Häufig sind wir auch mit Sophie und Clara hier. Wir haben es gemeinsam gekauft.*
Autor: *Aber dass ich an einem solchen Wochenende hier sein darf, empfinde ich schon als Privileg.*
Julia: *(lacht) Ist es auch.*
Autor: *Gut, lass uns anfangen. (Julia schenkt eine Tasse Tee ein) Es sind heute genau fünf Jahre vergangen, seitdem.*
Julia: *(unterbricht ihn): Seitdem mein früherer Mann gestorben ist, meinst du.*
Autor: *Ja. Ich glaube, unsere Leserinnen und Leser interessieren sich zunächst dafür, was seitdem passiert ist.*
Julia: *Wo soll ich anfangen?*
Autor: *Du hast deinen Namen geändert.*
Julia: *Ja, Svenja und ich haben vor vier Jahren geheiratet. Ich wollte wegen der Kinder einerseits den Namen behalten, ihn andererseits aber wegen meiner schlimmen*

Erfahrungen mit Herrn Dr. Pförtner nicht mehr allein tragen. Und wegen meiner Bindung zu Svenja ihren Namen bekommen. Also heiße ich Marcus-Pförtner.

Autor: Aber Svenja heißt noch Marcus.

Julia (lacht wieder): Pförtner war keine Option für sie.

Autor: Was ist seit damals passiert?

Julia: Da ist viel passiert. Zunächst einmal wurde ich Alleinerbin meines früheren Mannes.

Autor: : Wie kam das? Gab es ein Testament zu deinen Gunsten?

Julia: Zu Anfang unserer Ehe hatten wir vorsichtshalber ein sog. Berliner Testament gemacht. Wir haben uns in einer notariellen Urkunde gegenseitig zu Alleinerben eingesetzt und nach dem Letztversterbenden unsere gemeinsamen Kinder.

Autor: Hat er das Testament nicht widerrufen, als ihr euch getrennt habt?

Julia: Doch, das hat er. Aber ihm ist da ein Fehler unterlaufen, den ich ihm nicht zugetraut hätte. Schließlich war er Rechtsanwalt und Fachanwalt für Familienrecht.

Autor: Was für ein Fehler?

Julia: Er hat in einem eigenen Testament, das er selbst geschrieben hat, das gemeinsame Testament widerrufen und mich enterbt.

Autor: Und worin lag der Fehler?

Julia: Er hätte den Widerruf vor einem Notar erklären müssen. Und der Notar hätte mir diese Widerrufserklärung durch einen Gerichtsvollzieher zustellen lassen müssen. Erst danach hätte er ein eigenes Testament machen können. Das alles ist nicht geschehen. Deshalb galt das gemeinsame Testament.

Autor: War das Erbe hoch?

Julia: Das ist eine etwas indiskrete Frage. Aber: Ja. Er hatte Konten bei einer anderen deutschen Bank und in der Schweiz. Die Abfindung für die Anwaltskanzlei. Und das Haus in Bremen habe ich verkauft.

Autor: Oha.

Julia: Ich habe Geld für die Kinder angelegt, falls mir etwas passiert. Und ich habe mich als Fotografin selbständig machen können. Na ja, und meinen Anteil an dem Haus hier habe ich auch zahlen können.

Autor: Beruflich bist du jetzt als Fotografin tätig.

Julia: Ja, das war schon immer mein größter Wunsch, Fotografin zu werden. Und ich kann das gut mit der Versorgung von Lasse verbinden.

Autor: Hast du ein Spezialgebiet in der Fotografie?

Julia: Ich bin auf Porträts spezialisiert. Ich mag es, zu versuchen, den Charakter, die Ausstrahlung eines Menschen einzufangen.

Autor: Das klingt begeistert. Du hast von Lasse gesprochen. Er geht zur Schule?

Julia: Natürlich, er ist ja zwölf Jahre alt. Er ist in die 7. Klasse gekommen. Er besucht das Gymnasium und fühlt sich wohl.

Autor: Und wo lebt Sina jetzt?

Julia (wirkt ernst und traurig): Ich habe darum gekämpft, dass Sina nach dem Tod ihres Vaters zu uns zieht. Sie wollte das aber nicht und ist zu seinen Eltern gezogen. (Kurzes Schweigen) Wobei vor allem ihre Großmutter gezogen hat. Das war auch für Lasse eine Zeitlang schlimm.

Autor: Habt ihr gar keinen Kontakt?

Julia: Doch. Nach der Beerdigung ist sie zwei Wochen bei uns gewesen. Danach hat sie seine Eltern besucht und ist in Kiel geblieben. Das war schlimm für mich. Ich bin hingefahren und hatte heftige Auseinandersetzungen mit Helga. Gott sei Dank war Sina nicht dabei. Mein Schwiegervater hat sich wie immer herausgehalten. Sie hat mir vorgeworfen, ich sei an seinem Tod schuld. Ich habe mich aber auch nicht zurückgehalten und sie als egoistische Gewitterhexe bezeichnet. Da ist sie fast ohnmächtig geworden, schien mir. *(Julia stockt)* Später tat es mir leid. Sie hat ihren Sohn verloren.

Autor: *Und wie ging das aus mit dem Streit?*

Julia: *Ich habe mit Sina allein reden können. Sie war wegen des Todes ihres Vaters ziemlich am Ende und hat seine Eltern als Ersatz gesehen. Ich habe das verstanden und sie dort gelassen. Mit ihrem Freund war es vorbei. Bremen und Kiel, das funktioniert in dem Alter nicht. Sie hat ihr Abitur gemacht und will in Hamburg studieren. Dann sind wir wieder dichter beieinander.*

Autor: *Und kommt sie regelmäßig zu dir?*

Julia: *Sina kommt im Durchschnitt einmal im Monat. Sie war auch schon für ein paar Tage hier auf Fanø. Und sie wird ja am 12. September 18 Jahre alt. Das will sie groß feiern. Wir fahren alle drei hin. Mal sehen, wie Helga und ich uns da begegnen werden.*

Autor: *Was meinst du?*

Julia: *Ich werde versuchen, Frieden mit ihr zu schließen. Egal, was war, sie hat die Kinder immer geliebt und kümmert sich seit damals um Sina.*

Autor: *Gibt es Neues von deinen Eltern oder Geschwistern?*

Julia: *Lena hat endlich ihren Niklas geheiratet, Johanna ist immer noch Studienrätin, mein Vater sitzt immer noch im Stadtrat von Garbsen bei Hannover und meine Mutter macht sich immer noch Sorgen um alles und jeden. Also nichts Besonderes.*

Autor: *Und sonst?*

Julia: *Hanna und Claudia wohnen leider nicht mehr zusammen. Sie sind aber befreundet geblieben. Svenjas frühere Freundin Yvonne hat seit längerer Zeit eine ganz liebevolle sympathische Freundin. Wir haben viel Kon-*

426

takt zu den beiden. Die waren auch schon hier auf Fanø.

Autor: Was ist denn aus den Gerichtsverfahren geworden?

Julia: Die Verfahren waren durch Michaels Tod alle erledigt.

Autor: Und das Verfahren wegen der elterlichen Sorge?

Julia: Das ist nicht entschieden worden. Das Gericht hatte ja eine Entscheidung für sechs Wochen später angekündigt. Rechtsanwältin Thomas hat dem Gericht mitgeteilt, dass Michael gestorben ist. Das Verfahren wurde deshalb für erledigt erklärt.

Autor: Dadurch weißt du nicht, wie das Gericht entschieden hätte.

Julia: Doch, das weiß ich. Frau Thalheim, meine Anwältin, ist zur Richterin gegangen und hat sie gefragt. Die hat ihr gesagt, sie hätte den Antrag von Michael wegen Aussichtslosigkeit zurückgewiesen. Das hat mich beruhigt.

Autor: Eine Frage muss ich noch stellen. Woran ist dein Mann letztlich gestorben?

Julia: Er hatte einen Schlaganfall und er hatte sich durch den Sturz das Genick gebrochen. Woran er zuerst gestorben ist, weiß ich mit letzter Sicherheit nicht.

Autor: Abschließende Frage: Hast du oder die Kinder mit Nachwirkungen deiner Erfahrungen in der Ehe zu tun?

Julia: Ja. Lasse war ein Jahr in guter Therapie. Das hat ihm geholfen, alles zu verarbeiten. Inwieweit er trotzdem einiges unbewusst verdrängt hat, wird sich wohl erst später zeigen. Sina wollte keine Therapie. Ich habe das bedauert. Vielleicht konnte ich ihr etwas helfen. Wir telefonieren viel und reden dann.

Autor: Und du selbst?

Julia: Ich selbst habe zwei Jahre Psychotherapie hinter mir. Da habe ich gelernt, zu verarbeiten und den Erlebnissen einen Platz zu geben. Letztlich wird das aber nie enden. *Gewalt, vor allem sexuelle Gewalt, ist das Schlimmste, was außer Mord einem Menschen angetan werden kann. Ich kann nur appellieren, sich sofort Hilfe zu holen und nicht 6 Jahre zu warten, wie ich.*

Autor: *Das ist wahr.*

Julia: *Ich hätte mich unbedingt viel früher aus der Beziehung befreien müssen. Dafür gibt es so viele Hilfen, Frauenhäuser zum Beispiel. Man muss nur einmal im Internet googeln. Da findet sich so viel. Ich weiß, das lässt sich im Nachhinein leicht sagen. Aber ich kann nur an alle Frauen appellieren, nicht einmal den Ansatz von Gewalt zuzulassen und sich sofort Hilfe zu holen. Hilfetelefon ist das Erste, 116016, weiß ich inzwischen auswendig.*

Autor: *Richtig. Und Gott sei Dank hast du überlebt. Das ist nicht in allen Fällen von Gewalt so.*

Julia: *Ich habe viel Glück gehabt.*

Autor: *Ich sehe draußen Lasse und Svenja kommen. Mir fällt ein, ich habe eine Frage vergessen. Hast du klären lassen, wer der Vater von Lasse ist?*

Julia: *Nein, (Pause) obwohl ich das früh wusste.*

Autor: *Und?*

Julia: *Jens. Jens Wiesner, sein Freund, Lasse erinnert mich an ihn, wie er redet, wie er manchmal reagiert. Um deiner Frage vorzubeugen: Ich will das gar nicht öffentlich machen. Jens ist inzwischen geschieden und wieder verheiratet, mit Annelie Behrendt, der früheren Sekretärin von Michael. Und die sollen in Ruhe ihr eigenes Leben führen. (Man hört im Hintergrund Svenja und Lasse, die vom Strand zurückgekommen sind) Das tun wir auch.*

Autor: *Das war ein gutes Schlusswort. Vielen Dank, Julia.*

Danksagung

Aus einer Idee, die ich schon vor Jahren hatte, hat sich im Laufe der Zeit die Gewaltgeschichte von Julia und Michael, die Liebesgeschichte von Julia und Svenja entwickelt. Sie spielt zeitweise auf Fanø, der Insel, die mir seit Studienzeiten zu einem Ort von Leidenschaft und Entspannung geworden ist. Bei Spaziergängen am Meer, beim Tosen der Wellen, beim salzigen Einatmen des Sturmes ist mir die Geschichte zugeflogen. Ich habe sie festgehalten.

Sie wäre aber niemals in dieser Form entstanden, hätte es nicht Anke gegeben. Ihr vor allem danke ich dafür, dass sie in einem Fachbuchautor, der das sachliche Schreiben verinnerlicht hatte, die Fähigkeit entwickelt hat, über Fühlen und Denken zu schreiben.

Ich danke meiner „Fastengruppe", Janthe, Claudia, Henrike und Sabine. Wir hatten uns zur Fastenzeit zusammengefunden und unterstützen und fördern uns seit mehr als zwei Jahren. Ohne euch wäre meine Welt des Schreibens so viel ärmer und leerer.

Ich danke meinen Probeleserinnen für die vielen wertvollen Anmerkungen, ihre Begeisterung und ihr hilfreiches Feedback.

Und ich danke meiner Familie, meiner Frau Dörte, die mich immer liebevoll unterstützt und mir zur Seite steht, und schließlich meinen drei Kindern Sebastian, Marlo und Lean, die mich sehr glücklich machen. Ohne das Glück meiner Familie wäre nichts entstanden, was lesenswert ist.

So hoffe ich, dass Sie, meine lieben Leserinnen und Leser, ebenso viel Freude beim Lesen der *Brandungswellen* hatten wie ich beim Schreiben!

Dr. Klaus-Peter Horndasch studierte Jura und promovierte über Probleme des Kindeswohls, war Assistent an der Universität Göttingen und arbeitete bis 2022 als Rechtsanwalt, Fachanwalt für Familienrecht, Mediator und Notar.
Er verfasste zahlreiche Bücher von Verbundverfahren Scheidung (2008) bis AnwaltFormulare Familienrecht, 8. Aufl. (2024) und war Mitherausgeber einer Fachzeitschrift.
Seitdem ist er Autor von Kurzgeschichten und Romanen.
Er ist verheiratet, hat drei Kinder und lebt in Weye bei Bremen.